완역 정본 택리지

이중환, 조선 팔도 살 만한 땅을 찾아 누비다

완역
정본

택
리
지

이중환 지음 | 안대회 · 이승용 외 옮김

Humanist

일러두기

- 이 책은 이중환의 《택리지》 개정본을 중심으로 200여 종에 이르는 《택리지》
  이본 중 선본 23종을 선정하고, 이들을 교감하여 정본을 확정한 뒤 번역하였다.
- 이 책의 본문은 〈택리지 서〉, 〈서론〉, 〈팔도론〉, 〈복거론〉, 〈결론〉, 〈발문〉 순서로
  이루어져 있다. 이전에 통용되어온 구성과 편목을 《택리지》의 성격과 지은이의
  저술 의도에 부합하도록 바로잡았다.
- 중국이나 몽골 등의 인명과 지명은 한국식 한자음으로 표기했다.
- 각주는 옮긴이 주다.
- 독자의 이해를 돕기 위해 간단한 설명은 본문의 괄호 안에 넣었고, 긴 것은 각주
  를 달았다.

명저 중의 명저

이 책은 이중환李重煥(1690~1756)의 명저《택리지》를 우리말로 새롭게 옮긴 것이다. 수많은《택리지》사본을 교감하여 정본을 만들고, 이를 저본으로 삼아 상세한 주석을 붙인《완역 정본 택리지》(양장본)를 출간하였다. 교감한 원문을 실어 학술적 가치를 더한《완역 정본 택리지》의 보급판인 이 책은 원문을 빼고 많은 주석을 추린 후 문장을 다듬어 독자들이 더 쉽고 간편하게《택리지》를 읽을 수 있도록 하였다.

1751년 여름에 홀연히 세상에 나온《택리지》는 우리나라 국토의 지리현상을 전면적으로 다룬 인문지리학의 명저이다. 지리뿐만 아니라 정치와 역사, 경제와 사회, 문화와 전설, 산수와 명승 등 인문과 사회의 많은 영역을 두루 다루었다. 세상에 나온 이래 지금까지 끊임없이 많은 독자가 읽어 대중적 인기까지 얻은 명저 중의 명저이다.

국토지리에 관한 지식과 정보를 국가가 비밀스럽게 관리하고 문헌을 편찬하던 시대에 이중환은 완전히 새롭고 창의적인 시각으로 국토지리를 해석하고 평가한 저술을 썼다. 그로부터 250여 년 동안 독자에게 큰 영향을 끼쳤고, 이 책을 능가한 저술이 새로 나오지 않았다고 할 만큼 획기적이고 독창적이다. 넓고 큰 시야로 한국의 지리와 자연을 훌륭하게 안내하는 선구적 저술이다.

《택리지》는 명저로 인정받아 널리 읽히고는 있으나 아직 제대로 된 정본도, 정본에 바탕을 둔 번역서도 나와 있지 않다. 이른 시기에 우리말로 번역한 언해본이 나오기는 했으나 그뿐, 19세기 말엽에 일본어와 중국어로 먼저 번역 출간되었다. 그 후 100여 년 동안 한국어 번역서가 몇 종, 외국어 번역서가 몇 종 출간되었으나 하나같이 1912년 최남선崔南善(1890~1957)이 편집하여 간행한 광문회본 《택리지》를 저본으로 삼았다. 이 판본이 200여 종에 이르는 사본 가운데 하나이고, 원 저작과는 상당히 차이가 나는데도 불구하고 모두 이를 표준으로 삼았다. 지금까지 《택리지》는 엄밀한 학술적 검토를 거치지 않은 허술한 텍스트를 기반으로 삼아 번역도 하고 연구도 한 셈이다.

이 책은 이런 현황을 반성하고 신뢰할 만한 정확한 텍스트로 명저를 읽을 수 있도록 공을 들여 내놓았다. 이 책이 《택리지》를 정확하고 즐겁게 읽는 데 도움이 되기를 기대한다.

이중환의 정치적 좌절과 기구한 인생

《택리지》를 쓴 이중환의 자字는 휘조輝祖, 호는 청담淸潭 또는 청화산인靑華山人이다. 본관은 여주驪州로 그의 집안은 소릉少陵 이상의李尙毅 이래 수많은 고위 관료와 학자, 문인을 배출하면서 남인 당파를 주도한 명문가였다. 뛰어난 서예가 청선聽蟬 이지정李志定이 고조부이고, 도승지와 충청도관찰사를 지낸 서예가 성재省齋 이진휴李震休가 부친이다. 저명한 실학자 성호星湖 이익李瀷은 집안 할아버지로 이중환은 이분과 가깝게 지냈다.

청담의 생애는 사후에 이익이 세운 묘갈명墓碣銘(죽은 사람의 행적과 인적 사항을 적은 묘비의 일종)에 간명하게 밝혀져 있을 뿐이어서 자세한 사실은 알 수 없다. 20대와 30대에 거친 주요한 관력과 정치적 파란만이 실록과 《승정원일기》에 비교적 잘 밝혀져 있다. 외아들로 태어난 청담은 어린 시절부터 명석하여 시문을 잘 지었고 박식하였다. 1713년 24세의 젊은 나이로 문과에 급제하여 관료의 길에 훌쩍 들어섰다. 이후 김천도찰방, 승정원주서, 성균관전적, 병조좌랑, 부사과, 병조정랑 등을 역임하였다. 숙종 말엽~경종 치세 동안 남인의 기대를 한 몸에 받았다. 그 시절 당파 사이의 갈등은 극에 달했고, 권력을 독점하다시피 한 노론의 위세에 눌려 남인은 위태롭게 세력을 유지하고 있었다.

청담의 기구한 인생은 30대 초반부터 조짐이 나타났다. 촉망받던 관료이자 문인이었던 청담은 노론 4대신이 경종을 시해하려 했다고 고발한 목호룡睦虎龍의 고변告變 사건에 연루되어 완전히 몰락했고, 1728년 소론과 남인 세력이 일으킨 무신란戊申亂에 가담한 사천 목씨 집안의 사위라는 이유로 정계에서 완전히 축출당했다. 친구 이희李熹가 "청담은 성품이 뻣뻣하고 깨끗하여 아첨과 비방을 싫어해 특히 미움을 받았다."라고 증언한 데서 알 수 있듯이 비슷한 처지의 남인보다 다른 당인黨人들로부터 더 크게 미움을 받아 혹독하게 배척당했다.

1723년 5월 11일 좌승지 오명항吳命恒의 발언이 사건의 발단이 되었다. 4년 전인 1719년 김천도찰방으로 재직할 때 목호룡에게 역말을 빌려준 해묵은 일을 들고 나와 청담을 목호룡의 배후 세력으로 몰았다. 청담은 옥에 갇혔으나 대사면 덕분에 9월 2일 일단 풀려났다.

영조가 등극한 이듬해 1725년 2월부터 노론의 보복이 본격화되었다. 목호룡 사건을 재조사할 때 청담은 처남 목천임睦天任과 함께 의금부에 하옥되어 네 차례나 모진 고문을 당하였으나 끝까지 혐의를 인정하지 않았다. 극형에 처해질 위기에 몰렸다가 증거가 없는 애매한 안건이라 하여 절도에 유배되었다가 풀려났다. 이후 다시 의금부에 갇혔으나 소론이 잠시 정권을 잡은 1727년 정미환국丁未換局으로 풀려났다. 청담을 역모죄로 얽어매려는 민진원閔鎭遠 등의 겁박과 처절하게 항거하는 청담의 고투는《추안급국안推案及鞫案》에 상세한 기록으로 남아 있다. 청담은 친국을 받을 때 자신이 남인을 몰아내려는 노론의 표적이기에 죄가 날조되었다고 영조에게 항변한 바 있다. 그러나 항변은 묻혀버렸다. 청담은 죽다 살아났고, 정치생명은 완전히 끝났다.

한데 그것으로 끝이 아니었다. 곧이어 재기를 꿈도 꾸지 못하도록 무신란이 터졌다. 이때는 청담의 처가가 완전히 쑥대밭이 되었다. 청담의 처조부는 목내선睦來善이고, 장인은 목임일睦林一이다. 목내선은 기사환국己巳換局을 통해 서인을 몰아낸 인물이었다. 목임일은 아들 넷과 딸 둘을 두었는데 그중 청담의 처남 목천현睦天顯, 목천임과 처조카인 목성관睦聖觀 등은 문과에 급제하고 재능이 뛰어난 인재였으나 큰 해코지를 당했다. 목호룡 사건으로 청담과 함께 의금부에서 큰 고초를 겪었던 목천임은 무신란에 가담했다는 이유로 장살杖殺당하였고, 목천현과 목성관은 진도에 유배되었다. 목임일의 사위는 청담과 유뢰柳耒인데 유뢰는 해남에 유배되었다가 이듬해 그곳에서 죽었다. 유뢰의 동생 유래柳徠도 장살당하였다. 유뢰의 아들이 바로 유명한 시인 해암海巖 유경종柳慶種으로 청담은 그의 이모부였다.《만가보》에 수록된 사천 목씨 목임일 직계 가족 현황을 보면 무신란으로 해를 입지 않은 사람이 거의 없으며, 여섯 명 가운데 세 명이 장살당한 것으로 나온다.

유배에서 풀려났다 해도 청담은 노론의 집요한 방해로 죄를 사면받지 못했다. 목천임과 유래도 마찬가지였다. 그들이 신원된 시기는 20년이 지난 1753년과 1754년이었다. 청담은 목천임과 함께 숙종 때 주서注書로서 임금을 가까이 모셨음을 인정받아 당상관인 통정대부로 품계를 올려주는 교지를 받았다. 유래 역시 다음 해에 직첩을 돌려받았다. 겨우 역모죄의 굴레에서 벗어났으나 그저 명예만 회복된 것뿐이었다.

나머지 행적은 역사 기록에 나타나지 않는다. 집안의 큰일에 참석하고 집안 문헌을 정리하며, 생계를 꾸리고 살 곳을 구하려고 여기저기 전전했다는 단편적인 행적이 띄엄띄엄 나타날 뿐이다. 오로지 뚜렷한 것은《택리지》를 저술했다는 사실뿐이다.

《택리지》 저술 동기와 저술 시기

청담이 독창적 저술을 짓게 된 동기는 대략 다섯 가지로 볼 수 있다.

첫째는 정계에서 완전히 몰락하고 사대부 사회에서 철저하게 배척당한 지식인의 자기표현 욕구이다. 1725년 이후 청담은 30여 년 동안 관계에서 완전히 축출된 상태로 지냈다. 만년에 당상관 품계를 받기는 하였으나 죽을 때까지 정치적 상황이 호전되지 않았다. 게다가 일부 친족을 제외하고는 왕래하고 시문을 교환하는 따위의 평범한 교유 관계도 전혀 맺지 않았다. 청류를 지향한 문외파인 데다 노론의 극심한 배척 대상이라, 다른 당파 사람은 말할 나위도 없고 남인조차도 청담을 꺼리고 가까이하지 않았다. 주변이 너무도 괴괴하여 살아 있어도 산 사람 같지 않았다.《택리지》는 그렇게 철저히 몰락하고 고립된 사대부의 존재감을 표현한 저술이다.

　둘째는 지은이에게 닥친 실존적 위기이다. 살육전으로 치달은 극심한 당쟁에서 패배하여 생존의 위기에 내몰렸고 유배를 벗어난 이후에도 만년까지 생계를 잇기 힘들 만큼 궁핍해졌다. 목회경睦會敬은 발문에서 "사방을 떠돌아다니는 신세가 되어 집을 지어 살 터전조차 없어졌다. 종국에는 늙은 농부나 늙은 나무꾼이라도 되려고 했으나 그마저도 될 수가 없었다.《택리지》를 지은 동기가 여기에 있다."라고 밝히고 있다.

　양반 사대부가 관직에서 배제되는 것은 곧 경제적 궁핍과 서울 생활의 청산을 의미하였다. 목구멍에 풀칠조차 하지 못하는 나락에 떨어진 이들은 관직을 얻기는커녕 생존 자체가 어려웠다. 더는 서울에서 버티지 못하고 부랑하는 존재가 되어 새로운 주거지를 찾을 수밖에 없었다. 그런 처지로 몰린 청담은 궁핍을 혼자만의 특수한 상황이 아니라 사대부라면 누구나 겪을 수 있는 구조적인 문제로 간주하였고, 오랫동안 직접 겪고 견문하여 얻은 정보를 종합하여 비슷한 처지의 사대부에게 새로운 주거지를 골라서 살아보라 제안하였다. 청담의 제안은 실존적 위기를 해결하는 돌파구가 될 수 있었다. 이 책이 세상에 나오자 폭발적인 인기를 누린 이유가 여기에 있다. 새로운 주거지를 찾아 삶의 희망을 이어가려는 수많은 뿌리 뽑힌 존재에게 이보다 실용적이고 자기계발적인 저술은 없었다.

셋째는 지리와 경제에 대한 청담의 관심이다. 특히 경제적 관점은 청담이 지리를 보는 근본적이고 절대적인 요인이다. 《택리지》가 모델로 삼은 저술은 멀리는 《사기》〈화식전貨殖傳〉이고, 가까이로는 허목許穆의 《지승地乘》이다. 청담이 학문과 정치의 모델로 삼은 허목은 이 저작에서 조선 팔도를 권역별로 묘사하되 자연지리보다는 풍속과 인심, 물산 등에 더 비중을 두었다. 청담이 60세 전후하여 이익에게 몇 종의 저술을 보여주었을 때 이익은 "몸과 집안을 다스리는 내용에서 산천, 토속, 풍요風謠, 물산에 이르기까지 갖추어 기술하지 않은 것이 없다. 요컨대 일상에서 빼놓을 수 없는 것들이다."라고 평하였다. 청담이 일상생활에 밀착한 주제를 즐겨 저술에 담았음을 밝혔는데 마치 《택리지》의 주된 성격을 설명한 것 같다. 《택리지》는 평생에 걸친 지리와 경제를 향한 청담의 관심이 드러난 결과이지 갑자기 불쑥 튀어나온 저술이 아니다.

넷째는 국토 여행과 산수유람의 취향이다. 1723년 의금부에서 풀려나 이인복과 소백산 일대를 노닐었을 때 청담의 심경을 이희는 이렇게 설명했다. "청담은 평소 산수를 즐겨 유람했는데 이때부터 더욱 어디에도 얽매이고 싶지 않아서 나귀를 타고 종에게 시통詩筒을 들려서 서둘러 단양의 운석雲石으로 들어가 초연히 속세를 벗어나 신선이 되기로 마음먹었다." 국토를 순례하고 산수를 유람하는 행위 자체가 취미이자 기호였다. 청담 스스로 전라도와 평안도를 제외한 온갖 지역을 많이 돌아다녔다고 밝혔다. 직접 탐방하고 경험하지 않으면 하지 못할 묘사와 표현이

《택리지》에는 상당히 많다. 〈팔도론〉과 〈복거론〉 '산수'에서 전국의 아름다운 산수와 명승을 비중 있게 다룬 대목이나 각 장소에 내린 촌철살인의 평가에서 산수의 애호와 진정한 체험, 깊이 있는 미의식을 확인할 수 있다.

　마지막 동기는 사색당파의 다툼이 없고 사대부가 농부와 공인과 상인의 일을 해도 좋은 사회가 되고, 나아가 사농공상의 귀천과 차별이 완화되는 나라가 되기를 바라는 마음이다. 겉으로는 지리와 산수, 생리를 표현하고 주장하였으나 이면에는 다툼과 차별이 없는 세상에서 살기를 희망하는 꿈을 실었다. 청담은 발문에서 "글을 살려서 읽을 줄 아는 분이라면 문장 밖에서 참뜻을 찾아보는 것이 좋으리라."라고 하였는데 문장 밖에 실려 있는 참뜻이 바로 진정한 동기이다.

　청담이 《택리지》를 저술한 시기는 1751년 4월 초순에 자신이 직접 쓴 발문에 밝혀져 있다. "예전에 내가 황산黃山 강가에 머물 때, 여름날에 할 일이 없어 팔괘정八卦亭에 올라 더위를 식히면서 우연히 논의한 내용을 책으로 저술하였다."라고 밝혔으므로 대략 1751년 4월 초순 이전에는 원고의 초고를 완성한 것이 분명하다.

　청담은 이후 성호 이익을 비롯한 주변 학자들의 의견을 듣고서 초고를 개정하여 개정본을 새로 썼다. 처음 서명인 《사대부가거처士大夫可居處》를 《택리지》로 바꾼 것처럼 내용을 수정하여 1756년 사망하기 이전 어느 시점까지 개고한 것으로 추정한다. 현재 전하는 사본에는 초고본과 개정본이 뒤섞여 있다. 개정본은 초고본에 비해 내용이 더 풍부해지고, 논리가 정연해졌다. 풍수나 지리 현상의 설명을 줄이는 대신 인문적 요소를 더하고 합리적 서술을 강화하는 방향으로 개선되었다.

《택리지》의 편목과 구성

《택리지》를 더 정밀하게 이해하자면 서명과 편목, 구성을 파악해야 한다. 서명과 편목, 구성은 이본에 따라 큰 차이가 나고, 근대 이후 크게 왜곡되어 읽혀서 일반 독자는 물론이고 전문가조차도 혼란에 빠지기 쉽다. 이에 수십 종의 이본을 꼼꼼히 교감하고 분석하여 잘못된 텍스트와 구성을 바로잡은 과정을 간명하게 설명한다.

먼저 《택리지》의 서명이다. 원래 서명은 《사대부가거처》로 '사대부가 거처할 만한 곳'이라는 뜻이다. 전국을 대상으로 살 만한 지역과 그렇지 못한 지역으로 구분하여 독자에게 취사선택하도록 안내하는 제목이라는 점에서 더 구체적이고 내용에 부합한다.

이본만큼이나 서명도 다양해서 대략 50여 가지에 이른다. 택리지, 팔역지八域誌, 복거설卜居說, 팔역가거지八域可居誌, 팔역가거처八域可居處, 사대부가거처 등이 가장 많고, 조금 변형된 서명에는 동국팔역지東國八域志, 동국산수록가거지東國山水錄可居誌, 택승지擇勝誌, 기방복거설箕方卜居說 등이 있다. 이 밖에 크게 변형된 서명도 많아서 진유승람震維勝覽, 동국산수록東國山水錄, 총화總貨, 박종지博綜誌, 소화지小華誌, 구우지邱隅誌, 동우지東寓志, 접역통지鰈域通志, 박람博覽, 동여휘람東輿彙覽, 지세내력론地勢來歷論, 동국산천東國山川 등이 있다. 책 한 종에 이렇게 다양한 서명이 붙은 것 역시 비슷한 예를 찾아보기 어렵다.

많은 사본과 다양한 서명은 독자에게 큰 인기를 끌었고, 다양한 관점에서 읽혔다는 사실을 말해준다. 우리말로 완역한 《동국지리해東國地理解》도 출현하여 여성들에게도 읽혔음을 알 수 있다. 서명의 다양함은 책을 읽는 관점의 차이를 드러내는데, '복거'나 '가거'라는 표현이 들어간 서명은 주거지 선택의 지침서로, '팔역' '조선' '동국' 같은 말이 들어간 서명은 조선 팔도의 지리지로, '산수'나 '승람' 등의 말이 들어간 서명은 명승지 안내서로, '총화' 같은 말이 들어간 서명은 경제가 활성화된 지역 안내서로 간주한 것이다.

다음으로 편목과 구성을 살펴본다. 현재 거의 모든 번역본과 논문에서는 1)사민총론 2)팔도총론 3)복거총론 4)총론(사민총론) 5)저자 후발이라는 편목과 구성을 따르고 있다. 최남선이 1912년 조선광문회에서 간행한 활자본에서 이렇게 정했는데 점차 표준으로 인정받아 통용되었다. 그런데 이본을 조사하고 분석한 결과 편목을 설정한 이본 자체가 많지 않고, 더욱이 그 편목이 극소수 사본에나 나타나 대표성을 인정하기가 어려웠다. 대표성은 없더라도 합리적이고 쓸모가 있다면 사용해도 좋으나 실제로는 《택리지》의 올바른 이해를 방해하고 혼란을 가중시켰다. 따라서 《택리지》의 성격과 지은이의 저술 의도에 부합하도록 1)서론 2)팔도론 3)복거론 4)결론 5)저자 후발이라는 편목과 구성으로 바꾸는 것이 합리적이다. 구체적인 근거는 필자의 논문에서 밝혔으므로 여기서는 자세히 설명하지 않는다.

새롭게 설정한 편목에 따라 전체의 구성과 내용을 간략하게 설명한다. 먼저 〈서론〉과 〈결론〉부터 설명한다. 본론의 앞뒤에 실린 두 편의 글은 책의 저술 동기와 과정을 가볍게 밝힌 글이 전혀 아니다. 주거지 선택의 문제가 발생하는 역사적 과정과 사회적 구조를 예리하게 분석하고, 이를 바라보는 지은이의 시각과 기준을 제시한 깊이 있는 의론문議論文이다.

서론에서는 먼저 사농공상 네 부류 인민의 하나로서 사대부의 본질과 정체성에 의문을 표하였다. 신분과 직업의 차별이 없는 이상사회가 무너진 현실에서 사대부의 위신을 지키며 살기 위해서는 행실이 발라야 하고 이렇게 하려면 최소한의 경제적 부를 갖춰야 한다고 주장하였다. 또 이어지는 본론에서는 부를 얻으려면 어떤 선택을 해야 하는지를 논할 것임을 안내하고 있다. 결론에서는 온갖 명예와 혜택을 누리던 사대부가 이제는 지위와 가치를 상실해가는 현상을 역사적·사회적으로 분석하고, 몰락한 사대부가 갈 곳을 찾아봤으나 실제로는 아무 데도 없다는 절망 섞인 현실을 진단하였다. 본론에서 살 만한 땅을 안내하기는 했으나 조선 전체가 '사람이 살 수 있는 땅이 아닌 땅'이 되어간다는 암울한 진단을 내놓았다. 청담은 조선 후기 사회가 안고 있는 구조적 문제를 폭로하고 있다.

본론은 〈팔도론〉과 〈복거론〉 두 부문으로 이루어져 있다. 전자가 광역 지역별 서술이라면 후자는 주제별 서술로, 청담은 전 국토를 지역과 주제 두 개의 범주로 구분하여 설명함으로써 지리를 입체적으로 보는 새로운 틀을 만들었다.

〈팔도론〉은 전국 팔도를 주거지 관점에서 설명하였다. 팔도의 지리를 부문별로 구분하여 평가하지 않고 유기적으로 비교하여 서술하였다. 행정과 교통, 물산, 풍속, 인심, 역사, 인물, 산수 등 다양한 각도에서 서술하고 있으나 농지의 비옥함, 물자 유통, 교통의 편리함, 특용작물 생산, 시장 활성화 등 경제적 관점에서 보려는 태도가 전편에 흐르고 있다. 청담이 주목한 지역은 행정 중심지보다는 교통 요지나 산업의 중심지이고, 전통적 명소보다는 경제적 활력이 넘치는 신흥 지역이었다. 예컨대, 함경도 원산이나 충청도 강경 등이 새롭게 부각한 대표적 지역이다. 특히, 왕도王都가 속한 경기도부터 서술하지 않고 서울과 멀리 떨어진 평안도와 함경도에서 시작해 국토의 중심부인 충청도 경기도를 차례로 서술해가는 큰 변화를 보여주었다. 관찬官撰 지리지에서 서술하는 방식과는 크게 다르다.

〈복거론〉은 지리를 보는 관점으로 지리地理, 생리生利, 인심人心, 산수山水라는 네 가지 기준을 제시하였다. 이 기준을 내세운 근거와 그에 어울리는 지역을 차례로 거론하였는데, 지리학자로서 청담의 탁월함과 참신성은 이 주제적 분류와 서술에서 찾을 수 있다.

첫째로 제시한 기준은 '지리'로 청담은 주거지 선택에서 지리적 특성을 고려해야 한다고 말하는데, 풍수지리의 관점이 두드러진다.

둘째로 제시한 기준은 '생리'인데 실질적으로 서술상 가장 우선에 둔 관점이다. 경제활동이 왕성하고 교통과 물류가 원활한 지역을 제시하는 등 경제지리적 관점을 분명히 드러내고 있다.

셋째 기준은 '인심'이다. 지역의 인심과 풍속이 상식적인 기준이다. 청담은 팔도 인심을 총평하며 출발하고는 있으나 곧바로 사색당파의 역사적 전개에 초점을 맞춰 서술하였다. 사대부가 사는 곳은 인심이 고약하다고 진단하고 사대부가 살지 않는 곳을 주거지로 선택해야 한다는 뜻밖의 결론을 냈다. '인심'은 조선 후기 당론의 전개 과정을 잘 정리한 글로도 알려졌다.

마지막 기준은 '산수'로 분량도 많고 비중도 크다. 전국 산수와 명승의 현황을 정확하고 균형감 있게 파악하여 설명하였고, 평가가 합리적이고 묘사가 아름다워 명승 전문서로서 《택리지》의 가치를 높였다.

지리를 보는 시각과 특징

이제 《택리지》가 어떤 시각으로 국토지리를 논하였고, 이 평가가 어떤 가치를 지니는지 간명하게 설명하고자 한다. 먼저 서술 전체에 드러난 특징 두 가지를 살펴본다.

첫째 특징은 청담이란 특정 학자의 개성이 담긴 저술이라는 점이다. 지도나 지리지는 관례상 대체로 공적 차원에서 만들어졌다. 이전에 나온 지리지를 보면 그 수가 많지도 않거니와 거의 모두 국가가 편찬을 주도하였다. 이와 같은 관찬 지리지는 행정과 군사, 교통 등 공공의 목적과 수요에 뿌리를 두고 종합적이고 표준적인 정보를 집적하였다. 대표적인 저술이 《신증동국여지승람新增東國輿地勝覽》으로 이 책은 자연스럽게 공적 권위를 부여받았다. 이 책 이후에 나온 지리서는 그 체재와 내용을 복제하고 개선하는 수준에 머물러 그 이후 크게 변한 조선 사회의 산업과 교통, 문화의 구체적 현실과 변화된 실상을 제대로 반영하지 못했다.

이에 반해 《택리지》는 오로지 개인의 저술로서 공적 지리지의 성격에서 완전히 탈피하여 지리를 창의적으로 해석하고 독특한 시각을 드러냈다. 18세기 전반기의 지리적 현상을 실상에 부합하게 설명하여 국토지리의 참모습을 궁금해하는 당시 조선 사람들의 갈증을 시원하게 해소하였고, 지리에 관한 새로운 욕구를 창출하였다. 관찬 지리서가 제공해온 정보나 지식의 한계를 넘어서 유익한 정보와 새로운 지식을 대거 반영하였다.

둘째 특징은 지리를 서술하는 방식이 독창적이라는 것이다. 청담은 국토의 지리 정보를 취합하여 나열하거나, 객관적인 지식을 정리하여 보여주거나, 잘못 알려진 지리 정보를 바로잡는 서술을 좋아하지 않았다. 그 대신 지리적 현상을 합당한 논리를 갖춰 설명하고 해석하고 평가하는 평론가의 태도를 보였다. 특정한 지역을 설명할 때 어떤 관점으로 보아야 하는지를 말하고, 이에 따라 좋고 나쁨을 평가하였다. 때로는 다른 지역과 비교하여 우열을 판단하고 근거를 밝혔다. 청담의 평론은 때로는 논리를 세워 치밀하고, 때로는 심미적이고 감성적이며, 때로는 경제 감각과 문화 감각이 예민하게 작동해서 날카롭다. 지역의 위치와 산천, 풍속과 경제, 전란과 국방을 놓고 역사적으로 분석하고 전략적으로 판단하며, 입체적이고 종합적인 평가를 이끌어냈다. 청담은 날카로운 혜안을 갖춘 조선 국토의 평론가이다.

어디에 살 것인가?

청담은 낙토樂土를 찾아 거주하고 싶다는 주거 욕구를 국토지리의 평가에 도입하였다. 《택리지》라는 서명은 마을 선택의 지침서를 의미한다. 원래 서명인 《사대부가거처》는 '사대부가 거처할 만한 곳'이란 의미로 훨씬 구체적이다. 어떤 서명이든 "당신이 현재의 직업이나 주거지가 열악하여 더는 삶을 이어가기 힘들 때 어디로 터전을 옮겨 살면 좋겠는가?"라는 질문을 던지고 해답을 찾으려는 의도가 담겨 있다. 이와 같이 《택리지》는 1750년대에 만든 주거지 선택의 지침서로, 역사상 유래 없는 획기적이고 창의적인 저술이다.

　질문에 대한 해답으로 청담은 조선 팔도에서 거주할 만한 적합한 장소를 찾아서 제시하였다. 〈팔도론〉에서는 크고 작은 단위 지역으로 나누어 살 만한 곳과 살 만하지 못한 곳을 제시하였고, 〈복거론〉에서는 크고 작은 주제로 나누어 살 만한 곳과 살 만하지 못한 곳을 제시하였다. 상황을 현대로 옮겨 가볍게 이해하면, 어느 동네 아파트를 사면 값이 오르고, 어떤 지역에 땅을 사놓으면 나중에 값이 오를지 여부를 몇 가지 조건을 고려하여 예측한 것과 같다. 그만큼 실용적이고 실질적인 문제의식을 담고 있다. 잘못된 정보나 비현실적 지식을 내세울 수 없었다.

실리에 기반을 둔 경제지리

청담은 〈복거론〉 '서설'에서 지리, 생리, 인심, 산수라는 기준을 제시하고, "네 가지 조건 가운데 하나라도 빠지면 살기 좋은 땅이 아니다."라고 하였다. 겉으로 보아 비중이 동등한 네 가지 기준을 장소를 평가할 때 적절히 적용하였다. 중요하고 창의적인 기준은 바로 생리였다.

청담은 생계를 유지하기에 적합한 장소를 최적의 주거지로 보았다. 먹고사는 문제가 해결되고, 한 걸음 나아가 재산을 축적하여 후손까지도 잘 살 수 있는 조건을 갖춘 장소를 찾고자 한 것이다. 하지만 그것은 조선 시대 지식인이 감히 내세울 수 있는 조건이 아니었다. 지금은 당연하게 여기는 조건이라도 당시에는 거의 적용하기 불가능했다. 사대부는 이익을 말해서는 안 되었기 때문이다.

그러나 사대부라 해도 마음속에는 경제적 이윤을 남기고 싶은 욕망이 숨어 있기 마련인데, 이 욕망을 적극적으로 드러내 실현할 수 있는 장소를《택리지》는 알려주었다. 관찬 지리지에서 제공해온 정보나 지식으로는 불가능하였다.《택리지》는 전국 지방을 파악하는 근본적으로 다른 이해의 틀을 제시하여 국토를 새롭고 혁신적으로 이해할 수 있게 하였다. 〈복거론〉 '생리'뿐만 아니라 〈팔도론〉 전체에서 각 지역을 살펴볼 때도 생리의 기준을 비중 있게 적용하였고, 산수를 다룬 〈복거론〉 '산수'에서도 마찬가지였다.

〈복거론〉 '산수'에서는 산수의 아름다움이 지역 평가의 주된 잣대이다. 그러나 여기에서도 생리는 중요한 기준으로 적용되고 있다. 예컨대, 큰 들에 위치한 명촌名村으로 꼽은 공주의 갑천은 지역을 둘러싼 산수의 맑고 화려함에 더해 넓은 들과 관개의 편리함, 1묘畝에 1종鍾이나 되는 소출, 목화 재배의 유리함을 갖추었음을 근거로 살기 좋은 명촌이라 평가하였다. 전주 외곽의 율담도 산수의 아름다움에 더하여 물고기 잡고 농사짓는 이로움을 갖추었고, 더욱이 대도회지인 전주와 가까워 이용후생의 조건을 구비하고 있어서 생리 면에서 우월하다고 평하였다. 산수가 아름다운 조건의 심층을 파고들면 생리의 조건이 버젓하게 개입해 있음을 알 수 있다.

청담은 행정 중심지보다 경제적으로 새롭게 부상하는 지역을 적극적으로 발굴하여 소개하였다. 교통과 물류 거점 지역을 부각시켰고, 한양과 떨어진 거리를 기준으로 지방을 평가하였으며, 산과 들의 접경지, 육지와 바다가 서로 통하는 경계 지역을 중시했는데 이러한 시각은 지극히 현대적이다. 생리를 중시한 청담의 사유는 독창적이고 획기적이다.

산수와 명승 탐방의 지침서

《택리지》에서는 여행과 관광의 관점을 도입하여 조선 팔도의 산수와 명승 전체를 균형을 갖춰 적절히 평가하였다. 전국 산수의 아름다움과 가치를 심미적으로 잘 포착하여 요령 있게 표현하였다. 청담은 논리와 감성의 언어를 잘 구사하여 독자로 하여금 어느 지역의 어떤 산과 강을, 어떤 누정과 명소, 문화유적을 찾아가면 좋은지 찬찬히 안내하였다. 20세기 이전에 여행과 관광을 계획하는 이에게 안내서와 지침서로 추천할 만한 가장 좋은 책이 바로 《택리지》였다. 한 권의 책으로 그와 같은 역할을 충실하게 하는 또 다른 대안은 찾기 어렵다. 《택리지》는 주거지 선택의 지침서에 머물지 않고 경관의 탐방을 안내하는 훌륭한 지침서로 높이 평가받았고, 이 점은 오늘날에도 유효하다.

〈팔도론〉에서도 주요한 산수와 명승을 적절하게 안배하여 지역을 여행과 관광의 대상으로 다루었으며, 〈복거론〉 '산수'에서는 본격적으로 전국의 주요한 산수와 명승을 조리 있게 소개하였다. '명산과 명찰'에서는 금강산을 비롯한 열두 개 명산과 부석사를 포함한 아홉 개 명찰을 설명하였고, '도읍과 은둔'에서는 도읍지를 품을 만한 명산 일곱 개를 제시하였고, 은둔할 만한 명산 열아홉 개를 꼽아서 장단점을 서술하였다. '바다 위의 산'은 섬에 있는 명산으로 한라산을 비롯한 여섯 개 산이 이에 해당한다. '영동의 산수'와 '네 고을의 산수'에서는 특별히 명승이 많은 영동 지역과 관북 지역, 충북 단양 주위의 명승지를 꼽아서 설명하였다. 이 밖에 '강가의 주거지'와 '시냇가의 주거지'에서는 특별한 명산과 명승지가 있지는 않으나 '평온한 아름다움과 정갈한 운치'가 깃든 경관에 더해 생리 조건도 훌륭한 지역을 두루 꼽아서 안내하였다. 더 구체적으로는 각각의 산수를 세밀하게 나누어서 설명하였는데 이처럼 산수와 명승을 다양한 관점에서 평가하고 소개한 점은 높이 평가할 만하다.

지역 문화와 지역 전설의 보고

《택리지》는 각 지방의 문화를 지리적 특징을 드러내는 주요한 요소로 간주하였다. 각지의 생활상, 민속, 전설을 비롯한 문화는 서울 중심의 중앙 문화와 차이가 클 뿐 아니라, 유가적 합리주의 시각에서 볼 때 비루함과 저급함, 신이성과 허구성의 요소가 있어 서술상 제약이 크다. 일반 지리지가 과거의 문헌에 의존하거나 공공성이나 보편적 지식에 집착하여 그런 요소를 배제하였다면, 청담은 현지의 토속 문화를 존중하여 관련 기사를 적극적으로 수록하였다. 청담 개인의 지적 관심을 충실히 따른 결과이다.

그중에서도 전국 각 지역에 분포하는 구비전설을 적극적으로 채록한 점은 높이 살 만하다. 현지 체험과 견문을 통해 채록한 수십 종의 전설은 해당 지역의 문화적·지리적 색채를 선명하게 보여준다. 청담에게 구비전설은 현지인의 삶과 의식을 파악하고 지역적 색채를 드러내는 요소였다. 청담은 보통의 유학자와 달리 신이성과 허구성을 띤 전설이라 해도 거침없이 채록하여 해당 지역의 문화적 자산으로 간주하였다. 비중이 큰 구비전설만 꼽아도 40여 가지에 이른다. 1750년 이전까지 그렇게 많은 지역 전설을 채록한 유례가 없다. 또 청담이 처음으로 문헌에 정착시킨 전설이 많다. 20세기 이후에 비로소 구비전설을 본격적으로 채록하고 연구했는데《택리지》는 전통시대 거의 유일한 구비전설집으로 학술사적 의의가 크다. 단언컨대,《택리지》는 20세기 이전 가장 오래되고 신뢰할 만한 구비문학의 보고이다.

《택리지》는 학술성과 대중성을 지닌 창의적인 저술로서 학문적 영감을 주는 고전이고, 남들에게 읽기를 추천하는 책이다. 200여 종 사본 전체는 아니라 해도 그 가운데 선본 23종을 교감하여 정본을 확정한 것은 우리가 이제야 학술적으로 신뢰할 만한 《택리지》 텍스트를 소유했다고 평가할 만하다. 이 책에서는 신뢰할 만한 텍스트를 바탕으로 번역하였을 뿐만 아니라 오래 답습해온 많은 오역을 수정하는 등 충실하고 알기 쉽게 번역하여 명저의 내용을 정확하고 분명하게 전달하려고 노력하였다. 상세한 주석과 교감한 원문을 갖춰 읽으려는 독자는 함께 출간한 《완역 정본 택리지》(양장본)를 이용하기 바란다. 이 책을 읽어 우리의 국토를 더 깊이 이해하기를 기대한다.

2018년 10월 대동문화연구원 원장실에서
안대회 씀

차례

해제 안대회 • 5

《**택리지**》**서** 이익 • 26
《**택리지**》**서** 정언유 • 30

서론 • 33

팔도론

팔도론 서설 • 41
평안도 • 45
함경도 • 55
황해도 • 62
강원도 • 72
경상도 • 82
전라도 • 94
충청도 • 110
경기도 • 139

복거론

복거론 서설 • 169
지리 • 170
생리 • 174
　무역과 운송 • 177
인심 • 185
산수 • 203

산천의 큰 줄기 • 203

명산과 명찰 • 209

도읍과 은둔 • 229

바다 위의 산 • 238

영동의 산수 • 242

네 고을의 산수 • 249

강가의 주거지 • 253

시냇가의 주거지 • 256

결론 • 269

발문

《택리지》후발 – 이중환 • 279

《택리지》발 – 목성관 • 281

《택리지》발 – 목회경 • 283

《팔역가거처》발 – 이봉환 • 285

《택리지》발 – 홍중인 • 287

《택리지》를 보고서 아이들에게 써서 보여주다 – 홍귀범 • 294

발《택리지》 – 정약용 • 298

청담 이중환의《택리지》해제 – 정인보 • 301

부록 병조좌랑 이중환 묘갈명 – 이익 • 307

찾아보기 • 311

《택리지》서

이익李瀷

마을을 가려서 산다는 말은 공자와 맹자에게서 나왔다. 마을을 가려서 살지 않으면, 크게는 교화敎化를 펼치지 못하고, 작게는 편안하게 살지 못한다. 따라서 군자는 반드시 마을을 가려서 살고자 한다.

공자는 "도가 행해지지 않으니 뗏목을 타고 바다로 떠날까 보다."라고 하였다. 제나라나 노나라 앞바다에 배를 띄우겠다고 하셨는데 어찌 가려는 목적지가 없이 그냥 해본 말씀이랴? 바로 이런 뜻에서 구이九夷의 땅에라도 가서 살고 싶다고 한 것이다. 성인께서는 본디 고국을 버리고 싶지 않았으나 부득이한 상황에 처하자 "누추함이 무슨 문제랴?"라고 탄식하셨으니, 의중을 알 만하다.

《이아爾雅》를 살펴보면, 구이·팔적八狄·칠융七戎·육만六蠻이란 말이 나오는데 설명하는 자가 이름을 열거하면서 교묘하게 수를 맞춰 넣었으니 이는 잘못이다. 백이白夷·황이黃夷·왜노倭奴를 성인께서 좋아하셨을 리가 있겠는가?《주례周禮》〈직방씨職方氏〉와《예기禮記》〈명당위明堂位〉에서는 모두 이夷를 첫째에 두었고, 구九니 팔八이니 하는 수는 관직의 등급을 가리키는 데 불과하니 당연히 태평한 동방 지역보다 더 좋은 곳은 아무 데도 없었으리라!

기자箕子가 조선 땅에 봉해진 다음 여덟 조항의 가르침이 비로소 시행

되었다. 오륜五倫 이외에 전하는 가르침은 3장章(살인자는 죽이고, 남을 상해하고 도둑질한 자는 처벌한다)으로 한나라 고조가 이를 취해 법을 간략하게 시행하여 천하를 안정시켰다. 성인께서 조선 땅에 오고자 하였으나 안타깝게도 뜻을 이루지 못해, 우리나라가 은나라 문물과 주나라 문화로 바뀌는 혜택을 입지 못하였다. 그러나 질박함을 숭상하여 행한 교화가 지금도 남아 사라지지 않았으니, 정전井田[1]을 구획한 평양의 유적과 흰옷을 입는 풍습 등에서 확인할 수 있다.

남자가 큰 갓을 쓰고 여자가 머리에 쪽을 지는 풍습에는 뿌리가 있다고 나는 생각한다. 의관은 세월이 흘러 풍습으로 굳어지면 오랜 시간이 지나도 잘 바뀌지 않는다. 고려 때 충렬왕이 한 차례 의관을 바꾸려고 했으나 성공하지 못했고, 우왕 때 다시 바꾸려고 했으나 역시 성공하지 못했다. 몽골이 위세를 써서 바꾼 적이 있으나 얼마 지나지 않아 예전 풍습으로 돌아갔다. 지금 천하 모든 나라가 옷을 찢고 관을 망가뜨렸으나 오로지 한 조각 조선 땅에서는 여전히 선왕先王의 제도를 지키고 있다. 아! 정말 다행이다. 공자가 다시 살아난다면, 뗏목을 타고 조선으로 가겠노라고 탄식만 토하지 않고 꼭 올 것이다.

조선 땅에도 지형이 험준한 곳과 평탄한 곳이 있고, 풍속이 아름다운 곳과 추악한 곳이 있다. 단군과 기자의 시대에는 관서 지역에 도읍을 정하여 동남쪽 지역에는 교화가 미치지 못했다. 호강虎康[2]이 바다를 건너

---

1 900묘의 땅을 우물 정井 자 모양으로 100묘씩 아홉 등분하여 바깥의 800묘는 사전私田으로 여덟 농가에서 나누어 경작하고, 중앙의 100묘는 공전公田으로 공동 경작하여 나라에 바치도록 만들어놓은 농지를 말한다.
2 기자조선의 마지막 임금인 기준箕準의 시호이다.

마한으로 들어간 뒤로는 정통이 남방으로 옮겨갔다. 그 뒤로 여러 세대 동안 정통이 끊어졌다가 신라에 통합되었다. 신라의 풍속은 질서가 잡혀 있어 사람들은 예의를 지켜 남에게 양보하였고, 재능과 덕망을 갖춘 인재가 대를 이어 흥하였다. 명분과 지조를 귀하게 여기고 명성과 이익을 천하게 여겼다. 그런 까닭에 경전을 부여안고 초야에 숨어 살면서 자중하는 사람이 더러 있었다. 그런 사람을 향리에서 추켜세워 문벌 있는 집안사람처럼 대우하니 나라 안에서 가장 살기 좋은 지역이 되어, 때를 만나지 못한 선비들은 꼭 들어가 살 곳으로 여겼다.

관서 지방은 백성들이 처음 정착해 살았던 지역이지만, 조선왕조에서는 완악한 무리의 소굴이라 여겨 배척하였기에 인재가 재능을 펼치지 못했다. 산골인 강원도와 변방인 함경도 지방은 문풍이 진작되지 않았고, 충청도와 전라도 지방 역시 거칠어서 기예는 뛰어나도 유학의 풍모는 씻은 듯이 사라졌다. 경기 지방의 경우에는 오로지 벼슬하는 집안 한 부류만을 세상 사람들이 부러워하여 그 틈에 끼어 살면 제 힘으로는 벗어날 길이 없다.

무릇 의식衣食이 부족한 곳이나, 사기土氣가 사그라진 곳, 무력만을 앞세우는 곳이나, 사치하는 풍속이 만연한 곳, 또 시기하는 풍습이 드센 곳에서는 살지 못한다. 몇 가지 조건에 따라 가려낸다면 어느 곳을 선택해야 할지 잘 알 수 있다.

이제 우리 집안 사람 휘조(이중환의 자)가 책 한 권을 편찬하여, 수천 글자에 이르는 긴 글로 사대부가 살 만한 곳을 알리고자 하였다. 이로써 산맥과 물의 형세를 비롯하여 풍토와 민속, 재화의 생산과 수류의 운송 등을 조리를 갖춰서 분간하고 설명하였다. 나는 일찍이 이런 글을 본 적이 없다. 나는 이제 늙어서 죽을 날이 멀지 않다. 오소리는 죽을 때 제가 살던 언덕을 향해 머리를 두고, 쥐는 제가 드나들던 구멍을 떠나지 못한다는 말이 있듯이 나는 이 강가의 저습한 땅을 떠나지 못하는 처지라 나도 모르게 몸을 어루만지며 탄식을 토해낸다. 이 서문을 책머리에 기록하여 어린 손자 구환九煥에게 잘 살펴보도록 남겨준다.

신미년(1751) 중춘仲春에 쓴다.

《택리지》서

정언유鄭彦儒

선비와 군자가 살던 곳을 멀리 떠나 좋은 땅을 골라 거주하려는 뜻을 품고 있다면, 살기에 적합한 곳을 찾아서 실행에 옮기면 되지 굳이 글을 써서 과시할 필요까지는 없다. 그렇다면 이 책을 무엇 때문에 지었을까? 《주역》에서 말한 '시기적절한 은둔'을 하는 의로운 사람이 드물어진 지는 이미 오래다. 이 책을 지은 분은 혹시라도 여기에 뜻을 두었을까?

가장 나은 처신은 세상을 피하는 것이고, 그에 버금가는 처신은 땅을 피하는 것이다. 옛날에 소부巢父와 허유許由는 기산箕山과 영천潁川[1]에, 동원공東園公과 기리계綺里季는 상산商山[2]에 그리고 방덕공龐德公은 녹문산鹿門山에, 사마덕조司馬德操는 양양襄陽[3]에 숨어 살았다. 세상을 피하고 땅

---

1 요임금 때 사람으로 둘 다 기산에 숨어 살았다. 요임금이 허유를 찾아가 천하를 맡아 다스리라 요청하자 허유는 더러운 말을 들었다 하여 바로 영천에 달려가 귀를 씻었다. 때마침 소부가 소를 몰고 와서 물을 먹이다가 귀를 씻는 까닭을 물었다. 허유가 이유를 말하자 소부는 더러운 말을 듣고 귀를 씻은 물을 소에게 먹일 수 없다 하며 소를 몰고 갔다고 한다.

2 진秦나라 때 어지러운 세상을 피해 상산에 숨어 살았다.

3 이 두 사람은 동한 말기의 은사이다. 방덕공은 방통龐統의 숙부로, 유표劉表가 여러 차례 불렀으나 세상에 나오지 않고 녹문산에서 약초를 캐며 살았다. 사마덕조는 사마휘司馬徽로, 유비劉備에게 제갈량과 방통을 천거하고 자신은 양양에 숨어 살았다.

을 피한 차이는 있으나 은둔했다는 점에서는 누구도 다르지 않다.

이들보다 후배로서 시끄러운 세상 밖으로 훌쩍 떠나 산수 좋은 곳에서 활개 치며 살면서 자취를 숨기고 재능을 감추며 본성을 따라 편안하게 늙는 사람이 있다면, 또한 고니새처럼 속세를 떠나고 지선地仙[4]처럼 세상을 누빈다고 일컬을 만하다.

옛날에 두보杜甫는 아스라한 무릉도원을 그리워하며 무기력한 자기 신세를 한탄하였는데, 황당무계한 말에 휩쓸려 그런 데가 틀림없이 있다고 생각하여 직접 가보려 했겠는가? 아마도 어지러운 세상을 떠돌아다니다 보니 살기 좋은 곳으로 가고 싶어서 한번 내뱉은 말이리라!

나는 《초사楚辭》[5]에서 〈복거卜居〉나 〈원유遠遊〉 같은 글을 읽을 때마다 굴원屈原이 살던 때를 생각하며 그의 심사를 가늠하며 슬퍼하였다. 그가 진정으로 왕실을 영원히 하직하고 멀리 떠나고자 했다면, 천하는 넓고도 크니 두루 구경하며 돌아다니다 보면 살 만한 데가 한 곳이라도 없었겠는가? 그러나 굴원은 머뭇거리고 뒤돌아보며 차마 훌쩍 떠나지 못하였고 끝내 상강湘江 물에 빠져 죽으면서도 후회하지 않았다. 대대로 벼슬해온 집안의 신하는 의리상 서울을 떠나는 일 또한 마음 내키는 대로 경솔히 하지 못하고 마땅히 주어진 처지에 순응하며 천명을 기다리는 것이 정녕코 옳다. 그렇기 때문에 주자는 굴원을 충신으로 인정하였던 것이다.

청화자靑華子(이중환의 호인 청화산인의 준말)는 명문가의 자손으로 젊은 나이에 재주를 드날려 문장으로 세상에 이름이 났다. 화려한 벼슬과 높은 품계에 있는 명사들과 아침저녁으로 걸음을 함께하다가 불행히도 조

4　명산名山에서 한가롭게 노니는 사람을 일컫는 말이다.

5　한나라 유향劉向이 편찬한 굴원의 작품집이다.

정에서 쫓겨나 실의에 빠져 지낸 지 수십 년이 다 되었다. 지금은 성인의 시대라 혼미한 초나라 때와는 사정이 다르지만 내쫓겨 버림받았다는 점에서는 똑같다. 그러니 청화자가 살 곳을 정해 세상을 벗어나 숨고자 하는 것은 당연한 일이다.

우리나라의 산하山河에는 360여 고을이 있다. 그러니 죽령 남쪽의 영남과 호남·호서 사이에는 몸을 숨기고 머물러 살 만한 복된 땅이 왜 없겠는가? 두어 칸의 집을 지어 7척의 몸을 누일 만한 적당한 땅이 어딘들 없겠는가? 그러나 때를 놓쳐 허송세월하다가 끝내 떨치고 일어나 과감히 떠나지는 못하고 한낱 종이 위에 이렇게 빈말만 늘어놓았는가?

아득히 먼 무릉도원을 그리던 두보의 심정에서 썼다고 한다면, 지금은 그처럼 혼란한 시대가 아니라고 말해주겠노라. 떠나온 서울을 못 잊어하던 굴원의 마음에서 썼다고 한다면, 청화자는 시대를 뛰어넘어 굴원과 공감하는 점이 틀림없이 있었으리라. 그렇다면 기산과 영천, 상산에 숨었던 이들의 고상한 운치와 녹문산과 양양에 숨었던 고인들의 그윽한 발자취, 고니새처럼 속세를 뜨고 지선처럼 세상을 누비는 행위는 무엇 하나 말할 것이 못 된다.

옛날에는 시장에 숨거나 술집에 숨어 살던 자들이 있었고 그들은 세상 사람들과 뒤섞여 묻혀 살면서 세상일에는 아무런 관심이 없는 듯했다. 그렇더라도 나아가서는 백성을 걱정하고 물러나서는 임금을 걱정하는 마음이 끊긴 적이 없었다. 저들이 어찌 새나 짐승과 한데 어울려 지내는 부류이겠는가? 틀림없이 훗날에는 청화자의 의중을 분간해줄 사람이 나타나리니, 그때에는 이 책이 청화자의 뜻이 무엇인지 밝혀줄 것이다.

계유년(1753) 늦봄에 동래東萊 정언유가 쓰다.

서론

나는 이렇게 말한다. 옛날에는 사대부가 없었고, 누구나 백성이었다. 백성에는 사농공상의 네 부류가 있으니, 선비가 어질고 덕망을 갖추고 있으면 나라의 임금이 그에게 벼슬을 시켰다. 벼슬하지 않는 사람은 농부가 되거나 공인이 되거나 상인이 되었다.

옛날에 순임금은 역산歷山에서 밭을 갈았고, 황하 물가에서 질그릇을 구웠으며, 뇌택雷澤에서 물고기를 잡았다. 밭갈이는 농부의 일이고, 질그릇 굽기는 공인의 일이며, 고기잡이는 상인의 일이다. 그래서 선비로서 임금을 섬기며 벼슬하지 않는 이는 당연히 농부가 되거나 공인이 되거나 상인이 되어 백성의 신분으로 돌아갔다.

저 순임금은 천고에 백성으로 살아가는 자의 본보기이다. 지극히 잘 다스려진 그때에는 너 나 없이 누구나 백성이 되어 우물을 파고 밭을 갈면서 희희낙락 삶을 즐겼으니, 어디에 등급이나 호칭의 차이가 있었던가?

이 세계가 생성된 지도 참 오래되었다. 무릇 예절이 복잡해지면 호칭이 달라지고, 호칭이 달라지면 등급이 많아지는 법이라, 성인이 만든 예의와 법령, 제도와 기준이 너무나 많아졌다. 하, 은, 주 삼대 때에는 제후들이 많았는데 세습되는 경卿과 세습되는 대부大夫들이 제각기 예법을 바탕으로 부유함과 고귀함을 얻었다. 벼슬하지 않는 사대부들은 비록 귀하게 쓰이지 않더라도 옛 성인의 본을 따랐다. 그들이 집안을 다스리고 자기 한 몸을 수양할 때 역량은 경, 대부와 대등했고 분수에 넘치지 않았으며 시와 서를 외우고 인의와 예악 행하기를 본업으로 삼았다. 그리하여 사대부란 이름이 나오게 되었다.

호칭이 만들어지자 길이 달라졌다. 따라서 농부, 공인, 상인은 마침내 천해지고 사대부란 호칭은 더욱 존귀하게 되었다. 진秦나라가 봉건 제후를 멸망시킨 이래로 천자 외에는 조정에서 벼슬하는 사람이나 재야에 있는 사람이나 누구를 막론하고 선비가 하는 일에 종사하면 이들을 모두 사대부라 불렀다. 그래서 사대부가 더욱 많아졌다.

그러나 이는 상고시대의 제도가 아니다. 따라서 순임금은 요임금 때의 사대부로서 농부, 공인, 상인이 되는 것을 부끄러워하지 않았다고 말하였다. 그렇다면 도대체 후세에는 무엇 때문에 농부, 공인, 상인이 되기를 꺼리게 되었는가? 사대부로서 농부, 공인, 상인을 업신여기는 마음을 품거나 농부, 공인, 상인으로서 사대부를 부러워하는 마음을 품는다면 그가 누구든 근본을 모르는 자들이다.

저 성인의 법을 어찌 사대부만이 잘 행하겠는가? 농부, 공인, 상인도 얼마든지 잘할 수 있거니와, 이들 사이에 과연 어떤 차이가 있단 말인가? 그렇더라도 후세 사람 수준이 옛사람에 미치지 못하여, 하늘로부터 받은 능력에는 어질고 어리석음의 차이가 있고, 하는 일에는 잘하고 못함의 차이가 있다. 사대부가 농부, 공인, 상인의 일을 잘할 수는 있어도 농부, 공인, 상인을 본업으로 하는 자는 사대부의 일을 잘하지 못한다. 그리하여 사대부를 존중하지 않을 수 없게 되었다. 이 또한 후세에 자연스럽게 형성된 추세이다.

그렇기 때문에 사대부라 하는 자는 정계에서 유세하여 한 시대의 권력을 나눠 갖기도 하고, 고상하게 행동하면서 만승萬乘 제왕에게 뻣뻣하게 맞서기도 한다. 그뿐만 아니라 논밭을 갈고, 짐승을 키우고, 채마밭을 가꾸고, 질그릇을 굽고, 땔나무를 팔고, 약을 파는 사람 사이에 뒤섞이기도 하는 등 못할 일이 없어서 귀하고 천함을 정하거나 지위를 높이고 낮추는 일도 사대부 마음먹기에 달려 있다. 이처럼 기세가 넘치고 제멋대로 방자한 태도를 누가 막을 수 있겠는가? 그러니 천하에서 지극히 아름답고 좋은 것이 사대부라는 호칭이다.

그러나 사대부라는 호칭을 잃지 않는 이유는 그가 옛 성인의 법을 지키기 때문이다. 선비가 되든, 농부가 되든, 공인이나 상인이 되든 따질 것 없이 한결같이 사대부다운 행실을 해야 한다. 그런데 이것은 예를 지키지 않으면 못하는 일이고, 예는 부를 쌓지 못하면 제대로 확립될 수 없다. 그리하여 어쩔 도리 없이 집안을 세우고 논밭을 마련하여, 관혼상제의 네 가지 의례를 지켜 위로는 부모를 받들어 섬기고 아래로는 자식을 길러 가문을 보전하는 계획을 세우지 않을 수 없다. 이런 이유로 《사대부가거처》를 지었다. 무릇 시기에는 이롭고 이롭지 않은 차이가 있고, 땅에는 좋고 나쁜 구별이 있으며, 사람에게는 나아가고 물러나는 다름이 있다.

물길

팔도론 서설

곤륜산崑崙山[1] 한 줄기가 고비사막 남쪽으로 뻗다가 동쪽으로 향하여 의무려산醫巫閭山[2]이 된다. 의무려산에서 산줄기가 한바탕 크게 끊겨 요동 벌판이 되고 요동 벌판을 건넌 산줄기가 다시 솟구쳐 백두산이 된다. 이 산이 바로 《산해경山海經》에서 말한 불함산不咸山이다. 백두산 정기가 북쪽으로 1000리를 뻗어가다 두 강[3]을 끼고 남쪽으로 선회하여 영고탑寧固塔[4]이 되고, 등 뒤에서 하나의 맥이 뽑혀 나와 조선 산맥의 머리가 된다.

조선에는 팔도가 있다. 첫째는 평안도로 심양瀋陽과 인접하고, 둘째는 함경도로 여진과 이웃한다. 다음은 강원도로 함경도를 이어받고, 그다음은 황해도로 평안도를 이어받는다. 다음은 경기도로 강원도와 황해도 남쪽에 있고, 경기도 남쪽에는 충청도와 전라도가 있고, 전라도 동쪽에는 경상도가 있다.

---

1 중국 서부의 청해성에 있는 큰 산이다.
2 중국 요녕성에 있는 큰 산으로 조선에서 북경으로 가는 길목에 있다.
3 영고탑 북쪽을 흐르는 흑룡강黑龍江과 혼동강混同江을 가리키는 것으로 추정한다.
4 중국 흑룡강성 영안현성寧安縣城의 청나라 때 지명이다. 청나라의 발상지로 조선의 최북단 회령 북쪽에 있었다.

경상도는 옛적 신라와 변한과 진한의 땅이고, 경기도·충청도·전라도는 옛적 마한과 백제의 땅이다. 함경도·평안도·황해도는 옛적 고조선과 고구려의 땅이고, 강원도는 따로 떨어진 예맥濊貊의 땅이다. 이들 나라의 흥망은 자세하게 알려지지 않았다. 당나라 말엽에 우리 땅에서는 태조 왕건이 나와 삼한을 통합하여 고려를 세웠고, 이어 우리 조선이 고려의 국운을 계승하였다.

동쪽과 남쪽, 서쪽이 모두 바다이고, 북쪽 한 길만이 여진의 요동·심양과 통한다. 산이 많고 들이 적으며, 백성은 유순하고 부지런하지만 도량과 기상이 좁다. 남북으로는 3000리에 뻗어 있으나 동서로는 채 1000리가 되지 않는다. 바다를 건너 남쪽으로 가면 얼추 중국 절강성의 오현吳縣(강소성 소주시)과 회계會稽(강소성과 절강성 경계) 어름과 만나게 된다. 평안도 북쪽에 있는 의주는 도 경계에 있는 첫 고을로, 이 땅 너머는 중국의 청주靑州 지역에 해당한다. 우리나라는 대략 일본과 중국 사이에 위치한다.

옛적 요임금 때에 신인神人이 나타나 평안도 개천현价川縣 묘향산 박달나무 아래 바위굴 속에서 사람으로 탈바꿈하여 이름을 단군이라 하였다. 그가 드디어 구이의 군장이 되었으나 자세한 연대나 자손은 기록해 놓은 사료가 없어서 알 수 없다. 이후에 기자가 중국을 떠나 조선에 봉해져 평양에 도읍하였다. 그의 후손인 기준은 진나라 초엽에 연나라 사람 위만衛滿에게 쫓겨 바다에 배를 띄워 전라도 익산군으로 도읍을 옮기고 국호를 마한이라 하였다. 기씨의 나라 마한의 경계는 역사책에 자세히 밝혀져 있지는 않으나 진한, 변한과 함께 나라를 유지하여 삼한을 이루었다.

혁거세는 한선제(재위 기원전 74~기원전 49) 때 일어나 경상도 지역을 모조리 차지하고, 진한·변한의 모든 지역을 복속시켜 국호를 신라라 하고 경주에 도읍하였다. 박씨, 석씨, 김씨 세 성씨가 돌아가며 임금이 되었다. 위만조선은 한무제(재위 기원전 156~기원전 87) 때에 멸망하였다. 한나라가 이곳 백성들을 이주시키고 땅을 버리자, 주몽이 나타나 말갈의 영역에서 옮겨와 평양을 차지하고 국호를 고구려라 칭했다. 주몽이 죽고 나서 그의 둘째 아들 온조가 남쪽으로 내려가 한강 이남의 일부를 차지하고 마한을 멸망시켰다. 이어 국호를 백제라 하고 부여에 도읍하였다. 고구려와 백제는 모두 당고종(재위 649~683) 때에 멸망하였다. 당나라 군대가 점령지를 버리고 철수하자 두 나라의 땅은 모조리 신라에 편입되었다. 신라 말에 궁예와 견훤이 이 땅을 나누어 차지하더니, 고려에 이르러 하나로 통일되었다. 우리나라가 건국하고 도읍을 세운 발자취를 이와 같이 정리하였다.

통일신라 이전에는 삼국 간에 전쟁이 끊이지 않았다. 그래서 문헌이 드물어 고려 때부터 비로소 역사를 서술할 수 있다. 고려 때에는 사대부란 명칭이 아직 확립되지 않았고, 대부분 서리胥吏(관아의 행정 요원)에서 입신하여 경대부와 정승이 되었다. 한번 경대부와 정승이 되면 그들의 자손 역시 사대부가 되어 모두 서울에 집을 장만하니, 서울이 마침내 사대부의 본거지가 되었다. 그러자 지방에 사는 사람은 조정에 등용되는 경우가 드물어졌다. 쌍기雙冀가 과거제도를 만들어 사대부를 선발하자, 지방 사람들도 차츰차츰 조정에서 높은 벼슬을 할 수 있었다. 그러나 서북 출신 중에는 무신이 많았고, 동남쪽 출신 중에는 문사가 많았다. 고려 말에 이르러 문풍을 크게 떨쳐 이따금 중국의 과거시험에 합격하는 사람이 나타났으니, 이는 원나라와 교류한 효과다. 지금까지 세상에서 명문거족으로 일컬어지는 집안은 대부분 고려 시대 경대부와

정승의 후손이다. 사대부의 계통과 내력은 고려 때부터 비로소 서술할
수 있다.

평안도

평안도는 압록강 남쪽, 대동강 북쪽에 있고, 기자가 봉해진 땅이다. 옛날 우리나라 국경은 압록강을 넘어 청석령青石嶺[1]까지 이르렀으니, 당나라 역사서에서 말한 안시성과 백암성이 그 사이에 있었다. 고려 초부터 거란에 땅을 잃어버려 압록강을 국경선으로 삼았다.

평양은 감사가 다스리는 도회로 대동강가에 있고, 실제로 기자가 도읍으로 삼은 곳이다. 기자가 도읍한 곳이라서 구이 가운데 풍속과 문물이 가장 먼저 발달하였다. 기씨는 1000년간 평양에 도읍했고, 위씨(위만조선)와 고씨(고구려)는 800년간 평양에 도읍했다. 고려 이래로 지금까지 나라의 요충지로 위세를 떨친 기간이 또 1000년이다. 일대에는 지금도 기자가 시행한 정전의 유적과 기자묘箕子墓가 남아 있다. 국가에서는 선우씨를 기자의 후손이라 여겨서, 기자묘 옆에 숭인전崇仁殿을 세우고 선우씨로 하여금 전감殿監(숭의전을 관리하는 관리)을 대대로 세습하여 제사를 받들도록 했으니, 중국 곡부[2]의 공씨孔氏의 경우와 비슷하다. 평안도

---

1   만주에 있는 지역으로 봉황성과 요양遼陽 사이에 있다.
2   중국 산동성 곡부현으로 공자의 고향이다. 공자의 사당인 대성전大成殿과 유지遺址 그리고 비석 등이 남아 있다.

는 강산이 대단히 기이하고, 주몽 때의 유적이 매우 많다. 다만 전해오는 말에는 허황하고 해괴한 내용이 많아 다 믿기는 어렵다.

평양성은 대동강가에 있고, 대동강 절벽 위에는 연광정練光亭이 있다. 강 밖의 아득한 산이 긴 숲 멀리서 드넓은 벌판을 감싸서 맑고 아름다우며 수려하고 고운 풍광을 이루 말로 다 표현할 수 없다. 고려 때 시인 김황원金黃元이 연광정에 올라서 온종일 골똘히 풍광을 표현할 시를 구상하였으나 단지 다음 한 구절만을 얻었다.

긴 성곽 한편에는 넘실넘실 흐르는 물이요   長城一面溶溶水
넓은 들 동쪽 끝에는 점점이 산이로다   大野東頭點點山

그러고는 시상이 말라버려 이어 짓지 못하고 목 놓아 울고서 연광정을 내려왔다. 그 사연이 정말 우습고, 시마저도 아름답지 않다.

명나라 주지번朱之蕃이 사신으로 왔다가 연광정에 올라 멋지다고 탄성을 지르며 '천하제일강산天下第一江山' 여섯 글자를 써서 현판을 만들어 걸었다. 정축년(1637)에 청나라 황제가 회군할 때에 현판을 보고서 "중원에는 금릉金陵(남경)이나 절강이란 절경이 있거늘 어떻게 여기에 제일이란 말을 쓸 수 있겠는가?"라 말하고, 사람을 시켜 부숴버리게 했다. 조금 있다가 잘 쓴 글씨가 아까워서 '천하天下' 두 글자만 잘라내게 하였다.

연광정을 돌아서 북쪽으로 가면 청류벽淸流壁이 있고, 청류벽이 다 끝나는 곳에 이르면 부벽루浮碧樓가 나타난다. 이 누각은 평양성 모퉁이에 위치한 영명사 앞에 있다. 명종 때 하곡荷谷 허봉許篈이 유생 신분으로 친한 벗들과 평양에 놀러 갔다. 하곡은 평안감사의 사위와 더불어 부벽루에서 기생과 어울려 풍악을 크게 벌이기로 약속하였다. 그런데 감사

부인이 기생을 끼고 노는 사위에게 화가 나서, 감사를 시켜 나졸을 풀어서 함께 놀고 있는 기생을 모조리 붙잡아 옥에 가두었다. 기분을 잡친 하곡은 허둥지둥 돌아와 〈봄에 부벽루에서 노닐다(春遊浮碧樓)〉라는 시 한 편을 지어 조롱하니 그 시가 일시에 널리 퍼졌다. 감사는 이 일로 인해 세상 사람들에게 비웃음을 샀다.

땅이 오곡과 면화 재배에 알맞기는 하나 방죽의 용수와 냇물이 적어서 단지 밭농사만 짓는다. 그러나 대동강 하류에는 벽지도(碧只島)란 섬이 강 가운데 있다. 강물이 빠지면 섬에 진흙이 드러나서 주민들이 논을 만드니 수확량은 어디나 1묘에 1종[3]이다.

대동강은 백두산 서남쪽에서 발원하여 300리를 흘러 영원군에 이르고, 여기에서 물줄기가 커져서 강을 이룬다. 강동현(江東縣)에 이르러서는 양덕(陽德)과 맹산(孟山)에서 오는 물과 합류하고, 부벽루 앞에 이르러 대동강을 이룬다. 대동강 남쪽 둑에는 긴 숲이 10리에 걸쳐 뻗어 있다. 관가에서 나무를 베거나 가축을 기르지 못하게 하여 기자 때부터 지금까지 수목이 울창하다. 매년 봄여름이면 녹음이 짙게 드리워 하늘의 해가 보이지 않는다.

평양의 동쪽에는 성천부(成川府)가 있다. 이곳은 송양왕(松讓王)[4]의 나라였고 주몽에 의해 합병되었다. 성천부 읍치는 비류강(沸流江)가에 있다. 광해군이 임진왜란 때에 종묘사직의 신주를 받들고 성천부로 피란하였다.

---

3   묘는 전답의 넓이를 세는 단위로 면적은 시대마다 다르다. 조선 세종 때에는 1묘를 대략 260제곱미터로 계량하였다. 종은 부피의 단위로, 이 역시 시대에 따라 다르나 대략 6곡(斛) 4두(斗)로 보았다.

4   고구려 건국기에 동가강(佟佳江) 유역에 있었던 비류국(沸流國)의 왕이다.

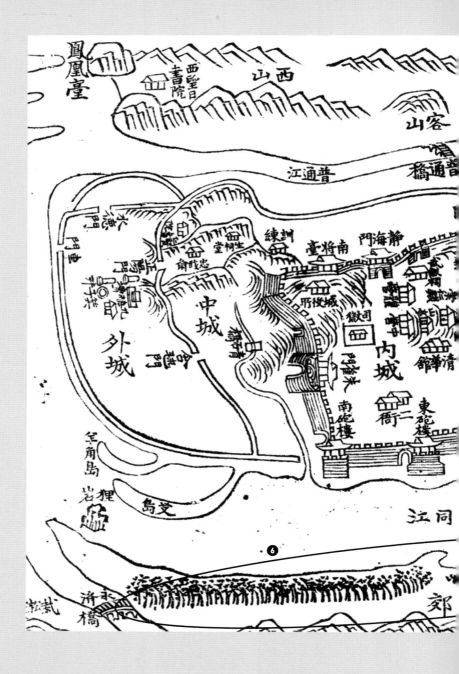

〈평양관부도平壤官府圖〉, 《속평양지續平壤志》, 윤유尹游 편, 1730년, 국립중앙도서관 소장

연광정①, 청류벽②, 영명사③, 부벽루④, 기자묘⑤, 동교東郊의 장림長林⑥ 등 18세기 초반 평양성 내외의 주요 건물을 간략하게 표시했다. 산천, 내성과 중성, 외성의 성곽 형태 및 주요 관아, 누정, 교량, 역사 유적 등 평양을 상징하는 명소의 위치와 방향 등을 명료하게 파악할 수 있다.

광해군은 왕위에 오른 후 성천부사 박엽朴燁에게 객관客館 옆에 강선루降仙樓를 크게 지으라 명하였다. 누각은 300여 칸 규모로 구조가 웅장하여 팔도 누정 가운데 으뜸이다. 강선루 앞에는 흘골산紇骨山의 열두 봉우리가 펼쳐져 있다. 그러나 돌의 빛깔이 아름답지 않고, 강물이 얕고 물살이 급하며, 들이 좁아서 평양에는 훨씬 못 미친다.

광해군은 박엽을 유능하다고 보아 평안감사로 발탁하였다. 그때 마침 만주족이 난을 일으켜 관서 지방에는 일이 많아졌다. 박엽은 재능과 식견이 있어 광해군이 그를 의지하고 중시하였다. 박엽은 10년 동안 평안감사 자리를 떠나지 않았다. 박엽은 재물을 잘 활용했고, 첩자를 잘 썼다. 순찰하다가 귀성龜城에 이르렀을 때 마침 청나라 군대가 성을 포위하였다. 한밤중에 만주족 한 사람이 성을 넘어 박엽의 침소에 침입하여 귓속말을 하고 돌아갔다. 다음 날 아침 박엽이 사람을 시켜 성을 포위한 청나라 군사에게 술을 먹이고, 쇠고기로 만든 긴 꼬치구이를 나누어 주도록 하였는데, 남지도 모자라지도 않고 군사의 수와 딱 맞았다. 만주족 장수가 몹시 놀라 괴상하게 여기면서 귀신같다 하고는 바로 화친을 청하더니 포위를 풀고 떠나갔다.

계해년(1623) 여름에 박엽의 막료 한 사람이 시간 좀 내어달라고 하면서 다음과 같은 말을 꺼냈다.

"조정은 곧 패합니다. 공은 주상께서 총애하는 신하라 반드시 화禍를 함께 받을 텐데, 차라리 몰래 청나라와 줄을 대고 있다가 만약 조정에 일이 생겼을 때 이 땅을 떼어 할거한다면 충분히 몸을 보전할 수 있습니다. 그렇지 않다면 화를 모면하기 어려울 것입니다."

하지만 박엽은 "나는 문과 급제자이다. 어찌 반란을 일으키는 신하가 되겠느냐?"라며 그의 말을 듣지 않았다. 그는 곧장 박엽을 버리고 도망

갔다. 얼마 지나지 않아 인조께서 반정을 일으키고, 즉시 사자를 파견하여 박엽을 임소에서 베어 죽였다.

평양에서 서쪽으로 100여 리 떨어진 지역에 안주가 있다. 청천강가에는 백상루百祥樓가 있고, 백상루 옆에는 칠불사七佛寺가 있다. 고구려 때 수나라 군대가 강가에 이르렀을 적에 스님 일곱 명이 나타나 앞에서 건너는데 강물이 무릎에도 차지 않았다. 그것을 보고 수나라 군사들이 스님의 뒤를 좇아서 "와!" 하고 몰려갔다가 선봉에 선 부대원들이 모두 강물에 빠져 죽었다. 군대가 물러가자 스님들도 이내 보이지 않았다. 지역 사람들이 고맙게 여겨 절을 세우고 그들에게 제사 지냈다.

안주 동북쪽에는 영변부寧邊府가 있다. 산의 지형을 따라 성을 세웠는데 절벽이 가파르고 아주 험준하여 철옹성이라 불린다. 평안도 전체에서 오로지 이곳만이 마지막까지 버틸 수 있는 성이다. 영변부 북쪽에는 검산령劍山嶺이 있다. 고구려 환도성 자리인데 옛 유적이 아직도 남아 있다.

검산령에서 큰 고개 두 개(마유령馬踰嶺과 적유령狄踰嶺)를 넘으면 강계부江界府가 나온다. 강계부 동쪽에서 백두산까지는 500여 리 길인데, 그 사이에 있는 지역이 폐사군廢四郡[5]의 땅이다. 세종 때에 네 개 군을 폐지하여 강계부에 속하게 하고 주민을 이주시켜 사람이 살지 않는 땅으로 만들었는데, 지금은 수목이 울창하게 하늘을 찔러 인적 드문 골짜기가 되었다. 인삼이 많이 산출되어 봄가을에만 백성들이 들어가 인삼을 채

---

5 조선 세종 때 최윤덕崔潤德 등을 보내 여진족을 토벌하고 압록강 상류의 여연閭延, 자성慈城, 무창茂昌, 우예虞芮 4군을 설치하였으나 훗날 유지하기가 쉽지 않다는 이유로 철폐하였다.

취하도록 하고 이를 관아에 바쳐 세금으로 충당하게 하였다. 따라서 강계는 나라 안에서 인삼을 생산하는 고을로 불린다.

강계부 서쪽은 위원渭原 땅으로 이성량李成樑[6]의 출신지이다. 이성량의 아버지는 위원 사람으로 살인을 저지르고 광녕廣寧 땅으로 도망가서 이성량을 낳았다. 그래서 이여송李如松은 일찍이 "나는 본래 조선 사람이다."라고 말했다.

위원 서쪽에는 여섯 개의 고을이 있다. 의주는 도계의 첫 고을로 심양으로 통하는 주요한 도로이다. 읍치는 압록강가에 있다. 압록강 밖 만주 땅에서 두 개의 큰 물이 동북쪽으로 흘러들어와 만났다가 고을 북쪽에 이르면 세 개의 강으로 갈라진다. 압록강에 장마가 져서 물이 크게 불어나면 세 개의 강이 하나로 합해져 바다로 흘러가는데 그곳에 위화도威化島란 섬이 있다.

고려 말에 최영崔瑩이 우왕에게 청하여 요동 공격에 나섰다. 최영은 우왕과 더불어 평양에 이르러 우리 태조 대왕으로 하여금 6만 명의 군사를 거느리고 이 섬에 주둔하게 하였다. 때마침 무더운 한여름이라 태조가 군사들의 의향에 따라 세 번이나 상소하여 파병 중지를 청했으나 최영이 듣지 않았다. 이에 태조가 회군하여 최영을 죽일 것을 장수들과 의논하였다. 전군이 기뻐하며 따르자 드디어 회군을 감행하였다. 최영이 변고를 듣고 우왕과 함께 달아났다. 태조가 뒤를 쫓아서 궁성을 포위

---

6 명나라 말엽의 명장으로 요녕 철령위鐵嶺衛 사람이다. 요동좌도독을 지내며 요동 지역을 30여 년 동안 안정시켰고, 그 공로로 영원백에 봉해졌다. 아들 둘이 곧 제독 이여송과 총병 이여매李如梅로 모두 임진왜란에 참전하였다. 이들의 후손은 명나라가 망한 뒤 조선에 들어와 살았다.

하고 최영을 잡아 죽였다. 태조는 우왕 부자를 폐위시키고 공양왕을 옹립하였다가 오래지 않아 선양을 받았다.

대체로 청천강 이남을 청남淸南이라 하는데, 지형은 동서로 좁다. 청천강 이북은 청북淸北이라 하는데, 동서로 길게 뻗은 지형이라 대단히 넓다.

평안도에서 동쪽은 산맥 등성이에 가까워 산이 많고 평지가 드물다. 또 경작지에 물을 댈 만한 강이나 호수가 드물다. 따라서 논은 대단히 적고, 들에서는 모두 밭농사를 짓는다. 기자조선과 고구려가 융성하던 시대에는 땅은 좁아도 백성은 많아서 산을 깎아 개간을 많이 했으나, 한나라 군대 탓에 여러 차례 주민이 이주하면서 땅이 많이 황폐해졌다. 게다가 고려가 삼국을 통일한 이후로 백성들은 삼남 지방으로 흘러 들어갔다. 지금은 들은 넓고 인구는 매우 부족하여 산지에서 농사짓는 사람이 많지 않다.

서쪽은 바다와 가까워 여러 고을에서는 바닷물을 막아 논을 만들었다. 그래도 밭보다는 적은 편이다. 따라서 평안도의 쌀값은 언제나 삼남보다 비싸다.

이 지방 풍속은 이렇다. 뽕과 삼을 심고 길쌈을 많이 하며 물고기와 소금은 대단히 귀하다. 바다와 인접한 고을이라도 소금을 굽는 곳이 많지 않다. 땅에서는 대나무와 감나무, 닥나무, 모시가 나지 않는다. 청북 지역은 지대가 유난히 높고 기온이 낮으며, 국경에 가까워서 화훼와 과일이 나지 않는다. 산출되는 물건은 종류가 얼마 안 되고 양도 대단히 적다. 백성들은 대부분 생활이 매우 어려워 근근이 살아간다.

오로지 평양과 안주 두 개 고을은 큰 도회지로 시장에는 중국 물건이 넘쳐난다. 상인들은 사신을 따라 중국을 오가며 늘 이익을 많이 남겨 부유한 자가 많다.

또 청남 지역은 서울과 가까워 풍속이 문학을 숭상하는 반면, 청북 지역은 풍속이 거칠어 무武를 숭상한다. 오로지 정주만이 과거에 급제한 문사가 많다.

함경도

평안도 동쪽에서 백두산의 큰 맥이 남쪽으로 내려오다가 하늘로 치솟아 마천령이 된다. 마천령 동쪽 지역이 바로 함경도로 옛날의 옥저 땅이다. 남쪽 경계는 철령鐵嶺[1]이고, 동북쪽 경계는 두만강이다. 남북의 길이는 2000리가 넘지만, 바다에 바짝 붙어 있어서 동서로는 100리가 채 안된다.

옛날에는 숙신肅愼에 속해 있다가 한나라 때에 이르러 한사군漢四郡 중 하나인 현도군에 속하게 되었다. 뒤에는 주몽이 차지하였고, 고구려가 망하자 여진이 차지했었다. 고려 때에는 함흥 남쪽에 있는 정평부定平府(함경남도 정평군)를 경계로 삼았다. 고려 중엽에 이르러 윤관尹瓘이 군사를 거느리고 여진을 쫓아내고 두만강 너머 700리를 더 가 선춘령先春嶺에 이르러 경계로 삼았다. 이후 금나라에 북쪽 땅을 돌려주고, 함흥을 경계로 삼았다. 우리나라 장헌대왕莊憲大王(세종) 때에 이르러 김종서金宗瑞가 북쪽으로 1000여 리의 땅을 개척하고, 두만강에 이르러 6진六鎭[2]과 병영을 설치하였다. 그리하여 백두산 동남쪽에 있던 여진의 근거지가

---

1 강원도 회양군과 함경남도 안변군 사이에 있는 큰 고개이다.

전부 우리나라의 영역에 편입되었다.

숙종 정유년(1717)에 청나라 황제 강희제가 목극등穆克登으로 하여금 백두산에 올라 두 나라의 경계를 자세히 조사하여 확정하게 하였다. 두만강을 따라 회령의 운두산성雲頭山城³에 이르렀을 적에 성 밖 큰 고개에 있는 많은 무덤을 보았는데, 주민들이 이를 황제릉이라 하였다. 목극등이 사람을 시켜 파헤치다가 무덤 옆에서 작은 빗돌을 발견하였는데 빗돌에는 '송제지묘宋帝之墓'라는 네 글자가 새겨져 있었다. 목극등이 무덤의 봉분을 높이 쌓으라고 하고서 떠났다. 그제야 금나라 사람이 말하던 오국성五國城⁴이 운두산성임을 알게 되었다. 다만 '송제宋帝'라고만 되어 있어서 휘종의 무덤인지 흠종의 무덤인지는 알 수 없다.

운두산성은 동해로부터 겨우 200리 떨어져 있어서 바닷길로는 중국에서 여기까지 빨리 올 수 있다. 게다가 고려의 전라도와 중국의 항주杭州는 작은 바다를 사이에 두고 있어서 순풍을 타고 가면 7일 만에 이를 수 있다. 만약 송나라 고종이 은밀히 고려를 후대하고, 고려로 하여금 동해에 배를 띄워 군사 1000명으로 운두산성을 육로로 습격해 휘종과 흠종과 황후를 탈출시킨 뒤 바닷길을 따라 뭍에 올랐다가 전라도에서 배를 띄워 항주에 정박하게 했다면, 참으로 천하의 기이한 사건이 되었

2 두만강 하류 남안에 설치한 국방 요충지 여섯 곳으로 경원, 경흥, 부령, 온성, 종성, 회령이다.
3 함경북도 회령 서쪽에 있는 고구려의 옛 성이다.
4 정강의 난 때 송나라는 금나라의 침략을 당해 수도 변경汴京이 함락되고, 황제 휘종이 아들 흠종과 함께 포로가 되었다. 두 황제는 돌아오지 못하고 금나라 오국성에 묻혔다. 이 오국성이 바로 함경북도 회령 땅의 운두산성이라는 설이 정계비를 세운 이후 널리 퍼졌다.

으리라. 안타깝다! 고종은 아비 휘종을 살리려는 의지가 전혀 없어 한 갓 항주의 서호西湖에서 잔치를 벌이고 쾌락에 빠져 있었다. 그가 불효하여 지은 죄는 하늘에까지 뻗칠 것이니, 천고에 크게 한스러운 일이다.

고종은 죽은 지 채 100년도 지나지 않아 도적 같은 승려에게 무덤이 파헤쳐지는 화를 당했다. 반면에 휘종은 죽어서 타향에 묻히기는 했으나 지금까지 무덤을 보존하고 있으니, 돌고 도는 하늘의 이치는 이처럼 알 수가 없다. 주민들이 언덕 위에서 밭을 갈다가 더러 오래된 제기나 술항아리, 솥, 화로 따위를 얻으니 이는 휘종의 능인 듯하고, 나머지는 궁인과 시종하던 관료의 무덤으로 보인다. 주민들이 전하기를, 두만강에서 북쪽으로 10리쯤 되는 곳에도 황제의 능이 있다 한다. 이는 흠종의 능인 듯하나 자세한 사실은 알 수 없다.

함흥 이북은 풍속이 굳세고 사나우며, 산천이 거칠고 험준할 뿐 아니라 춥고 척박하다. 곡식은 오직 조와 보리뿐이며, 찹쌀과 멥쌀은 적고 면화와 솜이 나지 않는다. 주민들은 개가죽 옷을 입어 겨울 추위를 막는데, 굶주림과 추위를 잘 견디는 천성을 지녀 여진족과 다름이 없다. 산에는 담비와 산삼이 풍부하니 주민들은 담비 털가죽과 산삼을 남쪽 상인들의 면포와 바꾸어야 비로소 옷을 얻을 수 있다. 그마저도 부유한 사람이 아니면 입지를 못한다. 바다가 가까워서 생선과 소금은 풍부하다. 그러나 바닷물이 맑고 파도가 거칠며 바다 밑에는 암석이 많아서 생선과 소금의 맛이 서해의 깊고 두터운 맛에는 미치지 못한다.

함흥부는 감사의 치소가 있는 곳이다. 처음에는 함경도 전체가 학문을 몰랐다. 나의 10대조이신 경헌공敬憲公 이계손李繼孫 어른이 성종 임금 때 감사로 부임하여 재주가 뛰어난 소년을 가려 뽑아, 당신의 녹봉으로 먹이고 글공부를 시키고 행실과 도덕을 가르쳤다. 이로부터 학문이 크게 융성하여 간간이 과거에 급제하는 사람이 나오자 주민들이 파천황破天荒의 일[5]이라 하였다. 경헌공이 세상을 떠나자 고을 사람들이 사당을 세우고 제사를 지내어 지금에 이른다.

함흥성은 군자하君子河(성천강)가에 있고, 군자하 위에는 만세교萬歲橋가 놓여 있다. 만세교의 길이는 5리이다. 함흥성 남문 위에는 낙민루樂民樓가 있는데, 함흥의 고을 풍광이 한눈에 보여서 평양의 연광정과 더불어 빼어남이 선두를 다툰다. 낙민루에서 내려다보면 들이 드넓게 펼쳐져서 바다에까지 이어지고 풍모와 기상이 웅장하지만 또 한편 사나워서, 수려하고 부드러우며 환하고 아름다운 평양 들녘 풍경에는 미치지 못한다. 들 가운데에 태조께서 왕이 되기 전에 살던 고택이 있어 여기에 태조의 화상을 안치하여 두고 있다.[6] 조정에서는 관원을 파견하여 지키게 하고 때마다 제사를 지내니 우리 왕조가 태동한 고을이기 때문이다.

영흥永興에서 남쪽으로 100여 리 떨어진 땅이 안변부安邊府로 철령 북쪽에 있다. 안변부 읍치 서북쪽에는 석왕사釋王寺란 절이 있다. 태조가 등극하기 전에 꿈을 꾸었다. 서까래 세 개를 등에 짊어지고 있는데 꽃잎이 날리며 거울이 떨어졌다. 무학無學 스님에게 해몽을 부탁했더니 무학이 이렇게 대답하였다.

---

5 원래는 처음 과거 급제자를 배출한다는 말인데, 전에 이루지 못한 일을 처음 실현했다는 뜻으로 많이 쓰인다. 중국 형주荊州에서 해마다 향시에 합격한 공생을 서울로 보냈어도 대과에 급제한 사람이 나오지 않아서 천황天荒이라 하였는데, 유예劉蛻가 처음으로 급제하자 천황을 깨뜨렸다는 뜻에서 파천황이라 일컬었다.

6 함흥본궁咸興本宮을 말한다. 함흥본궁을 설명한 이 글 뒤에는 광문본과 등람본의 경우 함흥차사와 관련한 긴 기사가 실려 있어 《택리지》에 실린 유명한 이야기로 알려져 있다. 그러나 대부분의 이본에는 실려 있지 않은 기사로, 지은이가 본래 수록하지 않았다고 판단하여 이 책에서는 싣지 않는다.

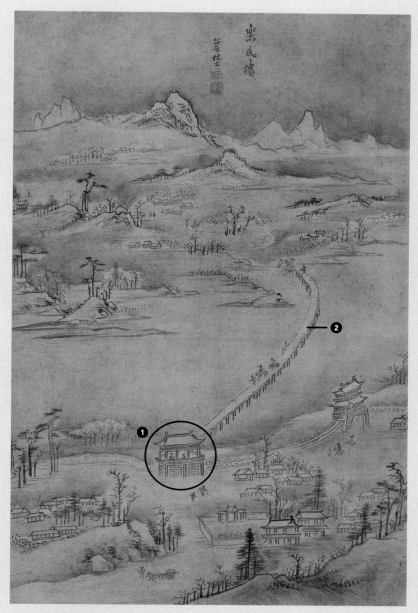

〈낙민루도樂民樓圖〉, 이방운李昉運 작, 18세기 말, 개인 소장

함흥의 명승 낙민루①를 중심으로 만세교②와 성천강의 장관을 그렸다. 이들은 함경도의 대
표적 명승으로 시와 그림의 소재로 많이 등장한다.

"등에 짊어진 서까래 세 개는 임금 왕王 자입니다. 꽃잎이 날렸으니 종국에는 열매를 맺을 테고, 거울이 떨어졌으니 큰 소리가 나지 않겠습니까?"

태조가 크게 기뻐하며 마침내 절을 짓고 석왕사라 이름하고 수륙도량 水陸道場[7]을 크게 베풀었다. 그랬더니 이틀 뒤에 500명의 나한羅漢[8]이 허공에서 모습을 드러내는 영험이 나타났다.

안변에서 서북쪽은 덕원德源 경내이고, 바닷가에는 원산촌이란 마을이 있다. 포구에 모여 사는 백성들은 물고기 잡고 해산물을 채취하며 생계를 잇는다. 바닷길이 동북쪽으로 6진과 통하여 6진과 바닷가에 있는 모든 고을의 상선들이 여기에 돛을 내리고 정박한다. 무릇 생선과 소금, 해삼, 올이 가는 고운 베, 가벼운 다리(여자들이 머리숱이 많아 보이라고 덧넣었던 민머리), 담비, 산삼, 널 만드는 데 쓰이는 목재 따위의 물건이 모두 여기 원산촌에서 팔려나간다. 따라서 강원도와 황해도, 평안도, 경기도 등지의 많은 상인들이 밤낮으로 떼를 지어 몰려들고 온갖 물산들이 쌓여 큰 도회지를 이루고 있다.

백성들 가운데 물건을 사고파는 일로 큰 부자가 된 사람이 많다. 조정에서는 여기에 원산창元山倉을 설치하여 경상도의 곡물을 뱃길로 운반해 창고에 쌓아두었다. 함경도에 흉년이 들거나 필요한 때에 여러 고을에 뱃길로 곡물을 운반하여 진휼賑恤하는 물자로 삼았다.

~~~~~~~~~~~~~~~~~~~~~~

7 불교의 법회 가운데 하나로, 승려들이 단을 쌓고 불경을 읊으면서 음식을 두루 베풀어 수륙의 죽은 망령을 위해 올리는 재를 말한다.

8 존경과 공양을 받을 만한 500명의 불교 성자로서 아라한阿羅漢, 즉 깨달음의 경지에 오른 이들을 일컫는다.

안변 동남쪽에는 황룡산黃龍山이 있고, 황룡산 위에는 용추龍湫가 있는데, 산수가 대단히 기이하다. 여기가 함경도와 강원도의 경계를 이루는 곳이다. 황룡산 남쪽에는 흡곡현歙谷縣이 있다.

태조가 장수로서 고려 왕씨로부터 선양을 받았다. 그때 곁에서 도운 공신들 가운데 서북 지방 출신의 용맹한 장수가 많았다. 나라를 얻은 후에 태조는 "서북 사람은 크게 쓰지 말라."라고 유언을 남겼다. 그런 탓에 평안도와 함경도 두 개 도는 300년 이래로 현달한 관리가 없다. 어쩌다 과거에 급제한 자가 나오더라도 관직은 현령에 지나지 않았다. 간혹 대간(사헌부, 사간원의 벼슬)으로 국왕을 시종하는 지위에 오른 사람이 있기는 하나 이 또한 드물었다. 오로지 정평 출신 김이金栮와 안변 출신 이지온李之蘊이 참판에 이르렀고, 철산 출신 정봉수鄭鳳壽와 경성鏡城 출신 전백록全百祿이 무장으로서 겨우 병마절도사에 이르렀다.

게다가 나라 풍속이 문벌을 소중히 여겨 경성京城 사대부는 평안도나 함경도 사람과는 더불어 혼인하거나 대등한 벗으로 사귀려 하지 않았고, 평안도와 함경도 사람들도 감히 경성의 사대부와 더불어 대등하게 교제하지 못했다. 이로 인해 마침내 평안도와 함경도 두 개 도에는 사대부가 사라졌고, 그 지역에 가서 거주하려는 사대부도 없어졌다. 오로지 함종 어씨咸從魚氏와 청해 이씨靑海李氏, 안변 조씨安邊趙氏만이 풍양豊壤을 본관으로 하고, 국초에 모두 현달한 관직에 올라갔다. 이들 집안은 나중에 경성으로 이주해 살면서 대대로 과거 합격자를 냈다. 이 밖에는 거론할 인물이 없다. 이런 까닭에 관서와 관북의 함경도와 평안도 두 개 도는 살 만한 곳이 못 된다.

황해도

황해도는 경기도와 평안도 사이에 있다. 백두산 남쪽 줄기가 함경도 함흥부 서북쪽에 이르러 풀썩 떨어져 나와 검문령劒門嶺[1]이 되고, 다시 남쪽으로 내려와 노인치老人峙[2]가 된다. 여기 노인치에서 두 줄기로 나뉘어 한 줄기는 남쪽으로 뻗어가서 삼방치三方峙[3]를 지나면서 조금 끊겼다가 곧바로 다시 일어나 철령이 되고, 한 줄기는 서남쪽으로 뻗어가서 곡산谷山을 지나 학령鶴嶺이 된다.

학령에서 산은 다시 세 줄기로 나뉜다. 첫째 줄기는 토산兎山과 금천金川을 지나 오관산五冠山과 송악산이 되는데, 여기가 고려의 옛 도읍지이다. 둘째 줄기는 신계新溪를 지나 평산平山의 면악綿岳(멸악산滅惡山)이 되는데, 이것이 황해도 전체의 조산祖山이다. 산줄기는 다시 서쪽으로 가서 해주의 창금산昌金山과 수양산首陽山이 된다. 여기에서 다시 들로 내려가

1 지금의 검산령으로, 험준한 낭림산맥으로 가로막힌 평안도와 함경도를 연결하는 주요 길목이다.
2 함경남도 안변군에 있는 고개로 역시 강원도와 함경도를 연결하는 주요 길목이다.
3 함경남도 안변군 신고산면(강원도 세포군)에서 강원도 평강군으로 넘어가는 고개로 이른바 분수령이다.

평평한 구릉이 되었다가 서북쪽으로 방향을 틀어 신천信川의 추산錐山이 되고, 또 북쪽으로 돌아가서 문화文化의 구월산이 되어 그친다. 여기가 단군의 옛 도읍지이다. 셋째 줄기는 곡산谷山과 수안遂安을 지나며, 큰 산과 높고 험준한 고개가 가로 뻗쳐서 끊기지 않는다. 자비령慈悲嶺이 되거나 절령岊嶺이 되고서 서쪽으로 뻗어 황주黃州의 극성棘城에서 그친다.

황주는 절령 북쪽에 자리 잡아 평안도 중화부中和府와 경계가 맞닿아 있다. 황주에 병마절도사 병영을 두어서 평안도로 통하는 길목을 막고 있다. 황주에서 남쪽으로 절령을 넘고, 봉산鳳山과 서흥瑞興, 평산, 금천 네 개 고을을 거쳐 개성에 이른다. 이것이 남북을 직통하는 길이다.

남북 직통로 동쪽에는 수안과 곡산, 신계, 토산兔山 등의 고을이 모두 첩첩산중에 박혀 있어 지형이 험하고 백성들이 사나우며, 두메산골이 깊고 응달져서 산도적 떼가 많이 출몰한다. 예로부터 학문을 하거나 높은 관직에 나아간 사람이 드물다. 남북 직통로에 있는 다른 읍도 다 마찬가지이다.

오로지 평산과 금천에는 다른 지역에서 흘러들어와 사는 사대부가 제법 많다. 그중에서 금천은 강음현江陰縣과 우봉현牛峯縣을 합쳐서 군을 만들었다. 옛날부터 풍토병이 있었으나 근래 들어 더욱 심해져 살기에 좋지 않다. 평산도 풍토병이 있다. 평산 서쪽에 있는 면악의 동쪽 산기슭에 화천동花川洞이 있다. 화천동 산꼭대기에 큰 무덤이 있는데, 세상에 전해오는 말에 따르면 청나라 황실 조상의 무덤이라고 한다. 화천동 아래에는 평야가 상당히 드넓게 펼쳐져 있고, 토지 또한 비옥하므로 부유하고 번성한 마을이 많고, 높은 관직에 오른 사대부도 나왔다.

자비령[4]은 옛날에는 북쪽과 통하는 큰길이었으나 고려 말부터 수목을 크게 길러 길을 막고서 길을 폐쇄하였다. 대신 절령 길을 개척하여 남북으로 통하는 큰 관문으로 삼았다. 산맥이 절령을 지나 10리를 못 가서 끊겨 낮은 멧부리가 되고, 멧부리 앞으로는 넓은 들판이 펼쳐지는데, 여기가 극성 벌판이다.

고려 시대에 몽골군이 절령을 피하여 극성을 통해 개경으로 쳐들어왔다. 인조 때 청나라 군대도 극성을 통해 기습적으로 쳐들어왔다. 극성 들녘은 동서의 넓이가 10여 리이고, 들녘 서쪽은 남오리강南五里江(재령강)에서 그친다. 남오리강의 하류는 밀려왔다 나가는 바닷물 때문에 얼음이 얼지 않는다. 만약 자비령부터 장성을 쌓아서 극성의 남오리강 기슭까지 뻗게 한다면, 남북의 통행을 막을 수 있어 천연의 요새가 되었으리라. 절령은 구월산과 동서로 대치하여 온전히 큰 수구水口[5]를 이루고, 남오리강은 들 한가운데를 가로질러 북향하여 대동강으로 흘러 들어간다. 대동강 동쪽에는 황주와 봉산, 서흥, 평산이 있고, 대동강 서쪽에는 안악安岳과 문화, 신천, 재령載寧이 있다.

여덟 개 고을은 풍속이 대체로 같고, 모두 면악과 수양산 북쪽에 있다. 토질은 매우 비옥해서 오곡과 면화를 재배하기에 알맞고, 납과 철광석이 바둑판에 바둑돌이 놓인 것처럼 곳곳의 산에서 산출된다. 남오리강의 동쪽 기슭과 서쪽 기슭에는 긴 방죽을 쌓았고 방죽 안쪽에 펼쳐진 논에서 벼농사를 짓는다. 아득히 멀고 드넓게 펼쳐진 평야가 마치 중국의 소주蘇州나 호주湖州[6]와 같다. 게다가 이곳에서 나오는 쌀은 알이 길고 크며 맛이 찰질 뿐 아니라 기름져 다른 지역에서 나오는 쌀과는 다르

---

4 황해북도 서흥군과 봉산군 경계에 있는 고개이다. 예전에 이곳에 절령역岊嶺驛이 있어서 절령이라고도 부른다.

5 풍수 용어로서 혈穴에서 물이 흘러나가는 지점을 말한다.

다. 궁궐 수라간에서 쓰는 어공미는 오직 이곳의 쌀이다.

수양산과 추산에서 구월산으로 이어진 산줄기는 높낮이가 다르기는 하나 참으로 큰 산등성이다. 이 큰 산등성이 밖에서 바다를 바라보고 고을이 형성되어 있다. 남쪽에 있는 고을이 해주이고, 해주 동쪽에 강령康翎과 옹진이 있으며, 서쪽에는 장연부長淵府가 있다. 장연부 북쪽에 송화와 은율, 풍천이 있고, 산줄기는 장련長連에서 그친다. 장련은 평안도 삼화부三和府와 작은 바다를 사이에 두고 떨어져 있다. 추산 한 줄기는 장연부 남쪽을 따라가다가 서쪽으로 내달려 장산곶에서 그친다. 장산곶 산봉우리는 구불구불하고 골짜기는 깊고 가로막혀 있다. 고려 때부터 호남의 변산, 호서의 안면도와 함께 소나무숲이 조성되었고 궁궐을 짓고 선박을 만들 때 쓰려고 재목을 비축하고 있다.

장산곶 북쪽에는 금사사金沙寺란 절이 있다. 절 앞의 해안은 모두 모래 언덕이다. 모래가 지극히 가늘고 금빛을 띠어 햇빛을 받아 반짝거리는 모래밭이 20리에 걸쳐 펼쳐져 있다. 바람이 불 때마다 깎아지른 듯한 높은 봉우리가 생기는데, 아침저녁으로 여기 생겼다 저기 생겼다 하여 어떤 때는 동쪽에 산을 만들고, 어떤 때는 서쪽에 산을 만들다가 갑자기 좌우로 움직여서 일정치가 않다. 그러나 모래밭 위에 솟은 웅장하면서도 아름다운 탑묘는 끝내 모래에 파묻히거나 눌리지 않으니, 이야말로 괴이한 일이다. 어떤 사람은 "바다의 용이 벌이는 짓이다."라고 하였다.

금사사 모래 밑에서 해삼이 나오는데 방풍나물의 묵은 뿌리와 비슷하게 생겼다. 매년 4월이나 5월이면 중국 산동성의 등주登州와 내주萊州에

---

6   중국의 강소성 소주시와 호주시는 비옥한 평야 지대로, 벼농사와 양잠업이 발달하여 중국 남부의 정치와 경제, 문화의 중심지였다.

서 바닷배가 대단히 많이 몰려온다. 관청에서 장교와 아전을 징발하여 쫓아내면 그들은 바다로 나가 닻을 내리고 기다리다 사람이 없을 때를 틈타 해안에 올라와 해삼을 채취해서 돌아간다.

장산곶 아래의 바닷속에는 전복(鰒魚)과 해삼(黑虫)이 나는데, 해삼은 뼈가 없고 단지 한 덩어리의 검은 살이 있으며 마치 오이처럼 몸통에 오돌토돌한 거스러미가 있다. 중국인들은 이것을 가져다 비단을 검게 염색하는 데 쓴다.

전복은 《한서漢書》에서 "왕망王莽이 즐겨 먹었다."라고 말한 해산물로 등주와 내주에서도 나기는 하지만 진귀하고도 깊은 맛은 우리 연해에서 나는 전복에는 훨씬 미치지 못한다. 그래서 중국인들이 해삼을 따러 올 때 전복도 함께 채취해 간다. 이문이 매우 많이 나기 때문에 등주와 내주의 어선이 해가 갈수록 더 많이 몰려와 연해의 백성들에게 큰 피해를 입힌다.

여덟 개 고을이 바다를 끼고 있는 지형의 이점을 누리고는 있으나 토지가 척박한 곳이 많다. 오직 풍천과 은율은 토지가 가장 기름진 고을이다. 조산평造山坪이란 들이 하나 있어 볍씨 한 말을 뿌리면 벼 몇 백 말을 수확한다. 수확이 아무리 적어도 100말 아래로 내려가지 않는다. 밭의 소출도 논과 똑같으니, 이런 경우는 삼남 지방에서도 드물다.

그러나 장연 이북은 남쪽이 장산곶에 막혀 있어서 주민들은 북쪽 평안도만 오간다. 곡물과 면화가 아주 흔해서 소작인이나 지체 낮은 향족鄉族들이 부유함을 과시하면서 다들 자칭 사족이라 한다.

장연 남쪽 큰 바다에는 대청도와 소청도라는 두 개의 섬이 있는데 섬 둘레가 제법 넓다. 원나라 문종이 순제(혜종惠宗)를 대청도로 귀양 보냈다. 순제는 집을 짓고 살면서 순금 불상 한 점을 모셔두고, 해가 뜰 때마다 고국으로 돌아가게 해달라고 기도하였다. 얼마 되지 않아 순제는 원나라로 되돌아가 황제로 등극하였다. 순제는 장인 100여 명을 파견하고 내시를 시켜 공사를 감독하여 해주 수양산에 사찰을 크게 지었으니, 바로 신광사神光寺이다. 건물이 교묘하고 화려하여 나라 안에서 최고이다. 중간에 화재를 당하여 다시 지었으나 예전 수준에는 전혀 미치지 못한다. 지금은 섬이 황폐해져 사람이 살지 않고, 수목이 하늘을 찌를 듯하다. 순제가 심은 뽕나무와 옻나무, 채소 따위가 가시덤불 속에서 저절로 났다가 열매와 잎이 저절로 떨어진다. 궁궐의 섬돌과 주춧돌 등 유적이 완연하게 남아 있다.

해주는 감사의 치소治所, 곧 해주감영이 있는 고을로 수양산 남쪽에 있다. 바닷물이 두 산 사이로 비집고 들어와서 수양산 앞에 모여들어 맴돌며 한 개의 큰 호수를 이루었으니, 주민들은 이를 소동정호小洞庭湖라 일컫는다. 결성潔城은 빼어난 경치를 홀로 누리는 위치에 자리 잡았는데 풍광을 위에서 내려다보는 운치가 있다.

옛날에 율곡栗谷 이이李珥가 감사를 지내면서 수양산에서 산수가 아름다운 석담石潭이란 장소를 발견하였다. 관직에서 물러난 율곡이 그곳에 집을 짓고 학문을 가르치자, 서울을 비롯하여 사방에서 공부하려는 선비들이 많이 찾아와 따랐다. 율곡이 세상을 뜬 뒤에는 사람들이 사당을 짓고 제사를 지냈다. 또 문인의 자손이 대를 이어 거주하면서 율곡의 가르침과 예법을 받들었다. 그래서 과거 급제자가 황해도에서 으뜸이었다. 훗날 풍속이 쇠퇴하자 지역 사람들이 서원을 차지하고 붕당으로 나뉘어 원수처럼 서로를 공격하였으므로 세상에서 못된 고을로 이곳을 지목하였다.

면악 한 줄기가 해주를 거슬러 동쪽으로 달려 연안延安과 배천白川이

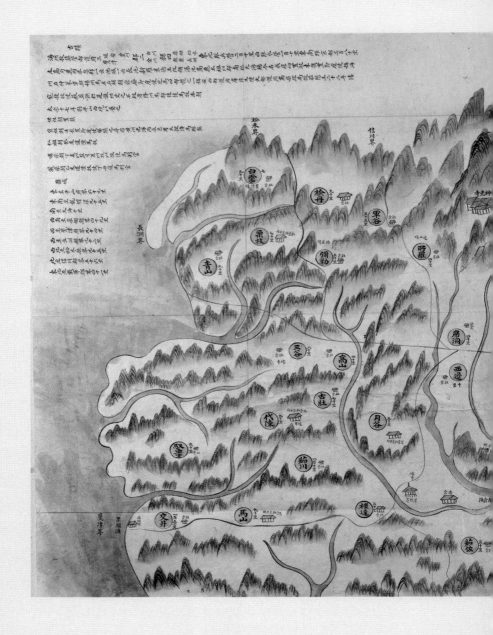

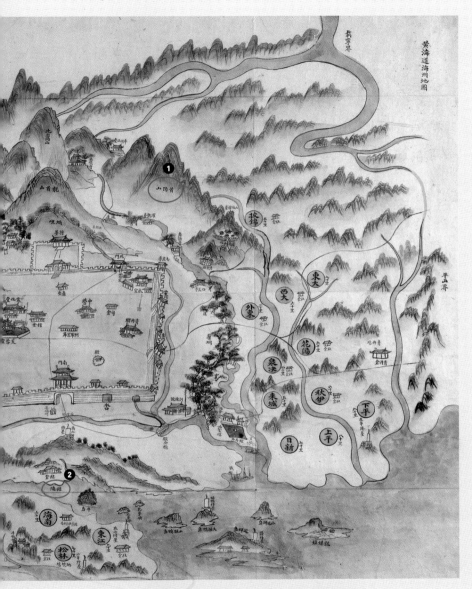

《해주지도海州地圖》, 1872년, 규장각한국학연구원 소장

1872년에 작성된 지방지도이다. 해주는 황해도 감영이 자리 잡은 도회로 감영 뒤에는 수양산①이, 앞에는 결포②가 있다. 결포는 결성포結城浦 또는 결성潔城이라 하는 포구로 그 앞에 만들어진 천연 호수를 소동정호라 불렀다. 1784년 4월 12일 해주를 유람한 유만주俞晚柱는 〈유결성기遊潔城記〉를 써서 포구의 멋진 풍광과 주민 생활을 아름답게 묘사하였다.

된다. 이 고을들은 해주 동쪽에 있는 후서강後西江(예성강) 서쪽과 보련강
寶輦江 하류의 북쪽에 자리 잡고 있다. 큰 산과 넓은 강, 큰 들과 긴 시내
가 여기에 다 모여들고 게다가 조수도 통한다. 평탄하고 드넓으며 환하
고 빼어나서 풍기風氣가 마치 중국의 양자강과 회수淮水 사이의 땅과 같
으니, 가장 살 만한 곳이다. 그러므로 한양에서 흘러들어와 사는 사족들
이 있다. 다만 토질이 척박하여 가뭄이 쉽게 들고, 면화 재배에 적당하
지 않다.

주민들은 즐겨 배를 이용하여 강과 바다에서 통상하여 이익을 얻으려
한다. 동쪽으로는 두 곳의 서울[7]과 통하고, 남쪽으로는 호서와 호남과
교통하여 화물을 수송하여 무역을 하고 재화를 교환함으로써 항상 큰
이윤을 남긴다.

무릇 황해도는 한양 서북쪽에 위치하고, 땅은 평안도나 함경도와 인
접하여 풍속이 활 쏘고 말 타는 것을 좋아하는 반면 학문하는 선비가 적
다. 산과 바다 사이에 끼어 있어서 납과 철광석, 면화와 찹쌀, 멥쌀 그리
고 생선과 소금을 생산하고 팔아 이익을 얻는다. 따라서 부유한 사람이
많으나 대신 사대부 가문은 드물다.

그렇지만 평야에 있는 여덟 개의 고을은 토질이 비옥하고, 바닷가에
있는 열 개의 고을은 명승지가 많으므로 거주하지 못할 정도의 땅은
아니다. 땅의 형세가 서해로 불쑥 들어가서 삼면이 바다를 등지고 있
고, 동쪽 한 방면에만 남북으로 통하는 큰길이 있다. 그러나 북쪽으로
절령에 가로막히고, 남쪽으로는 예성강과 임진강에 막혀 있다. 안과 밖

---

7 고려 수도인 개경과 조선 수도인 한성을 가리킨다. 조선 전기에는 양경兩京체제를
   유지했으나 조선 후기에는 유명무실해졌다.

이 산과 강이고, 내륙에는 요새와 성곽이 많으며, 비옥한 평야가 펼쳐져 참으로 하늘이 만들어준 곡창지대이자 무력을 키울 만한 땅이다. 천하의 요충지로서 큰일이 나면 전쟁이 벌어지기 십상이니 이것이 황해도의 단점이다.

강원도

강원도는 함경도와 경상도 사이에 있다. 서북쪽으로 황해도 곡산부나 토산현 등과 이웃해 있고, 서남쪽으로 경기도와 충청도 두 개 도와 붙어 있다. 산맥 등성이가 철령으로부터 남쪽 태백산까지 이어져 하늘 높이 떠 있는 구름인 양 가로질러 뻗어 있다. 산맥 동쪽에는 아홉 개 군이 있으니 바로 흡곡과 통천, 고성, 간성, 양양, 강릉, 삼척, 울진, 평해이다.

이 아홉 개 군은 모두 동해 바닷가에 자리를 잡아 남북으로는 1000리나 떨어져 있지만 동서로는 함경도와 마찬가지로 100리도 채 안 떨어져 있다. 산맥 등성이가 서북쪽과 교통을 막고 있으나 동남쪽으로는 바다와 나란하게 이어져 주민들은 멀리까지 오간다. 큰 산 아래에 자리 잡아 지세는 협소하지만, 들로 내려앉은 산지에는 낮고 평탄하며 환하고 빼어난 곳이 많다. 동해는 조수가 없기 때문에 바닷물이 혼탁하지 않아 깊고 푸르러 벽해로 불린다. 항구나 섬으로 가로막힌 데가 없어서 마치 큰 호수나 평탄한 연못을 위에서 내려다보는 느낌이 들 정도로 광활하고 웅장하다.

또 이 땅에는 이름난 호수와 기이한 바위가 많아서 높은 곳에 오르면 끝없이 펼쳐진 푸른 바다를 볼 수 있고, 산골짜기에 들어가면 곱고 예쁘게 펼쳐져 있는 물과 바위를 감상할 수 있으니 풍경이 참으로 나라

완역 정본 택리지

안에서 제일간다. 빼어난 풍경을 자랑하는 누대와 정자가 많아서 나라 사람들이 관동팔경이라 부르니 흡곡에는 시중대侍中臺, 통천에는 총석정叢石亭, 고성에는 삼일포三日浦, 간성에는 청간정淸澗亭, 양양에는 청초호靑草湖, 강릉에는 경포대鏡浦臺, 삼척에는 죽서루竹西樓, 울진에는 망양정望洋亭이 있다.

아홉 개 군의 서쪽에는 금강산, 설악산, 오대산, 두타산, 태백산 등이 있다. 산과 바다 사이에는 경치가 빼어난 곳이 많고, 골짜기가 깊고 그윽하며, 물과 바위가 맑고 깨끗해서 신선의 기이한 자취를 전해오기도 한다.

주민은 나들이하고 잔치하는 것을 중시한다. 어른들이 기녀와 악공을 대동하고 술과 고기를 싣고서 호수와 산 사이에서 질탕하게 노니는 것을 좋아한다. 이렇게 노는 것을 큰 일로 간주하니 자제들이 그 풍속에 물들어 학문에 힘쓰는 자가 적다. 서울·개경과 매우 멀리 떨어져 있어서 예로부터 현달한 자가 드물었다. 오로지 강릉만은 과거에 급제하는 사람을 제법 많이 배출하였다.

또 토지가 매우 척박하여 논에 볍씨 한 말을 뿌리면 겨우 10여 말을 수확한다. 다만 고성과 통천은 논이 일대에서 가장 많고 토지가 그다지 메마르거나 척박하지 않다고 한다. 그에 버금가는 곳이 삼척으로 논에 볍씨 한 말을 뿌리면 40말을 거둔다고 한다. 그러나 이 세 고을에서는 인물이 나오지 않는다.

대체로 아홉 개 군은 어디나 바닷가라서 주민들이 오직 물고기를 잡거나 소금을 구워 생계를 꾸려가고 있으므로 토지가 척박하더라도 부유한 자들이 많다. 다만 서쪽에 있는 산등성이가 너무 높아서 외떨어진 지역이나 마찬가지라 잠시 유람하기는 좋으나 오래 거처할 곳은 아니다.

강릉 서쪽에 대관령이 있고, 대관령 북쪽에는 오대산이 있다. 우통수于筒水가 여기에서 솟아나오니 이곳이 바로 한강의 발원지이다. 대관령 남쪽으로 향하여 쌍계령雙溪嶺과 백봉령白鳳嶺 두 고개를 지나면 두타산이 나온다. 두타산에는 옛사람이 돌로 쌓은 성이 있고, 산 아래에는 중봉사重峯寺가 있다. 중봉사 북쪽에는 강릉의 임계역臨溪驛이 있다.

고려 때 이승휴李承休가 이곳에서 은거하였고, 근래에 찰방을 지낸 이자李蕆가 벼슬을 버리고 여기에 집을 짓고 살았다. 산 가운데 평지가 조금 있어서 주민들이 논을 만들었다. 계곡과 바위로 이루어진 경관이 대단히 아름다워 농사를 지어도 좋고 물고기를 잡아도 좋으니 이야말로 또 하나의 별천지이다.

계곡물은 영월의 상동上東을 경유하는데 영월읍에 들어서기에 앞서 임계역 서쪽 산기슭의 남쪽에 있는 정선 여량역餘粮驛 마을을 지난다. 우통수가 북쪽에서 흘러와서 여량역 마을을 감싸 안고 흐른다. 강물 양쪽 언덕이 상당히 넓고, 언덕 위의 큰 소나무와 흰 모래밭이 맑은 물살과 어우러져 참으로 은자隱者가 살 만한 곳이다. 논이 없어 유감이기는 하지만 마을 사람들은 모두 풍족하여 만족스럽게 살아간다.

계곡물이 영월읍 동쪽에 이르면 상동의 물과 만나고, 서쪽으로 조금 흘러가서 주천강酒泉江과 만난다. 두 개의 강 사이에는 단종의 능인 장릉이 있다. 숙종 임금께서는 병자년(1696)에 단종의 지위와 호칭을 훗날에 회복하고 왕릉을 다시 고쳐 봉하도록 하셨다. 또 이 일에 앞서 장릉 부근에 육신묘六臣廟를 건립하게 하셨으니 대단히 융숭한 조치이다.[1]

대체로 강원도는 북쪽 회양淮陽에서 남쪽 정선에 이르기까지 모두 산이 험준하고 골이 깊으며, 물은 모두 서쪽으로 흘러 한강으로 들어간다.

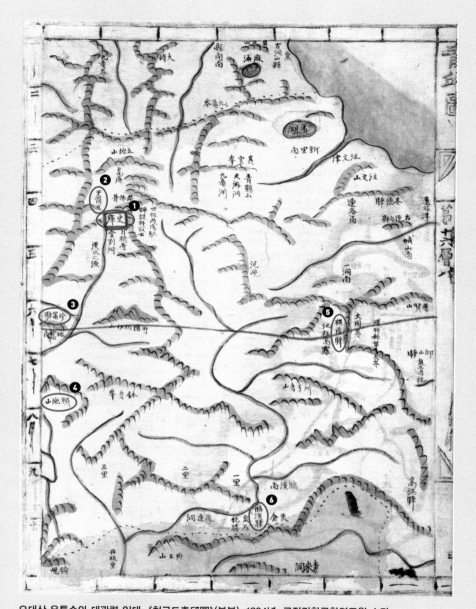

오대산 우통수와 대관령 일대. 《청구도靑邱圖》(부분), 1834년, 규장각한국학연구원 소장

오대산에 사고①와 한강의 발원수인 우통수②를 표시해놓았고, 우통수 아래에 한강물의 발원지라고 밝혀놓았다. 우통수의 물이 한강 중심부를 흐르면서 물맛을 일정하게 유지한다고 생각하였다. 오대산 아래로 진부역③과 두타산④을, 대관령 옆에 주요한 역인 횡계역⑤과 임계역⑥을 표시하였다.

주민들은 대부분 화전이나 자갈밭을 일궈서 경작하고, 논은 대단히 적다. 바람은 높이 불고 기온이 차서, 땅은 척박하고 백성은 굼뜨다. 두메 산골에는 산수가 기이한 곳이 많기는 하나 한때 난리를 피하기에 좋을 뿐 대대로 살기에는 적당하지 않다.

오직 춘천과 원주만은 사정이 조금 낫다. 춘천은 인제의 서쪽에 위치하여 수로와 육로로 서남쪽에 있는 한양에 이르며 거리는 200여 리 떨어져 있다. 춘천 읍치 북쪽에 청평산淸平山(오봉산五峰山)이 있고, 청평산에는 청평사淸平寺가 있다. 청평사 곁에는 고려 때의 처사處士 이자현李資玄의 곡란암鵠卵菴 옛터가 있다. 이자현은 왕비의 인척으로서 젊은 시절부터 혼인도 하지 않고 벼슬도 하지 않은 채 이곳에 숨어 살면서 도를 닦았다. 이자현이 죽은 후에 절의 승려가 부도를 세우고 유골을 안치해두었는데 지금까지도 남아 있다.

청평산에서 남쪽으로 10여 리에 소양강과 맞닿은 땅이 있으니 바로 예맥의 천년 고도이다. 이 지역 주변에 우두牛頭라는 큰 들판이 있으니, 한무제가 팽오彭吳를 보내 우두주牛頭州와 소통하게 했다는 곳이다. 산중에 평야가 드넓게 펼쳐져 있고, 소양강과 모진강이 흘러들어와 풍기가 단단하게 응축되어 있다. 강산이 맑고도 트여 있으며, 토지가 비옥하여 대대로 터 잡고 살아가는 사대부가 많다.

원주는 영월 서쪽에 있고, 강원도 감영이 있다. 서쪽으로 한양과 250리 떨어져 있고, 동쪽으로 대관령 산골로 이어져 있으며, 서쪽은 지평현砥平縣(양평군 지제면 일대)과 인접해 있다. 산골짜기 사이에 들판이 듬성

1　단종의 복위를 꾀하다가 처형당한 사육신 등을 모신 사당의 건립을 말한다.

듬성 펼쳐져 있는데 들이 밝고 수려하며 그다지 험준하지 않다. 경기도와 영남 사이에 끼어 있어서 동해의 해산물과 소금, 인삼, 관곽棺槨과 궁전의 목재가 들어오니 강원도의 물산이 모이는 도회이다. 산골과 가까워 난리가 생기면 피해 숨기가 쉽고, 서울과 가까워 난리가 그치면 벼슬하러 가기도 편하다. 그래서 이곳에 살고자 하는 한양 사대부가 많다.

원주 동쪽에는 치악산이 있는데 고려 말에 운곡耘谷 원천석元天錫이 여기에서 은거하면서 제자들을 가르쳤다. 우리 태조께서 임금이 되기 전에 계실 때 어린 공정대왕恭定大王(태종)을 운곡에게 보내 수학하게 하셨는데, 공정대왕께서는 학업을 마치고 돌아와 18세에 과거에 합격하셨다. 태조가 위화도에서 회군한 뒤에 왕좌를 물려받으려는 낌새를 보이자 운곡은 글을 써서 간언하였다. 세월이 흘러 공정대왕께서 등극하시고 치악산에 행차하시어 운곡을 방문하셨다. 운곡은 자리를 피해 보이지 않았고 단지 예전에 밥을 지어주던 노파만 남아 있었다. 태종께서 운곡 선생은 어디 가셨냐고 묻자 태백산에 친구를 만나러 갔다고 노파가 대답하였다. 대왕은 노파에게 후한 상을 내리고, 운곡의 아들을 기천현감에 제수한다는 교지를 남겨두고 떠나셨다. 이를 두고 사람들이 "엄릉嚴陵[2]보다 훨씬 더 고매하니, 환영桓榮[3] 같은 천박한 자에 견줄 바가 아니다."라고 평가하였다.

---

2 후한 때의 고사高士인 엄광嚴光이다. 엄광은 젊었을 때 광무제와 같이 공부하였는데, 광무제가 황제가 된 뒤 간의대부에 제수했으나 나아가지 않고, 부춘산富春山에서 농사짓고 낚시질하며 살았다.

3 후한 때 사람으로 태자소부에 임명되어 광무제에게 수레와 말을 하사받았다. 그는 수레와 말, 인수印綬를 늘어놓고는 유생들에게 "내가 이 하사품을 받은 것은 다 옛것을 공부한 덕분이니, 그대들은 힘써 노력해야 할 것이다."라고 하였다.

원주 북쪽에는 횡성현 읍치가 있다. 산골짜기에서 농지를 개간하여 넓고 환한 들이 시원스럽게 펼쳐져 있고, 물이 맑고 산이 평탄하여 다른 곳과 달리 형용하기 어려운 맑은 기운이 있다. 고을 안에는 대를 이어 사는 사대부들이 많다.

원주 동북쪽으로 오대산의 서쪽 계곡물이 흘러들어오는데, 서남쪽으로 흘러 원주에 이르면 섬강蟾江이 되고, 흥원창興元倉 남쪽으로 흘러들어 충주강忠州江의 하류와 만난다. 마을은 두 개의 강 사이에 자리를 잡고서 두 개의 강을 청룡과 백호로 삼았으니 마을 앞에 모여들어 깊은 못을 이룬다. 오대산 서쪽의 치악산 줄기는 여기에 이르러 완전히 맥이 끊긴다.

강 너머 산들이 좌우로 오므려 닫혀 있어서 지리가 더할 나위 없이 좋다. 강원도에서 한양으로 향하는 물자가 수송되고 사람이 모이는 장소가 되어 대대로 거주하는 사대부가 많고, 선상 무역으로 부자가 된 자들 또한 많다.

옛날 광해군 때 백사白沙 이항복李恒福이 위태로운 처신을 하면서 정충신鄭忠信에게 한강 상류 쪽에 물러나 살 만한 곳을 봐달라고 부탁하였다. 정충신이 이곳에 도착하여 지형을 그려서 바치자 백사가 집을 지으려 했으나 마침 북청北靑으로 유배를 떠나느라 뜻을 이루지 못했다. 내가 일찍이 이곳을 지나다 백사의 사연을 떠올리고 다음 시를 지었다.

강산을 둘러보면 예전과 다름없으니　俛仰江山似昔年
영웅의 안목이라 본디부터 훌륭했구나　英雄眼力故依然
서풍에 왕손王孫 더럽힐 획책을 겁내어　西風恐汚王孫畵
온 집안을 이끌고 상류로 옮기려 했지　欲徙全家上水邊

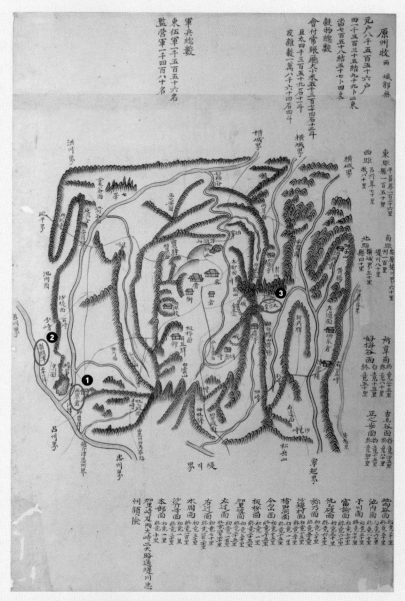

원주의 태종대와 흥원창 일대, 《해동지도海東地圖》, 1750년대 초, 규장각한국학연구원 소장
강원도 감영 소재지 원주 일대를 그린 지도로 오대산에서 흘러오는 섬강과 충주에서 흘러
오는 충강忠江, 곧 남한강이 흥원창① 남쪽에서 합류하여 여주의 이호梨湖②로 흘러가 여강
驪江이 되는 물줄기가 선명하다. 치악산 아래에 태종과 원천석의 전설이 서린 태종대③를
표시하였다.

그러나 이 지역은 두 개의 강에 바짝 붙어서 논이 없으므로 농업에서 이익을 얻지는 못한다.

마을 동남쪽에 있는 언덕을 넘으면 덕은촌德隱村이 나오는데, 동쪽으로 충주 청룡리靑龍里와 인접해 있다. 산골짜기 사이에 논이 많고, 산수가 맑고 그윽하여 숨어 살기에 좋다.

철령과 금강산 물이 남쪽으로 흘러내려 춘천의 모진강牟津江이 되고, 이어 용진龍津(양평군 양수리)에 이르러 한강으로 흘러 들어간다. 춘천에서 모진강을 건너 서쪽으로는 양구와 김화, 금성, 철원, 평강, 안협, 이천의 일곱 개 고을이 있는데 모두 경기도 북쪽, 황해도 동쪽에 위치한다.

이 가운데 철원부는 태봉의 국왕 궁예가 도읍한 고을이다. 궁예는 신라의 왕자로 젊어서는 무뢰배로 지내다, 장성해서는 죽산竹山과 안성 사이에서 힘을 키워 도적이 되었다. 고구려와 예맥의 땅을 차지하고 왕을 자처하다가 잔학한 짓을 하여 부하에게 쫓겨났다. 태조 왕건이 마침내 뭇 신하들에게 추대되었으니, 궁예는 고려를 위해 길을 닦아준 셈이다.

철원은 강원도에 속해 있기는 하지만 들판에 만들어진 고을로서 서쪽으로 경기도 장단長湍과 맞닿아 있다. 토지가 척박하기는 해도 넓은 들과 나지막한 산이 넓게 펼쳐져 밝고 시원하며, 두 개의 강(북한강과 한탄강) 사이에 있으니 산골짜기에 자리 잡은 어엿한 도회지이다. 그러나 들판인데도 물이 깊고, 벌레 먹은 듯한 검은 돌(현무암)이 있으니 놀랍고 기이한 일이다.

한양에서 출발하여 동쪽으로 용진을 건너고 양근楊根과 지평砥平을 지나 갈현葛峴을 넘으면 강원도 경내로 들어가게 된다. 여기서 동쪽으로 하룻길을 더 가면 강릉부의 서쪽 경계인 운교역雲橋驛이 나온다.

옛날에 나의 선친께서 계미년(1703) 연간에 강릉부사로 부임하셨는데 당시 내 나이 14세였다. 부모님의 행차를 따라가느라 운교역에서 강릉부 서쪽 대관령에 이르렀다. 평지나 높은 고개 따질 것 없이 수많은 나무 사이로 길이 나 있고, 올려다봐도 하늘의 해를 보지 못한 채 무려 나흘 동안이나 길을 갔었다. 그러나 수십 년 전부터 산과 들이 모두 개간되어 농경지가 되었고, 촌락이 서로 이어져서 산에는 한 치 크기의 나무도 안 남아 있었다. 이것으로 미루어볼 때, 다른 고을 또한 같은 실정임을 알 수 있다. 태평성대라 백성들의 수가 점차 불어나는 만큼 산천도 조금씩 피해를 입는 정황이 엿보인다. 옛날 인삼이 나던 곳은 모두 대관령 서쪽 깊은 산골짜기였으나 산은 벌거벗고 들판은 불에 타는 바람에 인삼의 소출이 점차 드물어졌다. 홍수가 나고 산사태가 일어날 때마다 흙이 한강으로 유입되어 한강의 수위가 점차 얕아지고 있다.

경상도는 지리가 가장 아름답다. 강원도 남쪽에 있어 서쪽으로는 충청도·전라도와 맞닿았고, 북쪽에는 태백산이 있다. 풍수가가 말하는 하늘로 치솟은 수성〔漲天水星〕[1]의 형국으로, 태백산 왼편에서 큰 지맥이 하나 나와 동해에 바짝 붙어서 내려오다 동래 바닷가에서 멈추고, 태백산 오른편에서 또 하나의 큰 지맥이 나와 소백산·작성산鵲城山·주흘산主屹山·희양산曦陽山·청화산青華山·속리산·황악산黃岳山·덕유산·지리산 등을 이루고 남해 바닷가에서 멈춘다. 두 지맥 사이에는 비옥한 평야가 1000리에 걸쳐 뻗어 있다.

황지潢池는 천연 연못으로 태백산의 가장 높은 봉우리 아래에 있다. 산을 뚫고 물이 솟아나 북쪽에서 남쪽으로 흐르고, 예안禮安에 이르러 동쪽으로 한 번 꺾였다가, 서쪽으로 안동 남쪽을 따라 흐른다. 용궁龍宮과 함창咸昌 경계에 이르러 비로소 남쪽으로 꺾이면 낙동강이 된다. 낙동洛東이란 말은 상주尙州(옛 이름이 상락上洛이다)의 동쪽이라는 뜻이다. 낙동강은 김해로 흘러 들어가기까지 경상도 한가운데를 가르면서 지나

---

1 장천수성漲天水星은 하늘로 솟은 산들이 구불구불 내려간 모양을 가리키는 풍수 용어이다.

가니 강의 동쪽을 좌도, 서쪽을 우도라 한다. 두 갈래로 나뉜 큰 지맥 역시 김해에서 합쳐지므로 일흔 개 고을이 하나의 수구를 공유하면서 거대한 형국을 이루고 있다.

상고시대에는 도내에 사방 100리 크기의 나라가 매우 많았으나 신라가 나와서 많은 나라를 모두 정벌하여 통일하였다. 신라는 나라를 유지하는 1000년 동안 경주에 도읍하였으니, 옛날에 "계림은 군자국이다."라고 말한 곳이다. 지금은 동경東京이라 부르며 부윤을 두어 다스리고 있다. 경주의 읍치는 태백산 왼편에서 뻗은 지맥 한가운데 있으니 풍수가가 말하는 용이 휘돌다가 머리를 돌려 처음 일어난 곳을 돌아보는 형국에 해당한다. 서북쪽이 트인 지세로 형국 안을 흐르는 물이 동쪽으로 흘러 큰 강을 이루고 바다로 들어간다. 신라 때의 반월성半月城과 포석정鮑石亭 그리고 괘릉掛陵의 옛터가 남아 있다.

신라가 영남 지역의 모든 나라를 차지하고, 고구려와 백제가 쇠망해 가는 틈을 타서 삼국을 통일하였다. 신라 말엽에 진성여왕이 왕위에 올라 법령을 제대로 시행하지 못하고, 불교를 지나치게 숭상하여 사찰이 산골마다 들어찼고, 백성들은 죄다 승려가 되었다. 이에 궁예가 옛 고구려 땅을 점거하고, 견훤이 옛 백제 땅에서 반란을 일으켰으나 고려 태조가 나와 후고구려와 후백제를 통합하였다. 그러자 신라는 나라를 바치고 귀속하였다.

신라 때에는 북쪽으로 발해와 거란에 길이 막혀서 오로지 바닷길을 통해 당나라와 교류하였는데, 오가는 사신의 행렬이 끝없이 이어졌다. 교화와 문물에서 중국을 본받아 번듯하게 성취하였으니 높이 평가할 일이다.

고려로부터 우리 조선에 이르는 기간만 해도 거의 1000년 세월이 흘렀는데, 위아래로 수천년 동안 경상도는 장수와 정승, 공경대부, 문장 잘하고 덕행을 지닌 선비를 비롯하여 공훈을 세우거나 절의를 지킨 사람, 선인仙人과 승려, 도사 등을 많이 배출하여 인재의 창고라 일컬어졌다. 우리 조선조에서 선조 임금 이전에 국정을 담당한 사람은 모두 경상도 사람이었고, 문묘에 배향된 네 명의 현자[2] 역시 경상도 사람이었다.

인조 임금께서 율곡 이이와 우계牛溪 성혼成渾, 백사 이항복의 문생 또는 자손들과 함께 반정을 일으켰고, 이때부터 한양의 경화세족 출신들만 기용하였다. 최근 100년 사이에 영남 출신으로 판서에 오른 사람은 두 명뿐이고, 참판에 오른 사람은 네다섯 명, 정승에 오른 이는 단 한 명도 없다. 영남인이 차지한 관직은 높이 올랐다고 해봐야 3품에 불과하고, 아래로는 지방 주현의 원님에 불과하였다.

그러나 선인들이 남긴 풍습과 영향은 이제껏 사라지지 않아서 예의와 문물을 숭상하는 풍속이 남아 있으니, 지금도 과거에 급제하는 사람의 수가 어느 도보다 많다. 경상 좌도는 토지가 척박하고 백성이 곤궁하기는 해도 문사가 많고, 경상 우도는 토지가 비옥하고 백성이 부유하여 사치하기를 좋아하지만 게을러서 학문에 힘쓰지 않기에 귀하게 되고 현달한 선비가 드물다. 이것이 대략의 영남 풍속이다. 그렇지만 토지가 비옥하고 척박한 정도가 고을마다 다르고, 인재는 여기저기에서 배출된다.

예안과 안동, 순흥順興, 영천榮川, 예천醴泉 등의 고을은 태백산과 소백산 남쪽에 있는데 신령이 서린 복된 땅이다. 큰 산 아래의 평탄한 산지

───────────────

2　한훤당寒暄堂 김굉필金宏弼, 정암靜菴 조광조趙光祖, 회재晦齋 이언적李彦迪, 퇴계 이황을 가리킨다.

와 넓은 들녘은 밝고 수려하며 흰 모래와 단단한 흙은 기운과 빛깔이 완연히 한양과 같다.

예안은 퇴계 이황의 고장이고, 안동은 서애西厓 유성룡柳成龍의 고장이니, 고을 사람들이 두 분이 지내던 곳에 사당을 세워두고 제사를 올린다. 그러므로 이 다섯 고을은 이웃하여 서로 가깝게 지내고, 사대부가 매우 많으니 모두 퇴계와 서애 문인의 자손들이다. 윤리를 밝히고 도학을 중시해서 아무리 궁벽한 촌락이나 작은 마을일지라도 어디서나 책 읽는 소리가 들리고, 해진 옷을 입고 쓰러져가는 집에 살아도 역시 다들 도덕과 성명性命을 말한다. 그러나 근래에는 풍속이 점점 쇠약해져서 질박하고 공손하기는 해도 구속됨이 많고 악착같으며, 실질은 적고 떠벌리고 다투기를 즐기니 이로써 그들이 선조들보다 못함을 알 수 있다. 그렇기는 해도 좌도의 많은 고을은 어디나 이들 다섯 고을보다 못하다.

안동부의 읍치는 화산花山 남쪽에 있다. 황수가 북동쪽에서 흘러와 여기에 이르고, 청송青松의 읍천은 임하臨河에서 흘러와 여기 이른다. 두 물은 안동 동남쪽에서 만나 읍성을 감싸고 돈 후에 서남쪽으로 흘러간다. 안동 남쪽에는 영호루映湖樓가 있다. 고려 공민왕이 남쪽으로 피난하였을 때 이 누각에서 자주 잔치를 벌였다. 누각의 편액 글씨는 바로 공민왕이 쓴 것이다. 영호루 북쪽에는 신라 때의 고찰이 있었으나 지금은 폐사가 되어 승려가 없다. 다만 사찰의 정전이 들판 사이에 따로 떨어져 있으나 조금도 기울거나 무너지지 않아서 사람들이 노나라의 영광전靈光殿[3]에

---

3 한나라 경제의 아들 노공왕이 세운 전각으로 산동성 곡부현 동쪽에 있었다. 한나라 중기에 도적들에 의하여 미앙궁未央宮과 건장궁建章宮 등은 다 무너졌으나 영광전만은 그대로 보존되었다.

비유한다. 안동 서쪽에는 서악사西岳寺가 있고, 서악사에는 관제묘와 석상이 있는데 임진왜란 때 왜적을 토벌하던 명나라 장수가 지었다. 안동 동남쪽에는 귀래정歸來亭이 있는데 개성유수를 지낸 이굉李浤이 지었고, 동쪽에는 임청각臨淸閣이 있어 고성 이씨가 대대로 살고 있다. 영호루와 더불어 고을의 명승지이다.

안동 북쪽으로 얼추 200리 되는 거리에 태백산이 있고, 태백산 아래에는 내성奈城과 춘양春陽, 재산才山, 소천召川 네 곳의 촌락이 있으니 모두 깊은 산골이다. 산골 백성들이 옹기종기 모여 마을을 지키면서 강원도 바닷가의 생선과 소금을 교역하여 이익을 얻고 있다. 여기도 전쟁을 피하거나 세상을 피해 숨어 살 만하다. 네 곳의 촌락 동쪽에 영양英陽과 진보眞寶 두 고을이 있는데, 풍속이 대체로 같다. 진보에서 동쪽으로 읍령泣嶺을 넘으면 영해寧海가 나오는데, 북쪽으로 강원도 평해와 맞닿아 있다.

안동에서 남쪽으로 황수를 건너면 팔공산이 있고, 팔공산 북쪽이자 황수 남쪽에 의성을 비롯한 여덟아홉 개의 고을이 있으며, 이 고을 동남쪽에는 경주가 있다. 북쪽 영해로부터 남쪽 동래에 이르기까지 산맥 등성이 너머로 아홉 개 고을이 있는데 이들 또한 지형이 남북으로 길고 동서로 협소하다. 모두 바닷가에 바짝 붙어서 생선과 소금을 팔아 이익을 얻는다. 경주가 아홉 개 고을 가운데 가장 큰 도회지이다. 여전히 옛 도읍의 풍속이 남아 있고, 우리 조선의 인물로 회재 이언적의 고장이기도 하다.

팔공산 남쪽에는 대구가, 서쪽에는 칠곡이, 동남쪽에는 하양河陽과 경산, 자인慈仁 등의 고을이 있다. 도내에는 적을 방어하기에 적합한 성곽이 없고 오로지 칠곡 읍치에만 성곽(가산산성架山山城)이 만길 높이 산 위에 자리 잡았는데 남북으로 뻗은 큰길을 가로막고 있어서 요충지이자 큰 방어 거점이다.

대구는 감사의 치소가 있는 고을이다. 사방이 산으로 높게 둘러싸여 있으며 가운데에 큰 들판이 펼쳐져 있다. 들판 가운데로 금호강이 지나가는데 동쪽에서 서쪽으로 흘러 낙동강 하류와 만난다. 대구 읍치는 금호강 남쪽, 경상도 중앙에 위치하여 남북의 경계에 이르는 거리가 비슷하다. 또한 풍광도 빼어나고 도회지로서 입지도 훌륭하다.

대구 동남쪽에서 동래에 이르는 지역에는 여덟 개 고을이 있는데, 토지는 비옥하지만 왜국倭國과 가까워 살 만한 곳이 못 된다. 오직 점필재佔畢齋 김종직金宗直의 고향인 밀양과 한훤당 김굉필의 고향인 현풍玄風만이 낙동강을 끼고 바다와 가까워서 생선과 소금을 팔아 이문을 남기고, 뱃길의 이로움을 누린다. 이들은 또한 번화하고 경치가 빼어난 고을이다. 한양의 역관 무리들은 이곳에 귀중한 재물을 많이 쟁여두고서 왜국과 교역하여 이익을 얻는다.

밀양 동남쪽에 동래가 있다. 동남쪽 바닷가 고을로 일본인이 우리나라에 상륙할 때 처음 발을 내디디는 땅이다. 임진왜란 이전에 동래의 남쪽 바닷가에 왜관을 처음 설치하였다. 왜관 둘레는 수십 리로, 목책을 설치하여 경계를 만들고 병졸을 두어 지키면서 우리나라 사람들이 출입하며 오가는 행위를 금지하였다.

해마다 대마도 사람들이 도주의 문서를 받아서 수백 명을 이끌고 왜관에 와서 머물렀다. 조정에서는 경상도의 조세를 일부 떼어서 왜관에 머문 왜인에게 주었는데, 왜인은 이 중 절반을 도주에게 바치고, 절반을 남겨두어 사용하였다. 그자들은 특별히 하는 일 없이 다만 조선과 일본 간의 서신 왕래와 재화를 교역하는 일을 맡아보았다. 교역할 때도 물건 대금을 바로 주지 않고 순서대로 해마다 조금씩 나누어 지급하기로 약속하니, 이를 피집被執이라 한다. 일본에는 온 나라에 장독瘴毒(축축하고 더운 땅에서 생기는 독한 기운)이 낀 샘이 많아서 풍토병이 많이 발생하는데, 인삼을 물통에 넣어두면 탁한 장독이 가신다. 그러므로 인삼을 대단히 소중하게 여겨 먼 지역에 사는 왜인들이 모두 대마도에서 구입한다. 조정에서 해마다 공급하는 일정한 수량을 정해두고 사적인 거래를 엄격히 금한다. 그러나 이익이 크기 때문에 심지어 목을 베는 형벌을 내려도 막지 못한다. 근래 들어 금령이 조금씩 느슨해지자 사사로이 금령을 어기는 이들이 많아져서 우리나라에서 날이 갈수록 인삼 값이 뛰고 품귀 현상이 일어난다.

옛날에 장헌대왕께서 장수를 파견하여 대마도를 토벌하여 평정하고는 관리를 두어 다스리지 않고 다시 도주에게 돌려주었다. 그때는 아마도 왜관이 없었을 터이니 이 제도가 언제부터 시작되었는지 모르겠으나 사실상 아무런 의미가 없는 짓이다. 대마도는 본디 왜국에 속하지 않고 두 나라 사이에 끼어 있다. 일본 핑계를 대며 우리나라에게 무언가를 요구하거나, 우리나라 핑계를 대고 왜국에서 좋은 대우를 받으며 박쥐 같은 짓을 하고 이익을 취할 뿐이므로 토벌하여 복속시키는 것이 상책이다. 여의치 않으면 도주로 하여금 해마다 한 번씩 조회하게 하고 신하로서 복종한다면, 앞서 준 금액 정도를 상으로 내리면 좋을 것이다. 그러나 왜관을 지어 머무르게 하고 조세를 실어다가 그들에게 주는 지경에까지 이르렀다. 이는 공물을 바치는 일이나 마찬가지여서 명분이 똑바르지 않으므로 서둘러 없애야 옳다.

대개 대마도는 토지가 척박한 데다 인구가 많고 조밀하여 고려 말에 바다에서 도적질한 해적은 모두 이 섬의 주민들이다. 그자들을 달래서 도적질하지 못하게 하려는 제도라고 하지만 임시방편에 불과할뿐더러

선례도 없다. 더구나 우리 땅에 들어온 다음에 복색을 바꾸고 우리말을 배워 나라의 일을 정탐할 우려가 있다. 또 임진왜란 때에는 아무 이유 없이 철수하였으니, 두 나라가 전쟁할 때에는 털끝만큼이라도 도움을 주기는커녕 도리어 해만 끼쳤음을 잘 알 수 있다. 그러나 시행한 지가 이미 오래된지라, 갑자기 갈등을 일으키는 것도 좋지 않다. 마땅히 먼저 군대의 위세를 떨친 후에 다시 조약을 맺어야 할 일이다.

경상 우도에서 문경은 조령 밑에 있다. 북쪽으로 험준한 주흘산이 위세를 떨치고 있고, 남쪽으로 견탄犬灘이 굳세게 자리 잡고 있으며, 서쪽에는 희양산과 청화산, 동쪽에는 천주산天柱山과 대원산大院山이 있다. 사방을 에워싼 산 가운데 들이 자못 넓게 펼쳐져 있다. 영남 경계에 있는 첫째 고을로, 남북으로 통하는 큰길에 자리 잡고 있다. 임진왜란 때에 왜적이 북상하여 견탄에 이르렀을 때 크게 두려워하다가 염탐하여 지키는 부대가 없음을 확인한 후에 비로소 지나갔다. 조령에 이르러서도 마찬가지였다. 그러나 문경은 바위로 둘러싸인 고을로 겹겹의 험준한 산지에 위치하므로 풍수가가 말하는 탈살脫殺이 덜 된 곳[4]이다.

문경 남쪽에는 함창咸昌의 들판이 펼쳐져 있고, 함창 남쪽에는 상주가 있다. 상주는 일명 낙양洛陽으로 조령 아래의 큰 도회지이다. 산이 웅장하고 들이 넓으며, 북쪽으로 조령이 가깝고 충주와 경기도로 통하며, 동쪽으로 낙동강이 있어서 김해와 동래까지 통한다. 물건을 말로 운반하

---

4 풍수에서 '살殺'은 형체의 억셈과 단단함, 날카로움과 뾰족함, 험함과 급함, 곧음을 모두 포함하는 표현이다. 탈살은 이런 살을 벗어난 지형을 가리키는데 이후에는 '살기를 벗어난 곳'으로 번역한다. "탈살이 덜 된 곳"은 산세가 험하여 흉살凶殺의 기운이 남아 있는 지역이라는 말이다.

고 배로 실어가며 남쪽과 북쪽에서 수로와 육로를 통해 장사치가 모여드니 무역과 운송이 편리하기 때문이다. 이 지방에는 부유한 자들이 많고, 이름난 선비와 현달한 관리도 많이 배출되었다. 우복愚伏 정경세鄭經世와 창석蒼石 이준李埈이 상주 사람이다.

상주 서쪽에는 화령火嶺이 있고, 화령의 서쪽 지역은 충청도 보은 땅이다. 화령은 소재蘇齋 노수신盧守愼의 고장이고, 동쪽에는 인동仁同이 있으니 바로 여헌旅軒 장현광張顯光의 고장이다. 남쪽은 선산善山으로 산천이 상주보다 더욱 밝고 빼어나다. 속담에 "조선 인재는 절반이 영남에서 나고, 영남 인재는 절반이 선산에서 난다."라고 할 정도로 옛날부터 학문에 뛰어난 선비들이 많았다. 임진왜란에 참전한 명나라 군사가 이곳을 지나갈 때 술사術士가 우리나라에 인재가 많은 것을 꺼려서 군졸을 시켜 고을 뒤편의 산맥을 끊고 벌겋게 달아오른 숯으로 뜸질을 하게 하였다. 또 큰 쇠못을 박아 땅의 정기를 눌렀으니 이때부터 땅이 쇠잔하여 인재가 나오지 않는다.

김산金山(김천) 서쪽에는 추풍령이 있고, 추풍령 서쪽에는 황간黃澗이 있다. 황악산과 덕유산 동쪽에서 흘러나온 물이 만나 감천甘川을 이루고 동쪽으로 흘러 낙동강에 합류한다. 감천 유역의 고을은 지례知禮, 김산, 개령開寧, 선산으로 모두 물대기가 편리한 이점을 누려서 논이 대단히 비옥하다. 주민들이 이 땅에 편안하게 살면서 죄짓기를 겁내고 사악한 짓을 멀리하기 때문에 대대로 터 잡고 사는 사대부가 많다. 김산은 판서를 지낸 최선문崔善門의 고장이다. 선산에는 금오산이 있으니 곧 주서注書를 지낸 길재吉再의 고장이다. 최선문은 노산군魯山君에게 충절을 지켰고, 길재는 고려에 충절을 지켰다.

감천 남쪽에는 선석산禪石山이 있고, 선석산 남쪽에는 성주와 고령이 있는데, 고령은 옛 가야국 지역이다. 또 고령 남쪽에는 합천이 있으며 이들은 모두 가야산 동쪽에 있다. 세 고을의 논은 영남에서 가장 비옥해서 파종을 적게 해도 곡식을 많이 수확한다. 그러므로 대대로 이 땅에 정착해 사는 사람들은 모두 살림이 넉넉해서 다른 곳으로 이주하는 이가 없다. 성주는 산천이 밝고 수려하며, 고려 때부터 이름난 사람과 현달한 선비가 많았고, 우리 조선에 이르러서는 동강東岡 김우옹金宇顒과 한강寒岡 정구鄭逑가 이 고을에서 나왔다.

합천 남쪽은 삼가三嘉로 남명南溟 조식曹植의 고장이다. 김우옹과 정구 그리고 정인홍은 남명의 문인이다. 정인홍이 학자로 자처하며 남명을 높이고 퇴계를 공격하였는데, 따르는 학자들이 매우 많아서 사방에서 악영향을 많이 받았다. 동강은 벼슬을 그만두고 전원으로 돌아올 때 정인홍을 피해 고향인 성주로 돌아가지 않고 청주의 정좌산鼎坐山 아래에 터를 잡고 살다가 생을 마쳤다. 정인홍은 광해군 때 대북大北의 우두머리로 영의정에까지 올랐으나 인조반정에 이르러 저잣거리에서 죽임을 당하였다. 성주 사람들이 의로운 일을 행하기 좋아하고, 집안이 보존된 것은 동강과 한강이 남긴 은택 덕분이다.

덕유산 동남쪽에는 안음현安陰縣(함양군 안의면 일대)이 있으며 동계桐溪 정온鄭蘊의 고장이다. 정온은 관직이 이조참판에까지 올랐다. 병자호란때 청나라 군대가 남한산성을 포위했을 때 정온은 명나라를 배반하고 청나라에 항복해서는 안 된다고 주장하였다. 인조가 남한산성을 나가 항복하자 정온은 칼로 배를 찔러서 기절하였다. 그의 자제들이 창자를 도로 집어넣고 배를 꿰매었더니 한참 지나 정신이 돌아왔다. 청나라 군대가 돌아간 후에 바로 고향으로 내려가 종신토록 조정에 출사하지 않았다.

안음 동쪽에는 거창이, 남쪽에는 함양과 산음山陰(산청군)이 있고 이들은 지리산 북쪽에 있다. 이 네 개의 고을은 모두 토지가 비옥하다. 함양은 특히 산수굴山水窟[5]이라 불리며 거창, 안음과 함께 이름난 고을이다. 오직 산음만은 기운이 흐리고 어두워서 살 만한 곳이 못 된다. 네 고을의 물이 만나 영강瀯江(남강南江)을 이루고 진주 고을 남쪽을 돌아서 낙동강으로 흘러 들어간다.

진주는 지리산 동쪽에 있는 큰 고을로 장수와 정승을 많이 배출하였다. 토지가 비옥한 데다 강산의 풍광도 빼어나서 사대부들이 부유함을 자랑하여 저택과 누정 가꾸기를 즐겼다. 이들은 설령 벼슬을 하지 않아도 잘 노는 귀공자라는 이름은 떨치고 있다. 임진왜란 때 진주가 왜적에게 함락당했을 때 창의사倡義使 김천일金千鎰과 병마절도사 최경회崔慶會가 싸우다 죽었다. 지역 사람들이 사당을 세워서 제사를 올리고, 조정에서는 충렬사忠烈祠를 사액하여 표창하였다.

숙종 때 어떤 진주목사가 사당을 중수하려고 병마절도사에게 도움을 청하였으나 병마절도사가 들어주지 않았다. 목사가 홀로 녹봉을 털어서 중수하자 사당의 모양이 새롭게 바뀌었다. 목사가 밤에 꿈을 꾸었더니 여러 장수가 감사 인사를 하고서 말하기를, "공께서는 문관인데도 우리를 잊지 않고 있거늘 저 병마절도사는 장수의 처지로 돌아보지도 않으니 마땅히 그 죄를 다스리겠습니다."라고 하였다. 새벽이 되어 병마절도사가 밤사이 갑자기 죽었다는 소식이 들려왔으니 귀신이 작용하는 바가 없다고 할 수 없다.

───────────────

5 산이 높고 물이 많은, 경치가 좋은 고장을 가리킨다.

진주 동쪽에는 의령과 초계草溪(합천군 초계면)가 있는데, 진주와 풍속이 대체로 같다. 영강 남쪽에 있는 열세 개 고을에는 예로부터 현달한 사람이 적다. 바다와 가까워서 일본과 인접해 있고, 물에 모두 장독이 있어서 살 만한 곳이 못 된다. 오직 하동은 일두一蠹 정여창鄭汝昌의 고장으로 지리산 남쪽에 있으며, 전라도 광양현光陽縣과 맞닿아 있다. 그러므로 "경상 좌도는 귀하게 되고 경상 우도는 부유하게 된다."라고 한다. 1000년 동안 이름난 마을이 군데군데 있기는 하지만 땅이 외져 경성에서 멀기 때문에 이 지방 사람이 아니면 사대부들이 불쑥 여기로 가기가 쉽지 않다. 땅의 형세로 인해 닿기도 어렵고 소요 시간도 길어 쉽게 가기 어렵다.

전라도

전라도는 동쪽으로는 경상도와 맞닿고, 북쪽으로는 충청도와 맞닿아 있다. 본디 백제 땅으로 후백제의 견훤이 신라 말에 이 지역을 점령하고 고려 태조와 여러 차례 전투를 벌여 태조를 자주 위험에 빠트렸다. 태조는 견훤과 그 아들을 평정한 뒤로 백제 사람을 미워하였다. 그래서 차령 이남은 물이 모두 개경을 등지고 흐른다는 이유를 들어 차령 이남 사람을 등용하지 말라는 유훈을 남겼다. 고려 중엽에 이르러 간혹 재상에 등용된 이가 나타나긴 했으나 그것은 드문 일이었다. 우리 조선에 들어와서 이 금령은 마침내 사라졌다.

전라도는 토지가 넉넉하고 비옥하며, 서쪽과 남쪽이 바다를 접하고 있어서 생선과 소금, 메벼와 벼, 비단실과 무명실, 모시와 닥종이, 대나무와 목재, 귤과 유자 등의 작물에서 이익을 많이 얻었다. 풍속이 음악과 여자, 사치를 숭상하고, 경박하고 교활한 사람이 많으며 학문을 중시하지 않는다. 따라서 과거에 급제하여 현달한 사람이 경상도보다 적다. 학문에 힘쓰고 행실을 닦는 사람으로 자처하는 이들이 적은 탓이다.

그러나 땅의 기운을 받고 태어난 뛰어난 인재가 본래 적지 않다. 고봉高峯 기대승奇大升은 광주 사람이고, 일재一齋 이항李沆은 부안 사람이며, 하서河西 김인후金麟厚는 장성 사람으로 이들은 모두 도학으로 이름이 높았다. 제봉霽峯 고경명高敬命과 건재健齋 김천일金千鎰은 광주 사람으로 절의로 이름이 높았다. 고산孤山 윤선도尹善道는 해남 사람이고, 묵재默齋 이상형李尙馨은 남원 사람으로 문학으로 이름이 높았다. 장군을 지낸 정지鄭地와 금남錦南 정충신은 광주 사람으로 장수로 이름이 높았다. 찬성을 지낸 오겸吳謙은 광주 사람이고, 의정을 지낸 이상진李尙眞은 전주 사람으로 재상으로 이름이 높았다. 문장에 뛰어난 자는 고부 사람인 옥봉玉峯 백광훈白光勳과 영암 사람인 고죽孤竹 최경창崔慶昌이 있다. 타지에서 흘러온 자로는 부윤을 지낸 신말주申末舟가 순창에 살았고, 찬성을 지낸 이계맹李繼孟이 김제에 살았으며, 판서를 지낸 이후백李後白이 해남에 살았고, 판서를 지낸 임담林墰이 무안에 살았다. 단학丹學으로 이름난 자를 들자면 도사였던 남궁두南宮斗가 함열咸悅 사람이고, 청하靑霞 권극중權克中이 고부 사람인데, 수련과 방술로 이름이 높았다. 이들은 모두 호탕한 기개와 뛰어난 재주로 후세에 명성을 떨친 사람들이다.

덕유산은 충청도, 전라도, 경상도 세 도가 만나는 지점에 자리 잡고 있다. 서쪽으로 한 줄기가 나와서 전주 동쪽에 이르러 마이산의 쌍석봉雙石峯이 되는데 높게 솟구쳐 하늘에 닿을 듯하다. 옛날에 공정대왕께서 호남 지역에서 사냥하며 무예를 닦는 행사를 하실 때 생김새가 말의 귀를 닮았다고 하여 마이산이라 이름을 붙이셨다. 마이산 한 줄기가 서남쪽으로 내려가다가 임실任實과 전주 사이에서 갈라지는데 한 줄기는 서쪽으로 가서 금구金溝의 모악산이 되어 만경강萬頃江과 동진강東津江 사이에서 그치고 다른 한 줄기는 서남쪽으로 내려가서 순창 복흥산復興山과 정읍의 노령蘆嶺이 된다. 여기가 남북을 오가는 데 이용하는 큰길이다.

노령에서 산줄기가 여러 갈래로 갈라져서 서쪽으로는 영광에서 그치고, 서남쪽으로는 무안에서 그치며, 북쪽으로는 부안의 변산에서 그

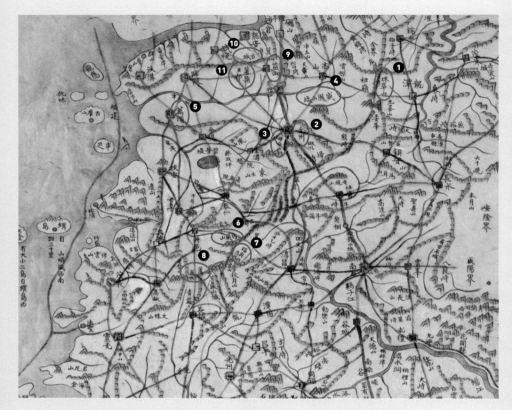

전주와 주줄산 산줄기, 《팔도지도八道地圖》(부분), 1790년, 규장각한국학연구원 소장
주줄산① 왼편에 전주②와 모악산③, 위봉산성④이 표시되어 있다. 오른쪽의 주줄산 산줄기가
전주와 임실 사이에서 갈라져 서쪽으로 뻗어 만경⑤에서 끊어지고, 다른 한 줄기가 아래로 뻗
어 내장산⑥과 복흥산⑦이 되었다가 정읍의 노령⑧이 되는 줄기를 확인할 수 있다. 익산⑨에는
용화산이 기준의 고성⑩임을 밝혔고, 서여薯蕷의 왕도라 하여 백제 무왕의 왕도⑪임을 표시
하였다.

친다. 또 동남쪽으로 달려가 담양과 광주 아래쪽의 산이 된다. 복흥산은 전라도 중앙에 위치하며, 양쪽에 산을 끼고 들판이 펼쳐져 큰 동네를 형성하고 시내가 동쪽으로 흐른다. 사람들이 고을을 설치할 만한 터라 말하고, 숙종 임금 때 이곳에 병영을 설치하려 하였으나 성사되지 않았다.

마이산 줄기가 북쪽으로 가서 주줄산珠崒山(운장산雲長山)이 되는데 진안과 전주 사이에 있다. 주줄산에서 서쪽으로 한 맥이 나와 전주부를 이루고, 이곳에 전라감영이 있다. 전주 동쪽으로 가면 위봉산성威鳳山城에 이르고, 조금 북쪽에는 기린봉麒麟峯이 있다. 기린봉에서 한 맥이 나와서 전주부 서쪽에 이르면 건지산乾止山을 이루는데, 전해오는 말에 따르면 왕실 조상의 능이 있다. 영조 임금께서 경술년(1730)에 감사에게 명하여 백성의 무덤을 모조리 옮기고 10리를 구획하여 표를 세워 금양禁養[1]하도록 하였다.

건지산의 한 맥을 따라 서쪽으로 가면 덕지德池가 있는데 상당히 깊고 넓다. 덕지를 지나면 평탄한 언덕이 나타나 넓은 들판을 둘러싸고 있으며, 만마동萬馬洞에서 흘러 들어오는 물을 역으로 맞아들이고 있다. 지리가 매우 아름다워서 참으로 살 만한 곳이다.

주줄산 서쪽에 있는 여러 골짜기의 물은 고산현高山縣을 거쳐 전주 경내로 흘러서 율담栗潭, 양전포良田浦, 오백주五百洲가 된다. 큰 시냇물로 물을 대니 토지가 매우 비옥하고, 벼·물고기·생강·토란·대나무·감 등을 기르고 팔아 이익을 얻으므로 마을마다 살아가는 데 필요한 물자를 다

---

1 조선 시대에 특정 지역의 산림에서 수목 벌채, 분묘 설치, 농지 개간, 토석 채취 등을 금지하고 대신 소나무를 심고 육성하는 데 힘쓰는 조치를 말한다.

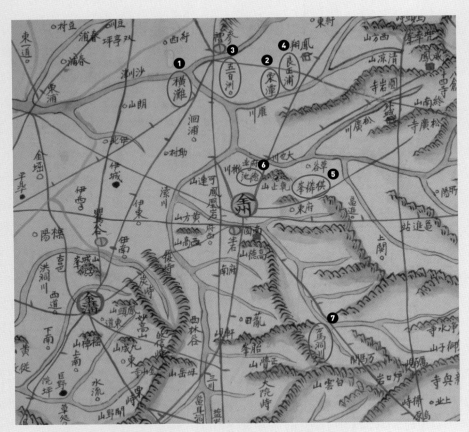

전주 일대, 《동여도東輿圖》(부분), 19세기 중엽, 규장각한국학연구원 소장
횡탄①은 사탄斜灘이라고도 하는 강으로 현재의 만경강이다. 배가 운행하여 전주 서북부의 물류를 담당하였고, 상류의 율담②, 오백주③, 양전포④는 포구이자 비옥한 평야였다. 기린봉⑤, 덕지⑥, 만마동천⑦은 전주 부근의 명소이다.

갖추고 있다.

전주 서쪽 사탄斜灘(만경강萬頃江)에서는 배가 오가고 생선과 소금이 거래되며, 전주부 치소는 인구가 조밀하고 재화가 쌓여 있어서 한양과 별 차이가 없으니 참으로 큰 도회지이다. 노령 북쪽 10여 개 고을은 모두 장기가 있으나 오직 전주만은 맑고 깨끗해서 거처하기에 가장 적합하다.

주줄산 북쪽 한 줄기가 서쪽으로 내려가서 탄현炭峴과 용화산龍華山이 되었다가 옥구沃溝에서 그친다. 탄현 너머 서북쪽에는 여산礪山 등 다섯 개 고을이 있다. 여산은 충청도 은진恩津과 맞닿아 있고, 토질이 점토질인데 장기가 있어서 살 만한 곳이 못 된다. 용화산 위에는 기준이 세운 도읍의 성곽과 궁궐 터가 남아 있다.

주줄산의 다른 한 줄기가 북쪽으로 뻗어 여산 서북쪽에서 채운산彩雲山이 된다. 봉우리 하나가 들판 가운데 우뚝 솟아 있고, 이 봉우리 위에는 양음養蔭과 영천靈泉이 있는데, 백제 의자왕이 연회를 베풀며 놀던 곳이라고들 전해온다. 채운산에서 작은 들판을 건너면 황산촌黃山村(논산시)이 나온다. 돌산이 강에 바짝 붙어 솟아 있고, 은진의 강경촌江景村과 작은 포구를 사이에 두고 배로 왕래하는데 경치가 뛰어나다.

황산촌 서쪽에는 용안龍安·함열咸悅·임피臨陂가 있는데 모두 진강鎭江 남쪽에 있으며, 임피의 오성산五城山은 경치가 매우 뛰어나고 기이하다. 금강 양편에서 마주보는 형국이 펼쳐지고, 서지포西枝浦라는 큰 마을이 있다. 배가 정박하는 포구로 강경, 황산과 함께 강가의 이름난 마을로 일컬어진다. 임피 서쪽 지역은 옥구로 서해를 접하고, 자천대自天臺라는 작은 동산이 바닷가 모래사장을 뚫고 들어가 있다.

자천대 위에는 돌 항아리 두 개가 있어 신라의 최치원崔致遠이 태수를 지낼 때 항아리 안에 비밀문서를 감추어두었다고 전한다. 커다란 돌

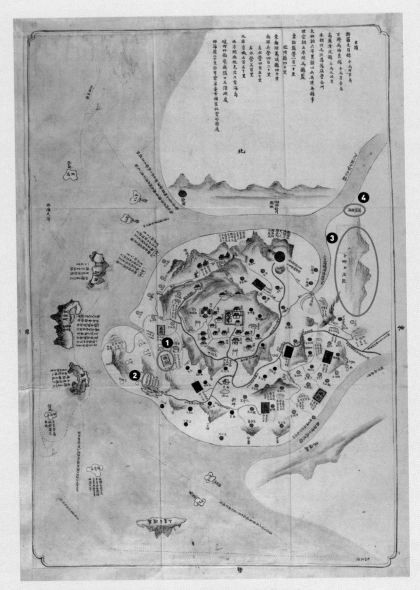

옥구현과 자천대, 〈옥구현지도〉, 1872년, 규장각한국학연구원 소장

지금의 군산시에 편입된 옥구현 지도이다. 서해를 바라보고 있는 서면西面① 지역 바위산에
자천대②를 표시하고, 전설을 소개하여 이 지역의 주요한 문화유산임을 분명히 하였다. 금강
하류인 진강鎭江을 사이에 두고 서천을 마주보고 있고, 동쪽에는 경치가 아름다운 임피의 오
성산③과 가장 살기 좋은 곳이라는 서포④를 표시하였다. 서포는 서지포 또는 서시포라고도 하
는 금강 하류의 포구로 강가의 이름난 주거지로 꼽혔다.

항아리가 동산에 방치되어 있어도 사람들이 함부로 열어보지 못하였다. 끌어당겨 움직여보기라도 하면 바다에서 갑자기 비바람이 몰아쳤다. 마을 사람들이 이 점을 이용해서 가뭄이 들 때마다 수백 명이 모여 큰 밧줄로 항아리를 끌면 바다에서 비가 억수같이 쏟아져서 논밭을 흠뻑 적셔주었다. 그러나 봉명사신奉命使臣(임금의 명을 받든 사신)이 옥구현에 올 때마다 번번이 가서 구경하느라고 고을에 큰 폐를 끼쳐 옥구 사람들이 괴로워했다. 옛날에 자천대에 있던 정자를 100년 전에 허물었고 돌 항아리도 땅에 묻어 흔적을 없애버렸다. 지금은 가서 구경하는 이가 없다.

탄현 동쪽에 고산현이 있고, 용화산 남쪽에는 익산현益山縣이 있는데 모두 장기가 있다. 고산현은 산수가 아주 험악해서 토지가 아무리 비옥하더라도 절대 살 만한 곳이 못 된다.

모악산 서쪽에는 금구金溝와 만경萬頃 두 개 현縣이 있다. 물과 샘이 제법 맑고 산세 또한 살기를 벗은 채로 들녘을 감돌아 흐른다. 두 개의 물줄기 양쪽이 오므려 닫혀서 기운과 맥이 흐트러지지 않아 살 만한 곳이 상당히 많다. 이 밖에 산지와 가까운 태인과 고부, 그리고 바다와 가까운 부안과 무장茂長 등의 고을은 대체로 어디나 장기가 있다. 오직 부안의 변산 부근과 흥덕興德의 장지長池 아래는 토지가 비옥하고 호수와 산의 경관도 아름답다. 이들 지역 가운데 샘물에 장기가 없는 땅은 살기에 적합하다.

노령 서쪽에는 영광, 함평, 무안이 있고, 남쪽에는 장성, 나주가 있는데, 이 다섯 개 고을은 물과 샘에 장기가 없으므로 노령 북쪽 고을과는 비교가 되지 않는다.

영광의 법성포法聖浦는 바닷물이 밀물을 따라 법성포 앞에 모여들어 맴돌고, 강산이 곱고 트여 있으며, 여염집들이 즐비하게 늘어서 사람들이 작은 서호²라 부른다. 바닷가 인근 여러 고을에서 이곳에 창고를 두어 조세로 바치는 쌀을 조운선에 싣는 거점으로 삼고 있다. 장성 또한 토지가 비옥하고 산수 경관도 아름답다.

나주는 노령 아래에 있는 큰 도회지로 금성산錦城山을 등지고 남쪽으로 영산강을 내려다보고 있다. 고을의 형세가 한양과 매우 유사하여 옛날부터 유명한 벼슬아치 집안이 많았다.

영산강은 서쪽으로 무안과 목포로 흐르는데, 강을 따라 이름난 명승과 살기 좋은 고을이 많다. 강을 건너면 드넓은 평야가 펼쳐져 동쪽으로는 광주와 인접하고, 남쪽으로는 영암과 통한다. 풍기가 활달하고 트였으며, 산물이 풍성하고 땅이 넓어서 마을이 별처럼 펼쳐졌다. 게다가 서남쪽의 강과 바다로 물건을 수송하고 물산이 모이는 이익을 독차지하여 광주와 함께 이름난 고을이다.

나주 서쪽에는 칠산七山 바다가 있다. 예전에는 수심이 깊었으나 근래에는 모래와 뻘이 퇴적하여 점차 얕아져 썰물 때면 수심이 무릎에 닿을 정도이다. 가운데 한 길만이 마치 강줄기같이 깊어서 배들이 여기로 지나다닌다. 나주 서남쪽에 있는 영암군은 월출산月出山 아래에 자리 잡고 있다. 월출산은 더없이 맑고 수려해서 깎아지른 듯한 높은 산들이 하늘에 조회하는 형국을 이루고 있다.

월출산 남쪽은 월남촌月南村이고 서쪽은 구림촌鳩林村으로 모두 신라 때부터 이름난 마을이다. 땅이 서해와 남해가 교차하는 지점에 있어 신

2 중국 절강성 항주 서쪽에 있는 호수로, 바다와 인접해 있고 주위가 산으로 둘러싸여 있어서 풍경이 매우 뛰어나다.

완역
정본
택
리
지

102

라에서 당나라로 갈 때에는 모두 영암군 바닷가에서 배를 출발시켰다. 배를 타고 바닷길로 하루를 가면 흑산도(우이도)에 이르고, 흑산도에서 하루를 더 가면 홍의도紅衣島(홍도)에 도달한다. 또 하루를 더 가면 가가도可佳島(가거도)에 이른다. 북동풍으로 사흘을 가면 태주 영파부 정해현定海縣[3]에 이르고, 만일 순풍을 타고 가면 하루 만에 도착한다. 남송이 고려와 교류할 때에도 정해현에서 배를 출발시켜 일주일이면 고려의 경계에 이르러 육지에 오를 수 있었으니 바로 이곳이다.

당나라 때 신라인들은 사통팔달의 포구와 중요한 나루터에 배가 끊이지 않고 드나들 듯이 당나라에 들어갔다. 최치원과 김가기金可紀, 최승우崔承祐 등이 상선에 몸을 맡겨 당나라에 들어가서 다 함께 과거시험에 합격하였다.

그중에서 최치원은 고변高騈[4]의 종사관을 지냈고 사륙변려문四六騈儷文에 뛰어난 재능을 보였으니 지금 《여문儷文》에 실려 있는 〈황소黃巢를 토벌하는 격문〉이 바로 그의 작품이다. 최치원은 김가기와 최승우 두 사람과 함께 서안西安의 종남산終南山 산사에서 신천사申天師를 만나 신선이 되는 비법을 터득하였고, 훗날 고국에 돌아와 다 같이 신선술을 수련하여 신선이 되었다.

복흥산 동쪽에는 임실, 순창, 남원, 구례가 있으며 모두 산골에 있는 고을이다. 마이산 남쪽 골짜기의 물이 임실을 지나 남쪽으로 남원에 이르러 요천蓼川과 만나 잔수진潺水津과 압록진鴨綠津이 되는데, 강 서쪽에

---

3 중국 절강성 동북부에 있으며, 과거에 외국과 여러 해상 도시를 이어주는 국제 항로의 요충지였다.
4 당나라 희종 때의 무신으로 황소의 난이 일어나자 난을 평정하여 명성을 떨쳤다.

옥과·동복·곡성이 있다. 강은 압록진에서 비로소 동쪽으로 꺾여서 악양강岳陽江[5]이 되어 남해의 조수와 만났다가, 지리산 남쪽을 따라 돌아가며 섬진강이 되어 남하하여 남해로 흘러 들어간다. 이리하여 섬진강은 전라도와 경상도의 경계가 된다.

남원성 성곽은 임진왜란 때에 명나라 장수 양원楊元이 쌓았다가 정유재란 때에 왜적에게 함락되었다. 이 땅에는 여전히 어렴풋이 살기가 서려 있다.

남원 동쪽으로 노령을 넘으면 운봉현雲峯縣이 나온다. 지리산 북쪽의 고개 팔량치八良峙 위에 있어서 전라도와 경상도를 잇는 큰길이다. 고을 앞에는 황산荒山이 있는데 고려 말에 우리 태조께서 이곳에서 왜구를 크게 섬멸하셨다.

남원 동남쪽에 있는 마을은 성원星園으로 최씨들이 대대로 사는 곳이고, 산수의 경치가 상당히 아름답다. 남쪽에는 구례현이 있다. 성원에서 구례까지 하나의 들판이 펼쳐져 있고, 1묘에 1종을 수확하는 비옥한 논이 많다. 구례 서쪽에는 산수가 기이한 봉동鳳洞이 있고, 동쪽에는 화엄사와 연곡사 등의 명승지가 있으며, 남쪽에는 구만촌九灣村이 있다.

임실에서 구례까지 강가를 따라 이름난 마을, 경치가 뛰어난 곳, 큰 촌락이 많다. 하지만 오로지 구만촌만이 강가에 바짝 접하여 뛰어난 경치와 비옥한 토지, 뱃길과 생선, 소금을 통해 이익을 얻을 수 있어서 가장 살 만한 곳이다.

그러나 남원과 구례는 모두 지리산 서쪽에 자리 잡았고, 강 서쪽에 있

---

5 섬진강 상류 지류의 옛 명칭이다.

는 옥과·동복·곡성의 세 개 고을과 함께 옛날부터 물에 장기가 있어서 좋지 않은 땅으로 알려졌다. 근래에는 조금 맑고 시원해졌다고 한다.

복흥산 남쪽 줄기가 담양과 창평을 지나면 광주 무등산이 된다. 무등산 동쪽에 옥과를 비롯한 세 고을이 있으며, 서남쪽에는 광주와 화순·남평·능주가 자리 잡았다. 이 고을은 영암 동북쪽에 있다. 광주는 서쪽으로 나주와 통하고, 풍기가 원대하고 화창해서 옛날부터 이름난 마을이 많고 신분이 높고 현달한 사람도 많이 나왔다.

영암의 동남쪽 바닷가에는 여덟 개 고을이 있고, 풍속이 대체로 같다. 그중에서 해남과 강진은 제주에서 뭍으로 나오는 길목이라서 말, 소, 피혁, 진주, 자개, 귤, 유자, 말총, 대나무를 거래하여 이익을 얻고 있다. 그러나 이 여덟 개 고을은 모두 서울과 멀리 떨어져 있고 남해와 가까워 겨울에도 초목이 시들지 않고 벌레가 동면을 취하지 않으며, 산바람과 바다 기운 탓에 후덥지근하여 장기와 전염병이 생긴다. 게다가 일본과 아주 가까워서 토질이 아무리 비옥하더라도 살기 좋은 곳이 아니다.

해남현 삼주원三洲院(삼지원三枝院)에서부터 석맥石脈이 바다를 가로질러 진도군이 만들어지는데, 물길로 30리 떨어진 벽파정碧波亭은 실로 중요한 길목이다. 물속의 석맥이 삼주원에서 벽파정에 이르기까지 마치 들보처럼 가로지르고 있는데, 석맥의 위아래가 마치 계단처럼 끊겨 있다. 바닷물이 여기에 이르러 밤낮으로 동쪽에서 서쪽으로 흐르는데, 마치 폭포수가 쏟아지는 것처럼 물살이 매우 급하다.

임진왜란 때 왜적의 승려인 현소玄蘇가 평양에 이르러 의주의 행재소에 편지를 보내 "수군 10만이 또 서해를 따라 올라와 수륙으로 함께 진격하면, 대왕의 행차가 의주에서는 어디로 갈지 모르겠습니다."라고 하였다. 당시 왜적의 수군이 남해에서 북상 중이었는데 수군 대장 이순신

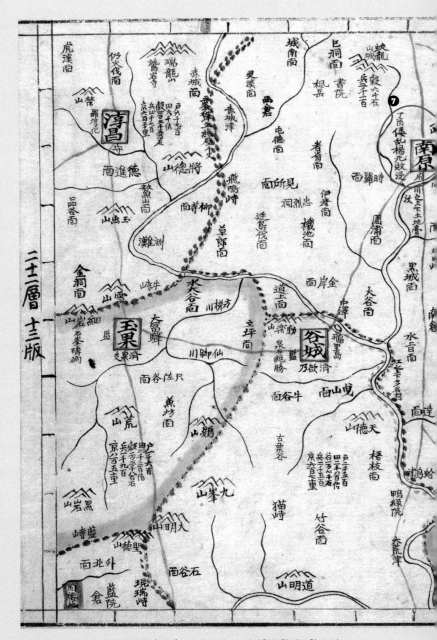

구례 일대, 《청구요람靑邱要覽》(부분), 19세기 말, 규장각한국학연구원 소장

구례현 남쪽으로 잔수진①이 보이는데 이 물줄기 상단에는 압록진이 있다. 읍치 오른
편에 표기한 구만②이 바로 《택리지》에서 명촌이라 높이 평가한 구만촌이다. 하단
오른편에는 화개동③이 표시되어 있다. 상단 운봉현 동북쪽에 황산④이 있고 태조

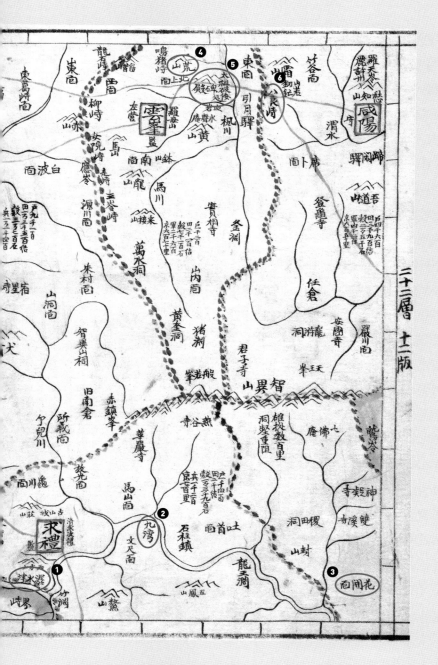

이성계가 왜적을 격파한 자리와 황산대첩비⑤가 세워진 자리를 표시하였다. 그 옆에 전라도와 경상도를 오가는 주요한 고개인 팔량치⑥가 있다. 한편 남원⑦에는 정유재란에 양원이 패한 사실을 밝혀놓았다.

李舜臣이 쇠사슬을 물속 바위 들보 위에 가로질러 놓고 기다리고 있었다. 왜적의 선박은 석맥 위에 이르자 쇠사슬에 걸려 곧장 뒤집혔다. 석맥 위에 있던 배에서는 아래쪽이 보이지 않아서 앞선 배가 뒤집힌 사실을 모르고 석맥을 다 건너갔다고 판단하여 물길을 따라 곧장 내려가서 모두 거꾸로 엎어졌다. 게다가 물살이 석맥에 가까워질수록 더욱더 거세져서 배가 한 번 급류에 휩쓸리면 되돌릴 겨를이 없었다. 500여 척의 적선이 한순간에 모조리 몰살당하여 군사들의 갑옷 한 벌도 남지 않았다.

당시 심유경沈惟敬이 왜군의 사신을 속여 평양에 오래 머물도록 하였다. 왜적은 수군을 기다렸다가 함께 북상하려고 했기 때문에 거짓으로 신의를 지키는 척하며 명나라군을 속여 뒷일을 도모하며 한참을 기다렸으나 수군이 도착하지 않았다. 양쪽에서 서로 속이는 가운데 이여송은 틈을 엿보아 습격하여 왜적을 격파하였으니, 이는 하늘이 도운 것이다. 만일 이순신이 바다에서 왜적을 몰살하지 않았다면 수십 일이 지나지 않아 왜적의 수군이 평양에 도달했을 것이고, 만약 그러했다면 왜적이 어찌 심유경과 맺은 약속을 지켜서 군사를 움직이지 않았겠는가?

이런 사실을 모르고서 '왜국을 국왕으로 봉하고 조공을 허락한다'는 구구한 말 따위로 왜적의 마음을 얻었다고 말하니 참으로 가소롭다. 사정이 이러하니 이여송이 평양에서 세운 전공은 바로 이순신의 힘이었던 것이다.

그 후 명나라 장수 진린陳璘이 바닷가에 군사를 주둔시켰다. 병신년(1596), 정유년(1597) 연간에 왜적의 수군이 연이어 바닷가 여러 고을을 침공하였을 때 이순신이 수전을 잘 이끌어 여러 번 왜적을 격파하여 수급을 얻었으나 그때마다 진린에게 넘겨주어 공적을 보고하게 하였다. 진린이 크게 기뻐하며 조정에 글을 올려 "통제사 이순신은 천지를 경륜

할 만한 재능과 하늘을 깁고 해를 목욕시킨 공훈을 세웠습니다."라고 하였다.

진린은 이순신 덕분에 적의 수급을 가장 많이 얻어 무술년(1598)에 명나라로 돌아가서 보고한 수급이 다른 명나라 장수보다 유독 많았다. 《명사明史》에서 조선 출병 때 공훈을 논한 기록을 보니 진린을 으뜸으로 삼아 땅을 하사하고 봉작까지 주었다. 중국에서야 이순신의 공임을 어찌 알겠는가? 경리經理 양호楊鎬는 공이 있었는데도 잡혀가고, 진린은 다른 사람 덕분에 공훈을 얻어 홀로 수많은 상을 하사받았으니, 명나라에서 논공행상을 잘못 시행한 실태가 이와 같다.

무릇 전라도는 나라의 최남단에 자리 잡아 토지가 비옥하고 물산이 풍족하다. 산골에 있는 고을은 샘물과 시냇물로 물을 대어서 흉년이 드물고 수확은 많으며, 바닷가 고을은 둑을 막아 물을 대었다. 신라 때부터 큰 둑이 많았으나 우리 조선에 들어와서 모두 방치해둔 탓에 가뭄이 잦고 수확이 적다.

옛날에 사마광司馬光이 "민閩 땅 사람들은 교활하고 음흉하다."라고 말하였으나 주자 때에 이르러 현자가 많이 배출되었다. 만일 현자가 거처하면서 부유하고 넉넉한 산업을 바탕으로 예절과 겸양, 학문과 덕행을 가르친다면 또한 살 만한 땅이 되지 않겠는가? 게다가 기이하고 아름다운 산천이 많은데도 고려에서 조선에 이르도록 현달한 이들이 그다지 많지 않았으니 마땅히 한 차례 산천의 기운이 뭉쳐 인재를 길러낼 것이다. 다만 당장은 거리가 너무 멀고, 풍속이 어지러워서 살 만한 곳이 못 된다.

충청도

충청도는 경기도와 전라도 사이에 있다. 서쪽은 바다와 접해 있고 동쪽은 경상도와 접해 있다. 동북쪽 모서리의 경우 충주 등의 고을이 강원도 남부로 쑥 들어가 있다. 충청도 남쪽의 절반은 차령 남쪽에 있어 전라도와 가깝고, 북쪽의 절반은 차령 북쪽에 있어 경기도에 인접해 있다. 물산의 풍부함은 경상도와 전라도에 미치지 못하지만, 산천이 평탄하고 아기자기하며 서울에서 가깝고 남쪽에 위치하여 자연스레 벼슬아치들이 모여 사는 본거지가 되었다. 서울의 명문가들이 너 나 할 것 없이 도내에 전답과 살 집을 마련하여 근본을 이루는 터전으로 삼고 있다. 게다가 서울과 가까워서 풍속이 크게 다르지 않으니 선택하여 거주할 만한 최적지이다.

충청감사의 치소는 공주에 있으니, 백제 말엽 당나라 유인원劉仁願이 웅진도독부[1]를 설치했던 곳이다. 서울과 300리 떨어져 있고, 차령 남쪽, 금강錦江 아래에 있다. 공주에서 금강을 건너고 차령을 넘어 천안과 직산稷山을 지나면, 북쪽으로 경기도 양성陽城에 이르고, 진위振威와 수원,

---

1 당나라가 백제를 멸망시킨 뒤 백제의 옛 땅을 다스리기 위해 설치한 행정관청이다.

과천을 지나면 한양에 다다른다. 연도沿道 위에 있는 직산 북쪽은 어디나 곳곳에 들이 있으나 토지가 척박하며 산적이 많아 살 만한 곳이 못된다.

충청도는 내포內浦가 가장 좋다. 공주에서 서북쪽으로 200리쯤 되는 곳에 가야산이 있다. 가야산 서쪽은 큰 바다이고, 북쪽은 대진大津(아산만)을 사이에 두고 경기도 바닷가 고을과 인접해 있는데 여기는 서해가 내륙으로 깊숙이 들어온 곳이다. 가야산 동쪽은 큰 들이 펼쳐져 있고 들판 가운데 큰 포구가 있어 이름을 유궁진由宮津이라 한다. 유궁진은 밀물이 가득 차올라야만 배를 운항할 수 있다. 가야산 남쪽 산자락에는 오서산烏棲山이 있다. 가야산에서 뻗은 산자락으로 이 산 동남쪽을 거쳐야만 공주와 통한다.

가야산 앞뒤로 열 개의 고을이 있어 다 함께 내포라 부른다. 한 모퉁이에 외따로 떨어져 큰길에 접해 있지 않은 지형이라 임진년(1592)과 병자년(1636)에 남쪽과 북쪽에서 두 부류의 외적이 침략하였으나 아무도 여기에 이르지 않았다. 토지는 비옥하고 물가나 평지나 평탄하고 드넓다. 물고기와 소금이 흔해 부자가 많고 세거하는 사대부가 많다. 다만 바다에 가까운 지역 주민들은 학질과 종기를 많이 앓는다. 산천은 평탄하여 좋고, 드넓어 활짝 트였으나 멋지고 빼어난 느낌이 적다. 구릉과 습지대는 작고 아기자기하고 부드럽고 선이 가늘지만, 기이하고 빼어난 산천 풍경이 부족하다. 그중에서 보령은 산수가 가장 빼어나다. 보령현 서쪽에는 수군절도사의 수영水營이 있고, 수영에 영보정永保亭이 있다. 호수와 산의 경치가 아기자기하고 호탕하며, 너르고 트여 있어 빼어난 명승이라 불린다.

보령 북쪽에 결성結城과 해미海美가 있고, 서쪽으로 큰 갯벌을 사이에 두고 안면도가 있다. 이 세 개의 고을은 가야산 서쪽에 위치한다. 또 북쪽으로는 태안과 서산이 있어 작은 바다를 사이에 두고 강화도와 남북에서 마주보고 있다. 서산 동쪽에는 면천沔川과 당진이 있다. 동쪽으로 큰 갯벌을 건너면 아산이 나온다. 북쪽으로 비껴서 경기도 남양南陽의 화량花梁과 작은 바다를 사이에 두고 마주보고 있다. 이 네 개의 읍은 가야산 북쪽에 있다.

가야산 동쪽 지역은 홍주洪州(홍성군), 덕산德山으로 나란히 유궁진 서쪽에 있어 내포 동쪽에 위치한 예산, 신창新昌과 더불어 배를 타고 서울에 대단히 빠르게 오갈 수 있는 곳이다. 홍주 동남쪽에는 대흥大興과 청양青陽이 있으며 대흥은 옛 백제 임존성任存城이 있던 곳이다. 이 열한 개 고을²은 나란히 오서산 북쪽에 자리 잡고 있다.

오서산 앞으로 하나의 산줄기가 서남쪽으로 뻗어가 성주산聖住山이 된다. 성주산 서쪽에는 비인庇仁과 남포藍浦가 있다. 토지가 대단히 비옥하고, 서쪽으로 큰 바다에 임하여 어업과 제염, 벼농사로 이익을 얻는다. 성주산 남쪽 지역은 서천舒川과 한산韓山, 임천林川이다. 진강鎭江가에 있어 모시를 재배하기에 알맞아 모시로 얻는 이익이 온 나라에서 으뜸이다. 강과 바다 사이에 위치하여 선박을 운행하여 한양에 못지않은 이익을 얻는다. 진강 남쪽은 곧 전라도에 맞닿아 있다.

성주산 동북쪽에는 홍산鴻山과 정산定山이 있다.³ 홍산은 임천 북쪽에

---

2 오서산 북쪽에 있다는 읍의 개수가 정확하지 않다. 본문에서 언급한 읍은 모두 열한 개가 아니라 열세 개다. 오서산 북쪽에 있다고 한 청양은 실은 오서산 동남쪽에 있다.
3 홍산이 실제로는 성주산 동북쪽이 아닌 남쪽에 있고, 강경과 마주하고 있으므로 방위 설명에 착오가 있다.

있고, 동쪽으로 강경과 강을 사이에 두고 마주보고 있다. 정산은 청양 동쪽에 있고, 공주와 경계를 접하고 있다. 이 일곱 개 고을은 풍속이 똑같고, 세거하는 사대부가 많다. 다만 청양과 정산 두 고을은 어디나 땅에 장기가 있어 살 만한 곳이 못 된다.

공주는 면적이 대단히 넓어서 금강 남쪽과 북쪽에 걸쳐 있다. 지역 사람들이 "첫째는 유성儒城이요, 둘째는 경천敬天, 셋째는 이인利仁, 넷째는 유구維鳩이다."라고 말하거니와 살기에 좋은 땅이라는 말이다. 공주에서 동남쪽으로 40리 떨어진 지역에는 계룡산이 있다. 전라도 마이산의 산줄기가 끝나는 곳으로 금강 남쪽에 있다. 계룡산 한 줄기가 서쪽으로 내려가 크게 끊겨서 판치板峙(무네미고개)가 되었다가 다시 줄기가 일어나 월성산月城山이 되는데 이것이 공주의 진산鎭山이다. 금강은 동쪽에서 흘러와 공주 북쪽에 이르렀다가, 남쪽으로 꺾여 웅진熊津이 되고 백마강이 되고 강경강江景江이 되며, 또 서쪽으로 꺾여 진강鎭江이 되어 바다로 들어간다.

공주 동쪽에서 금강 남쪽 언덕을 따라서 계룡산 뒤에 자리 잡은 첩첩한 고개를 넘으면 유성의 넓은 들판이 나온다. 이곳은 계룡산 동북쪽이다. 조선 초에 계룡산 남쪽 골짜기를 도읍지로 삼으려 했으나 성사되지 않았다. 이 골짜기의 물이 들판 한가운데를 가로질러 서쪽에서 동쪽으로 흘러가는데, 진산珍山의 유등천과 옥계玉溪(대전천)의 물과 합류하고 북쪽으로 흘러 금강으로 들어가니, 이름을 갑천甲川이라 한다. 갑천 동쪽에는 회덕현懷德縣이 있고 서쪽에는 유성촌儒城村과 진잠현鎭岑縣이 있다.

동서에 있는 두 개의 산이 남쪽으로부터 들을 감싸 안아서 북쪽에 이르러 합쳐진다. 또 사방에는 산이 높게 솟아 들판을 둘러싸고 있는데, 낮은 산등성이는 구불구불 이어지고, 아기자기한 산기슭은 정밀하고 빼어나다. 구봉산九峰山과 보문산寶文山이 남쪽에 우뚝 솟았는데, 청명한 기상은 한양 동쪽 교외보다 나은 듯하다. 경작하는 토지가 지극히 비옥하고 드넓으나 바다가 조금 멀어 서쪽 강경에서 물자를 운송해와야만 한다. 하지만 강경까지는 채 100리 길도 안 된다.

계룡산 서남쪽에는 네 개의 읍이 있고, 모두 큰 들 가운데 있다. 서쪽은 강경 나루에 이르고, 북쪽은 공주와 접해 있다. 계룡산 사련봉四連峯[4] 가운데 한 줄기가 서쪽으로 내려와 경천촌敬天村이 된다. 이 마을은 판치 남쪽에 위치하고, 땅이 비옥하고 산이 웅장하며, 주민은 부유하고 물산은 풍부하다. 계룡산 동쪽에는 공주 대장촌大庄村이 있고, 서쪽에는 이산尼山과 석성石城이, 또 남쪽에는 연산連山과 은진恩津이 있다. 이산과 연산은 계룡산과 가까우나 토지가 비옥한 반면, 은진과 석성은 들판에 있으나 토지가 척박하여 홍수와 가뭄의 재해를 자주 겪는다. 이 네 개의 고을은 경천촌과 큰 들판을 통해 연결되어 있다. 바닷물이 강경을 통해서 드나들기 때문에 들에 있는 모든 시내와 계곡은 뱃길로 인한 이익을 누리고 있다.

강경은 은진 서쪽에 있다. 들녘 가운데 작은 산(옥녀봉) 하나가 금강에 바짝 다가서서 불쑥 솟아 있고, 동쪽을 보고 좌우에서 두 줄기의 큰 냇물을 역으로 맞아들인다. 산을 등진 큰 강에는 바닷물이 들어오는데 물맛은 그다지 짜지 않다. 마을에는 우물이 없고, 마을 전체가 땅속에 큰 독을 파묻어놓고 강물을 길어 독에 담아둔다. 며칠이 지나면 더러운 찌끼는 아래로 가라앉고 윗물은 맑고 시원해진다. 여러 날이 지나도 맛이

---

4 계룡산 관음봉에서 연천봉 사이에는 네 개의 봉우리가 나란히 서 있어 사련봉이라 부른다.

변하기는커녕 시간이 흐를수록 더 시원해진다. 수십 년간 장기로 인한 병을 앓던 자들도 1년만 이 물을 마시면 곧장 병이 싹 낫는다. 어떤 이는 "강과 바다가 서로 만나는 곳에서 얻을 수 있는, 소금물과 민물이 섞인 물은 풍토병을 고치는 데 제일이다. 그중에서도 이 강물이 제일 좋다."라고 말한다.

은진 동북쪽에는 사제천沙梯川(논산천)이 있어서 동남쪽에 위치한 진산 경내와 통한다. 여기에는 80리에 걸쳐 기다란 산골짜기가 있으나 어디든 샘에도 땅에도 장기가 있어 살 만한 곳이 못 된다.

공주 서남쪽 백마강가에 부여가 있다. 백제의 옛 수도로 조룡대釣龍臺와 낙화암落花岩, 자온대自溫臺, 고란사皐蘭寺가 있으니 이들은 백제 때의 오래된 유적이다. 강을 내려다보는 암벽이 기이하고 수려하여 경치가 대단히 빼어나다. 또 땅이 지극히 비옥해 부유한 사람이 많다. 그러나 도읍지로 논한다면, 형국이 조금 비좁아 평양이나 경주에는 미치지 못한다.

이인역利仁驛은 부여 동북쪽, 공주 서쪽에 있다. 산이 평평하고 들이 평탄하며, 무논이 비옥하여 살 만한 곳이라 일컬어진다.

금강 북쪽, 차령 남쪽은 땅은 비옥하나 살기를 벗지 못하였다. 그러나 금강가에는 사송정四松亭과 금벽정錦壁亭, 독락정獨樂亭이란 정자가 세워져 있다. 사송정은 우리 집안 소유요, 금벽정은 조 상서趙尚書의 전장田莊이며, 독락정은 임씨林氏 가문이 오래전부터 소유하고 있는 정자이다. 나란히 강산을 조망하는 아치가 있다.

공주 서북쪽에 무성산茂盛山이 있으니 차령의 서쪽 줄기가 맺혀 만들어진 산이다. 토산이 에둘러 있고, 여기에 마곡와 유구역維鳩驛이 깃들어 있다. 마곡사 골짜기는 물이 많고 논은 비옥하며 목화와 기장, 조를 재배하기에도 알맞다. 사대부와 평민들이 이곳에서 한데 모여 사는데 어느 해이든 흉년을 모른다. 대대로 부유하게 살아가는 집이 많고 유리걸식하거나 다른 곳으로 이주할 일이 없어 걱정거리가 적으니 살기 좋은 땅이다. 산지에 터를 잡은 형국이기는 하지만 멧부리와 언덕이 야트막하고 평탄할 뿐, 험준하고 사납거나 뾰족하고 부딪힐 듯한 생김새가 없다. 산 중턱 위로는 한 조각의 바위도 없으며 살기도 드물다. 따라서 남사고南師古는 《십승기十勝記》에서 유구역과 마곡사의 두 물줄기 사이의 땅을 병화를 피할 수 있는 적지로 꼽았다.

무성산에서 서쪽으로 언덕 하나를 넘으면 바로 내포가 나온다. 내포는 목면을 재배하기에는 알맞지 않아서 어민과 갯가에서 살아가는 백성들은 여기서 물고기와 소금을 주고 목면을 얻는다. 그래서 공주에서는 오로지 유구역과 마곡사 지역만이 내포 어업과 제염으로 생기는 이익을 얻는다. 이 때문에 평시이든 난세이든 언제나 살기에 적합하다. 그러나 산지에 터를 잡은 땅이라 조산朝山이 보이지 않고, 맑지도 환하지도 않을뿐더러, 수려하고 빼어난 경치도 적다. 이것이 유성에 미치지 못하는 점이다.

고을 북쪽에는 작은 산이 강가에 자리를 잡고 있다. 생김새가 '공公' 자와 같아서 공주라는 고을 이름이 붙여졌다. 산의 형세를 따라 작은 성을 쌓고 금강 물길을 해자처럼 둘렀는데 면적은 좁아도 지형은 견고하다. 옛날에 인조께서 갑자년(1624) 이괄李适의 난을 피해 이곳으로 행차하셨다. 산 위에는 한 쌍의 나무가 있어서 임금께서는 매일 이 나무에

---

5 1624년(인조 2년) 평안병사 이괄이 인조반정의 논공행상에 불만을 품고 일으킨 반란이다.

기대어 북쪽에 있는 궁원弓院(공주시 정안면 일대) 들판을 바라보셨다. 하루는 날듯이 달리는 기병이 이르렀기에 전황을 물었더니 승전을 알렸다. 임금께서 크게 기뻐하시며 한 쌍의 나무에 통정대부라는 벼슬을 내리셨다.[6] 훗날 관아에서 산 위에 작은 정자 곧 쌍수정雙樹亭을 세웠으나 지금 나무는 말라 죽고 정자만 남아 있다. 성안에는 군량미를 쌓아두고 병기를 갖추어놓아 강화도, 광주廣州와 함께 당당하게 중요한 요새로 자리 잡았다.

성 북쪽에는 공북루拱北樓가 있다. 상당히 웅장하고 화려하며, 강물을 내려다보고 있어 경치가 좋다. 선조 때 서경西坰 유근柳根이 충청감사가 되어 공북루에 올라 시를 지었는데 그중 한 연은 다음과 같다.

| 소동파는 적벽에서 놀고 나는 창벽에서 놀며 | 蘇仙赤壁今蒼壁 |
| 유량은 남루에 오르고 나는 북루에 올랐네 | 庚亮南樓是北樓 |

창벽이 금강 상류에 있고 누각 이름이 공북루였기에 시에서 이렇게 읊었다. 이 시구를 두고 서응徐凝의 악시惡詩[7]와 같다고 평한 사람이 있었으나 유근은 아름다운 시구라고 자부하였다.

~~~~~~~~~~~~~~~

6 이괄의 난이 일어나자, 인조는 도성을 버리고 피란하여 1624년(인조 2년) 2월 14일부터 2월 18일까지 닷새간 공주에 머물렀다. 공주성의 이름은 본디 공산성公山城이었으나 이 일을 계기로 쌍수산성雙樹山城으로 변경되었다.

7 서응은 중당中唐의 시인이다. 그는 〈여산폭포廬山瀑布〉라는 시에서 "한 줄기 폭포가 청산 빛을 둘로 갈라놓았네."라고 읊었다. 소동파가 이 시를 두고 형편없다고 평하며 시를 지어 "상제가 한 줄기 은하수를 내려보내니, 예로부터 오직 이백李白의 시만 있을 뿐이지. 폭포가 흩뿌리는 물거품 아무리 많아도, 서응의 악시를 씻어내진 않는군."이라 하였다.

속리산은 남쪽으로 달리다 추풍령에서 크게 끊기고, 다시 일어나 황간黃澗의 황악산이 되고, 전라도로 들어가 무주의 덕유산이 된다. 또 덕유산에서 나와 장수와 남원 사이에서 크게 끊겼다가 서쪽으로 가서 임실의 마이산이 된다. 이곳에서 돌산 한 자락이 방향을 바꾸어 북쪽으로 달려 주류산珠旒山(주줄산)·운제산雲梯山·대둔산이 되고, 충청도로 들어가 금강을 등지고 돌아서 계룡산이 된다. 남쪽으로 향하다가 등지고 북쪽으로 올라가 한 갈래의 큰 산맥으로 통한다.[8]

덕유산과 마이산 사이에서 동서로 펼쳐진 고을의 시내와 골짜기 물이 하나로 합해져 금강의 발원지가 되니 바로 적등강赤登江이다. 남쪽에서 북쪽으로 달려 옥천 동쪽에 이르고, 다시 속리산에서 내려오는 물과 합하고 서쪽으로 꺾여 금강이 된다. 적등강 동쪽에 장수와 무주, 영동, 황간, 청산靑山, 보은이 있고, 서쪽에는 진안과 용담龍潭, 금산, 옥천이 있다. 장수와 무주, 금산, 용담, 진안은 전라도의 경계가 되고, 옥천, 보은, 청산, 영동, 황간은 충청도의 경계가 된다. 무주와 장수는 덕유산 아래에 있고, 궁벽한 수풀과 깊은 계곡이 많으며 산세가 막혀 있다.

영동은 속리산과 덕유산 두 개의 산 사이에 있다. 영동 동쪽에는 추풍령이 있고, 추풍령은 덕유산 산자락이 잠시 쉬어가는 곳이다. 이름은 고개이나 실제로는 평지라 산은 많아도 그다지 거칠거나 웅장하지 않은데 그렇다고 야트막하거나 평탄하지도 않다. 바위와 산봉우리는 모두 윤택하고 온화한 기운을 띠고, 시냇물과 개울은 맑고 깨끗하여 사랑스러워

---

8   서술된 내용을 염두에 두고 지도를 보면, 속리산에서 계룡산에 이르는 산맥이 'U' 자 형태임을 알 수 있다. 이 모양을 남쪽을 향하고 북쪽을 등졌다고(向南背北) 설명하였다.

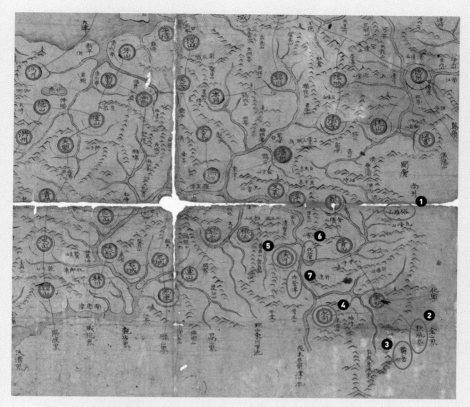

적등강 주변의 강과 지역,《좌해지도左海地圖》, 18세기 중엽, 규장각한국학연구원 소장
속리산①에서 추풍령②과 황악산③을 거쳐 덕유산으로 뻗은 산줄기를 그렸다. 덕유산에서 내
려오는 적등강이 영동④을 지나 옥천⑤으로 북류北流하고, 속리산에서 내려오는 물과 만나
화인진⑥에서 합류하여 북류하다가 다시 서류西流하여 금강으로 흘러드는 흐름을 보여준다.
금강 상류가 영동에서 옥천으로 북류하는 중간 지점에 적등진赤登津⑦이 보인다. 지금의 옥
천군 이원면 일대의 금강 상류를 적등강이라 불렀다.

서 조악하거나 억센 느낌을 주지 않는다. 토지도 비옥하고 물이 많아 물을 대기가 쉬워서 가뭄의 피해가 적다.

청산도 마찬가지이다. 청산은 북쪽으로 보은과 인접해 있는데, 보은은 토질이 대단히 척박하다. 관터가 속리산 남쪽 증항甑項 서쪽에 있는데, 들은 넓고 토지는 비옥해 가장 살 만한 곳이다. 청산과 보은 두 고을은 모두 대추를 재배하기에 알맞아 백성들은 대추를 팔아 생계를 꾸린다. 보은 서쪽의 회인현懷仁縣은 첩첩산중에 있고, 고을이 몹시 작지만 풍계촌楓溪村만은 살 만하다.

진안은 마이산 아래 있고, 땅이 담배를 재배하기에 알맞다. 무릇 진안 경내에 있는 땅은 아무리 높은 산꼭대기라 해도 담배를 심으면 어디든 무성하게 잘 자라므로 많은 주민들은 담배 재배를 생업으로 삼는다.

진안 북쪽에는 용담이 있다. 산천의 경치가 기이하고, 주줄천珠崒泉(주자천)과 반일암半日巖이 있어 병란을 피할 만하다.

용담 북쪽에 금산이 있고, 더 올라가면 옥천이 나온다. 금산과 옥천도 바위산이 많으나 모두 들 가운데 외따로 떨어져 서 있다.

옥천은 북쪽으로 금강을 경계로 삼고 서쪽으로 고개 하나를 사이에 두고 회덕과 마주보고 있다. 산수가 정결하며 흙빛이 밝고 수려하여 한양 동쪽 교외와 같다. 그러나 들은 몹시 척박하고 논에서는 수확이 적다. 주민들은 다만 목화를 심어 생계를 잇는데 대체로 토지가 목화를 재배하기에 가장 알맞기 때문이다. 그러나 예로부터 글공부하는 선비가 많이 배출되었는데 학사學士 남수문南秀文과 우암尤庵 송시열宋時烈이 이 고을 사람이다.

금산은 동쪽으로 적등강을 경계로 삼고 서쪽으로 대둔산을 경계로 삼는다. 중간에는 조계산釣溪山[9]과 진악산進樂山이 있다. 또 큰 시내가 많아서 물대기가 수월하다. 그래서 논밭이 상당히 기름지고, 아울러 빼어난 승경을 자랑하는 수석水石이 있어 열 개의 고을 가운데 가장 살 만하다.

속리산은 청주 동쪽 100리 일대에 있다. 속리산에서 내려오는 물 가운데 동쪽으로 흐르는 물은 경상도 낙동강으로 들어가고, 서쪽으로 흐르는 물은 금강으로 들어가며, 북쪽으로 흐르는 물은 충주의 달천達川이 되어 한강으로 들어간다. 속리산 한 줄기는 북쪽으로 달려 거대령巨大嶺이 되고, 달천을 끼고 서북쪽으로 향하여 경기도 죽산 경계에 이르러 칠장산七長山이 된다.

칠장산에서 흘러나와 한강을 따라 서북쪽으로 간 산줄기는 흩어져 한강 이남의 많은 산이 된다. 서남쪽으로 간 산줄기는 하나의 산맥이 되어 진천에서는 대문령大門嶺(배티고개)이 되고, 목천木川에서는 마일령磨日嶺(만일고개)이 되며, 전의읍에서 크게 끊겨 서쪽은 평지가 되었다가 금강 북쪽에 이르러 차령이 된다. 또 서쪽으로 가서 무성산과 오서산이 되고, 남쪽으로 임천과 한산에서 그치며, 북쪽으로 태안과 서산에 이른다. 마일령 동쪽과 거대령 서쪽 사이에는 큰 들이 펼쳐져 있다. 동쪽, 서쪽에 있는 두 개의 산에서 내려온 물이 들판 가운데서 합류하여 작천鵲川(까치내)이 된다. 작천은 진천 칠정七亭의 동남쪽에서 발원하여 금강 상류 부용진芙蓉津으로 들어간다.

작천 서쪽에서 서산西山을 끼고 있는 고을은 목천과 전의, 연기이다. 작천 동쪽에서 동산東山을 끼고 있는 고을은 청안淸安과 청주와 문의文義이다. 이 가운데 공주 동북쪽 100리 일대에 있는 청주가 가장 크다. 청주

9 어느 산인지 분명치 않다.

고을은 거대령 아래 있고, 땅이 작천 서쪽을 넘어서 목천과 연기 사이로 끼어 들어갔다가 서산에서 그친다.

띠처럼 생긴 서산 줄기 하나가 구불구불 남쪽으로 내려온다. 모두 흙산이라 바위가 없고, 작천 서쪽에서 빙글빙글 돌다가 북쪽 목천과 전의를 거쳐 남쪽의 연기에 이른다. 산빛이 드넓게 펼쳐져 부드럽고 고우며, 들의 형세는 얽히고설켜 있어 풍수가들은 살기를 벗어난 곳이라 말한다. 금산이나 옥천에 비해 더욱 평탄하게 뻗고, 토지는 몹시 비옥하여 오곡과 목면을 재배하기에 알맞다.

작천 동쪽에는 큰 들이 있어 동남쪽으로 40여 리에 펼쳐져 있다. 들 가운데 있는 산은 봉우리가 여덟 개 있어 이름을 팔봉산八峯山이라 한다. 팔봉산은 산등성이와 산기슭이 들 가운데 듬직하게 서 있는데 남쪽에서 서북쪽을 향하여 뻗고 동쪽으로 거대령을 마주하고 있다. 일대의 흰 모래와 얕은 시내, 평탄한 산등성이와 아기자기한 산기슭 풍경은 경기도 장단읍과 흡사하다.

작천 서쪽은 지대가 낮고 남쪽 강물은 수면이 높아 해마다 범람하여 둑이 무너질 우려가 있다. 고려 말 정도전鄭道傳이 재상으로 태조의 책사가 되었다. 정도전은 목은牧隱 이색李穡과 도은陶隱 이숭인李崇仁을 비롯한 현인들을 꺼렸다. 그들을 유배지에서 잡아들여 청주 감옥에 가두고는 관리를 파견해 국문하게 하였다. 한창 죄수를 신문할 적에 갠 하늘에서 큰비가 억수같이 쏟아졌다. 순식간에 물이 성문을 뚫고 관아의 뜰에 이르니, 옥관과 죄수들은 뜰에 서 있는 나무를 붙잡아 겨우 화를 면하였다. 일이 알려지자 태조께서도 억울함을 알아차리고 그들을 석방하라고 명하셨다. 그러나 이숭인은 정도전에게 더욱 심한 미움을 받아서 마침내 죽임을 당하였다.

청주의 지세는 동쪽이 높고 북쪽이 평탄하여 은은하게 항상 살기를 띠고 있다. 고을에는 병마절도영을 설치해두었다. 무신년(1728) 적장賊將 이인좌李麟佐가 군사를 일으켜 야습해 절도사 이봉상李鳳祥과 진영장 남연년南延年을 죽이고 마침내 청주성을 근거지로 삼아 반란을 일으켰다. 이인좌는 무리 가운데 신천영申天永을 병마절도사로 삼아 남겨두고 병영 소속의 군사를 모두 동원하여 북상하다가, 안성에 이르러 순무사 오명항吳命恒에게 패했다.[10]

청주 동쪽으로 거대령을 넘으면 상당산성上黨山城이 나온다. 산성 동쪽에는 청천창靑川倉이 있고, 청천창 서쪽에는 신씨촌申氏村이 있다. 남쪽으로 작은 고개를 넘으면 인풍정引風亭과 옥류대玉流臺가 있으니 변씨卞氏가 거처하는 마을이다. 큰 산 사이로 시내와 골짜기, 바위가 있어 자못 그윽한 아치가 있다. 또 동쪽으로 큰 시내를 건너면 귀만龜灣(거북골)이 있어 시내와 산의 경치가 대단히 빼어나다. 상당과 청천 전체를 일러 산동山東이라 부르는데, 땅이 산 위에 놓여서 풍기가 스산하므로 청주의 들판에는 미치지 못한다.

산동 남쪽에는 속리산이 있고 동쪽은 선유산仙遊山(대야산大野山)에 가로막혀 있다. 속리산에서 북쪽으로 뻗은 산자락이 둥글게 굽어져 감싸듯이 산동 북쪽을 가로막고 있어 길은 남쪽으로 통한다. 산자락 안에는 이름난 마을이 많다. 이 땅에서는 철이 나오고, 관곽을 짜고 건물을 짓는 데 쓰는 목재도 넉넉하다. 들에 사는 사람들은 모두 여기서 물자를 사고팔고 재화를 교환한다.

---

10 1728년(영조 4년) 3월에 청주 지역에서 발생한 큰 역모 사건인 무신란을 소개하고 있다.

清州

界安清　　　　　界山槐

延豊界

龍坐山

箕合山　　　　　　山串能

⑤　青川倉

松峙　　　角峙

　華陽洞

閒慶界

青川面　　唐草峴

山遊洞

勒川　　　公林寺

書院　　　尚州界

青山洞　　山母堂

城面界　　　　萬東甲

松面里

山内一面　　　　柑報峙

　　　　　金莊壐

界恩報

熊峙

界仁懷

청주 일대, 〈청주지도〉, 《조선지도朝鮮地圖》, 18세기 중엽, 규장각한국학연구원 소장

청주성의 병영을 중심으로 작천①, 거대령②, 팔봉산③, 상당산성④, 청천창⑤ 등 주요 지형과 산줄
기와 물줄기를 표시하고 있다. 거대령은 것대령巨叱大嶺으로 표기하였고, 작천 곧 까치내의 물줄
기를 상세하게 밝혔다. 상당산성이 지도에는 산당산성山黨山城으로 표기되어 있는데 예전에는 두
가지 표기가 함께 쓰였다. 청천창은 현재의 괴산군 청천면 청천리에 있는 곡물 창고로 땅이 기름지
고 산천이 아름다운 곳으로 알려졌다.

청천靑川에서 동북쪽으로 수십 리 떨어진 곳에 송면촌松面村이 있다. 문경과 괴산, 청주의 세 고을이 만나는 지점으로 계곡과 산이 상당히 아름답다. 청천 남쪽에는 용화동龍華洞이 있다. 서남쪽은 속리산에 바짝 다가서 있으면서도 그다지 험준하지 않고 들녘이 조금 펼쳐져 있다. 그러나 땅이 몹시 척박하고, 산골짜기 백성들이 옹기종기 모여 마을을 지키면서 살고 있다. 그 남쪽에는 율치栗峙(밤티고개)가 있다. 용화동 물과 속리산 물이 청천에서 합하여 북쪽으로 괴강槐江과 송계松溪로 흘러 들어가는데, 남북 물가에 경치가 빼어난 곳이 많다.

청주 북쪽에는 진천이 있다. 진천은 청주에 비하면 들이 적고 산이 많다. 산골짜기가 굽이굽이 둘러 있고 큰 시내가 많다. 그러나 답답한 기운이 전혀 없고, 땅이 상당히 비옥하다. 서북쪽으로 대문령을 넘으면 안성과 직산의 경계에 이른다. 서해 어귀인 대진大津과 겨우 100리밖에 떨어져 있지 않아 물고기와 소금을 사고팔아 얻는 이익을 누리고 있다. 문의는 남쪽으로 금강의 상류인 형강荊江에 임해 있다. 산 빛은 그다지 울창하지 못하나 강가에는 경치가 빼어난 곳이 많다. 오로지 청안淸安만은 산수가 비루하고 촌스러워 살 만한 곳이 못 된다.

목천으로부터 마일령 서쪽, 내포 동쪽, 차령 북쪽에 이르는 지역에 천안, 직산, 평택, 아산, 신창, 온양, 예산 등 일곱 개 고을이 있는데 풍속이 대체로 같다. 일곱 개 고을 남쪽은 산골짜기로 인근 지역은 땅이 비옥해 오곡과 목면의 재배에 알맞다. 일곱 개 고을 북쪽에는 포구와 갯벌이 있으며 인근의 토질은 소금기 있는 땅과 비옥한 땅이 반반이다. 어업과 제염, 뱃길로 이익을 얻기는 하나 목면의 재배에는 알맞지 않다.

천안과 직산은 남북으로 통하는 큰길에 인접해 있다. 직산으로부터 넓은 들을 20리 지나 들판이 끝나는 곳에 소사하素沙河(안성천)가 있다.

소사하 북쪽은 경기도 남쪽 경계이다.

선조 정유년(1597) 왜적이 남원에서 명나라 장수 양원을 쳐부수고 전주를 지나 공주로 북상하였는데 적군의 기세가 대단히 거셌다. 당시 형개邢玠는 총독으로 요동에 주둔하고, 경리 양호가 10만 군사를 이끌고 막 평양에 주둔해 있었다. 마침 연광정 위에서 한창 저녁 식사를 하던 중에 날랜 말을 탄 군사가 급보를 알리자 양호가 젓가락을 내려놓고서 대포 소리를 한 번 울리고 즉시 말에 올라 남쪽으로 내려갔다. 기병이 허둥지둥 양호를 따르고 보병이 그 뒤를 따르니, 평양에서 한양까지 700리 길을 하루 낮 두 밤 사이에 주파하였다.

양호는 달단韃靼(타타르) 출신 장수 해생解生과 파귀擺貴, 새귀賽貴, 양등산楊登山으로 하여금 중무장한 기병 4000명과 교란용 원숭이 기병 수백 마리를 이끌고 가서 소사하 다리 아래 들판이 끝나는 곳에서 매복하게 하였다. 숲처럼 빽빽한 대오를 이루어 직산에서 북상하는 왜군을 지켜보다가, 거리가 100여 보에 이르자 먼저 교란용 원숭이를 풀어놓았다. 원숭이는 말을 타고 채찍을 가해서 적진으로 돌진하였다.

왜국에는 본래 원숭이가 없었다. 원숭이를 처음으로 보게 되자 사람인 듯하면서도 사람이 아닌지라 모두 의아해하고 괴이하게 여겨 발을 멈추고 쳐다만 보았다. 적진에 바짝 다가서자 원숭이는 말에서 내려 적진으로 뛰어들었다. 왜적들은 원숭이를 사로잡거나 때려잡으려 하였으나 원숭이는 몸을 숨기고 도망 다니기를 잘해서 진영을 꿰뚫고 지나갔다. 적진이 혼란에 빠지자 해생 등은 신속히 중무장한 기병을 풀어서 적진을 유린하였다. 왜적들은 조총 한 발, 화살 한 발 쏴보지도 못하고 크게 무너져 남쪽으로 달아났는데 쓰러진 시체가 들을 덮었다. 승전보가 이르자 양호가 그제야 군사를 정비해 남쪽으로 추격하여 경상도 바닷가

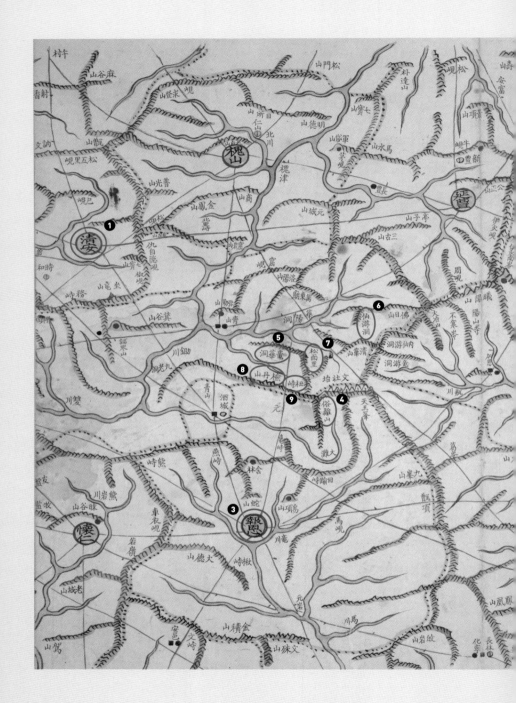

송면촌과 용화동 일대, 《대동방여전도大東方輿全圖》(부분), 19세기 말, 규장각한국학연구원 소장

청안①과 문경②, 보은③ 사이 속리산④ 위쪽으로 용화동⑤과 선유동⑥이 보인다. 그 사이에 있는 송면리⑦가 곧 송면촌이고, 검단산⑧ 동편에 있는 유치⑨가 곧 율치이다. 이중환이 상당히 비중을 두어 설명한 지역이다.

에 이르렀다.

왜군이 침략한 이래 이와 같은 승리를 거둔 적이 없었다. 면밀한 계획을 세워 번개같이 날랜 용병으로 적을 무찌른 공훈은 이여송의 평양 전투보다 뛰어났다. 그러나 주사 정응태丁應泰는 양호가 자신에게 보고하지 않고 홀로 공을 세운 데 앙심을 품고 허위로 조작한 승전이라고 무고하는 보고를 올렸다. 양호는 마침내 탄핵을 받아 본국으로 송환되었다. 이 한 가지 일을 통해서 명나라는 어떻게 해볼 도리가 없는 형편임을 알 수 있다.

선조께서 사신을 보내 양호를 변호하자 정응태는 마침내 관직에서 물러났다. 그러나 정응태는 동림당東林黨[11]과 결탁하였고, 그의 아들이 동림당 사람들에게 부친의 억울함을 하소연하였다. 전겸익錢謙益이 그의 말을 믿고 문집에 기록하였으니 동림당의 허술한 대응과 군자가 쉽게 속는다는 사실을 잘 알 수 있다. 들에서 밭을 가는 농부들이 지금도 간혹 칼이나 창 따위를 줍곤 한다.

유궁포由宮浦[12] 물은 북쪽으로 흘러가서 소사하와 합해지는데, 두 물줄기가 만나는 곳에 아산현이 있다. 칠장산의 큰 산줄기가 직산의 성거산聖居山에 이르러 들판 가운데에 줄기 하나를 내려놓고, 성환역成歡驛을 거쳐서 아산의 영인산靈仁山에 이르니, 이것이 아산의 진산이다. 영인산은 동남쪽에서 서북쪽을 향하는데 소사하 하류가 이 영인산 앞에 모여들어

---

11 명나라 말엽의 당파이다. 고번룡高樊龍 등이 동림서원에서 강학하며 국정을 비판하는 세력을 형성하여 동림당이라 불렀다. 이후 조정에서는 동림당과 반동림당의 극심한 당쟁이 펼쳐졌고, 이는 명나라 패망의 한 원인이 되었다.

12 아산만에 위치한 돈곶의 다른 이름이기도 하다. 이중환이 《택리지》에서 자주 썼다.

맴돌고 있다.

영인산 뒤에 있는 곡교천曲橋川의 큰 냇물은 동남쪽에서 흘러오는데 서북쪽 방면에서 소사하와 만나 큰 호수가 된다. 호수 남쪽에 있는 산 하나는 신창에서 뻗어 오고 호수 북쪽에 있는 산 하나는 수원에서 뻗어 와서 수구에서 문처럼 서로 엮여 있다. 물은 문으로 나와 유궁포에서 강 하류와 합류하고 영공산令公山은 큰 배에 돛을 올린 모양을 하고 있다. 영공산은 온 산이 바윗덩어리로 강 중류에 우뚝 서 있어 마치 발해의 갈 석산碣石山 같다.

조정에서는 영인산 북쪽 땅끝의 머리에 창고를 만들어두고 충청도 근 해의 여러 고을에서 납부하는 세곡을 저장한다. 해마다 조운하여 서울 에 이르므로 이름을 공세호貢稅湖라 한다. 본래부터 어염이 풍부한 데다 창고가 있기 때문에 백성들이 많이 모여 살고 장사꾼들도 모여들어 부 유한 집이 많다. 창고가 있는 마을만 부유한 것은 아니다. 달려오던 영 인산이 두 물줄기 사이에서 그친 뒤에도 기맥이 흩어지지 않아 산의 전 후좌우에 이름난 마을이 들어섰고 여기에 사대부의 집이 많다. 유궁포 동쪽과 서쪽에 있는 여러 고을에는 모두 장삿배가 왕래한다. 이 중에 오 직 예산만이 배가 들락거리며 모여드는 곳이다.

차령에서 서쪽으로 뻗어간 줄기가 북쪽에 떨어져서 광덕산廣德山이 되 고, 또 거기에서 떨어져서 설라산雪羅山(설화산)이 된다. 설라산은 온양 동쪽에 있고, 마치 민중閩中의 호공산壺公山이 하늘 복판에 우뚝 솟은 모 양과 흡사해 마치 홀笏을 세운 듯하다.[13] 이 설라산 덕분에 인근 동남쪽 을 좋은 지방으로 여기고, 아산과 온양의 여러 마을에서 현달하고 문학 을 잘하는 선비가 많이 배출된다.

충주는 청주 동북쪽 100여 리 일대에 있다. 청주로부터 청안의 유현楡峴

내포 일대, 《동역도東域圖》, 18세기 중엽, 규장각한국학연구원 소장

서해안이 아산만 깊숙이 들어온 곳을 대진①이라 표기하였다. 아산② 바닷가에 표기된 공진창
貢津倉③은 공세창貢稅倉 또는 공창貢倉으로도 쓴다. 현재의 아산시 인주면 공세리의 공세
리성당 일대에 있었다. 공진창 안으로 들어간 포구가 공세진貢稅津 또는 공세호이다. 대진에
서 남쪽 신창으로 들어간 물줄기 왼편에 표기된 돈곶진頓串津④이 바로 유궁포 또는 유궁진
이다. 수원과 평택 사이로 흐르는 강물이 소사하이다. 아산 밑에 영인산⑤이라 적혀 있다. 온
양 왼편으로 곡교⑥, 합덕지合德池⑦, 삽교挿橋⑧, 가야산⑨, 오서산⑩이 표기되어 있다.

(느릅령)을 넘어 괴산을 지나 달천을 건너면 충주 고을의 치소가 있는데 한양에서 동남쪽으로 300리 떨어진 곳이다. 속리산에서 발원한, 아홉 번 꺾이고 여덟 번 굽이치는 강물은 북쪽으로 청천의 산동에 이르러 청천이 되고, 괴산에 이르러 괴강槐江이 되며, 충주 읍치의 서쪽에 이르러 달천이 되고, 북쪽으로 금천金遷 앞에 이르러 청풍강淸風江과 합쳐진다. 임진왜란 때 명나라 장수가 달천을 지나다 물맛을 보고는 "여산廬山의 수렴水簾과 물맛이 똑같다!"라고 말했다 전한다. 이 고을은 한강 상류에 있어 수로로 왕래하기에 편리하다. 따라서 예로부터 여기에 터를 잡고 사는 한양의 사대부들이 많다.

달천에서 남쪽으로 거슬러 올라가면 괴강에 이르고, 동쪽으로 거슬러 올라가면 청풍에 이른다. 여기에는 사대부의 정자와 누각이 많고, 양반들이 모여 살며, 배와 수레가 모여든다. 게다가 서울의 동남쪽에 있으며 과거 급제자를 많이 배출하여 팔도의 허다한 고을 가운데 으뜸이니, 이름난 도회지라 부르기에 충분하다.

경상 좌도는 죽령을 경유하여 한양과 통하고, 경상 우도는 조령을 경유하여 한양과 통한다. 하지만 두 고갯길이 모두 충주 읍치에서 만나며 여기서 수로나 육로로 한양에 이를 수 있다. 따라서 읍치가 홀로 경기도와 영남을 왕래하는 요충지이므로 난리가 발생하면 반드시 싸움이 일어나는 땅이 된다. 사실상 한 나라의 중앙이라 마치 중국의 형주荊州와 같

---

13 지금의 중국 복건성 보전시莆田市에 있는 호공산은 일본의 후지산과 같은 모양의 산이다. 홀은 관복과 함께 관료가 쓰는 도구로 임금 앞에서 아뢸 내용을 미리 적어 두어 잊지 않거나 조리 있게 말하려고 사용한다. 홀을 세워둔 모양을 현달한 선비가 많이 나타날 조짐으로 보았다.

은 곳이다. 임진왜란 때 왜적이 신립을 격파한 지역이라 평상시에 살기가 하늘을 찌르고 태양도 빛을 잃었다.

지세가 서북쪽으로 쏟아지듯 달려서 머물러 온축된 기운이 없으므로 부유한 사람이 적다. 반면에 인구가 조밀하고 백성들은 늘 구설수에 많이 휩쓸리고 경박하여 살 만한 곳이 못 된다. 다만 이는 읍치를 두고 하는 말일 뿐이다.

읍치에서 서쪽으로 향하여 달천을 건너면 속리산에서 북쪽으로 뻗은 산줄기가 음성현陰城縣 서쪽을 거쳐 우뚝 솟아 가섭산迦葉山이 되고 부용산芙蓉山이 된다. 그중 하나가 금천에서 멈추고, 또 하나가 가흥嘉興[14]에서 머물며, 나머지 산기슭은 달천 서쪽에서 구불구불 돈다. 땅은 오곡과 목면의 재배에 알맞고 토지는 지극히 비옥하다. 산골짜기 사이로 마을이 흩어져 있고 부자가 많은데, 여러 마을 가운데 금천과 가흥이 가장 번성하다.

두 강[15]이 금천 앞에서 합해져 마을 북쪽을 둘러서 흘러나간다. 동남쪽에서는 영남 지역의 화물을 받아들이고, 서북쪽에서는 한양의 생선과 소금을 들여와 사고판다. 여염집이 즐비하여 한양의 강촌 마을들과 흡사하다. 포구에 들어찬 배의 고물과 이물이 끝없이 이어질 정도로 큰 도회지를 이루고 있다.

가흥은 금천에서 서쪽으로 10리쯤 떨어진 곳에 있다. 강이 동남쪽에

---

14 경상도와 충청도의 전세田稅를 거두어 저장해두고 조운을 이용하여 서울로 운반하던 곳이다.

15 남한강과 달천을 가리키는데 금천면과 탄금대 앞에서 물이 만나 합해지므로 이 지역을 합수머리라 한다.

서 서북쪽으로 달리고, 마을은 강 남쪽 연안에 있다. 부용산 한 줄기가 강을 거슬러 우뚝 솟아 장미산薔薇山이 되는데 가흥의 주산主山이다. 조정에서 이곳에 가흥창을 설치하여 조령 남쪽 경상도 일곱 개 고을과 조령 북쪽 충청도 일곱 개 고을의 전세를 걷어 수운판관에게 조운을 이용하여 한양으로 운반하도록 한다. 주민들은 객주客主[16]로서 미곡의 출입에 간여하여 때때로 이익을 노려 횡재를 얻기도 한다. 두 개 마을에는 과거에 급제하여 현달한 집안이 많다.

가섭산 일대 바깥에는 속리산에서 서쪽으로 뻗어간 산줄기가 있어 소속리산小俗離山이라고 부른다. 여기서부터 한 줄기가 거꾸로 뻗어서 옥장산玉帳山과 팔성산八聖山 등의 산이 되어 말마리秣馬里(음성군 생극면 팔성리)에서 그친다. 여기가 기묘사화에 연루되었던 명현名賢인 십청헌十淸軒 김세필金世弼이 정계에서 물러나 살던 땅이다. 그의 자손이 지금까지 대대로 거주하고, 여염집 수백 호가 넉넉하고 풍족하게 지낸다. 앞에는 큰 시내가 있어 논에 물을 잘 댈 수 있고 1묘에 1종을 수확하는 비옥한 전답이 많다. 따라서 예로부터 흉년이 적었다. 한양에서 200여 리 떨어져 있고, 여강驪江과 물길로 통하니 참으로 살기에 적합한 땅이다. 주민들은 금천, 가흥, 말마리와 강 북쪽에 있는 내창內倉을 충주의 4대 촌락이라 한다.

충주 읍치에서 서북쪽으로 7리쯤 떨어진, 두 강이 만나는 곳 안쪽에 작은 산 하나가 있다. 신라 때의 우륵于勒 선인仙人이 가야금을 연주하던 장소라서 이름을 탄금대彈琴臺라 한다. 탄금대에서 강을 건너 북쪽으로

---

16 농산물을 거간하고, 재화를 가져온 자에게 숙박을 제공하여 이익을 남기는 사람이나 여관을 말한다.

가면 북창北倉이 있다. 강을 내려다보고 있는 바위 아래쪽의 풍경이 매우 좋다. 북창 서쪽이 바로 기묘사화에 연루된 명현인 탄수灘叟 이연경李延慶이 거처한 곳이다. 자손이 10대에 걸쳐 과거에 끊임없이 합격하므로 사람들이 강가의 명당이라 한다.

강을 따라 서쪽으로 가면 월탄月灘으로 홍씨가 살고 있는 땅이다. 또 서쪽으로 가면 하담荷潭이 나오는데 옛날에 판서를 지낸 김시양金時讓이 살던 땅이다. 다시 서쪽으로 가면 목계木溪로, 강의 하류에서 생선과 소금을 싣고 올라온 선박이 정박하여 물건을 내놓고 흥정하는 곳이다. 동해의 생선과 영남 산골의 화물이 모두 여기로 모여들어, 주민들은 물건을 사고팔아 부를 쌓는다.

목계 서쪽에는 청룡사靑龍寺 골짜기가 있고, 청룡사 서쪽은 원주와 맞닿아 있다. 동쪽의 북창에서 서쪽의 청룡사에 이르는 지역을 아울러 강북江北이라 부른다. 여러 마을이 강에 임해 경치가 빼어나기는 하나 어디나 척박하여 큰강 이남과 달천 서쪽의 풍족하고 비옥한 땅에는 미치지 못한다.

목계 북쪽 10리에는 내창촌內倉村(충주시 엄정면)이 있는데 천년 역사를 자랑하는 이름난 마을이다. 산속에 들이 펼쳐져 있어 풍기가 오므려 닫혀 있고, 토지가 매우 드넓어 대대로 거주하는 사대부가 많다. 마을 동쪽은 월은령月隱嶺과 이웃하고 있다. 월은령 동쪽은 제천과 맞닿아 있다.

충추 동쪽에는 청풍부가 있는데 강을 내려다보는 곳에 한벽루寒碧樓가 있다. 상당히 시원스럽게 트여 있으면서도 호젓하고 오묘한 아치까지 풍겨서 한강 상류의 이름난 누각이다.

청풍부 서쪽에는 황강촌黃江村이 있다. 수암遂庵 권상하權尙夏가 살던 곳이다.

청풍 동쪽에는 단양이 있고, 단양 북쪽에는 영춘永春이 있다. 이 세 고을은 시내와 골짜기가 가파르고 험준하며, 넓게 펼쳐진 들판은 적다.

충주 동북쪽에는 제천이 있다. 온 고을의 사면에 산이 솟아 있다. 고을이 산에 자리 잡은 형국이나, 안쪽에는 들이 펼쳐지고 산은 야트막해 시원스럽게 밝고 환하여 대대로 거주하는 사대부가 많다. 그러나 지대가 높고 바람이 차며 땅이 척박하여 목면이 나지 않아 부자가 적고 가난한 사람이 많다.

고을 북쪽에는 의림지義林池가 있는데 신라 때부터 큰 제방을 쌓아서 물을 막고 온 고을의 논에 물을 댔다. 의림지 서쪽에는 후선정候仙亭이 있으니 김씨의 소유물이다. 의림지는 영동의 여러 호수보다는 못하지만 그래도 배를 띄우고 놀기에는 충분하다.

제천은 북쪽으로는 평창에 가깝고, 동쪽으로는 영월에 인접해 있다. 첩첩산중의 깊은 골짜기라서 참으로 병란을 피하고 속세를 벗어나기에 적합하다.

연풍延豐은 충주 남쪽, 괴강 동쪽에 있는데, 조령 한 줄기가 동남쪽에서 높이 가로막고 있다. 산천 경치가 훌륭하나 현달한 인물은 나오지 않았다. 토질이 좋고 물을 대기가 쉬우며, 목면을 재배하기에 아주 좋은 땅이다.

연풍 서쪽, 조령과 유령楡嶺 두 산골짜기 사이에 괴산이 있다. 지세가 비좁고 오종종하지만 살기를 벗은 곳이다. 동쪽으로는 큰 강에 임해 빼어난 명승지와 이름난 마을이 많고 귀하게 되고 현달한 자가 많다. 토지는 오곡과 목면을 재배하기에 알맞다. 북쪽은 금천에 가까워서 살 만한 곳이다.

연풍에서 동쪽으로 조령을 넘으면 문경이 나오고, 서쪽으로 유령을 넘

으면 음성이 나온다. 음성에서 서쪽으로 가면 경기도 죽산, 음죽陰竹과
경계를 접한다.

충주 서쪽은 경기도 죽산, 여주와 맞닿아 있다. 죽산의 칠장산이 경기도
와 충청도 경계에 우뚝 솟아 산줄기가 서북쪽으로 가다가 수유현水踰峴에
서 크게 끊겨서 평지가 된다. 산줄기가 다시 일어나 용인의 부아산負兒山
과 석성산石城山, 광교산光敎山이 되고, 광교산에서 서북쪽으로 가서 관악
산이 되며, 곧장 서쪽으로 가서 수리산修李山이 되고 서해에 이르러 사라
진다.

죽산에서 또 한 줄기가 갈라져 북쪽 음죽을 지나 여주 영릉英陵에서 그
친다. 영릉은 우리 장헌대왕을 모신 곳이다. 땅을 팔 때 옛날에 묻은 표
석標石이 나왔는데 '마땅히 동방의 성인을 장사 지내리라'고 새겨져 있었
다. 술사術士는 "회룡回龍은 자좌子坐에 앉아 있고, 신방의 물(申水)은 진좌
辰坐에 들어가서¹ 여러 왕릉 가운데 으뜸이다."라고 말한다.

죽산 남쪽에 구봉산九鳳山이 있는데 산을 두르고 산성을 쌓기에 적합
하다. 또 경기도와 충청도를 오가는 큰길 중앙에 자리 잡고 있다. 죽산
에서 서쪽으로 양지陽智를 거치면 한강 남쪽에 흩어진 여러 고을이 나온

---

1 산줄기가 방향을 바꿔 돌아가는 것을 '회룡'이라 한다.

다. 촌락이 쇠잔하고 활기를 잃었으며, 풍수가 슬프고 수심에 찬 듯하여 거처할 만한 곳이 없다.

물길은 충주에서 남한강을 따라 서쪽으로 내려가 원주와 여주, 양근을 거치고 광주廣州 북쪽의 용진에 이르러 북한강과 만나 한양 앞을 흐르는 물이 된다.

여주 읍치는 여강 남쪽에 있는데, 한양과는 물길이나 육로로 200리가 채 안 떨어져 있다. 여주읍 서쪽에는 백애촌白涯村(배개, 곧 이포梨浦가 있는 마을)이 있다. 한 굽이 긴 강이 동남방에서 동북방으로 흘러들어 마을 앞에 띠처럼 가로놓여 있는데 이 마을이 한강에서 제일가는 이름난 촌락이다. 수구가 오므려져 닫혀서 강물이 나가는지 모르고, 여주읍과 백애촌이 들녘으로 연결되어 동남쪽으로 멀리까지 트여 있으며, 풍기와 빛이 맑고 시원스럽다. 여주읍과 백애촌 두 마을에는 대대로 거주하는 사대부 집안이 많다. 그러나 백애촌 사람들은 배를 이용한 상업에만 종사하는데 농사짓는 집보다 훨씬 나은 이익을 얻는다.

여주 읍내에 청심루淸心樓가 있는데, 강과 산을 조망하는 아취가 상당히 멋지다. 강 북쪽에는 신륵사가 있고 절 옆에는 강월헌江月軒이 있다. 강을 내려다보고 있는 바위가 대단히 기이하다. 강 남쪽 언덕 아래에는 마암馬巖이 있고, 이 바위 아래에는 검은 용이 살고 있다는 전설이 있다.

여주 남쪽에는 이천과 음죽이 있으며 풍속은 대체로 같다. 북쪽에 있는 지평과 양근은 강원도 홍천과 경계를 접하고 있다. 산이 어지럽게 솟고 골짜기가 깊어 어디나 거처하기에 마뜩지 않다.

양근의 용문산龍門山 북쪽에 미원촌迷遠村이 있다. 옛날 정암 조광조가 이 마을의 산수를 사랑하여 살 곳으로 삼고자 하였다. 내가 일찍이 그 마을을 살펴보았더니, 산중이 조금 넓게 트여 있기는 해도 땅이 깊고 막힌 데다 기운도 스산하고 썰렁했다. 사방의 산이 우아하지 못하고 앞에 시냇물이 너무 울며 흘러서 살기 좋은 땅이 아니었다.

여주 서쪽에 있는 광주 석성산 한 자락이 북향하여 한강 남쪽으로 뻗어간다. 광주의 읍치는 만 길 산꼭대기에 있으니, 바로 옛날 백제의 시조 온조왕의 고도古都이다. 읍치 안쪽은 평탄하고 야트막하지만 바깥쪽은 험준하고 깎아지른 형세이다. 청나라 군사가 처음 쳐들어왔을 때도 칼자국 하나 남기지 못했고, 병자호란 때에도 끝내 함락시키지 못하였다. 인조께서 남한산성을 내려온 것은 단지 식량이 떨어지고 강화가 함락되었기 때문이다.

전란이 진정되자 광주 읍치를 서울을 방어할 중요한 요새로 삼아 아홉 개의 절을 세워 승려로 채우고 총섭摠攝 한 사람을 두어 승대장으로 삼았다. 해마다 각 도의 많은 절에서 장정 승려를 뽑아 아홉 개의 절에 머물러 지키게 하고, 달마다 활쏘기 훈련을 평가하여 우수한 자에게는 후한 녹봉으로 보상하였다. 따라서 승려들은 오로지 활을 쏘는 훈련을 생업으로 삼았다. 나라에 승려가 많다고 생각하여 조정에서는 그들의 힘을 성을 지키는 바탕으로 삼은 것이다.

성안은 험하지 않으나 성 밖은 산발치까지 살기를 띤 데다 중요한 진영 아래라서 전란이 일어나면 반드시 전투가 벌어질 땅이다. 그러므로 광주 일대는 살 만한 곳이 못 된다.

광주 서쪽, 안산 동쪽에 수리산이 있다. 여기에서 서북쪽으로 뻗어간 줄기가 수리산에서 가장 긴 산맥이다. 인천과 부평, 김포, 통진을 지나 '무너져 넓게 퍼진 석맥[崩洪石脈]'2이 되었다가 강을 건너 일어나 마니산이 되니, 여기가 강화부이다.

강화는 동북쪽에서는 강이 두르고, 서남쪽에서는 바다가 두른 큰 섬으로 한양 수구의 나성羅星[3]이다. 한강 물은 통진 서남쪽에 이르러 굽어져 갑곶甲串나루가 되고, 남쪽으로 마니산 뒤쪽의 '석맥이 무너져 넓게 퍼진 곳'에 이르는데 여기서 석맥이 물속에 가로로 뻗쳐 문지방 같은 모양을 이룬다. 조금 움푹 들어간 가운데 부분이 바로 손돌목〔孫石項〕이다. 손돌목 남쪽에는 서해 큰 바다가 있다. 삼남 지방에서 올라오는 세곡선이 손돌목 밖에 이르러 만조를 기다렸다가 지나가는데, 조금이라도 배를 잘 다루지 못하면 물살에 휩쓸려 부서지기 십상이다. 한강은 정서쪽으로 흘러서 양화楊花나루의 북쪽 기슭을 따라가다 후서강 물과 만나고, 또 문수산文殊山을 따라 북쪽으로 가서 바다로 들어간다.

강화에는 면적이 남북 100여 리, 동서 50리이다. 강화부에는 유수가 있어 고을을 다스린다. 북쪽으로는 풍덕豊德(개성시 개풍군)의 승천포昇天浦와 강을 사이에 두고 마주보고 있다. 강 언덕은 모두 석벽石壁이고, 석벽 아래는 진펄이라 배를 댈 만한 장소가 없고, 오직 승천포 맞은편 언덕 한 곳에만 배를 댈 만하다. 그러나 만조가 아니면 배를 움직이지 못하므로 평소 험한 나루로 불린다. 성곽을 쌓지 않고 단지 좌우 산발치의 강을 내려다보는 지점에 돈대만을 쌓았으니 마치 성에 성가퀴를 둔 모양새이다. 그곳에 병기를 보관하고 군사를 배치하여 외적의 침입에 대비하였다.

동쪽 갑곶에서 남쪽 손돌목에 이르는 지역 중에서는 오로지 갑곶만이 선착장으로 쓸 만하다. 나머지 해안은 북쪽 해안과 마찬가지로 모두 진

---

2 큰 물을 건너서 다시 이어진 석맥을 '무너져 넓게 퍼진 석맥'이라 한다.

3 물이 흐르는 수구 사이에 작은 섬처럼 놓여 있는, 돌이나 흙이 쌓여서 생긴 평탄한 언덕을 말한다.

펄이다. 따라서 산발치의 강을 내려다보는 지점에 돈대를 쌓아 외적의 침입에 대비하기를 북쪽 해안과 똑같이 하였다. 승천포와 갑곶, 두 수로를 잘 지키기만 하면 섬은 천연 요새가 된다. 그런 까닭에 고려 때 원나라 군대를 피해 수도를 옮긴 지 10년 동안 육지는 쑥대밭이 되었어도 강화도는 끝까지 침범당하지 않았다.

조선에 들어와서 삼남의 세곡선이 모두 손돌목을 통해 서울로 올라오므로 바닷길의 요충으로 인정받았다. 유수를 두어 이곳을 지킬 뿐만 아니라 동남쪽 해안을 마주하고 있는 영종도에도 방어영을 설치하고 첨사를 두어 지키게 하였다.

인조 때 정묘호란이 일어나 청나라 군대가 황해도 평산에 이르자 양국은 형제가 되기로 약조하였고 청은 마침내 강화를 맺고 물러갔다. 그때 청나라 사람들이 요동과 심양을 점거하고 날마다 명나라와 싸웠고, 명나라 장수 모문룡毛文龍은 가도假島[4]를 점령하고 있었다. 우리나라는 바닷길로 등주와 내주를 거쳐 명나라에 조공하였다. 청나라는 우리나라가 등 뒤를 칠까 두려워하여 먼저 첩자를 보내 승정원 조례로 만들고 우리의 병력이 약한 정황을 간파한 뒤에 기습하려 하였다. 조정에서는 청나라 사람들이 침략하고 핍박할까 우려하여 남한산성을 수축하였다.

병자년(1636) 봄에 청나라 사람들이 용골대龍骨大를 조선에 보내 정탐하게 하였다. 용골대가 서강西江에 있는 선유봉仙遊峯[5]을 구경하러 가고 싶다고 하였다. 당시에 하담 김시양이 호조판서로 재직하고 있었는데

---

4 평안북도 철산군 백량면에 속하는 섬이다.
5 서울시 영등포구 양평동에 있던 산으로 마포 일대의 명승지로 널리 알려졌으나 지금은 보이지 않는다.

용골대가 남한산성에 정탐 나갈 것으로 짐작하고 아전과 병졸에게 분부하여 동대문 밖에서 정식으로 영접하게 하였다. 용골대가 서대문으로 향하는 척하다가 갑자기 말을 내달려 동대문으로 나갔다. 그러다 길가에 장막을 치고 기다리는 행렬을 보고 괴이하게 여겨 물었다. 역관이 "객사께서 남한산성에 갈 것으로 호조판서가 아시고서, 길가에 미리 작은 잔칫상을 차리라 하셨으니 객사께서는 잠시 머무시기를 청합니다." 라고 하였다. 용골대는 깜짝 놀랐으나 억지로 웃으면서 말을 세웠다. 그러고는 남한산성에 가지 않고 돌아왔다.

그때 대간에는 새로 벼슬에 나간 젊은이들이 많았다. 그들은 국사를 이해하지도 못하면서 자칭 청렴한 신하의 주장이라며 오랑캐의 사자를 칼로 베라고 주청하였다. 용골대가 그런 논의를 듣고 작별 인사도 하지 않고 되돌아갔다. 머물러 있던 벽 위에다 푸를 청 자를 크게 써놓고 떠났으니 청靑 자는 12월十二月의 파자破字이다. 그해 12월에 청나라 사람들이 의주를 피하고 창성昌城을 통해 얼어붙은 압록강을 건너왔다. 청군이 진격로 인근에 있는 우리나라 성을 공격하지 않고 그냥 지나쳐 사흘만에 선봉부대가 홍제원弘濟院에 이르렀으나 한양성 안으로는 들어오지 않았다. 군사들이 모두 안장을 풀어 말을 쉬게 하여 공격하지 않고 뒤에 올 군대를 기다리는 태도를 취하니, 온 성안이 두려워하고 놀랐다.

병조판서 최명길이 쇠고기와 술로 청나라 군대를 달래고 군사를 일으킨 까닭을 물으며 시간을 벌어 세자와 두 대군으로 하여금 종묘사직의 신주와 비빈을 모시고 강화도로 피하게 하였다. 이어서 인조가 남문루南門樓(남대문의 누각)에 올랐다가 오랑캐에게 사로잡힐까 염려하여 길을 바꿔 남한산성으로 들어갔다.

청나라 대군이 추격하여 남한산성을 포위하였다. 4~5일이 지나서 청나라 황제가 비로소 도착하여 산성이 높아 빠른 시일 내에 함락시킬 수 없음을 알고 화가 나서 용골대를 죽이려 들었다. 용골대가 우리나라를 치자는 책략을 수립하였기 때문이다. 용골대가 열흘 안으로 강화도를 점령하여 속죄하겠다고 청하자 황제가 허락하였다. 그리하여 용골대가 하나의 부대를 거느리고 통진에 이르러 문수산 위에서 내려다보니 온 섬이 손바닥 안에 있는 듯했는데 갑곶은 지키는 군사가 전혀 없었다. 그래서 민가에서 목재를 뜯어다가 뗏목을 만들어 건너가서 섬이 마침내 함락되었다. 인조 임금께서 그 소식을 듣고 마침내 성문을 열고 내려오기로 하였다.

이보다 앞서 영의정 김류金瑬가 강화도는 아무 걱정이 없다고 판단하고 자기 아들 김경징金慶徵을 발탁하여 강화도 방수대장으로 삼아 가족을 이끌고 피난하게 하고, 이민구李敏求를 부장으로 삼았다. 김경징은 교만하고 멍청했으며, 이민구는 들뜨고 경박하여 멀리 내다보는 안목이 없었고, 날마다 장기나 두고 술독에나 빠져 있었다. 대군과 대신들이 군사를 보내 갑곶나루를 방비하도록 권하였으나, 김경징은 "되놈 군대가 어찌 날아서 건너겠는가?"라고 큰소리만 쳤다. 그러다 성이 함락되자 대신 김상용金尙容이 죽고 사족士族의 부녀자 가운데 순절한 사람이 많았다. 바닷가로 내달려 물에 몸을 던져 빠져 죽기도 하여 치마를 뒤집어쓰고 물에 떠 있는 시체가 어지러운 구름과도 같아서 뉘집 여자인지 분간도 못했다. 호란이 진정된 뒤에 포로로 사로잡힌 자를 물에 빠져 죽었다고 하여 정려문旌閭門(충신, 효자, 열녀를 표창하기 위해 동네에 세운 문)을 받은 자까지 나타났다.

그 후 조정에서는 옛일을 경계로 삼아 병기를 갖추어놓고 군량미를 쌓아서 환란이 닥칠 때를 대비하였다. 그사이 100년 동안 아무런 변고가 없어 강화에 쌓아둔 식량이 100만 섬에 가까워졌다. 숙종 말년에 해마다 흉년이 들자, 많은 양을 각 도로 이전하여 백성들을 진휼하는 밑천으로 삼았다. 가을걷이한 이후에는 상환하지 않고 각 고을에 그대로 남겨두었고, 서울 각 관아에서 경비가 부족하면 쌀을 옮겨달라고 요청하므로 비축한 군량미가 해마다 조금씩 줄어들어 지금은 10만 섬도 채 되지 않는다.

숙종 계유년(1693)에 측근 신하가 병자년에 있었던 변고를 아뢰자, 임금께서는 바로 문수산성文殊山城을 쌓도록 명하셨다. 문수산을 지키지 못하면 강화도도 지키지 못하기 때문이었다. 그 뒤에 묘당廟堂(비변사)과 여러 수신帥臣(절도사)이 통진 읍치를 성안으로 옮겨 따로 독립된 진영을 만들고, 변란을 당하면 온 고을 군사를 거느리고 들어가 산성을 지키자고 청하였다. 그러나 끝내 의견이 통일되지 않아 실행에 옮기지 않았다.

지금 임금(영조) 치세 병인년(1746)에 강화유수 김시혁金始爀이 장계를 올려, 강을 따라 성을 쌓도록 건의하자 조정에서 허락하였다. 김시혁은 동쪽 면에 성을 쌓아서 북쪽의 연미정燕尾亭에서 남쪽의 손돌목에 이르렀다. 공사를 마치자 임금은 김시혁을 발탁하여 정경으로 삼았다. 얼마 지나지 않아 장맛비에 성이 무너졌다. 성을 쌓을 때 평지에서 진펄을 만나면 그때마다 흙과 돌로 메워 기단을 삼았다. 그래서 모든 강 언덕이 견고해져 사람과 말이 통행할 만했다. 강을 따라 40리 길에 걸쳐 어디든지 배를 댈 수 있게 되어 섬은 더 이상 외침을 막아낼 수 없게 되었다.

강화에서 나온 산맥 하나가 서편 언덕으로 뻗어가다가 또 '무너져 넓게 퍼진 석맥'이 되어 작은 포구 하나를 지나면 바로 교동도喬桐島가 나오는데, 이는 개성의 외안산外案山[6]이다. 섬 북쪽으로 한강 물이 흘러와서 개성 앞을 흐르는 물이 된다. 남쪽으로 큰 바다를 바라보고 있고, 바다 남쪽에는 충청도 해미와 서산 등이 있는데 바닷길로 멀지 않아 양쪽 해안에 있는 산이 아스라이 보인다. 서북쪽으로는 멀리 황해도 연안과 배천이 포구를 사이에 두고 비스듬히 보인다.

교동도는 강화보다 크지 않으나 섬 전체가 하나의 바위로 바다 가운데 외따로 서 있다. 조정에서는 이 섬에 통어영을 설치하고 수군절도사를 두어 경기도와 황해도, 평안도 삼도의 수군을 통솔하여 해상 방어에 임하게 하였다. 그러나 두 섬은 땅에 소금기가 있어 자주 가물고 수확은 적어서 백성들이 모두 고기잡이와 제염으로 생계를 꾸린다.

수리산에서 서쪽으로 뻗은 줄기는 가장 짧은 산맥으로 이는 안산 바닷가에서 그친다. 이곳에는 서울 공경公卿 집안 조상의 무덤이 많을 뿐만 아니라 서울과 가깝고 생선과 소금이 풍부해서 대대로 거주하는 사대부가 많다. 수리산에서 남쪽으로 뻗은 줄기는 서남쪽으로 가다가 광주 성곶리聲串里에서 그친다. 이 마을은 생선과 소금이 나는 갯마을로 근해의 장삿배가 꽤 많이 모여들고, 주민은 생선 파는 생업으로 부자가 되었다.

동남쪽으로 뻗은 산맥은 수원부水原府의 여러 산이 된 다음 바다에서 그치고, 충청도 아산현과 포구 하나를 사이에 두고 마주보고 있다. 중간에 금수산金水山이 있고, 산 정상에 못이 있어 물빛이 황색으로 물든 것 같다. 황금이 난다고들 전하거니와, 옛날에 땅의 기운을 잘 보는 중국

6 풍수지리에서 묏자리나 집터를 마주하고 있는 산을 안산案山이라고 하고, 안산이 여러 겹으로 둘러싸여 있을 때 바깥쪽 산을 외안산外案山 또는 외산外山으로 부른다.

江華府圖

강화도 일대, 《동국여도東國輿圖》, 19세기 초, 규장각한국학연구원 소장
강화도 일대 해안 방어의 요충지와 지형을 밝혀놓았다. 강화도의 산성①과 사고②, 내륙
해안의 통진③, 문수산성④ 그리고 영종도⑤와 교동도⑥의 위치를 표시하였다. 주요한 물
길로 한강과 임진강이 합류하는 곳에 조강祖江⑦을 표시하였고, 개성의 벽란도에서 내
려오는 후서강後西江⑧ 하류와 삼남 조운선이 통과하는 손돌목⑨을 표시하였다.

사람이 "이 산에 황금 보물의 기운이 서려 있다."라고 했다 한다.

금수산에서 나온 다른 줄기는 서쪽으로 뻗어가서 남양부南陽府 읍치가 되고 이어 남양부 서쪽 문판현文板峴(글판이고개 또는 글판이골)을 거쳐 서쪽으로 뻗어나가 바다에서 그친다. 충청도 당진과 작은 바다를 사이에 두고 매우 가까이 있으며, 물이 들어왔다 나갔다 한다. 지세를 보면 땅이 포구와 항구를 좌우에 끼고서 곧장 바다로 들어간다. 소금 굽는 집 수백 호가 남쪽과 북쪽 바닷가에 별처럼 깔려 있다.

육지가 끝나는 어귀가 화량첨사진花梁僉使鎭이고, 화량진에서 바다를 건너 10리를 가면 대부도가 나오는데 모두 어부들이 사는 곳이다. 남양 서쪽 마을은 한강 남쪽에서 생선과 소금으로 거두는 이익을 독차지하고 있다.

'무너져 넓게 퍼진 석맥'이 화량진에서 출발하여 바닷속을 지나 대부도에 이르는데, 물속의 바위 등성이가 구불구불하게 뻗어 있고 등성이 위의 물은 매우 얕다. 옛날에 학이 물속의 바위 등성이 위를 따라 걸어가자, 섬사람들이 뒤를 따라가 건너는 길을 얻고서 학지鶴指라 이름하였다. 오직 섬사람만 길을 익혔고 다른 지역 사람은 몰랐다. 병자년(1636)에 섬사람들이 오랑캐를 피해 구불구불한 바위 등성이를 따라 도망하였는데, 오랑캐 기병은 길을 찾지 못하고 뒤따라가다가 물에 빠졌다. 그리하여 섬이 온전하게 보전되었다.

대부도는 토양이 비옥하고 주민이 많으며, 남쪽 바다에서 오는 배의 첫째 길목으로 강화도와 영종도의 바깥문이다. 옛날에 수군 진영을 설치했으나 이를 교동도로 옮긴 후에는 말을 먹여 기르는 곳으로 변해 적을 막고 땅을 지키는 군대가 없으니 이는 대단히 옳지 못하다. 이 섬에 화량진을 옮겨 와 유사시 영종도 군사와 협공하여 외적을 견제하도록 하는 것이 옳다.

여기에서 서쪽으로 물길 따라 30리를 가면 연흥도燕興島(영흥도靈興島)가 나온다. 고려 말엽에 종실 익령군翼靈君 왕기王琦는 고려가 곧 망할 줄로 알고 성명을 바꾸고 온 가족을 데리고 바다를 건너 이 섬에 몸을 숨겼다. 그리하여 고려가 망하자 물에 빠져 죽임을 당하는 환란을 면하였고, 자손들은 그 후로 계속 이 섬에 살았다. 지금은 신분이 천해져서 마소를 먹이는 일을 하며 지낸다.

익령군이 거처하던 집 세 칸은 완전히 봉쇄된 채 단단히 방비되어 지금도 남이 들여다보는 것조차 허락하지 않는다. 방 안에는 서책과 그릇 따위가 쌓여 있다고 하나 어떤 물건인지는 모른다. 옛날에 어떤 관원이 유람하러 섬에 왔다가 자물쇠를 풀고 방을 열어보려 하였다. 많은 남녀 목자들이 애걸하며 "이 문을 열면 그때마다 자손들이 사망하는 우환이 발생합니다. 그래서 서로 조심하며 감히 열어보지 못한 지가 300년이나 되었습니다."라고 하자, 관원은 가련하게 여겨 그만두었다.

수원 동쪽에는 양성陽城과 안성이 있다. 안성은 경기도와 충청도의 바다와 산골 사이에 위치하여 화물이 모여 쌓이고, 장인과 상인들이 모여드는 한양 남쪽의 도회지이다. 읍치가 겉으로는 평탄하고 좋으나 땅에 살기가 나타나 살 곳이 못 된다. 수원 북쪽에는 과천이 있고, 과천에서 북쪽으로 15리를 가면 동작진銅雀津이 나온다. 한강을 건너 북쪽으로 15리를 가면 서울 남대문이 나온다.

함경도 안변부 철령에서 나온 산맥 한 줄기가 남쪽으로 500~600리를 뻗어가다가 양주에 이르러 올망졸망한 산이 된다. 이 산줄기가 동북방에서 한양 쪽으로 비스듬히 비집고 들어오다가 갑자기 솟아나 도봉산 만장봉萬丈峯 바위 봉우리가 된다. 여기에서 서남방을 향해 뻗어가며 조

팔
도
론

151

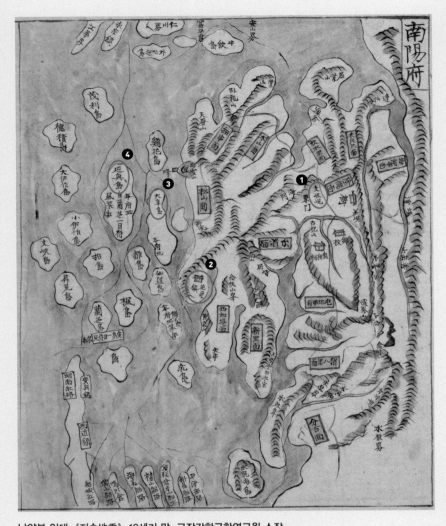

남양부 일대, 《지승地乘》, 18세기 말, 규장각한국학연구원 소장

서해안 수로의 요지인 남양부 해안을 상세히 묘사하였다. 남양부 읍치 위쪽의 산줄기에 문판현①
이, 바닷가 끝에 화량진②이 있으며, 대부도③와 연흥도④도 보인다.

금 끊겼다가 또 우뚝 솟아 삼각산 백운대白雲臺가 되고 계속 남쪽으로 내려가 만경대萬景臺가 된다. 그중에서 한 줄기는 서남쪽으로 가고, 또 한 줄기는 남쪽으로 뻗어가 백악白岳이 된다. 풍수가의 말에 따르면, 하늘을 찌르는 목성木星[7]으로 궁성宮城을 주관하는 주산主山이다. 한양은 동쪽과 남쪽, 북쪽에 모두 큰 강이 흐르고, 서쪽으로 바닷물이 드나든다. 여러 갈래의 물이 다 모여드는 지점에 자리 잡고 있어, 이야말로 한 나라 산수의 정신이 다 모이는 곳이다.

옛날 신라의 승려 도선道詵이 《비기秘記》를 남겨 "왕씨王氏를 잇는 자는 이씨李氏이고, 한양에 도읍한다."라고 하였다. 그래서 고려 중엽에 윤관尹瓘을 시켜 백악산 남쪽에서 지세를 관찰하여 오얏나무를 심고 나무가 무성하게 자라면 그때마다 베어내어 기운을 억눌렀다. 우리 조선이 나라를 선양禪讓받고 나서 승려 무학에게 도읍지를 정하도록 하였다. 무학이 백운대에서 맥을 찾아 만경대에 이르고, 서남쪽으로 향하여 비봉碑峯에 이르렀다. 돌로 된 비석 한 개가 있어 보니, 큰 글씨로 "무학오심도차無學誤尋到此(무학이 길을 잘못 찾아 이곳에 이르리라)"라는 여섯 글자가 새겨져 있었다. 이는 곧 도선이 세운 빗돌이었다. 무학은 마침내 길을 바꿔 만경대의 정남쪽 맥을 따라 곧장 백악 밑에 당도하였다. 세 개의 맥이 합쳐져 하나의 들을 이룬 지세를 보고서 마침내 궁궐터로 정하였으니 다름 아닌 고려 때 오얏나무를 심었던 곳이었다.

외성을 쌓으려고 했으나 어디에서 어디까지 쌓을지를 정하지 못하고 있었다. 어느 날 밤 큰 눈이 내렸는데, 바깥쪽은 눈이 쌓이고 안쪽은 녹

---

7 하늘을 꿰뚫고 올라가는 모양을 말한다.

았다. 태조께서 기이하게 여겨 눈이 내린 자리를 따라 성곽을 세우라고 명하셨으니 바로 지금의 성곽 모양을 이루게 되었다. 산을 기반으로 해서 성곽을 만들었으나 동쪽과 서남쪽이 야트막하고 비어 있는 데다 성가퀴를 설치하지 않았고, 해자를 파지 않았다. 그리하여 임진왜란과 병자호란 때 서울을 지켜내지 못하였다.

예전 숙종 을유년(1705)에 조정에서 도성을 개축하자는 논의가 있었을 때 어떤 사람이 "동쪽이 너무 야트막하여 만약에 한강을 막아 도성에 물을 대면 도성 사람이 남김없이 물고기 신세가 된다."라고 하여, 관련 논의가 마침내 사그라들었다. 그러나 이 도성이야말로 300년 동안 교화와 문물이 펼쳐진 지역으로 우리 조선은 유풍儒風을 크게 떨치고 학자를 배출해 버젓하게 하나의 소중화小中華를 이루었다.

양주·포천·가평·영평(포천시 이동면 일대)은 동쪽 교외이고, 고양·적성·파주·교하는 서쪽 교외이다. 이 동쪽과 서쪽 교외 지역은 땅이 척박하고 백성이 가난하여 살 만한 땅이 적다. 사대부로서 집이 가난하고 세력을 잃어 삼남 지역으로 내려간 자는 집안을 잘 보전해도 동쪽과 서쪽 교외로 나간 자는 한미하고 쇠잔해져 한두 세대를 거치고 나면 품관品官[8]이나 평민으로 떨어지는 경우가 많다.

한양 전면은 큰 강으로 막혔고, 서쪽으로 난 길 하나만이 황해도와 평안도로 통한다. 도성에서 서쪽으로 5리를 가면 사현沙峴(무악재)이 있고, 이 고개를 넘으면 녹번현綠礬峴이 있다. 중국 장수가 이곳을 지나며 "대장부 한 사람이 관문을 막으면 만 명이라도 뚫지 못하겠다."라고 말했다

---

8 향촌 마을을 관할하는 관리로서 신분은 중인에 불과하다.

고 한다.

또 서쪽으로 40리를 가면 벽제령碧蹄嶺이 나오니 임진년(1592)에 이여송이 패전한 곳이다. 평양에서 패하고 한양에 돌아온 왜적이 파리하고 허약한 병졸들을 고양현高陽縣에 출몰시켰다. 이여송이 개성에 있다가 이 소문을 듣고 왜적을 사로잡아 공을 세우려고 탐욕을 부려 대부대는 그대로 두고, 가벼운 군장을 한 병졸만으로 왜적을 기습하였다. 그런데 벽제령을 넘자마자 왜적이 사방에서 거세게 들이닥쳐 이여송이 거느리고 온 집안 장정 가운데 총에 맞아 죽은 자가 많았다.

명나라 장수 낙상지駱尙志는 본디 힘이 장사라 낙천근駱千斤이라 일컬어졌다. 두껍고 무거운 갑옷을 입고 이여송을 겨드랑이 밑에 끼고는 한편으로는 싸우고 한편으로는 퇴각하여 겨우 몸만 빠져나왔다. 이여송은 이때부터 기가 꺾여 군사를 뒤로 물렸다. 왜적이 한양을 떠났다는 소식을 듣자, 비로소 군사를 정돈하여 남쪽으로 경상도까지 추격했다가 돌아왔다.

두 개의 고개(사현과 녹번현)와 벽제령은 관문을 설치하기에 적합하다. 그러나 온 나라 안에 길을 막아 관문을 만든 곳이 하나도 없어서 하늘이 내려준 험준한 관문인 줄을 알고도 방치하고 있으니 참으로 안타깝다.

벽제령에서 서쪽으로 40여 리를 가면 임진 나루터가 나오는데 이곳은 한양 북쪽에 있는 임진강의 하류이다. 강의 남쪽 기슭은 천연 성곽을 방불케 한다. 관서로 가는 요충지로서 강을 내려다보고 있으며 대단히 험준하다. 참으로 수비하기에 적합한 땅으로 반드시 성이 있어야만 하는 곳인데 지금까지 성을 쌓지 않았으니 대단히 유감스럽다.

임진나루를 건너 장단을 경유하여 서쪽으로 40리를 가면 개성부가 나온다. 여기가 바로 고려의 국도國都로서 송악松岳이 진산鎭山이다. 진산 아래에 만월대가 있으니《송사宋史》에서 "큰 산에 의지하여 궁전을 지었다."라 한 곳이다. 김관의金寬毅는 《편년통록編年通錄》에서 금 돼지가 누워 있는 곳이라 하였고, 도선은 임금 심은 밭이라 하였다.

　삼가 살피건대, 당나라 선종이 젊었을 적에 십육원十六院[9]을 떠나 오랫동안 외지에서 고생하다가 장삿배를 따라 바다를 건너왔다. 개성 후 서강 북편에 이르러 갯가 언덕이 모두 진펄이라 배에 싣고 온 돈을 땅에 깔아놓고 육지에 올랐다 하여 지금도 그곳을 돈개〔錢浦〕라 이른다. 선종은 여기를 거쳐 오관산五冠山 밑에 있는 보육寶育[10]의 집에 이르렀다. 보육은 손님이 당나라의 귀인임을 알아차리고 작은딸 진의辰義에게 잠자리 시중을 들게 하였다. 이별을 앞두고 진의가 임신한 것을 알고 선종은 붉은 활 하나를 주면서 이렇게 말했다. "만약 사내아이를 낳거든 이것을 가지고 중국에 찾아와도 좋다. 아들 이름은 작제건作帝建이라 하라."

　작제건이 성인이 되어 아버지가 남겨준 붉은 활을 가지고 활쏘기를 익혀 신묘한 수준에 이르렀다. 장삿배를 타고 바다를 건너 당나라에 들어가는데, 바다 가운데에 이르자 배가 머뭇거리며 나아가지 않았다. 배 안의 사람들이 크게 두려워하며, 삿갓을 던져 길흉을 점쳤더니 작제건의 삿갓만 물속에 가라앉았다. 장사꾼 일행은 식량과 함께 작은 섬에 작제건을 내려놓고 배가 돌아올 때까지 기다리도록 하였다.

　작제건이 섬에 홀로 있는데 어느 동자 하나가 물속에서 솟구쳐 나와서는 "용왕님께서 뵙기를 청하십니다. 눈을 감고 계시기만 하면 저절로 당도하실 것입니다."라고 하자, 작제건이 이를 따랐다. 용궁에 이르렀는데 한 노인이 "이 늙은이가 여기에 산 지 오래되었는데 요사이 흰 용 하

9　수양제가 서원西苑에 건설한 궁원으로, 그는 화려한 건물에 미인들을 머물게 하였다.
10　고려 태조 왕건의 3대조로, 본명은 손호술損乎述, 시호는 원덕대왕이다.

나가 내 소굴을 빼앗으려 들기에 내일 만나서 싸우기로 약속하였소. 그
대가 활을 잘 쏘는 줄 알고 있으니 부탁드리오. 나를 도와 그놈을 쏴 맞
혀주시오."라 하였다. 작제건이 "어떻게 분간합니까?"라 물으니, "내일
오시午時에 바람 불고 비 오며 파도가 칠 텐데 그때가 싸울 때요. 싸움이
한창일 때 제각기 굽은 등을 드러낼 텐데 등이 푸른 쪽이 나이고, 등이
흰 쪽이 그놈이라오."라고 답하였다. 작제건은 승낙하고 섬으로 나와 기
다렸다. 다음 날 과연 싸움이 벌어졌고, 작제건은 섬 위에서 등이 흰 놈
에게 활을 쏴 맞혔다. 조금 뒤에 하늘이 맑아지고 물결이 잔잔해지자 동
자가 나와 다시 작제건을 맞이하였다. 용왕이 어린 딸을 나오게 하여 작
제건의 아내로 삼게 하며 "그대는 태생이 귀하니 고향에 돌아가면 자연
히 큰 복이 생길 것이오."라 하였다.

　작제건은 한동안 용궁에 머물다가 아내와 함께 섬으로 돌아왔다. 마
침 장삿배도 와 있었다. 드디어 용녀龍女를 데리고 창릉昌陵[11] 부근으로
돌아가 정박하였다. 황해도 염주鹽州 태수와 백주白州 태수는 작제건이
용녀에게 장가들고 왔다는 말을 듣고, 함께 재물을 바치고 가진 힘을 다
해 집을 지어주고 머물게 하였다. 작제건은 창릉에서 송악산 아래로 거
처를 옮겨 아들 하나를 낳고 이름을 융隆이라 하였다. 그 후 작제건이 약
속을 어기고 용녀가 용으로 변하는 모습을 엿보자 용녀는 그를 책망하
고, 어린 딸을 데리고 우물에 들어가 용이 되어 서해로 돌아갔다. 융이
아들을 낳아 성명을 따로 지어 왕건이라 하였으나 사실 그의 성씨는 이
씨이다.

11　왕건의 아버지 왕륭王隆의 무덤이다.

왕태조는 즉위해서 곧바로 아버지가 거처하던 곳을 정전正殿으로 만들었다. 그리고 용녀를 추존하여 온성왕후로 삼고 작제건을 의조懿祖로 삼았다. 왕태조가 국가를 세운 때는 마침 오대십국五代十國 시기의 초기였다. 당나라 20대 황제 소선제는 중국에서 망하였으나, 바다 밖에서는 왕태조가 일어나 삼한을 통합하고, 자손이 왕위를 승계하여 500년을 내려왔다. 이는 당태종이 남겨준 공적이니, 진陳나라가 망하자 전씨田氏가 제나라에서 흥성한 일[12]과 같다. 하늘이 야박하지 않게 보답했다고 할 수 있다.

더러 용녀 이야기를 믿지 않는 이들이 있다. 전해오는 말에 태조가 낳은 자녀는 양쪽 겨드랑이에 용 비늘이 있다고 한다. 태조는 외가가 용궁인 데다가 용녀가 어린 딸을 데리고 용으로 변해 바닷속으로 돌아갔으므로 딸자식이 시집가서 왕이 될 자를 낳을까 두려워했다. 그래서 딸자식 가운데 비늘이 없는 사람은 신하에게 시집보냈으나, 비늘이 있는 사람은 모두 대를 잇는 임금이 후궁으로 삼도록 궁궐에 남겨둠으로써 인륜을 더럽히는 부끄러운 짓까지 서슴없이 행하였다. 중엽에 이르러서는 여동생을 왕비로 삼은 임금도 있다고 《송사》에서 비꼬기도 했으나, 왕가에서만 그렇게 했지 백성들의 풍속은 그렇지 않았음을 그들은 전혀 모른다.

---

12 주周나라 초기에 제나라 제후의 성씨는 원래 강씨姜氏였다. 춘추시대 말에 전씨가 정권을 빼앗자, 세상에서는 전제田齊라고 일컬었다. 전씨의 선조 진완陳完이 진陳나라 여공厲公의 아들이었는데, 진나라에서 변란이 일어나자 제나라로 망명하여 성을 전田으로 바꾸었다. 후에 전씨의 자손이 대대로 경을 지냈으며 점차 제나라 정권을 빼앗았다. 왕건을 당 선종의 후손(즉 이씨)으로 보고, 당나라는 망했으나 고려에서 왕통이 이어졌다고 본 것이다.

우리 태조께서 위화도에서 회군한 뒤에 왕우王禑를 신돈辛旽의 자식이라 하여 폐위하였다. 왕요王瑤를 임금으로 세우고, 이 공양왕으로 하여금 강릉에 유배된 왕우를 베어 죽이게 하였다. 왕우가 처형당할 때 겨드랑이를 들어서 구경꾼들에게 보여주며 "나를 신씨라 하지만 왕씨는 용의 후손이므로 겨드랑이 밑에 비늘이 있다. 너희들은 보라!"라고 하였다. 구경꾼들이 가까이 다가가서 보니 과연 그 말과 같았다. 이 이야기는 참으로 기이하다.

홍무洪武(명나라 태조의 연호) 임신년(1392)에 우리 태조대왕께서 공양왕에게 왕위를 선양받고 한양으로 도읍을 옮기셨다. 왕씨에게 신하 노릇을 했던 세가와 큰 집안 중에서 태조에게 복종하지 않은 자들은 다들 개성에 남고 따르지 않았다. 개성 주민들은 그들이 살던 마을을 두문동杜門洞이라 하였다. 태조께서 그들을 미워하여, 100년 동안 그곳 선비들이 과거를 보지 못하게 하였다. 그래서 개성에 남아 살던 이들이 후손을 낳고 살다 보니 마침내 평민으로 떨어져 상업으로 생계를 꾸리고, 선비의 학업을 닦지 않았다. 300년이 흐르는 사이에 결국 사대부라는 호칭을 상실하였고, 서울의 사대부들도 개성에 가서 사는 자가 없었다.

내가 일찍이 대정리大井里 옛 사당에 있는 온성왕후의 소상塑像(점토상)과 창릉 토성土城을 본 적이 있는데 그때마다 괴이하게 여겨 다음과 같이 말하였다. "허구이며 참이 아니라고 하기에는 유적이 아직도 뚜렷하게 남아 있고, 진실이며 허위가 아니라고 하기에는 거의 근거 없는 낭설에 가까우니 그 누가 이것을 믿겠는가?"

가장 통탄할 일은 정도전이 목은 이색의 문인으로 고려 말에 관직이 재상의 반열에 이르렀는데도 배신자나 하는 짓을 거리낌 없이 행하여 나라를 팔아 이익을 추구하고 스승을 해치며 벗을 죽인 것이다. 그리고

고려가 망하자 책략을 세워 왕씨 종실을 제거하였다. 자연도紫燕島(영종
도永宗島)에 귀양을 보낸다는 핑계를 대고 큰 배 한 척에 왕씨들을 가득
태워 바다에 띄우고, 은밀히 자맥질 잘하는 자를 시켜 배 밑에 구멍을
뚫어 가라앉게 하였다. 그때 왕씨와 친하게 지내던 스님 한 분이 있어
해안에 서서 지켜보고 있었다. 왕씨가 마침내 다음과 같은 시구 하나를
읊었다.

노 젓는 소리 푸른 물결 너머로 떠나니   一聲柔櫓滄波外
산승이 있으나 그대인들 어이하랴?   縱有山僧奈若何

왕씨들을 실은 배가 가라앉은 곳은 모래와 진흙이 쌓여 큰 섬이 되었
다. 정주해貞州海라 이른 곳으로 보련강步輦江 하류에 있다.

태조가 즉위한 뒤에 공양왕을 관동에 옮겨 살게 하였다. 왕씨의 태묘
太廟를 헐어버리고, 신주를 큰 배에 실어 임진강에 띄웠다. 배는 저절로
물을 거슬러 올라가 마전현麻田縣(연천군 미산면 일대) 강가의 절 앞에 멈
추었다. 고을 사람들이 이 일을 아뢰자, 태조가 불상을 다른 절로 옮기
고, 신주를 이 절에 안치하도록 명하고 숭의전崇義殿이라 명명하였다. 왕
씨를 찾아 전감으로 삼으려 했으나 명망 있고 벼슬을 했던 왕씨는 이미
제거되었고, 살아남은 왕씨들은 모조리 도망쳐 숨었을 뿐만 아니라 성
을 바꿔 마씨馬氏, 전씨全氏, 옥씨玉氏 등이 되었다. 왕王 자를 자획 가운데
에 감춰두고 누구도 왕씨임을 스스로 인정하지 않았다. 장헌대왕 때에
이르러서야 비로소 왕씨 일가 가운데 한 사람, 왕순례王循禮를 얻게 되었
다. 선우씨를 기자전의 전감으로 삼았던 예를 준수하여 전지田地와 노복
을 주고 전참봉殿參奉을 세습하여 고려의 제사를 받들게 하였다. 이것은

성인다운 임금의 성대한 덕망에서 나온 조치였다. 성인다운 임금께서도 "왕씨를 제거한 것은 태조의 뜻이 아니고 공신들의 모의에서 나왔다."라고 말씀하신 적이 있다.

성안에 선죽교善竹橋가 있으니 포은圃隱 정몽주鄭夢周가 살해당한 장소이다. 공양왕 때 재상이던 포은이 홀로 태조의 부름에 응하지 않자, 문하의 여러 장수가 조영규趙英珪를 시켜 선죽교 위에서 포은을 철퇴로 때려 죽였다. 그런 연후에 고려의 운명이 마침내 조선으로 옮겨갔다. 훗날 조선왕조에서 포은을 조선의 직함인 의정부 영의정으로 추증하여 용인의 무덤 앞에 비석을 세우자, 즉시 벼락이 쳐서 부서져버렸다. 정씨의 자손이 '고려문하좌시중'이라는 직명으로 고쳐 썼더니 지금까지 아무런 일이 없다. 충성스런 혼과 굳센 넋이 죽은 뒤에도 가시지 않았음을 보여주니 공경하면서 두려워할 만한 일이다.

개성에서 동남쪽으로 10여 리를 가면 덕적산德積山이 있고, 산 위에는 최영의 사당이 있다. 사당에는 영험한 소상이 있어서 주민들이 기도하면 이루어졌다. 사당 옆에 침실을 두고 민간의 처녀를 시켜 사당의 신을 모시게 하였다. 그 처녀가 늙고 병들면 다시 젊고 예쁜 처녀와 바꿔서, 지금까지 300년을 하루같이 제사를 지내고 있다.

신을 모시는 처녀가 "밤이 되면 신령님이 내려와 저와 교접합니다."라고 말했다. 나는 이렇게 말했다.

"최영은 지략이 없는 그저 힘만 센 무장이다. 자기 딸을 왕우의 왕비로 삼고 국사를 제대로 도모하지 못해 사직을 망치고 남의 손아귀에 넘겨주었다. 하늘에 오르지도 못하고 땅에 들지도 못한 채 개성 밖에서 귀신이 되어서도 남녀 간의 욕정만은 잊지 못하고 있다. 자신이 죽음에 이른 잘못을 인정하지 않았음을 알 수 있다. 음란하고 어리석으며 현명치 못하다고 하겠다."

그런데 수십 년 전부터 최영의 사당에 영험이 전혀 없다고 하니 이 또한 의아한 일이다.

만월대는 올려다보아야 하는 길게 뻗은 언덕이다. 도선은 《비기》에서 "흙을 깎지 말고 흙과 돌로 북돋아서 궁전을 지어야 한다."라고 하였다. 이 말에 따라 고려 태조는 돌을 다듬어 층계를 만들어 산기슭을 보호한 다음 궁전을 세웠다. 고려가 망하자 궁전은 헐렸으나 층계의 주춧돌은 예전 그대로 남아 있다. 오랜 시간이 흘러 관아에서 지키고 보존하지 않으니 개성의 부유한 장사치들이 남몰래 훔쳐다가 묘석을 만들어서 이제는 남아 있는 것이 드물다.

만월대 뒤에는 자하동紫霞洞이 있는데 바로 송악 아래이다. 계곡과 바위의 풍취가 그윽하고도 빼어나다.

성안 동남쪽에 자남산子男山이 있는데 바로 적신賊臣 최충헌崔忠獻이 살던 곳이다. 최씨가 패망한 뒤에는 공민왕이 화원花園과 팔각전八角殿을 세웠다. 왕우가 포위당한 장소도 이곳에 있다.

개성 남쪽에는 용수산龍首山과 진봉산進鳳山이 있는데 모두 송악에서 뻗어 내려와서 개성의 안산이 되었다. 풍수가는 "진봉산은 옥녀玉女의 화장대 형상이다. 고려 임금이 여러 대를 이어 원나라의 공주를 배우자로 데려온 것은 이 때문이다. 또 동남방에 붓 모양의 산이 있어서 고려인 가운데 중국의 과거에 급제한 이가 많다. 다만 백호(무인의 상징) 방향의 산이 강하고 청룡(문인의 상징) 방향의 산이 약하여 나라에 훌륭한 정승이 없고, 무신의 난이 여러 차례 일어났으니 또한 이 때문이다."라고 한다.

성 동북쪽에 산대암山臺巖이 있는데 의종이 무신란을 맞닥뜨린 장소이다. 또 산대암 서북쪽에는 영통동靈通洞이 있으니 보육의 고택이다. 옛날에 귀법사歸法寺가 있었으나 지금은 사라졌다. 영통동 북쪽에는 화담花潭이 있는데 계곡과 바위가 몹시 기이하다. 중종 임금 때 은둔한 학자인 서경덕徐敬德이 은거한 곳이다. 북쪽으로 고개 하나를 넘으면 곧 현화사玄化寺 옛터가 나오는데, 지금은 비석과 탑만 남아 있다. 현화사 서쪽에는 대흥동大興洞이 있다. 오관산과 성거산聖居山 사이에 위치한 큰 골짜기이다.

숙종 때 이곳에 산성(대흥산성大興山城)을 쌓았는데, 바깥쪽은 험하고 안쪽은 평탄하여 참으로 험준한 천연의 요새이다. 관에서 식량과 병기를 쌓아두고 큰 절(대흥사)을 세워 승병들로 하여금 지키게 하여 예상치 못한 전란에 대비하였다. 대흥동 안의 암벽은 가파르고도 높게 솟아 웅장하고 거대하다. 계곡의 시냇물이 넓고 깊게 괴어 감돌다가 큰 폭포를 이루어 쏟아져 내리니 바로 박연朴淵폭포이다.

개성부의 서문 밖에 만수산萬壽山이 있는데 여기에 고려조의 칠릉이 있다. 여기서 북쪽으로 작은 고개를 넘으면 청석동靑石洞이 나온다. 긴 골짜기가 10여 리나 굽이지고 서리며 감돌고 있다. 양쪽 언덕은 절벽이 천길이나 높이 서 있고, 가운데로 큰 시냇물이 흐르며, 문호처럼 서 있는 산이 여러 군데에 있다. 청나라 황제가 병자년(1636)에 우리나라를 습격할 때 여기에 이르러 대단히 두려워하며 용골대를 죽이려 하였다. 용골대는 분명히 지키는 군사가 없으리라 예상하기는 했으나 정탐하여 매복이 없음을 확인하고서야 지나갔다. 회군할 때에는 길을 달리하여 개성 동북쪽 백치白峙로 지나갔다.

개성부 남쪽에는 풍덕부豐德府가, 동쪽에는 장단이 있다. 영평강永平江은 동쪽에서 흘러오고, 징파강澄波江은 북쪽에서 흘러와 마전麻田에서 합

1872년에 제작된 황해도 지도, 《해동지도海東地圖》, 1872년, 규장각한국학연구원 소장
황해도의 산맥과 수로 및 주요 지방을 연결하는 도로가 선명하게 그려졌다. 숙종조에 쌓은 개성 북쪽의 대흥산성①을 비롯한 주요한 산성을 기재하였다.

처진 다음, 장단 남쪽을 돌아 임진강이 되며, 또 서쪽으로 흘러 한강을 만나 풍덕부 승천포에 이른다.

장단읍 읍치는 임진강 북쪽, 백학산白鶴山 아래 있고, 읍치 북쪽에는 화장산華藏山이 있다. 화장산 화장사華藏寺에는 서역 출신 승려 지공指空이 남긴 패엽경貝葉經[13]과 전단향旃檀香[14]이 보관되어 있다. 화장산 이남에는 자잘한 산기슭만이 펼쳐지고 냇물이 평탄하게 흐른다. 고려에서 조선에 이르기까지 공경의 무덤이 많으므로 사람들이 낙양의 북망산北邙山에 견준다.

임진강 동쪽에는 연천漣川과 마전이 있고, 북쪽에는 삭녕朔寧이 있다. 한양에서 곧장 북쪽으로 100여 리 떨어져 있고, 물길로 두 개의 서울과 통한다. 그러나 이들 고을은 땅이 척박하고 백성이 가난하여 살 만한 땅이 적다. 그중에서 삭녕은 농지가 꽤 좋고, 강가에는 경치가 빼어난 곳이 많다.

연천에는 허목이 살던 고택이 있다.

13　다라수多羅樹 잎에 바늘로 새긴 불경이다.
14　인도에서 나는 향나무로 만든 향이다.

복거론

복거론 서설

터를 잡고 살 만한 땅을 고르는 조건은 지리가 최우선이고, 생리가 다음이다. 다음은 인심이고, 그다음은 산수이다. 네 가지 조건 가운데 하나라도 빠지면 살기 좋은 땅이 아니다. 지리가 좋다고 하더라도 생리가 충족되지 않으면 오래 살 수 없고, 생리가 좋더라도 지리가 나쁘면 오래 살수 없다. 지리와 생리가 모두 좋으나 인심이 착하지 않으면 반드시 후회하게 되고, 가까운 곳에 감상할 만한 산수가 없으면 성정을 가다듬을 길이 없다.

지리를 어떻게 논할 것인가? 먼저 수구를 보고, 다음에는 들의 형세를 보며, 다음에는 산의 모양을 보고, 다음에는 흙의 빛깔을 보며, 다음에는 수리水理를 보고, 다음에는 조산朝山[1]과 조수朝水[2]를 본다. 수구가 어그러지고 허술하며 텅 비고 넓은 땅에 거주하면 좋은 전답 1만 경頃[3]과 1000 칸짜리 넓은 집을 가지고 있다 해도 대개는 후세에 전하지 못하고 자연스럽게 쪼그라들고 흩어져서 망하고 만다. 그러므로 집터를 살펴서 고르려면 반드시 수구가 오므려 닫힌 땅 안쪽에 들녘이 펼쳐져 있는지를 주의 깊게 보아야 한다.

산중에서는 수구가 오므려 닫힌 땅을 쉽게 찾을 수 있으나 들판에서는 땅이 단단하게 응축되어 있기가 어려우므로, 반드시 물이 나가는 것을 막는 산발치가 있어야 한다. 높은 산이나 그늘진 언덕을 따질 것 없이 힘차게 물결을 거스르고 막아서는 형국이면 길하다. 막아서는 형국이 한 겹이어도 좋지만 세 겹이나 다섯 겹이면 더욱 길하니, 이런 땅은 완전하

---

1 혈 뒤편의 산 가운데 가장 멀리 떨어진 높은 산을 말한다.
2 혈 앞으로 흘러드는 물줄기이다.
3 농지 넓이의 단위로, 1경은 100묘이다.

고 튼튼하게 면면히 이어나갈 집터라 할 수 있다.

　무릇 사람은 양기를 받아서 살아가는데, 하늘의 햇볕이 양기를 주는 것이다. 하늘이 적게 보이는 곳에서는 결단코 살 수 없다. 이에 따라 들이 넓으면 넓을수록 집터는 더욱 아름답다. 햇볕과 달빛과 별빛이 항상 환하게 비치고, 바람과 비, 추위와 더위를 비롯한 기후가 충분히 알맞은 곳이면 인재가 많이 배출되고 질병도 적다. 가장 피해야 할 곳은 사방의 산이 높이 솟구쳐 들을 내리누르고 있어서 해는 늦게 떴다가 일찍 지고, 밤에는 북두성이 보이지 않는 곳이다. 신령한 햇볕이 적어서 음기가 쉽게 서리면, 귀신이 나오는 숲과 도깨비 소굴이 되거나 아침저녁으로 남기嵐氣(해 질 무렵 멀리 보이는 푸르스름하고 흐릿한 기운)와 장기가 사람을 쉽게 병들게 한다. 그러므로 산골에 살기가 들에 살기보다 좋지 못하다.

　큰 들판 가운데 나지막이 둘린 산은 산이라 할 수 없고 이 전체를 들이라 일컫는다. 하늘빛이 막히지 않고 바람 기운이 멀리까지 통하기 때문이다. 산이 높이 솟은 산중이라도 펼쳐진 들이 있다면 집터로 만들 수 있다.

　산의 모양을 말하자면, 조산과 종산宗山⁴이 풍수가가 말하듯이 누각처럼 위로 솟구친 형세이고, 주산主山⁵이 수려하고 단정하며 청명하고 부드러운 형상이 가장 좋다. 뒷산이 끊임없이 이어졌다가 들을 건너 홀연히 일어나서 봉우리와 고개는 높이 솟고, 가지와 잎사귀 같은 산줄기가 엉켜 돌아 한데 뭉쳐 골짜기를 이루어 마치 관아 안으로 들어간 듯하며,

4　혈 뒤편의 산 가운데 가장 가까이에 있는 높은 산을 말한다.
5　혈을 만들어주는 산으로 주변 산들을 주관하고 혈의 주인이 된다.

주산의 형세가 온당하고 무거우며 풍성하고 커서 겹겹의 지붕이 덮인 높은 전각 같은 곳이 그에 버금간다. 사방에 있는 산은 멀찍이 물러나서 고르게 에워싸고, 산줄기가 평지로 떨어져 내려와 물을 만나서 그친 들녘에 생겨난 집터가 다음으로 좋다.

가장 피해야 할 곳은 내룡來龍[6]이 나약하고 둔하여 생색生色이 나지 않거나, 부서지고 기울어져서 길한 기운이 적은 형상이다. 땅에 생색이 나지 않고 길한 기운이 없으면 인재가 나지 않는다. 이 때문에 산의 생김새를 가리지 않을 수가 없다.

향촌의 주거에서는 산골 어촌 따질 것 없이 흙이 모래흙으로서 단단하고 조밀하면 우물물도 맑고 시원하니, 이와 같은 곳은 살 만하다. 붉은 점토나 검은 자갈 또는 누렇고 가는 흙, 다시 말해 죽은 흙이 깔린 땅에서 나는 우물물은 반드시 장기가 있으므로 이런 데서는 사람이 살 수 없다.

물이 없는 땅은 본래 살 수 없는 곳이다. 산은 반드시 근본을 얻어 물과 잘 배합된 뒤에야 생성과 화육化育의 오묘함을 다 발휘할 수 있다. 그러나 물은 반드시 흘러오고 흘러감이 이치에 맞아야만 정기를 모아 인재를 훌륭하게 기르는 길함을 이룰 수 있다. 이것을 다룬 풍수가의 책이 있으므로 굳이 자세하게 논하지 않겠다. 그렇지만 집터는 못자리와는 다르다. 물은 재물을 주관하므로 큰 물가에 부잣집과 이름난 마을, 번성한 촌락이 많다. 비록 산속이라도 시냇물이 모여들면 대를 이어 오랫동안 살 만한 거주지가 된다.

---

6 주산에서 혈로 내려온 산줄기를 말한다.

조산에는 거칠고 조악한 바위 산봉우리가 있는가 하면 기우뚱하고 외로운 봉우리도 있다. 무너지고 떨어지는 형상도 있으며 엿보는 듯한 모양도 있다. 또는 특이하고 괴상한 바위가 산 위와 산 아래에 나타나는가 하면, 긴 골짜기에 충사沖砂[7]가 산의 좌우나 앞뒤에 나타나기도 한다. 어느 땅이든 거주하기에 적당하지 않다. 반드시 멀리 있으면 맑고 빼어나며, 가까이 있으면 밝고 깨끗하여 보기만 해도 반갑고 기뻐야 하며, 험악하고 밉살스러운 생김새가 없어야 길하다.

조수는 물 밖의 물을 말한다. 작은 개울과 작은 시내의 경우 물을 역으로 받아들이는 것이 좋지만, 큰 하천과 큰 강의 경우에는 물을 역으로 받아들이면 절대 안 된다. 큰물을 역으로 받아들이는 곳은 집터든 못자리든 처음에는 흥하여 일어나도 오래 지나면 패망하지 않는 곳이 없으므로 경계하지 않을 수 없다. 들어오는 물은 또 반드시 산줄기의 방향과 더불어 음양에 합치되어야 한다. 또 구불구불 느긋하게 흘러들어야지 활을 쏜 듯이 일직선으로 다가와서는 안 된다. 이런 까닭에 집을 지어 자손 대대로 전하려 한다면 지리를 살펴서 가려야 한다. 이 여섯 가지가 요지이다.

---

7 주위에 있는 물이나 바위 따위의 사砂가 서로 부딪힐 듯한 모양을 말한다.

생리

생리를 어떻게 논할 것인가? 사람으로 세상에 태어났기에 바람을 들이
마시거나 이슬을 마시고 살지 못하고, 깃털을 옷으로 삼거나 털로 몸을
가릴 수도 없다. 그렇다면 어쩔 도리 없이 옷을 해 입고 먹을거리를 만
들어 먹어야 한다. 위로는 조상의 제사를 받들고 부모를 봉양해야 하며,
아래로는 처자식을 먹여 살리고 노비를 거느리고 살아야 하니, 또 어쩔
도리 없이 생업을 경영하여 재산을 불려야 한다. 공자도 사람이 많아지
고 부유해진 다음에 가르쳐야 한다고 하였다. 옷이 없어 헐벗고 먹을거
리를 구걸하며, 조상의 제사를 받들지도 않고 부모를 봉양하지도 않으
며, 처자식이 천륜을 지키도록 보살피지도 못하는 주제로 그냥 도덕과
인의를 떠들기만 하려는가?

세상이 헛된 이름에 힘쓰고 실용을 등한시한 지가 오래되었다. 늘 억
지로 하기 힘든 일을 억지로 하다 보니 속으로는 악을 행하면서 겉으로
는 선을 행하는 척하기 일쑤다. 이러한 까닭에 차라리 먼저 의식을 갖
추는 데 힘쓰고 그런 뒤에 예의를 갖추도록 노력하는 편이 낫다. 이렇게
하여 사람들이 악을 숨기지 않고 훤히 드러내도록 할 일이다.

푸른 소나무를 벗 삼고 흰 구름과 친구가 되며, 돌을 베고 흐르는 물
에 양치질하며, 안개 속에서 밭을 갈고 달빛 아래에서 물을 길으며 살면

어찌 아름답지 않겠는가? 하지만 그런 삶은 본디 예법과 문화가 아직 갖추어지지 않고 온 세상 사람이 모두 백성으로만 구성된 태곳적에나 가능한 법이다. 꼭 그렇게 살려는 사람이라면, 관례에는 굳이 인도하는 자가 필요하지 않고, 혼례에는 굳이 친영親迎(신랑이 신부의 집에 가서 신부를 직접 맞이하는 의식)이 필요하지 않으며, 상례에는 굳이 관곽이 필요하지 않고, 제례에는 굳이 제기가 필요하지 않을 것이다. 그런 예법을 어떻게 오늘날에 적용하겠는가? 그러므로 한세상을 살면서 산 사람을 봉양하고 죽은 자를 장사 지내는 데에는 세상의 재물이 필요한데 이는 하늘에서 내리거나 땅에서 솟아나는 것이 아니다. 그러므로 땅이 기름진 곳이 제일 좋고 배와 수레, 사람과 물자가 모두 모여들어 각자 소유한 물품을 서로 바꿀 수 있으면 그에 버금가는 곳이다.

땅이 기름지다는 것은 오곡이 잘되고, 목화가 잘 자란다는 뜻이다. 논에 볍씨 한 말을 뿌려서 벼 60두斗를 거두는 땅이 최상이고, 40~50두를 거두는 땅은 다음가며, 30두도 못 거두는 땅은 척박하므로 사람이 살지 못한다. 나라 안에서 가장 기름진 땅은 전라도 남원과 구례, 그리고 경상도 진주와 성주 등이다. 여기는 논에 볍씨 한 말을 뿌리면 최상은 140두를 거두고, 다음은 100두를 거두며, 최하 80두를 거두거니와, 다른 고을은 그렇지 못하다.

경상도에서 좌도는 모두 땅이 메마르고 백성이 가난하지만 우도는 땅이 기름지다. 전라도에서 지리산 옆에 있는 좌도 고을은 땅이 기름지지만 바닷가 고을은 물이 없고 가뭄이 자주 든다. 충청도에서 내포와 차령 이남은 기름진 땅과 메마른 땅이 반반인데, 가장 기름진 곳도 볍씨 한 말을 뿌려 벼 60두를 거두는 데 불과하다. 차령 이북에서 한강 남쪽에 이르는 땅도 기름진 땅과 메마른 땅이 반반인데, 차령 남쪽보다 못해서 기름진 곳도 대부분 40두 이상 수확하지는 못한다.

한강 북쪽은 대체로 땅이 메마르다. 동쪽 강원도에서 서쪽 개성부에 이르는 지역의 땅은 논에 볍씨 한 말을 뿌려 30두를 넘기기는 하지만 이에 못 미치는 토질이 나쁜 땅도 있다. 강원도 영동 아홉 개 현(흡곡, 통천, 고성, 간성, 양양, 강릉, 삼척, 울진, 평해)과 함경도는 땅이 더욱 메마르다. 황해도는 기름진 땅과 메마른 땅이 반반이다. 평안도는 산골은 땅이 메마르나, 바닷가 여러 고을은 상당히 기름져서 충청도 못지않다.

밭의 경우 산골 고을은 조를 많이 심고, 바닷가 고을은 콩과 보리만을 심으며, 산과 바다에서 멀리 떨어져 있는 들녘 고을은 어떤 곡식이든 심기에 알맞다.

목화는 영남과 호남에서 가장 잘되어 산골짜기 땅이나 바닷가 땅을 따질 것 없이 모두 심기에 알맞다. 강원도 영동에서 북쪽으로 함경도까지는 곡식을 심는 땅이 없고 설사 심는다 하더라도 수확하지 못한다. 강원도 영서는 산의 기후가 쌀쌀하여 곡식 심기에 알맞지 않은데, 오직 원주와 춘천의 근교 들판에서 조금 심는 정도이다. 경기도 한강 이북의 산간 고을 또한 산이 높고 물이 차서 곡식을 심기에 알맞지 않다. 들에 있는 고을이라 해도 심기도 하고 심지 않기도 하지만, 오로지 개성부에서는 많이 심는다.

한강 남쪽 바닷가 여러 고을과 충청도 바닷가 땅인 내포 지역과 임천, 한산은 모두 목화를 심기에 알맞지 않다. 비록 심는다 해도 토질이 비옥하지 않기 때문에 싹이 트고 잎이 자라더라도 꽃을 피우지 못한다. 한강 남쪽, 바다와 멀리 떨어진 땅에서도 많이 심지만 이런 곳은 매우 드물다. 충주 근처 괴산, 연풍, 청풍, 단양에서 특히 많이 심는다. 그렇더라도 어디서나 목화를 심는 차령 이남 고을에는 미치지 못한다. 황간·영동·

옥천·회덕·공주가 제일이고, 청주·문의·연기·진천 등의 고을이 다음
이다. 황해도는 바닷가 고을이 목화 심기에 알맞지 않을 뿐, 산골과 들
판의 고을은 땅이 알맞아서 매우 많이 심는다. 평안도는 산골 고을만 목
화를 심는 곳이 드물고, 들판 고을은 어디나 목화를 재배하기에 알맞다.

　이 밖에도 진안의 담배밭, 전주의 생강밭, 임천과 한산의 모시밭, 안동
과 예안의 왕골자리밭은 조선 제일의 산지로서 부자들이 물품을 독점하
여 엄청난 이문을 남긴다. 이것이 바로 대략 살펴본 우리나라 논밭의 현
황이다.

무역과 운송

화물을 수송하여 무역하고 교환하는 일은 신농씨神農氏 이래 성인聖人의
행위이다. 이를 하지 않으면 재물을 만들어낼 길이 없다. 그러나 물건을
옮기는 데 말은 수레만 못하고, 수레는 배만 못하다. 우리나라는 산이
많고 들이 적어 수레가 다니기에 불편하므로 온 나라의 상인은 모두 말
에 화물을 싣는다. 그런데 길이 멀면 노잣돈을 많이 허비하여 얻는 이익
이 적다. 그렇기에 배로 화물을 운반하여 무역하고 교환하는 것보다 못
하다.

　우리나라는 동쪽과 서쪽, 남쪽이 모두 바다여서 배가 통하지 않는 곳
이 없다. 그러나 동해는 풍랑이 높고 파도가 사나워 경상도 동해 바닷가
의 여러 고을과 강원도 영동, 함경도 전 지역은 서로 배가 왕래하지만
서쪽과 남쪽 지역의 선박은 물의 형세에 익숙하지 않아 동해까지 가지
않는다. 한편, 서해와 남해는 물살이 약하여 남쪽의 전라도와 경상도에
서 북쪽의 한양과 개성에 이르기까지 상인의 왕래가 끊이지 않고, 북쪽

으로 황해도와 평안도까지 통한다.

출입하는 선상은 반드시 강과 바다가 만나는 곳에서 화물을 매매하여 이익을 얻는다. 경상도에서는 낙동강이 바다로 들어가는 곳이 김해 칠성포인데, 여기서 북쪽으로 거슬러 올라가면 상주에 이르고, 서쪽으로 거슬러 올라가면 진주에 이른다. 길목에 있는 김해가 경상도 전체의 수구에 위치하여 남쪽과 북쪽, 바다와 육지의 이익을 모두 챙긴다. 여기서는 관청이나 개인 할 것 없이 소금을 판매하여 막대한 이익을 취한다.

전라도에서는 나주 영산강과 영광 법성포, 흥덕 사진포, 전주 사탄이 물길이 짧기는 하지만 어디나 조수가 흘러드는 덕에 상선이 몰려든다.

충청도에서는 금강만이 강줄기가 멀리까지 뻗어 있으나 공주 동쪽은 물이 얕고 여울이 많아 배가 통행하지 않는다. 부여와 은진에서 비로소 바닷물이 들어오고 나가기 때문에 백마강 이하의 진강 일대는 모두 배가 오감으로써 생기는 이익을 거두고 있다.

오로지 은진현의 강경이란 마을이 충청도와 전라도의 육지와 바다 사이에 자리 잡아, 금강 남쪽 들판 가운데 하나 있는 큰 도회지이다. 바닷가와 산골의 주민이 모두 여기에서 물건을 내다 놓고 교환한다. 봄여름에 고기잡이가 왕성할 때마다 비린내가 마을에 가득하고, 크고 작은 배가 밤낮으로 차항汉港(물길이 두 갈래로 갈리는 곳)에 담장을 친 듯이 늘어선다. 한 달에 여섯 번 큰 장이 설 때에는 먼 곳과 가까운 곳의 화물이 실려와 쌓인다.

내포에서는 아산의 공세호와 덕산의 유궁포가 길고 수량이 풍부한 강에 면해 있다. 홍주의 광천廣川과 서산의 성연聖淵은 비록 민물 항구이기는 하나 조수가 통하기 때문에 상인들이 모두 여기 머무르며 화물을 옮기고 운반한다.

경기도의 바닷가 고을은 조수가 통하는 하천을 끼고 있으나 한양과 가까워서 상선이 많이 모이지 않는다.

한양에서는 남대문에서 서남쪽으로 7리쯤 떨어진 지점에 용산호龍山湖가 있다. 한강 본류는 옛날에는 남쪽 언덕을 따라 흘러갔는데 그중 한 갈래가 북쪽 언덕을 뚫고 들어가서 길이가 10리나 되는 큰 호수를 만들었다. 서쪽에서는 염창鹽倉 모래 언덕에 막혀서 물이 빠져나가지 못하여 안에서 연꽃이 피었다. 고려 때 임금의 행차가 여기 이를 때마다 머물러 연꽃을 감상했다. 조선왕조에 들어와 한양에 도읍을 정했는데 별안간 조수가 들이닥쳐 염창의 모래 언덕을 무너뜨리고, 그로부터 조수가 용산까지 이르렀다. 그리하여 팔도의 조운선이 모두 용산에 정박하게 되었다.

용산 서쪽에는 마포와 토정土亭, 농암籠巖이 있다. 어디나 서해와 통하여 이익을 거둘 수 있어 팔도의 선박이 몰려든다. 한양성 안의 공경대신과 부마와 외척이 너 나 할 것 없이 누정을 세우고 노닐고 잔치하는 장소로 삼은 지 300년이 다 되었다. 한강 물이 점점 얕아져서 한강 위쪽으로는 조수가 이르지 않고, 염창의 모래 언덕도 해마다 조금씩 진흙이 쌓여서 물길을 막는 상황이니 무슨 까닭인지 모르겠다.

개성부에는 수구문에서 10리 떨어진 거리에 동강東江이 있는데, 바닷물이 드나들어 조운선이 정박하는 곳이었다. 고려가 망한 뒤로 조수가 물러가 이르지 않으니 지금은 얕은 개천이라 배가 들어오지 않는다. 승천포는 개성부와 40여 리나 떨어져 있다. 지금은 오로지 후서강이 개성부에서 채 30리가 안 떨어진 곳에 있어서 다른 도와 배로 교통하는 이익을 얻고 있다. 배가 크면 바다로 나가 멀리서 장사하고, 배가 작으면 강을 따라서 바다로 나갔다 들어왔다 하면서 북쪽으로는 강음현까지 가고, 서쪽으로는 연안까지 가고, 동쪽으로는 한강과 통한다.

강화와 교동, 이 두 개의 큰 섬은 후서강 남쪽에 있다. 강과 바다로 둘러싸여 생선과 소금이 거래되는 고장이라, 한양과 개성 두 도회지에서 이익을 노리는 무리들이 여기에서 화물을 거래한다.

평안도에서는 평양 대동강과 안주의 청천강 인근 사람들이 배가 오감으로써 생기는 이익을 얻고 있다. 그러나 남쪽에 험난한 장산곶이 있어서 남쪽의 배는 드물게 드나든다. 장산곶은 바로 앞에서 기록한 황해도 장연 땅이니, 땅이 바다 가운데로 튀어나와 뿔처럼 뾰족한 지형이라 암초가 도사리고 있고 파도가 거세 뱃사람이 모두 두려워한다.

충청도 내포 지역의 태안에는 서쪽에 안흥곶安興串이 있는데 이곳도 장산곶처럼 바다 가운데로 튀어나와 바위 두 덩이가 가파르게 솟아 있다. 배가 두 개의 바위 사이로 지나갈 때에 뱃사람이 대단히 두려워한다. 이 두 개의 곶이 바다 한가운데 남북으로 우뚝 솟아 서로 맞서고 있어서 배가 거기에 이르러 잘못되는 경우가 많다. 그러나 전라도, 경상도, 충청도 3개 도는 세금을 모두 조운선에 실어 서울로 보내기 때문에 이 물길에 조군漕軍(조운선에서 조운 활동에 종사하던 사람)을 두어 해가 지나기 전에 차례로 실어 나른다. 또한 서울의 여러 궁가宮家(대군, 군, 공주 등 왕족)와 사대부 집안 가운데 삼남에 전장田庄을 두지 않은 집이 없다. 그들은 모두 소출을 배로 실어 나른다. 뱃사람은 물길에 익숙하고, 상인들도 안흥곶을 제집 드나들 듯하는 이가 많다.

평안도와 함경도는 고을 부세를 조운으로 서울에 나르는 법규가 없다. 그래서 본도에 남겨두었다가 칙사의 행차나 국경을 수비하는 데 드는 비용으로 충당한다. 따라서 관청에서 조운선으로 운송하는 일이 없고, 사대부가 거주하지 않아서 사가私家의 조운도 끊겼다. 본도의 상선만이 가끔 서울로 오간다. 사상私商이 때때로 오가지만 삼남처럼 많지는 않다. 따라서 뱃사람이 바다를 건너는 데 익숙하지 않아 장산곶을 안흥곶보다 더 두려워한다.

지금부터는 조수가 통하는 곳을 놔두고 강선江船이 왕래하는 지역에 대해서만 설명한다. 강선은 크기가 작아서 바다에 나가 이익을 챙기지 못한다. 온 나라 안에서 한강이 가장 크고 강줄기가 멀리 뻗어 있어 바닷물을 많이 받아들인다. 동남쪽은 청풍의 황강, 충주의 금천과 목계, 원주의 흥원창, 여주의 백애촌, 동북쪽은 춘천의 우두촌, 낭천狼川의 원암元巖, 정북쪽은 연천의 징파도澄波渡가 배로 교통할 뿐 아니라 상선들이 모여 매매를 하는 장소이다. 그중에서 한양만이 좌우로 바다와 산지의 이익을 챙기고, 동쪽과 서쪽의 한강에서[1] 사람과 화물을 배로 실어 나르는 데 따르는 이익을 독차지하고 있다. 이익을 노려 부자가 된 사람이 많기로는 오로지 여기가 제일이다. 이로써 우리나라 물길과 배로 얻는 이익을 대략 설명했다.

부상대고富商大賈(많은 밑천을 가지고 대규모로 장사를 하는 상인)의 경우에는 한자리에 앉아서 화물을 매매하되, 남쪽으로는 왜국倭國과 통하고 북쪽으로는 중국 연경燕京(북경)과 통하여 여러 해 동안 천하의 물건을 실어 날라 수백만 금을 모은 자까지 나타난다. 한양에 그런 상인이 가장 많고, 그에 버금가는 곳이 개성이며, 안주와 평양이 뒤를 따른다. 모두 연경과 통하는 길을 이용하여 곧잘 막대한 부를 쌓는다. 이는 선운으로 얻는 이익과 비교할 수 없을 정도로 큰 이문을 남기는데 삼남에는 이런

---

1 여기서 동쪽의 강은 한강 동쪽에 있는 동호東湖를, 서쪽의 강은 서쪽에 있는 서강西江, 곧 마포를 말하는 것으로 보인다.

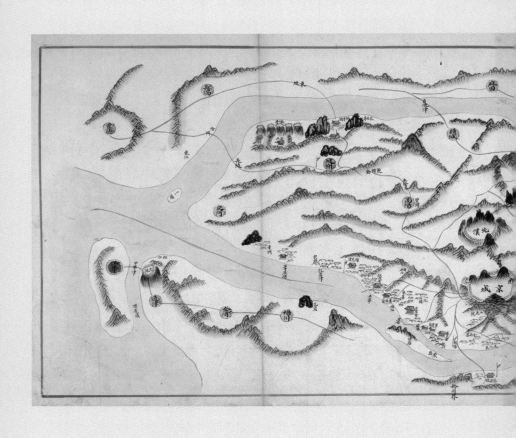

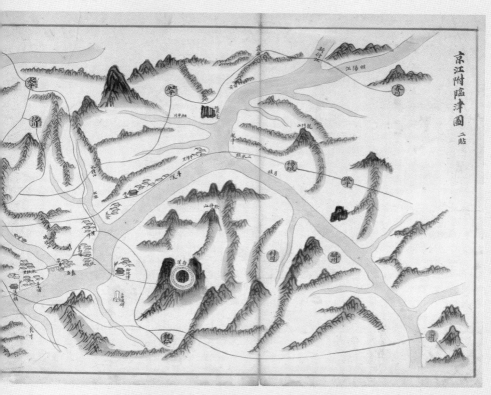

〈경강부임진도京江附臨津圖〉, 《동국여도東國輿圖》, 19세기 초, 규장각한국학연구원 소장
한강과 임진강 수로를 따라 형성된 상업과 물류 중심지를 잘 보여준다. 특히, 충주에서 강화도까지 한강 수운의 요지와 경로를 상세하고 정확하게 밝혀놓았다. 경강 상인이 한강 수운의 이익을 누리는 영역을 잘 보여준다.

부자에 견줄 만한 상인이 없다.

　그러나 사대부는 이런 일을 해서는 안 된다. 다만 생선과 소금이 유통되는 곳을 잘 찾아서 배를 대고 이익을 남겨서 관혼상제 네 가지 예식에 드는 비용을 장만한다면 해 될 일이 있겠는가?

인심

어떻게 인심을 논할 것인가? 공자께서는 "마을 풍속이 어질어야 아름답다. 어진 마을을 가려서 살지 않으면 어찌 지혜롭다 하겠는가?"라고 하셨다. 옛날에 맹자의 어머니는 아들을 가르치려고 세 번 집을 옮겼다. 선택한 곳의 풍속이 바르지 않다면 자신에게 해가 될 뿐만 아니라 자손에게도 반드시 나쁜 물이 들어 인생을 그르치는 우환이 생기므로 앞으로 살고자 하는 지방의 풍속을 살피지 않을 수 없다.

우리나라 팔도 중에서 평안도는 인심이 순박하고 후덕하기로 제일가고, 다음으로 경상도는 풍속이 질박하고 진실하다. 함경도는 오랑캐 땅과 접해 있어 백성들이 모두 굳세고 사나우며, 황해도는 산수가 험하고 막혀 있어 모질고 사나운 백성이 많다. 강원도는 산골이라 물정에 어두운 백성들이 많고, 전라도는 오로지 교활함과 음험함을 숭상하여 그릇된 일에 쉽게 움직인다. 경기도는 도성 밖 들에 있는 고을이라 백성과 산물이 쇠약하고 피폐하며, 충청도는 오로지 권세와 이익만을 좇는다. 팔도의 인심이 대략 이렇다. 그러나 이것은 비천한 백성을 두고 한 말일 뿐 사대부의 풍속은 그렇지 않다.

우리나라의 관제는 먼 옛날과 달라서 비록 삼정승과 육판서를 두어 모든 관청을 감독하고 통솔하기는 하지만 대각(사헌부와 사간원)에 큰 무게를 두어서 풍문風聞[1], 피혐避嫌[2], 처치處置[3]의 법규를 만들어 오로지 옳고 그름을 따지는 의론의 정사를 맡게 하였다.

내직과 외직을 임명하는 권한은 삼정승에게 달려 있지 않고, 오로지 이조에 속해 있다. 또 이조의 권한이 너무 커질까 염려하여 삼사(사헌부, 사간원, 홍문관)의 관원을 추천할 때는 이조판서에게 맡기지 않고 이조 낭관에게 전담시켰다. 따라서 이조의 정랑과 좌랑이 대각의 권력을 주도하게 되었다. 삼정승과 육판서가 높고 큰 관직이기는 하지만, 조금이라도 마음에 들지 않으면 전랑(이조 정랑과 좌랑)이 곧잘 삼사의 여러 신하를 부추겨 탄핵하게 하였다. 조정의 풍속이 염치를 숭상하고, 명예와 절도를 무겁게 여겨서 한 번 탄핵을 받으면 직책을 버리지 않을 수 없었다. 따라서 이조전랑의 권한은 삼정승에 버금갔다.

이것이 큰 벼슬과 작은 벼슬이 서로를 맞잡고, 높은 직책과 낮은 직책이 서로를 제어하는 방법이라 300년 동안 큰 권간權奸이 나타나지 않고, 꼬리가 커서 처리하기 어려운 근심이 없었던 이유다. 여기에는 고려 때 임금이 약하고 신하가 강했던 폐단을 미연에 방지하거나 없애려는 역대 임금의 의도가 깔려 있다.

─────────

1 사헌부에서 관리의 비행이나 부녀자의 음란 등의 행위를 소문을 근거로 조사하는 일을 말한다.
2 사헌부에서 논핵하는 사건에 관련된 관원이 직무를 수행하지 않고 피하는 일을 말한다. 혐의가 풀릴 때까지 관청에 나가 직무를 수행하지 않는 것이 관례였다. 또 친인척이 같은 부서에 근무하는 것을 피하는 일을 가리키기도 한다.
3 사헌부나 사간원의 관료가 어떤 일로 피혐하고 물러갔을 때 정당성 여부를 따져 피혐을 받아들일 것인가 아니면 출사하도록 할 것인가를 판정해서 임금에게 아뢰는 일을 말한다.

이 때문에 반드시 삼사에서 명망과 덕행이 있는 인재를 엄격하게 뽑아서 전랑으로 삼았다. 전랑으로 하여금 후임자를 천거하게 하고 이조판서에게 맡기지 않았다. 전랑이 가지는 권한을 무겁게 여겨서 한결같이 공론에 부쳤기 때문이다. 그래서 품계를 올릴 때면 반드시 전랑을 먼저 올리고 나서 차례대로 이조 관료의 품계를 올리고 직무를 부여했다. 그런 뒤에야 다른 부서에 차례가 갔다. 한 번 전랑을 거친 사람은 큰 사고가 없다면 순탄하게 공경의 지위에 올랐다. 그러므로 전랑은 명예와 이익이 함께 따라오는 자리라, 나이가 젊고 벼슬을 시작한 사람이라면 바라지 않는 이가 없었다. 제도를 시행한 지가 오래됨에 따라 전랑을 먼저 하고 뒤에 하는 문제와 전랑 자리에 가고 못 가고 하는 문제로 분쟁이 일어나지 않을 수 없었다.

선조 때 김효원金孝元이 큰 명망이 있어 전랑에 천거되었는데 외척인 이조참의 심의겸沈義謙이 김효원의 전랑 임명을 막고 허락하지 않았다. 김효원은 명문가의 자제로 학문과 덕행이 있고 문장을 잘 썼으며, 현자를 추천하고 능력 있는 인재에게 양보하기를 좋아하여 젊은 선비들에게 인심을 크게 얻었던 터였다. 그렇게 되자 선비들이 심의겸을 가리켜 현자의 진출을 방해하고 권세를 농단한다고 떠들썩하게 공격하였다. 심의겸이 비록 외척이기는 하지만 일찍이 권간을 물러나게 하고 사림들이 조정에 서도록 도운 공로가 있어 나이가 많고 지위가 높은 사람들은 그를 적극 옹호하였다. 그리하여 선배와 후배가 둘로 갈라지고, 하찮은 일이 큰일로 번져버렸다.

계미년(1583)과 갑신년(1584) 사이에 동인東人과 서인西人이라는 이름으로 처음 갈라졌다. 김효원의 집이 동쪽(건천동)에 있었기에 그들 무리를 동인이라 하였고, 심의겸의 집이 서쪽(정릉동)에 있었기에 이들을 서인이라 하였다. 동인은 김효원·유성룡·김우옹·이산해李山海·정지연鄭芝衍·정유길鄭惟吉·허봉·이발李潑 등을 추대하였고, 서인은 심의겸·박순朴淳·정철鄭澈·윤두수尹斗壽·윤근수尹根壽·구사맹具思孟 등을 추대하였으니 이것이 바로 붕당의 시초이다.

이보다 앞서 정승 이준경李浚慶이 임종을 앞두고 표表를 올려서 "조정 관료들 사이에 앞으로 붕당이 나타날 조짐이 보입니다."라고 말하였다. 옥당(홍문관) 벼슬아치인 이이가 상소를 올려 이준경을 배척하면서 군주와 신하 사이를 이간질한다고 말하며 남들은 죽을 때에는 말을 선량하게 하는데 이 사람은 악하게 한다고 헐뜯기까지 하였다.

이때 이르러 이이는 자신의 말이 거짓말이 될까 염려해서 힘써 조정하는 역할을 주도하여 중간에서 양쪽을 화해시켰다. 그러나 나라에서 여러 번 사화를 겪었고, 사화가 모두 외척 때문에 일어난 까닭에 선비들에게 외척을 향한 미움이 쌓여 있었다. 이런 때에 심의겸이 공격의 빌미를 제공하자 뭇사람들의 분노가 벌떼처럼 일어났다.

때마침 인순왕후께서 돌아가셨고, 선조 임금께서 종친으로서 대통을 계승하셨다. 이 때문에 심의겸은 왕실의 지원이 완전히 끊겼다. 동인은 헛된 명목을 잡고 너무 심하게 공격해대어 심의겸을 편드는 이들을 모조리 선비가 아니라고 몰아붙였다. 또 새로 진출한 선비들은 들떠서 허울 좋은 이름만을 사모하다 보니 동인의 수가 대단히 많아졌다.

이이가 본래 양측의 입장을 적극 조정했으나 이때 이르러 사림의 의론이 갈수록 격렬해지는 정황을 보고, 대사헌이 되자 심의겸을 탄핵하는 데 이르렀다. 이이가 원래부터 서인은 아니었다. 그가 병조판서가 되었을 때 하루는 옥당 관리인 홍적洪迪의 집에 가서 홍적이 지은 "꽃은 높고 낮은 데서 떨어져 분분히 날아가네.[落花高下不齊飛]"라는 시구를 읊고서 당시唐詩의 격조가 있다고 칭찬하였다. 그때 이름 있는 선비들이 많이 모여 있었는데 홍적이 "우리들이 모여서 논의하는 바는 공을 탄핵하는 일입니다."라고 말했다. 이이는 "공적인 논의가 있다고 하니 내가 있어서는 안 되겠군."이라 말하고 마침내 벌떡 일어나 가버렸다.

허봉이 이이를 탄핵하는 상소를 올리자 임금이 분노하여 허봉을 귀양 보냈다. 대사간 송응개宋應漑도 이이를 탄핵하자 임금은 그 역시 귀양 보냈고, 도승지 박근원朴謹元이 승지들을 이끌고 임금의 뜻을 거슬러 다시 아뢰자 임금이 이번에도 그를 귀양 보냈다. 이것이 바로 '세 번의 귀양〔三竄〕'이다. 그런데 허봉이 거론한 내용은 대부분 주위들은 소문이었을 뿐이고 사실에 부합하는 내용은 없었다. 그러자 이이 편을 든 사람들이 심의겸 편을 든 사람들보다 많아졌고, 서인도 이즈음 수가 많아졌다.

이이는 선비로 대단한 명성이 있었고, 서인으로 자처하지 않았으나 세 번 귀양 보내는 일에 가볍게 손을 대고 말아 마침내 조정의 판국을 완전히 뒤바꿔 더는 수습하지 못할 지경으로 만들었다. 세 번 귀양 보낸 일에 연관되었으니 책임을 모면할 수 없었다.

얼마 뒤 이이가 죽고 기축년(1589)에 정여립鄭汝立의 옥사가 일어났다. 임금이 정철에게 위관委官[4] 자격으로 옥사를 다스리게 하였더니, 동인 가운데 평소 과격했던 이들은 죽거나 귀양을 가서 그로 인해 조정이 완전히 비어버렸다. 기축년부터 신묘년(1591)까지 국문이 끝나지 않고 이어지고 번져서 대단히 크게 확대되었다.

당시 이산해는 영의정이었고 정철은 좌의정이었다. 이산해는 정철이

─────────────

4 죄인을 추국할 때 의정대신 가운데서 임시로 선임하는 재판장을 일컫는다.

옥사의 힘을 빌려 자기를 거꾸러뜨리려 한다고 의심하여 유언비어를 만들어 널리 퍼뜨렸다. 정철이 한창 의금부에서 옥사를 처리하고 있을 때 임금이 비망기備忘記(임금이 명령을 적어서 승지에게 전하던 문서)를 내려 정철을 쫓아냈다. 그러자 양사兩司의 대간들이 함께 계사啓辭(논죄論罪에 관하여 임금에게 올리던 글)를 올려 정철을 논핵하여 멀리 강계로 귀양 보냈다. 그러고도 모자라 양사에서 또 형벌을 보태려고 하자 이산해가 그것만은 안 된다고 하여 중단하였다. 정철이 귀양 간 뒤에 이산해는 정철에게 배척받아 쫓겨난 동인을 거두고 불러 모아 조정 안을 가득 채우는 한편, 정철에게 붙었던 서인을 배척하여 내쫓았다. 이것이 신묘년에 일어난 일진일퇴의 정국이다. 이때부터 동인이 국정을 전담하였다.

임진년(1592)에 이르러 선조가 난리를 피해 파천하여 개성부에 잠시 머물 때, 종실宗室 한 사람이 상소를 올렸다. 김공량金公諒이 내외로 왕래하며 국정을 어지럽혔다며 죄를 물어야 한다고 주장하였고 또 이산해에게 나라를 그르친 죄가 있다며 귀양 보내라고 요구하였다. 선조가 김공량은 놔두고 이산해만을 유배 보내라고 명령하였다. 그리하여 이산해는 영의정에서 파면되고 평해로 유배되었다.

선조가 남문루에 거동했을 때 누군가 정철을 불러들일 것을 청하는 글을 올렸다. 선조가 정철을 사면하여 행재소로 오라고 하였다. 의주에 이르러 승정원에 시 한 수를 내렸다.

국경에서 달을 보며 통곡을 하고 　　　　　　　　痛哭關山月

압록강 바람에는 상심에 젖네 　　　　　　　　　傷心鴨水風

조정의 신료들은 오늘 이후도 　　　　　　　　　朝臣今日後

다시금 서인 동인 다투려는가? 　　　　　　　　　寧復各西東

임금의 행차가 서울로 돌아온 후에도 왜적은 남해안에 주둔하고 떠나지 않았다. 조정에서는 밖으로는 왜적을 대비하고, 안으로는 명나라 장수를 접대하느라 할 일이 많았다. 동인과 서인이 조정에서 함께 벼슬했으나 서로를 공격할 겨를이 없었다.

무술년(1598)에 도요토미 히데요시豐臣秀吉가 죽자, 왜적이 비로소 군대를 거두고 돌아갔다. 그때 이산해는 사면되어 서울로 돌아와 원임대신이 되었고, 그 아들 이경전李慶全은 벌써 문과에 급제해 있었다. 옥당 관리를 선발할 적에 글 잘한다는 명성이 있었고, 대신의 자제였기에 이조전랑에 추천될 만했다. 대개 조정의 관례에는 옥당 관리를 선발할 때 이조전랑이 후보자 중에서 첫째가는 인재를 골라 적임자로 천거하고 자신의 후임자를 직접 추천하였으니, 이것을 이조홍문록吏曹弘文錄이라 한다.

당시에 영남 사람 정경세가 이조전랑으로 재직하고 있었다. 이경전을 막고자 하여 '이경전은 유생 때부터 근거 없는 비방을 많이 했기 때문에 전랑이 될 수 있는 벼슬자리로 끌어들여서는 안 된다'는 말을 공공연히 퍼뜨렸다. 이산해와 그에게 붙은 이들이 모두 크게 성이 났다. 당시는 이덕형李德馨이 정승 자리에 있었는데 사람을 시켜 이준에게 다음과 같이 청하게 하였다.

"자네가 경임景任(정경세의 자)에게 말 좀 해주게. 만약 이경전이 전랑이 될 수 있는 자리에 추천되는 것을 막으면 반드시 풍파가 크게 일어날 테니, 이는 조정을 편안히 다스리는 도리가 아닐세. 내가 사사로이 부탁하는 것이 아닐세."

이준은 정경세와 동향이고, 이경전은 이덕형의 처남이라서 그렇게 말하였으나 정경세는 듣지 않았다.

얼마 후에 남이공南以恭이 대간 자격으로 영의정 유성룡을 무자비하게 탄핵하였다. 정경세는 본래 유성룡의 제자였으므로 정경세가 유성룡의 사주를 받았다고 의심한 이산해가 남이공을 시켜 탄핵하도록 하였으나 사실 유성룡의 죄는 아니었다. 그리하여 유성룡을 편드는 이들에 이원익李元翼, 이덕형, 이수광李晬光, 윤승훈尹承勳, 이광정李光庭, 한준겸韓浚謙 등이 있었는데 이들을 모두 남인南人이라고 불렀다. 유성룡이 영남 사람이기 때문이었다. 이산해를 편든 이들에 유영경柳永慶, 기자헌奇自獻, 박승종, 유몽인柳夢寅, 박홍구朴弘耆, 홍여순洪汝諄, 임국노任國老, 이이첨李爾瞻 등이 있었는데 모두 북인北人이라고 불렀다. 이산해의 집이 서울에 있었기 때문이었다. 동인이 남인과 북인으로 나뉘었으나 남인의 수는 극히 적었다.

선조 말년에 북인이 10년간 국정을 장악한 데다 광해군이 즉위하자 서인과 남인은 함께 세력을 잃었다. 오래지 않아 북인은 대북大北과 소북小北으로 나뉘었다. 폐모론廢母論[5]을 주장한 이들은 대북이 되고, 의견을 달리한 이들은 소북이 되었다. 대북은 이이첨을 수장으로 삼고 허균, 한찬남韓纘男, 이성李惺, 백대형白大珩 등이 그를 도왔다. 소북은 남이공을 수장으로 삼았다. 기자헌, 박승종, 유희분柳希奮, 김신국金藎國 등이 비록 관직은 남이공보다 높았으나 폐모론을 공격하고 배척하면서 남이공을 도왔다.

이경전은 처음에는 이이첨과 사이가 좋았으나, 나중에는 이이첨이 못

---

5 1617년(광해군 9년) 선조의 계비인 인목대비를 폐하여 서인庶人으로 떨어뜨리고 서궁西宮에 유폐하자는 정치적 주장으로 국정을 혼란에 몰아넣은 사건이다. 대북과 이이첨과 정인홍 등이 주도하였다.

사람들로부터 미움을 받는 정황을 보고는 화가 자신에게 미칠까 두려워하였다. 계축년(1613)에 그의 아들 진사進士 이부李阜로 하여금 이이첨을 베라는 상소를 올리게 하였다. 마침 이이첨은 이경전과 바둑을 두고 있었는데, 소보小報[6]가 도착하여 보니 진사 이부가 이이첨을 벨 것을 청하는 상소가 들어 있었다. 이이첨이 놀라서 "영감의 아들이 나를 죽이려고 하오."라고 하였다. 이경전은 "어찌 그럴 리가 있겠소. 이는 필시 이름이 같은 자일 것이오."라고 답하였다. 이이첨은 그 말을 믿고는 바둑을 끝내고 일어났으나 나중에 속았음을 깨닫고 절교하였다. 이 일로 말미암아 이경전은 드디어 소북이 되었다.

계해년(1623)에 인조 임금께서 서인 김류, 이귀李貴, 홍서봉洪瑞鳳, 장유張維, 최명길, 이서李曙, 구인후具仁垕 등을 이끌고 반정을 일으켜 대북 인사를 모조리 죽였다. 이에 서인이 집권하면서 남인과 소북을 두루 등용하였다. 그러나 소북은 자립하지 못하고 남인이 되기도 하고 서인이 되기도 하였다. 소북이라 불리는 이들이 지극히 적어서 더는 세력을 떨치지 못하였다.

인조 임금께서는 반정 공신들이 교만하고 제멋대로 구는 자가 많다고 보셔서 강한 자를 누르고 약한 자를 보호하고자 하였다. 남인 대간이 서인을 공격하여 배척하면 반드시 남인을 편들었다. 임금의 뜻을 돌이키지 못한다는 사실을 알아차린 김류는 자칫하다가 세력을 잃을까 두려워 은밀히 자기편(서인)에 "이조참판 이하는 모두 남인에게 허락한다. 그러나 이조판서 이상과 정승 자리는 남인에게 허락할 수 없다."라고 지침을

---

6 승정원에서 그날 중에 처리된 일을 간추려 각 벼슬아치에게 알리던 문서로, 조보朝報라고도 한다.

내렸다.

따라서 당하관堂下官에 속하는 청환淸宦[7]인 한림翰林과, 이조낭관부터 이조참의와 이조참판에 이르는 벼슬은 남인이 서인과 더불어 함께했으나, 참판에 이르면 더는 품계를 올리는 일을 영구히 허락하지 않았다. 어쩌다가 품계를 올린다 해도 이조판서는 허용하지 않았다. 오로지 이성구李聖求만이 병자호란을 틈타 정승 자리를 차지한 적이 있다.

효종 재위 초에 김자점金自點을 제거하려고 특별히 송시열과 송준길宋浚吉을 추천받아 등용하였고, 김자점을 죽이고 나서는 두 송씨를 발탁하여 고관에 이르게 하였다. 현종 말년에는 남인 허목, 윤휴尹鑴, 윤선도가 기해년(1659) 방례邦禮[8]를 그르쳤다는 구실로 두 송씨를 공격하였다. 현종께서 남인의 주장을 채택하여 잘못을 바로잡았다. 그때 남인 허적許積을 발탁하여 영의정을 삼았고, 이어서 그에게 고명顧命(임금이 유언으로 세자나 종친, 신하 등에게 나라의 뒷일을 부탁함)을 남겼다.

숙종 초에는 허적이 국정을 담당하였다. 이보다 앞서 현열왕대비(명성왕후)의 부친인 청풍부원군 김우명金佑明이 그의 아버지 김육金堉을 장사 지낼 때 무덤으로 통하는 길(보통 제왕의 능에만 만든다)을 만들어 썼는데, 이 일로 말미암아 송시열이 그를 크게 배척하였다. 그러자 김우명은 민신閔愼이 아버지를 대신하여 초상을 치른 일을 가지고 송시열을 배척하여 두 사람 사이에 마침내 큰 틈이 벌어졌다. 이때에 이르러 김우명의

---

7 조선 시대에 학식과 인품, 문재文才를 인정받은 이들이 임명되는 명예로운 벼슬로 품계는 높지 않았으나 고관으로 승진하기가 수월하였다.

8 1659년 효종이 승하하자 인조의 계비 자의대비가 입을 상복을 두고서 남인과 서인이 논쟁을 벌인 사건이다.

조카인 김석주金錫胄가 허적과 힘을 합쳐 남인을 끌어들이고, 국가의 예식을 그르쳤다는 이유로 송시열을 공격하여 멀리 귀양 가게 하였다. 서인과 남인이 이 일로 인해 다툼을 시작하였고, 김석주는 옥당 관리에서 1년 만에 여러 벼슬을 뛰어넘어 병조판서에 이르렀다.

경신년(1680)에 이르러 허적의 서자 허견許堅은 본래 교만하고 제멋대로 구는 자로 급제하고도 청현직清顯職을 얻지 못함을 항상 한스러워하며 바라서는 안 될 것을 얻고자 하였다. 종실인 이정李楨, 이남李楠 형제와 사귀면서 점차로 김석주와 틈이 생겼다. 김석주가 그를 의심하여 사인私人 정원로鄭元老를 시켜 허견의 동정을 살피게 하였다. 허견이 이정, 이남과 왕래하면서 요망한 말을 한 정황을 알아차리고 제거하고자 하였다.

때마침 임금께서 허적에게 궤장几杖(앉을 때 몸을 기대는 방석과 지팡이)을 하사하는 연회를 열고 술과 악사를 보내주면서 백관들에게 잔치 자리에 가도록 명하여 총애하는 마음을 드러냈다. 김석주는 이날 잔치에 가지 않고 곧장 대궐에 나아가 정원로의 말을 아뢰었다. 임금께서 즉시 국청鞫廳을 설치하도록 명하고, 허견을 잡아와 정원로와 대질시켰다. 허견이 끝내 죄를 자복하여 곧 환열轘裂(거열)의 형벌을 받았다. 이어서 옥사가 크게 일어나 이정, 이남과 허적, 윤휴, 오정창吳挺昌이 죽고, 유혁연柳赫然, 이원정李元禎, 조성趙䃏, 이덕주李德周까지 죽었으니, 모두 재상이었다. 그리하여 남인이 물러나고 서인이 다시 진출하였다.

임술년(1682)에 허새許璽의 옥사가 일어나 온갖 주장들이 난무하는 가운데 서인은 노론과 소론으로 나뉘었다. 노론은 김석주와 김만기金萬基를 영수로 하여 송시열, 김수흥金壽興, 김수항金壽恒, 민유중閔維重, 민정중閔鼎重이 같은 편이었으며, 소론은 조지겸趙持謙을 영수로 하여 한태동

韓泰東, 오도일吳道一, 남구만南九萬, 윤지완尹趾完, 박태보朴泰輔, 최석정崔錫鼎이 호응하였다. 노론이 남인을 다 죽이려고 하자 소론이 다른 주장을 내세움으로써 서로 갈라지게 되었다.

경신년 이후 10년 만에 남인 민암, 민종도閔宗道 등이 뜻을 얻어서 경신대출척庚申大黜陟(1680년 남인이 축출되고 서인이 정권을 잡은 사건으로 경신환국이라고도 한다)으로 억울하게 죽은 사람들을 신원하였으나 허견과 이정, 이남은 신원하지 않았고, 송시열, 김수항, 이사명李師命, 김익훈金益勳을 죽였다. 그로부터 6년 뒤에 서인이 다시 뜻을 얻어 민암과 이의징李義徵을 죽였다. 이로부터 노론과 소론이 함께 국정을 담당하면서 조정에서 수십 년 동안 서로 다투었다.

숙종 말년에는 오로지 노론만을 기용하고 소론을 배척하여 물리쳤다. 경종 신축년(1721)에 조태구趙泰耉와 최석항崔錫恒이 전력을 휘둘러 노론들을 유배 보내거나 내쫓았고, 임인년(1722)에는 옥사가 일어나 노론 정승인 이이명李頤命과 김창집金昌集, 이건명李建命, 조태채趙泰采가 죽었다.

금상今上(영조) 초엽에는 노론을 기용하고, 소론을 배척하여 물리쳤다. 정미년(1727)에는 소론이 다시 조정에 나왔고, 무신년(1728)에는 변고가 일어나자 김일경金一鏡, 박필몽朴弼夢이 앞서거니 뒤서거니 역적으로 몰려 죽임을 당했다. 같은 당파인 이사상李師尙과 이진유李眞儒, 윤성시尹聖時, 서종하徐宗廈, 이명의李明誼도 죽었다. 그러자 소론 정승인 조문명趙文命과 노론 정승인 홍치중洪致中이 앞장서서 탕평론을 내세워 노론과 소론, 남인과 북인 등 사색당파四色黨派를 골고루 등용하자고 주장하였다.

금상 경신년(1740)에 경연에 참석한 신하가 애초에 붕당은 이조전랑 자리다툼에서 비롯되었다며 전랑의 권한을 폐지하여 편론偏論(다른 당파를 비난하는 편파적인 당론)을 없애자고 청하였다. 임금께서 타당하다 여겨

윤허하여 이조전랑이 자신의 후임자를 천거하는 제도와 삼사의 심사를 거치도록 하던 법규를 폐지하라고 명하셨다. 그리하여 이조전랑의 위상이 낮아져 다른 부서의 낭관과 지위가 같아지고 300년 동안의 법규와 관례가 비로소 폐지되었다.

옛날 선조 임금 때에는 인재들이 숲처럼 늘어서 있어서 새로 진출한 선비들은 누구 할 것 없이 명망을 갈고 닦아 전랑 자리에 오르기를 기대하였다. 어느 이름난 관리는 선비들이 모여 있는 자리에서 아이를 불러 말에게 콩을 더 주게 하였고, 또 다른 이름난 관리는 선비들이 모여 있는 자리에서 손으로 뜰의 멍석에 있는 새를 날려 보낸 일이 있었다. 명사들이 모두 두 사람이 하는 짓을 비루하게 여겨서 드디어 전랑으로 통하는 길이 막혀버렸다. 이 두 가지 일쯤은 천성대로 행동하는 진솔한 사람이면 충분히 할 만한 행동으로 인품의 높낮이를 평가할 사안이 아닌데도 마침내 동년배에게 배척을 당했으니 한바탕 웃음을 터뜨릴 사연이다. 그러나 한때의 인재를 엄격하게 선발하는 일과 선비들이 몸을 삼가며 인격을 갈고닦는 풍습을 상상해볼 수 있다. 이야말로 역대 임금께서 깨끗한 이름과 좋은 벼슬로 한 시대의 인재를 고무시켜 온 수단이었다.

인조 때에도 전랑 자리를 다투는 일이 발생하자 전랑의 권한을 없애자고 요청한 사람이 있었다. 임금이 대신에게 없앨지 여부를 묻자, 대신은 왕조의 관례를 가볍게 고쳐서는 안 된다고 밝혀 논의가 중단되었다. 그때의 대신은 조선조에서 전랑의 권한을 무겁게 만든 이유가 대신의 그릇된 짓을 방지하려는 제도임을 알고 있었기에 혐의를 피하려고 전랑의 폐지를 옳지 않다고 했던 것이다.

이때에 이르러 전랑 제도를 폐지하고 나니, 새로 벼슬길에 진출한 선비들은 통솔하는 사람이 없어져서 자기 마음대로 처신하였고, 제한이 없어져서 누구나 등급을 건너뛰어 승진할 생각이나 하였다. 명예를 바라는 마음이 사라지니 오로지 이익만을 좇아 외직을 중시하고 내직을 가벼이 여겨서 모두 감사나 수령이 되고자 했다. 염치와 절조를 내팽개치고 아무런 거리낌이 없었다.

게다가 조정에서 탕평책을 시행한 지가 오래되어 사색당파가 함께 벼슬하였다. 벼슬자리는 적고 사람은 빽빽할 정도로 많으니 자연히 경쟁이 심해진 데다 전랑의 권한마저 폐지되어 경쟁이 더더욱 심해졌다. 그리하여 조급함과 탐욕이 크게 일어나 관료들의 기풍이 완전히 무너져 다시는 수습할 길이 없어졌고, 조정의 큰 권한은 완전히 정승에게 돌아갔다.

서울은 사색당파가 다 함께 모여 살아서 풍속이 서로 반목하며 고르지 않다. 지방은 서북방의 세 개 도는 아예 논외로 해야 하고, 동남방에 퍼져 있는 다섯 개 도에 사색당파 사람이 흩어져 살고 있는데 오로지 경상도는 모두 예안 사람 이황의 학문을 종주로 삼는다. 유성룡이 이황의 문인이고, 남인이라는 이름이 유성룡으로 말미암아 생겨났기 때문에 경상도 전체의 사대부가 모두 남인이 되어 의론이 하나로 귀착된다. 다른 도는 사색당파가 고을마다 섞여서 살고 있다.

이보다 앞서 이이의 문인 김장생은 벼슬에서 물러나 연산에 살면서 후진을 가르쳤는데, 회덕 사람 송준길, 송시열과 이산 사람 윤선거尹宣擧 형제가 그를 찾아와 배웠다. 윤선거의 아들 윤증尹拯은 또 송시열에게 배웠으나, 얼마 후에 틈이 벌어졌다. 경신년 이후 송시열은 노론으로 들어가고 윤증은 소론으로 들어갔는데, 한참 뒤에는 이산과 회덕의 문인들이 물과 불처럼 대립하여 서로를 공격하였다. 연산과 회덕 근처는 모두 김장생과 송시열 두 집안의 문인과 자손들이 사는 고을이다. 오로지 이산 고을만이 소론의 터전인데 이는 세 윤씨 때문이다.

강원도와 경기도의 큰 강가에 있는 정자와 저택에는 남인의 고가故家 가 많다. 전라도에서는 우리 왕조 중엽 이후로 큰 관리가 거의 나오지 않았다. 인재를 배양하지 못해서 인물이 너무 적다. 여기 사대부는 다만 서울 친지에 맞춰서 당파를 구별한다. 따라서 옛날에는 남인과 북인이 많았으나 지금은 노론과 소론이 많다. 도내의 큰 가문으로 불리는 집안 은 10여 개에 불과한데, 그들은 대체로 부자에 치우쳐 있고, 현달한 사 람은 적다. 기대승과 이항 이외에는 선생이나 큰 어른으로서 선비들을 꾸짖고 훈계하거나 가르치고 이끌어나갈 만한 사람이 없기 때문에 인심 이 특히 경박하여 위에 있는 도에 미치지 못한다.

사대부가 사는 곳은 인심이 어그러지고 망가지지 않은 데가 없다. 붕 당을 심어서 떠도는 양반을 거둬들이고, 권세와 이익을 추구하며 비천 한 백성들을 침탈한다. 제 몸을 단속하거나 절제하지는 못하면서 자기 를 비판하는 이들을 미워하고, 한 지방에서 혼자 우두머리 행세하기를 좋아한다. 간혹 사이가 좋지 않으면서 한 지역에 함께 살면 마을 안에서 도 서로 헐뜯고 욕하는 짓을 이루 다 헤아릴 수 없다.

신축년(1721), 임인년(1722) 이후로 조정에서는 노론과 소론, 남인 세 갈래 색목色目(사색당파의 파벌)이 쌓아간 원한이 날이 갈수록 깊어져 서 로에게 역적이라는 이름을 덮어씌웠다. 그런 행태와 소문이 파급되어 향 촌에까지 뻗어가서 하나의 전쟁터를 만들었다. 서로 혼사를 통하지 않을 뿐 아니라, 다른 당색을 절대 용납하지 않는 데까지 이르렀다. 다른 색목 과 친하게 지내면 지조를 잃었다거나 투항하였다고 하면서 서로 배척한 다. 심지어 떠도는 선비나 비천한 종들마저도 한번 아무개네 집 가신家臣

이라고 불리면 가문을 바꿔서 섬기려고 해도 받아들이지 않는다.

사대부의 어짊과 어리석음, 높음과 낮음의 등급은 오직 자기편 한 색목에만 통용될 뿐이고 다른 색목에는 통용되지 않는다. 이 색목 사람이 저 색목에 배척을 받으면 이 색목에서는 한층 더 그를 존귀하게 여기고, 저 색목의 경우도 마찬가지다. 비록 하늘에 가득 찬 죄가 있더라도 다른 색목에게 한번 공격당하면 시비곡직을 따지지 않고 벌떼처럼 일어나 그를 일으켜 세워서 도리어 허물없는 사람으로 만들어준다. 아무리 행실이 독실하고 덕망이 있더라도 같은 색목이 아니면 기어코 옳지 않은 점을 찾아낸다.

당색黨色이 처음 일어났을 때는 매우 미약했으나 자손들이 조상의 당론을 그대로 지키면서 200년이 흐르자 마침내 단단해서 깨뜨릴 수 없는 지경이 되었다. 본래 서인이던 노론과 소론이 서로 나뉜 지가 겨우 40여 년밖에 되지 않았다. 그래서 간혹 형제 사이나 숙질 사이에도 노론과 소론으로 나뉘어졌는데, 색목이 한번 나뉘자 그들의 마음은 초나라와 월나라 사람처럼 멀어졌다. 색목이 같은 사람과 상의한 내용을 아주 가까운 친척 사이에도 꺼내지 않는다. 이 지경에 이르니 하늘이 정한 인륜이 사라졌다.

탕평책을 펼친 근래에는 네 갈래 색목이 모두 조정에 나와서 오로지 관직을 얻으려고만 하지, 예로부터 각자 지켜오던 의리는 아무 짝에도 쓸모없다 여기고 학문상의 시비나 국가의 충신과 역적 같은 문제는 모조리 까마득한 옛일로 돌려 관심이 없다. 그래서 핏대 올리며 피 터지게 싸우던 습관이 전에 비하면 조금 줄어들었으나 예전 풍속 위에 기력 없고 게으르며 물러터지고 유들유들한 새로운 병이 더해졌으니, 속마음은 제각기 다르면서도 겉으로 내뱉는 말만 들으면 모두 한 입에서 나온 것

같이 똑같다. 매번 공적인 자리에 많이 모였을 때 이야기를 나누다가도 조정의 일에 이르면 각을 세우려 하지 않고, 대답하기 힘들면 그때마다 농담하고 웃고 대충 때우면서 유야무야 얼버무린다.

따라서 의관을 갖춘 벼슬아치들이 한자리에 모여 있으면 온 대청에 떠들썩한 웃음소리만 들릴 뿐이고, 정치와 사업에서 하는 행동을 보면 자기에게 이로운 일만 도모하여 사실상 나라를 걱정하고 공적인 일에 몸을 바치는 사람은 드물다. 관직과 품계를 몹시 가볍게 여기고 관청을 여관처럼 여긴다. 재상은 어느 쪽도 편들지 않는 것을 어질다 하고, 삼사는 입을 다물고 있는 것을 고매하다 하며, 지방관은 청렴하고 검소한 처신을 바보짓이라 하여 결국에는 점차로 손을 써볼 수 없는 지경에 이르렀다.

개벽 이래로 천지 간의 모든 나라 가운데 인심을 가장 심하게 어그러뜨리고 망가뜨리며 유혹에 빠져 떳떳한 본성을 잃어버리게 한 것은 무엇보다도 붕당의 폐단이다. 이보다 더 심한 환란은 없다. 이대로 습속을 바꾸지 않는다면 장차 세상이 어찌될까? 세계의 한 모퉁이에 놓인 탄환처럼 작은 우리나라는 비록 크기는 작아도 백성의 수가 백만이거늘, 본성을 다 잃어버리는 지경이 되어도 구원할 방법이 없으니 어찌 불쌍하지 아니한가!

그러므로 향촌에 살고자 하면, 인심의 좋고 나쁨을 따질 것 없이, 비록 풍토나 기후가 잘 맞지 않더라도 형편상 도리 없이 색목이 같은 이들이 많은 곳을 찾을 수밖에 없다. 그래야 비로소 남과 오가며 어울리고, 담소 나누며 잔치 벌이는 즐거움을 누리고, 문학을 연마하고 학업을 닦을 수 있다. 하지만 아무리 그렇더라도 차라리 사대부가 없는 곳을 택해서 문을 닫아걸고 사대부와 교유하지도 않으면서 제 한 몸 착하게 사는 것보다는 못하다. 농부가 되거나 공인이 되거나 상인이 되더라도 나름의 즐거움이 있을 것이다. 이렇게 산다면, 인심이 좋고 나쁨은 굳이 따질 일이 아니리라.

산천의 큰 줄기

산수를 어떻게 논할 것인가? 백두산은 여진과 조선의 경계에 있으며 한 나라의 지붕이다. 산 위에 대택大澤(천지)이 있는데 그 둘레가 80리이다. 여기 담긴 물이 서쪽으로 흘러 압록강이 되고, 동쪽으로 흘러 두만강이 되며, 북쪽으로 흘러 혼동강[1]이 된다. 두만강과 압록강 안쪽에 우리나라가 있다. 백두산에서 함흥까지는 산맥이 중앙으로 뻗어가는데, 동쪽 줄기는 두만강 남쪽으로 뻗어가고, 서쪽 줄기는 압록강 남쪽으로 뻗어간다. 함흥부터는 산등성이가 동해쪽으로 바짝 붙어 서쪽 줄기는 700~800리나 길게 이어지나, 동쪽 줄기는 100리를 채 못 간다.

백두산의 대간大幹은 골짜기가 끊기지 않고 남쪽으로 수천 리를 내리 뻗어서 경상도 태백산까지 이르니 전체가 한 줄기 고개이다. 함경도와 강원도가 만나는 곳이 철령인데 이 고개는 북쪽으로 통하는 큰길이다. 이 줄기가 남쪽으로 향하여 추지령湫池嶺이 되고 금강산이 되고 연수령延壽嶺

---

1 흑룡강과 송화강松花江이 합쳐지는 길림성吉林省 동강현同江縣 북쪽의 하류를 일컫는다.

이 되고 오색령五色嶺이 되고 설악산이 되고 한계산寒溪山이 되고 오대산이 되고 대관령이 되고 백봉령이 되고 이어서 태백산이 된다. 여기에는 어지럽게 얽힌 산과 깊은 협곡, 가파른 봉우리와 겹겹의 산이 자리 잡고 있다. 그중에서 고개〔嶺〕라고 이름 붙인 것은 산맥 등성이의 조금 야트막하고 평탄한 곳에 뚫린 길로 이를 통해 영동으로 통한다. 나머지는 모두 산이라고 부른다.

평안도 전체는 청천강 이남이냐 청천강 이북이냐를 따질 것 없이 모두 함흥 서북쪽에서 뻗은 산줄기가 뭉쳐서 만들어졌다. 황해도 전체와 개성은 고원高原과 문천文川 사이에서 서쪽으로 뻗은 산줄기가 뭉쳐서 만들어졌고, 철원과 한양은 안변과 철령에서 뻗은 산줄기가 뭉쳐서 만들어졌다. 강원도 전체는 대관령 서쪽에서 뻗어 나온 산이 뭉쳐서 만들어졌다. 이 산줄기는 서쪽으로 뻗다가 용진에서 그쳐 온 나라에서 가장 짧은 산맥이 된다. 여기를 지나면 산이 없다.

태백산에서 산맥 등성이가 좌우로 갈라져 뻗어간다. 왼쪽 줄기는 동해를 따라 내려가고, 오른쪽 줄기는 소백산에서 남쪽으로 내려가는데 태백산 위쪽의 산과는 비교가 되지 않는다. 설령 첩첩산중이라도 산등성이와 산맥이 잇따라 자주 끊겨서 큰 고개가 네 개, 작은 고개가 일곱 개이다.

소백산 아래 죽령은 큰 고개이고, 죽령 아래의 천주령天柱嶺과 대원령大院嶺은 작은 고개다. 주흘산 아래 조령은 큰 고개이고, 조령 아래 희양산과 율치는 작은 고개다. 속리산 아래 화령과 추풍령, 황악산 남쪽의 무풍령舞豊嶺은 작은 고개이고, 덕유산 남쪽 육십치六十峙와 팔량치八良峙는 큰 고개이며, 여기를 지나면 지리산이다. 모두 남북으로 통하는 길로 이른바 '작은 고개'는 모두 평지과협平地過峽²이다. 그중에서 속리산과 덕유산은 나뉘거나 쪼개진 산줄기가 특히 많다. 속리산은 남쪽으로 내려가다가 다시 거꾸로 뻗은 줄기가 경기도와 충청도의 남북 들판에 퍼져 있다. 덕유산 정기가 서린 줄기는 서쪽으로 뻗어서 마이산이 되고, 거칠고 탁한 줄기는 남쪽으로 뻗어서 지리산을 이룬다.

마이산 서쪽 줄기와 북쪽 줄기는 진잠과 만경에서 멈춘다. 그중에서 가장 긴 산줄기가 노령에서 세 개의 산맥으로 갈라지는데 서쪽 줄기와 북쪽 줄기는 부안과 무안을 거쳐서 서해의 여러 섬으로 흩어진다. 가장 긴 산줄기가 동쪽으로 가서 담양 추월산秋月山이 되고, 추월산에서 서쪽으로 뻗어가 영암의 월출산이 된다.

월출산에서 또 산줄기가 동쪽으로 뻗어가 광양 백운산에서 멈추는데 산맥의 굴곡이 갈 지[之] 자 모양이다. 월출산 한 줄기가 따로 남쪽으로 뻗어가 해남현 관두리館頭里를 거쳐서 남해의 여러 섬이 되고, 1000리 바다 건너 제주 한라산이 된다. 그런데 어떤 사람은 "한라산 줄기가 또 바다를 건너 유구琉球가 되었다."라고 말한다. 사실인지는 모르겠으나 거리가 대단히 가깝다는 사실은 알겠다.

인조 때 왜국이 유구를 공격하여 왕을 포로로 잡아갔다. 유구 세자가 나라의 보물을 왜국에 바치고 부왕을 구하려 떠났다. 그런데 그들이 탄 배가 표류하여 제주에 이르렀다. 제주목사 아무개가 배에 어떤 보물을 실었는지 묻자 세자가 주천석酒泉石과 만산장漫山帳이 있다고 답하였다. 주천석이란 가운데가 오목하게 파인 네모난 돌덩어리로 맹물을 부으면 즉시 맛좋은 술로 변하였다. 만산장은 거미줄을 약물에 담가 짜낸 물건

---

2 평평하게 낮아졌다가 갑자기 솟아오른 곳을 이르는 풍수 용어이다.

복거론

205

으로 작게 펼치면 한 칸을 덮고 크게 펼치면 태산도 덮어도 빗물이 새지 않으니 참으로 진귀한 보물이었다.

제주목사가 보물을 달라고 했으나 거절당하자 군사를 보내 이들을 에워싼 뒤 체포하였다. 세자는 붙잡히게 되자 주천석과 만산장을 바다에 던져버렸다. 제주목사가 배 안의 물건을 모조리 몰수하고 곤장을 쳐서 세자를 죽였다. 세자는 죽기 직전에 붓과 먹을 달라 하여 다음과 같은 율시 한 수를 적었다.

걸왕桀王 옷 입은 자에게 요임금 말 건네기 어려우니	堯語難明桀服身
형벌 앞둬서 하늘 향해 호소할 틈이 없구나	臨刑何暇訴蒼旻
세 아들[3]이 순장될 때 그 누가 속죄했던가?	三良入地人誰贖
두 아들[4]이 승선할 때도 도적은 모질었도다	二子乘舟賊不仁
백사장에 백골 뒹굴어 잡풀만 엉킬 테고	骨暴沙場纏有草
고국에 넋이 돌아간들 조문할 친척도 없네	魂歸故國弔無親
죽서루竹西樓[5] 아래 도도한 강물만은	竹西樓下滔滔水
원한이 또렷하므로 만년 내내 울며 흐르리	遺恨分明咽萬春

세자를 죽인 뒤 제주목사는 국경을 침범한 외적을 죽였노라고 조정에

---

3 자거씨子車氏의 세 아들인 엄식奄息, 중항仲行, 침호鍼虎를 말한다. 춘추시대에 진秦 나라 목공이 죽으면서 자거씨의 세 아들을 같이 순장하라고 유언하였다.

4 전국시대 위선공의 두 아들인 급伋과 수壽를 말한다. 이들은 계모의 흉계에 빠져 배 에서 도적에게 피살되었다.(《좌전左傳》 환공桓公 16년 기사)

5 제주성 홍문 터에 있었던 누각이다.

거짓으로 보고하였다. 그러나 훗날 실상이 탄로나 죽을 뻔했다가 간신히 살아났다.

　나라 전체의 물 중에서 산맥 등성이 밖에서 흐르는 물은 북쪽으로는 함흥에서 남쪽으로는 동래에 이르기까지 모두 동쪽으로 흘러 바다로 들어간다. 경상도 전체와 섬진강의 물은 남쪽으로 흘러 바다로 들어간다. 산맥 서쪽의 물은 북쪽으로는 의주에서 남쪽으로는 나주에 이르기까지 모두 서쪽으로 흘러 바다로 들어간다. 크게는 강이고, 작게는 개울과 포구이다. 이것이 우리나라 산천의 큰 줄기이다.

　옛사람들은 우리나라 지형이 노인형老人形이고 해좌사향亥坐巳向[6]이라 서쪽을 향해 얼굴을 들어 중국에 읍하는 모양이어서 옛날부터 중국에 충직하고 순종하였으며, 1000리를 흐르는 물과 100리에 펼쳐진 들판이 없어서 큰 인물이 나지 않는다고 하였다. 서융西戎과 북적北狄, 동호東胡와 여진은 모두 중국에 들어가 황제 노릇을 해보았으나 유독 우리나라만은 그러지 못했다. 다만 강토를 열심히 지키면서 부지런히 큰 나라를 섬기기나 했다.

　그러나 바다 건너 멀리 떨어진 특별한 지역이라서, 주周나라에 신하 노릇을 하고 싶지 않았던 기자가 여기에 이르러 임금이 되었다. 그래서 충신이 절의를 세우는 고장이 되었고, 전해온 풍습과 남겨진 분위기가 우리 왕조에까지 이르렀다. 설령 청나라에 굴복하여 섬기기는 해도 임금과 신하, 윗사람과 아랫사람이 임진왜란 때 조선을 원조한 명나라의 은혜를 잊지 않는 것을 큰 의리로 삼는다.

6　해방亥方(북북서)을 등지고 사방巳方(남남동)을 보는 방향을 말한다.

숙종 임금 때 명나라가 멸망한 지 60년이 되는 갑신년(1704) 3월을 맞아, 창덕궁 후원의 서쪽에 대보단大報壇[7]을 세우고 태뢰太牢[8]로 만력황제(신종)에게 제사를 올리고 나서 해마다 한 번씩 제사를 지내도록 명하였다. 금상께서 경오년(1750)에 또 숭정황제를 그 곁에 부제祔祭[9]하도록 조처했으니 대단히 훌륭한 처사이다. 제사는 반드시 밤 시간을 이용하였다. 제사 때에는 날씨가 맑다 해도 갑자기 음산한 바람이 맹렬히 불고 먹구름으로 어두워졌다가 제사를 지내면 청명해졌으니 정말 이상하게 여길 만하다.

나는 석성石星과 형개, 양호, 이여송을 대보단에 배향해야 한다고 본다. 임진왜란 때 공을 세운 인물이기 때문이다.

세상에는 다음과 같은 이야기가 전한다. 역관 홍순언洪純彦이 젊었을 때 연경에 가서 수천 금을 가지고 절세미인을 구하였다. 중매하는 노파가 밤에 홍순언을 큰 저택으로 끌어들여 한 처녀를 보여주었다. 등과 촛불이 휘황하게 켜져 있고 시비侍婢가 대단히 많았다. 처녀는 홍순언을 보고 울음을 터뜨렸다. 이유를 물었더니 처녀가 이렇게 말하는 것이었다.

"아버지께서는 사천四川 사람으로 관직이 주사主事에 이르렀습니다. 부모님이 모두 돌아가셔서 몸을 판 돈으로 시신을 고향에 모시고 가 장사 지내려 합니다. 저는 개가하지 않기로 맹세했으니 오늘 밤 만나고 나면

---

7 일명 황단皇壇이다. 창덕궁 후원에 설치하여 명나라 태조, 신종, 의종에게 제사를 지냈다.

8 소, 양, 돼지를 희생물로 바치는 제사를 말한다. 나중에는 소만 바쳤다.

9 삼년상을 마친 뒤, 사당에 이미 안치된 조상의 신주 곁에 신주를 모실 때 지내는 제사를 말한다.

영영 이별해야겠지요. 이 때문에 우는 것입니다."

홍순언은 처녀가 귀한 집 딸임을 알아차리고 크게 놀라 의남매를 맺자고 하였다. 처녀가 울며 사례하고 그의 말에 따랐다. 처녀는 시비를 시켜 받았던 금을 돌려주었으나 홍순언은 장사 지내는 데 보태라면서 물리치고 나왔다.

그 후 임진년에 홍순언이 사신을 따라 병부상서 석성의 집에 이르렀다. 석성이 홍순언과 함께 후당後堂에 들어가 부인을 만나보게 하였는데 바로 지난날 의남매를 맺었던 여자였다. 석성이 처음부터 끝까지 우리나라를 힘껏 도운 이유는 홍순언의 의로움에 감동했기 때문이다. 그런데 끝내는 우리나라 일로 화를 당했으니 이 사람은 특히 제사를 지내지 않을 수 없다.

석성의 부인은 평소 큰 비단을 손수 짜서 필마다 '보은報恩'이란 글자를 수놓아 홍순언에게 주었는데 만금의 값이 나가는 물건이었다.

정유년(1597)에 선조 임금께서 성안에 형개와 양호의 생사당生祠堂[10]을 건립하여 경기도 소사素沙에서 왜군을 격파한 공로에 보답하였다. 그러나 석성과 이여송에게는 보답하는 예가 미치지 않았으니 참으로 잘못된 예법이다.

명산과 명찰

전라도와 평안도는 내가 가보지 않았고, 함경도·강원도·황해도·경기

---

10 살아 있는 사람에게 제사를 지내는 사당으로 서울특별시 중구 서소문동 120번지에
    있던 선무사宣武祠를 가리킨다.

도·충청도·경상도는 많이 가보았다. 내가 본 것을 토대로 하고 들은 것을 참고하여 다음과 같이 쓴다.

금강산 1만 2000개 봉우리는 순전히 바위로 된 봉우리와 골짜기, 냇물, 폭포로 이루어졌다. 산봉우리와 골짜기, 계곡물과 샘물, 연못과 폭포의 바탕이 모두 흰 바위로 만들어졌다. 그래서 금강산은 개골산皆骨山으로도 불리니, 산에 흙이 전혀 없다는 말이다. 곧 만길의 고개와 백길의 연못까지 전체 바탕이 하나의 바윗덩어리이니 천하에 둘도 없는 산이다.

금강산 한가운데 정양사正陽寺가 있고, 정양사 안에 헐성루歇惺樓가 있다. 가장 좋은 요지를 차지해서 누각에 앉으면 산 전체의 참 면목과 참 정기를 포착할 수 있다. 마치 아름다운 구슬로 만들어진 굴 속에 있는 것처럼 상쾌하고도 청량한 기운이 들어와 자기도 모르는 사이에 가슴속에 끼어 있는 속세의 묵은 때를 시원하게 씻어낼 수 있다.

정양사 서쪽에 장안사長安寺와 표훈사表訓寺가 있다. 절 안에 원나라와 고려의 옛 유적이 많고, 궁궐에서 하사한 진귀한 보물도 많다.

정양사를 끼고 북쪽으로 들어가면 만폭동萬瀑洞인데 경치가 훌륭한 아홉 개의 연못[11]이 있다. 만폭동 벽면에 봉래蓬萊 양사언楊士彦이 쓴 '봉래 풍악 원화동천蓬萊楓岳元化洞天(봉래산 풍악산은 조화로운 별천지)'이라는 여덟 글자가 큼지막하게 새겨져 있다. 글자 획이 살아 있는 용이 날고 범이 뛰는 듯하여 훨훨 하늘로 날아오를 기세가 깃들었다. 만폭동 안에는

---

11 만폭동계곡과 지금의 만폭팔담萬瀑八潭, 즉 흑룡담黑龍潭·비파담琵琶潭·벽파담碧波潭·분설담噴雪潭·진주담眞珠潭·귀담龜潭·선담船潭·화룡담火龍潭이라는 여덟 개의 연못을 일컫는다.

사찰 마하연摩訶衍과 보덕굴普德窟이 허공 위의 절벽에 세워져 있다. 그 구조가 귀신이 솜씨를 발휘하고 힘을 기울인 듯하여 아무래도 인간의 머리로는 상상할 수 없는 기이한 건물이다.

가장 높은 곳으로 올라가면 만길 산꼭대기에 중향성衆香城이 있다. 흰 바위가 켜켜이 늘어서 있어 밥상이나 탁자를 늘어놓은 것 같다. 위에는 천연의 선바위 하나가 안치되어 있는데 불상 형태이지만 눈썹과 눈이 없다. 좌우에 있는 바위 탁자 위에는 작달막한 석상이 두 줄로 늘어져 있는데 이 역시 눈썹과 눈이 없다. 세간에는 담무갈曇無竭 보살이 여기에 머물렀다는 전설이 전한다.

중향성 앞은 만길 높이의 절벽으로 오로지 서북쪽 모서리로 난 오솔길을 통해서만 들어갈 수 있다. 만 개의 봉우리가 새하얗고, 물과 바위와 연못과 골짜기가 굽이굽이 기이하고 정교하여 일일이 다 기록할 길이 없다. 또한 이름난 암자와 작은 요사채가 에워싸서 칠금산七金山[12]이나 인조산人鳥山[13], 제석帝釋 궁전[14] 같아서 인간 세상 건물 같지가 않다.

금강산 꼭대기는 비로봉毘盧峯이다. 곧바로 올라온 거센 바람이 불어, 산을 넘을 때면 여름이라 해도 추워서 솜옷을 껴입는다. 산 서북쪽에는 영원동靈源洞이 있어 별도로 한 구역을 이루었다. 거기에서 동쪽으로 가면 내수참內水站으로 산맥 등성이이다. 산등성이를 넘어가면 유점사가

12　우주의 중심에 있는 수미산須彌山을 둘러싸고 있는 일곱 개의 산으로 지쌍산持雙山·지축산持軸山·담목산擔木山·선견산善見山·마이산·상비산象鼻山·지변산持邊山을 가리키는데, 모두 금빛을 띤다.

13　선산仙山을 말한다.

14　제석천帝釋天이라 부르는 하늘 세계의 궁전으로 수승전殊勝殿이라고도 한다.

있다.

유점사에서 동북쪽으로 가면 구룡동九龍洞이 나온다. 큰 폭포의 물이 높은 봉우리에서 날아들 듯이 떨어져서 커다란 돌절구 모양으로 파인 구덩이가 아홉 층인데, 한 층마다 용 한 마리가 지키고 있다. 낭떠러지와 물길은 빛이 나는 깨끗한 흰 바위로 이루어졌다. 경사지고 위태롭고 높고 기울어 발을 붙일 수 없을 뿐만 아니라, 으스스하고 장엄하고 엄숙하고 매서워서 접근할 수 없다.

유점사는 고적이 가장 많다. 승려의 말로는 불상 쉰세 점이 천축天竺에서 바다를 건너왔는데, 고성군수였던 노춘盧椿 혹은 盧偆이 절을 세워 불상을 안치했다고 한다. 말이 대부분 황당무계하여 아무런 의미가 없으나 이전 시대에는 불탑과 불당을 지극히 숭배하여 행사가 웅장하고도 화려했음을 알겠다.

유점사 서쪽을 내산內山(내금강)이라 하고, 동쪽을 외산外山(외금강)이라 한다. 산속의 물은 흘러서 동해로 들어간다. 내산과 외산에는 옛날부터 범과 뱀이 없어 밤에 다니는 것도 금하지 않았다. 이야말로 천하에 기이한 일로서 마땅히 나라 안에서 제일가는 명산이라 하겠다. 고려에 태어나 금강산을 보고 싶다는 말이 괜히 나왔겠는가?

불교의 《화엄경華嚴經》은 주周나라 소왕 이후에 처음 나왔거니와, 그때는 인도가 중국과 왕래하지 않았다. 더구나 중국 밖에 있는 동쪽의 우리나라와 왕래를 했겠는가? 그렇지만 동북쪽 바다 한가운데에 금강산이 있다는 이야기가 벌써 《화엄경》에 실려 있으니, 이는 부처의 밝은 눈으로 멀리 꿰뚫어 보고 기록한 것 아니겠는가!

여기서 남쪽으로 가면 설악산과 한계산이 있다. 바위로 이루어진 산과 계곡이라 깎아지를 듯이 높고, 벼랑으로 이루어져 그윽하고 깊으며,

쓸쓸하고 춥다. 봉우리가 첩첩이 쌓였고, 큰 나무가 우거진 숲이 하늘과 해를 가렸다.

한계산에는 만길이나 되는 큰 폭포가 있는데 옛날 임진왜란 때 명나라 장수가 보고서 여산폭포를 능가한다고 하였다.

또 남쪽으로 가면 오대산이 있다. 흙산으로서 1000개의 암벽과 1만 개의 골짜기가 첩첩하게 겹쳐 있어 깊고 험하다. 가장 높은 곳에는 경치가 빼어난 다섯 개의 대臺가 있다. 대마다 암자가 하나씩 있는데 중대中臺의 상원사上院寺에는 부처의 진신사리眞身舍利를 보관하고 있다.

청주 사람 한무외韓無畏가 득도하여 신선이 되었는데 연단법을 수련하는 복지福地로는 이 산이 제일이라고 칭송하였다. 예로부터 여기에는 적병이 들어오지 않아서 나라에서는 사고史庫를 설치하고 역대 실록을 산 아래쪽 오대산 월정사 곁에 두어 보관하고 관리를 두어 지키게 하였다.

여기부터 산맥 등성이가 조금씩 평탄해져 대관령이 되어 동쪽으로 강릉과 통한다. 대관령 아래에는 구산동丘山洞이 있는데 산수경관이 몹시 뛰어나다.

태백산과 소백산은 흙산인데, 흙빛이 모두 수려하고 빼어나다. 태백산에는 아주 좋은 땅에 황지라는 연못이 있다. 일대는 고산지대에 펼쳐진 들이라서 산골 백성들이 옹기종기 모여 지키면서 여기저기 마을을 이루었다. 주민들은 화전을 일구어 생계를 꾸려간다. 그러나 땅이 지대가 높고 날씨가 추우며, 서리가 일찍 내려 오로지 조와 보리만 경작한다.

황지 위쪽에 있는 작약봉芍藥峯(함백산 정상) 아래에는 묘지로 써서는 안 되는 혈자리가 있다. 세상에는 조선왕조 조상의 묘터로 정해져서 일반인들이 장사 지내지 못하는 곳이라는 말이 전해진다.

태백산 아래 평지에는 각화사覺化寺와 홍제암弘濟庵이 있다. 이따금 나

복
거
론

213

타나는 고승과 기인이 언저리에 머물러 산다. 예로부터 삼재[15]가 들어오지 않는 땅이라 하여 국가에서 사고를 설치하였다.

소백산에는 욱금동郁錦洞이 있어 산수 경관이 수십 리에 걸쳐 펼쳐진다. 소백산 위에는 비로전毗盧殿이 있는데, 오래된 신라 시대 사찰이다. 골짜기 입구에는 퇴계 이황의 서원(소수서원)이 있다.

대체로 태백산과 소백산의 산수경관은 모두 낮고 평평한 골짜기에 펼쳐져 있다. 산허리 위로는 바위가 없어서 웅장하면서도 살기가 거의 없다. 멀리서 바라보면 봉우리와 멧부리가 솟구치지 않고 흘러가는 구름이나 물처럼 구불구불 이어진다. 봉우리들이 북쪽에 병풍처럼 둘러 있고, 때때로 자색 구름과 흰 구름이 그 위에 떠 있다. 옛날 방술사方術士인 남사고가 소백산을 보고 갑자기 말에서 내려 절하며 "이 산은 사람을 살리는 산이다."라고 하였고, 《십승기》라는 글을 지어 태백산과 소백산을 전란을 피할 수 있는 제일가는 땅이라고 썼다.

백두산에서 태백산까지는 전체가 한 갈래의 산줄기라 별도의 봉우리가 없다. 소백산 아래로는 산줄기가 여러 번 끊겼다 솟아나는데 첫째가 속리산이다. 속리산은 풍수가들이 말하는 석화성石火星(타오르는 불꽃처럼 바위가 하늘로 치솟은 모양의 산)이다. 커다란 바위가 높게, 첩첩이 쌓여 있고, 봉우리와 고개는 뾰족한 모양으로 떼 지어 모여 있어서 처음 핀 연꽃 같고, 멀리까지 늘어선 햇불 같다. 속리산 아래쪽은 모두 바위로 이루어진 골짜기가 구불구불 감돌면서 깊고 멀어서 '여덟 굽이 아홉 길[八曲九遷]'이라는 이름이 붙었다. 산 전체가 모양이 빼어난 바위로 이루어

---

15 세 가지 재난으로 기근, 질병, 전란을 소삼재小三災라 하고, 수재, 화재, 풍재를 대삼재大三災라 한다.

졌고 계곡물이 바위틈에서 나오기 때문에 물이 맑고도 차며 감청 빛이라 빛깔도 정말 어여쁘다. 바로 충주 달천 상류의 물이다.

기이한 골짜기와 특별한 계곡, 그윽한 샘과 기묘한 바위가 온 산을 두르고 있어, 오묘하고 아름다운 형상이 금강산에 버금간다. 속리산 남쪽에 환적대幻寂臺 골짜기가 있는데 수많은 봉우리가 깎아지르듯 솟아 있고 계곡은 그윽히 깊어서 사람들이 그리로 통하는 길을 찾을 수 없다. 이 산골짜기의 물이 합해져 작은 냇물을 이루고 작은 들녘을 지나 청화산 남쪽을 따라 용추로 흘러 들어가는데 이것이 병천瓶川(쌍룡계곡)이다.

병천 남쪽에는 도장산道藏山이 있는데 속리산 한 갈래가 내려와 생겨난 산으로 청화산과 코앞에서 마주한다. 두 산 사이와 용추 위쪽을 통틀어 용유동龍遊洞이라 부른다. 용유동 안의 평지는 넓고 판판한 바위가 깔려 있는데 큰 냇물이 서쪽에서 흘러와 활짝 펼쳐지고 평평하게 퍼진다. 모가 나고 켜켜이 쌓인 바위를 만나면 작은 폭포가 되고, 좁고 오목한 바위를 만나면 작은 계곡물이 되고, 네모나고 넓은 바위를 만나면 작은 연못이 되고, 둥글고 파인 바위를 만나면 작은 우물이 된다. 평탄한 바위를 만나면 물이 진주로 만든 주렴 같아지고, 구불거리다 감도는 바위를 만나면 전자篆字처럼 꼬불거리는 향 연기 같아진다.

바위는 구유나 솥, 가마나 절구 같기도 하고, 석가산石假山이나 작은 섬 같기도 하며, 양이나 범, 닭이나 개 같기도 하여 기기묘묘하다. 물이 에워싸고 빙빙 돌다가 부딪쳐 솟구치거나 머물러 모이기도 하고, 세차게 쏘거나 거꾸로 쏟아지기도 한다. 양쪽 벼랑의 나무는 스산한 느낌을 주고 골짜기의 바람은 싸늘한데 천하의 절경이라 할 만하다. 그 가운데 송씨宋氏의 정자(늑천정 혹은 병천정)가 있다.

청화산 동북쪽에 선유산이 있는데 산 위에 기운이 모여 있는 형국으로 정상부가 평탄하고 골짜기는 몹시 길다. 위에는 칠성대七星臺와 호소굴虎巢窟이 있다. 옛날에 진인眞人 최도崔潚와 도사 남궁두가 여기에서 수련하고서 수도하려는 사람은 이 산에 거처하면 딱 좋다고 글을 지어 알렸다. 이 골짜기의 물이 아래로 흘러 낭풍원閬風苑(완장리完章里)이 되고, 양산사梁山寺(봉암사鳳巖寺) 앞 계곡물과 합쳐져 가은창加恩倉 동쪽으로 내려가 문경의 견탄으로 흘러 들어간다.

칠성대로부터 서쪽으로 향하여 산맥 등성이를 넘으면 외선유동外仙遊洞이 나오고, 조금 내려가면 파곶葩串이 있다. 골짜기는 그윽하고 깊숙하며, 큰 계곡물은 바위로 이루어진 골짜기와 벼랑 아래로 밤낮 쏟아져 내려 천번 돌고 만번 굽이쳐서 일일이 다 기술할 수 없다. 금강산의 만폭동과 견주어 볼 때 웅장함은 조금 손색이 있지만, 기이하고 정교하고 맑고 오묘함은 오히려 낫다고 말하는 이도 있다. 금강산 외에는 이런 산수경관이 없으므로 당연히 삼남에서 으뜸가는 곳이다.

청화산은 내선유동과 외선유동을 등지고, 용유동을 내려다보고 있다. 계곡물과 바위가 실로 기이한 형상이라 속리산보다 낫다. 높고 큰 점에서는 속리산에 미치지 못하더라도 속리산처럼 지극히 험한 곳이 없다. 흙으로 된 봉우리와 띠처럼 두른 바위가 모두 밝고 빼어나며 살기가 거의 없다. 모양은 단정하고도 평탄하며 수려한 기운이 솟구쳐서 가려지지 않으니 복지라 해야 할 것이다.

화양동華陽洞은 파곶 아래에 있다. 파곶의 물이 여기에 이르면 더욱 커지고, 바위도 더욱 기이해진다. 우암 송시열은 주자가 운곡雲谷[16]에 지은

---

16 중국 건양현 서쪽에 있는 산 이름이다.

집을 본떠 골짜기에 집을 지었다. 또 대의를 회복하자는 주자의 주장에 따라 명나라 신종황제 제사를 지내려고 골짜기 가운데에 만동묘萬東廟라는 사당을 건립하였다. 우암이 일찍이 다음과 같은 시를 지었다.

녹수는 성난 듯 시끄럽고   綠水喧如怒
청산은 화난 듯 말이 없어라[17]   靑山默似嗔

속리산에서 남쪽으로 내려가면 화령과 추풍령이 나오는데 그윽한 운치를 지닌 계곡과 산이 꽤 많다. 다 같이 야트막하고 평탄하므로 여기 산다고 산골살이라 할 수는 없고 시골살이라 해야 알맞다.

덕유산은 흙산이다. 산 위에는 구천동九泉洞이 있어 산수경관이 그윽하고 깊숙하다. 구천동 아래에는 적상산성赤裳山城이 있고, 석벽이 산성을 에워싸고 치마처럼 둘러 있으며 위쪽은 평탄하다. 그래서 나라에서는 이곳에 성을 쌓았고, 역사서와 실록을 보관하게 하였다.

덕유산 동쪽에는 안음과 지례知禮가, 북쪽에는 설천雪川과 무풍舞豐이 있다. 설천과 무풍은 남사고가 복지라고 한 땅이다. 골짜기를 벗어나면 곁에 산이 하나 있으며 전답이 비옥하여 부유한 마을이 많아서 속리산 위쪽 산에 견줄 바가 아니다.

지리산은 남해 인근에 있다. 백두대간의 맥이 크게 끊긴 곳이어서 두류산頭流山이라고도 불린다. 세상에서는 금강산을 봉래산蓬萊山으로, 지리산을 방장산方丈山으로, 한라산을 영주산瀛洲山으로 여기니 이른바 삼

---

17 이 시는 송시열의 문집《송자대전宋子大全》에 실려 있지 않다.

신산三神山이다. 지리지에서는 지리산을 태을진인太乙眞人이 머물고 있어 신선들이 모여드는 곳이라 하였다.

지리산은 골짜기가 구불구불 서려 있어 깊고도 크다. 또 흙이 두텁게 쌓여 토질이 비옥하므로 온 산 어디나 사람이 살기에 알맞다. 산 안에는 100리나 되는, 길게 뻗은 골짜기가 많고, 바깥쪽은 좁아도 안쪽은 넓어 이따금 사람에게 알려지지 않은 곳도 있어서 주민들이 관아에 세금을 내지 않기도 한다. 땅이 남해에 가까워 기후가 따뜻하고 산중에 대나무가 많다. 또 감과 밤이 몹시 많아 저절로 열렸다가 저절로 떨어진다. 높은 산봉우리의 땅에 기장이나 조를 뿌려도 어디든 무성하게 잘 자란다. 평지의 전답은 모두 1묘에 1종을 수확한다. 따라서 산중에는 시골집이 사찰과 뒤섞여 있고, 승려든 속인이든 대나무를 꺾고 감과 밤을 주워서 힘쓰지 않아도 넉넉하게 생리를 얻는다. 농사에 그다지 힘쓰지 않아도 두루 풍족하다. 이 때문에 인근 주민이 모두 흉년을 몰라서 지리산을 부유한 산이라 부른다.

지리산 남쪽에 화개동花開洞과 악양동岳陽洞이 있는데 모두 사람이 살며 산수가 대단히 아름답다. 고려 중엽에 한유한韓惟漢이 이자겸李資謙의 횡포가 극심하자 앙화가 곧 일어나리라 예상하고 벼슬을 버리고 가족을 데리고 악양동에 숨었다. 조정에서 그를 찾아 관직을 내리며 불렀으나 한유한은 그대로 달아나 숨은 채 세상에 나타나지 않아 행방을 알 수 없었다. 신선이 되어 떠났다는 소문이 돌기도 했다.

서쪽에는 화엄사와 연곡사가 있고, 남쪽에는 신응사神凝寺(신흥사神興寺)와 쌍계사雙溪寺가 있다. 쌍계사에는 고운 최치원의 화상畫像이 있고, 계곡을 따라 늘어선 석벽에는 고운이 크게 쓴 글자가 많이 새겨져 있다. 세상에 전하기로는, 고운이 득도하여 지금도 가야산과 지리산 두 산 사

이를 왕래한다고 한다. 선조 신미년(1571) 어름에 승려가 바위 사이에서
주운 종이에 다음과 같은 절구 한 수가 적혀 있었다.

동쪽 나라 화개동은	東國花開洞
호리병 속 별천지지	壺中別有天
선인이 베개 밀치고 일어나니	仙人推玉枕
세상에선 천년이 훌쩍 지났네	身世倏千年

자획이 마치 새로 쓴 듯하고, 세상에 전하는 고운의 필체와 똑같았다.
예로부터 만수동萬壽洞과 청학동靑鶴洞이 있다고 전해오는데, 만수동은
지금의 구품대九品臺이고, 청학동은 지금의 매계梅溪이다. 근래에 조금씩
길이 뚫려 사람이 오간다. 지리산 북쪽은 모두 함양 땅으로 영원동(영
원사 일대)과 군자사君子寺, 유점촌鍮店村이 있어 남사고가 복지라고 했다.
또 벽소운동碧霄雲洞(벽소령碧霄嶺)과 추성동楸城洞(칠선계곡七仙溪谷)이 있는
데 모두 경치가 빼어나다.

지리산 북쪽의 계곡물이 합쳐져 임천臨川이 되고 이어 용유담龍游潭이
되며 고을 남쪽에 이르러 엄천嚴川이 된다. 계곡을 따라 위아래로 산수
경관이 어디든 몹시 기이하다. 다만 땅이 너무 깊숙하고 입구가 막혀 있
어 마을에 목숨을 부지하기 위해 도망쳐온 무리들이 많고, 때로 도적떼
가 은근히 출몰하기도 한다. 또 산중 전체에는 귀신을 모시는 신당이 많
아서 봄가을만 되면 사방에서 무당과 박수가 구름처럼 모여들어 기도한
다. 남녀가 트인 곳에서 뒤섞이고, 술 냄새와 고기 냄새가 낭자하니 실
로 불결하다.

지리산이 크기는 해도 산줄기는 작게 나와서 서남쪽으로 뻗은 줄기가

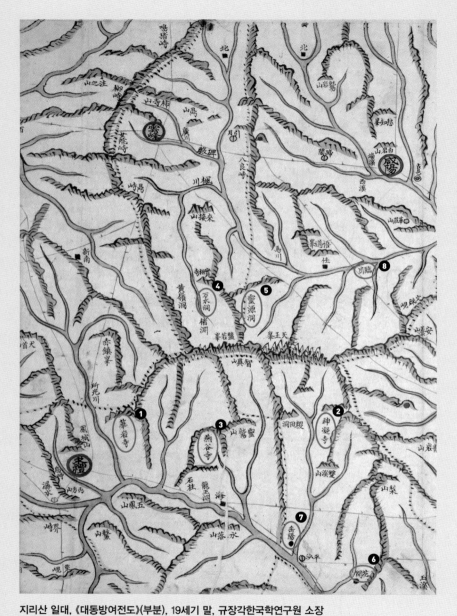

지리산 일대, 《대동방여전도》(부분), 19세기 말, 규장각한국학연구원 소장

지리산 산줄기와 계곡이 잘 나타나 있다. 사찰로는 화엄사①, 신응사②, 연곡사③가 보이고, 골짜기로는 만수동④, 영원동⑤, 화개동⑥과 악양동⑦, 임천⑧이 표기되어 있다.

섬진강 상류에서 멈춘다. 강물과 샘에 장기를 띤 곳이 많고, 산 전체에는 맑은 기운이 적다. 이것이 결점이다.

산맥 등줄기에서 오직 이 여덟 개의 산[18]이 가장 뛰어나다. 산맥 등줄기에서 벗어나 있는 명산도 있다. 함경도 전체에는 모두 산이 크고 골짜기가 황량하여 명산이라 부를 만한 산이 없다. 오로지 명천의 칠보산이 있으니 동해 바닷가에서 크게 뭉쳐 이루어진 산이다. 산골짜기로 들어가면 바위의 형세가 높고 험하며, 형상이 기묘하여 마치 귀신이 깎아놓은 듯하다.

다음은 평안도 영변의 묘향산이다. 산 바깥쪽은 모두 흙산이고 산머리는 모두 토성土星(정상이 평탄한 사다리꼴 모양)이다. 다만 산허리 아래로는 모두 기이한 암석과 빼어난 바위로 이루어졌고, 험악하지도 않다. 산 안쪽은 대부분 평탄하고, 큰 냇물이 넓게 펼쳐져 들판 가운데 있는 촌락의 입지에 가깝다. 산줄기가 겹겹이 돌고 골짜기가 첩첩이 포개져 성곽과 같은 모양이다. 작은 길 하나 통하지 않고 서남쪽 수구를 따라서만 들어가는데 사람 한 명이 겨우 통과할 정도다. 옛날부터 태백산 정상에는 단군이 태어난 석굴이 있다고들 했다. 산 안에는 큰 절이 세 개 있고 작은 암자와 요사채는 셀 수 없이 많아 승려들이 참선하고 불경을 강론하는 장소로 쓰고 있다.

경상도에는 석화성이 전혀 없다. 오로지 합천의 가야산에만 불꽃처럼 뾰족한 바위가 연달아 얽혀 있고, 허공에 높이 솟아서 지극히 높고 빼어나다. 골짜기 입구에 홍류동紅流洞과 무릉교武陵橋가 있다. 폭포 물이 수

---

18 '명산과 명찰' 항목에서 중요하게 다룬 금강산, 오대산, 태백산, 소백산, 속리산, 선유산, 덕유산, 지리산의 여덟 개 산을 가리킨다.

십 리에 걸쳐 날아서 여기 떨어지고 평평한 바위가 자리 잡고 있다. 세상에는 고운 최치원이 이 땅에 신발을 벗어두고 어디론가 떠나서 간 곳을 모른다는 말이 전해온다. 바위에는 고운이 크게 쓴 글자가 새겨져 있어 방금 쓴 것처럼 생생하다. 고운의 시는 다음과 같다.

첩첩 바위 사이 미친 듯 달리며 겹겹 산을 울리니　　狂奔疊石吼重巒
지척에서도 사람들 대화 분간하기 어렵구나　　　　人語難分咫尺間
시비를 따지는 소리 귀에 들릴까 늘 두려워서　　　常恐是非聲到耳
일부러 흐르는 물로 산을 온통 감싼 거겠지　　　　故敎流水盡籠山

이 시에서 말한 곳이 바로 여기다. 임진왜란 때 금강산과 지리산, 덕유산, 속리산은 왜적의 침입을 모면하지 못했으나 오대산과 소백산, 그리고 이 산만은 왜적이 이르지 않았다. 그래서 예로부터 삼재가 들어오지 않는 곳이라 한다.

가야산 안쪽에 해인사가 있다. 신라 애장왕이 죽어서 염습을 하고 난 뒤 다시 소생하였다. 애장왕은 저승 관리와 발원發願[19]하기로 약속하여 사신을 당나라로 들여보내 팔만대장경을 구입하였다. 대장경을 배로 싣고 와서 목판에 새기고 옻칠을 하고 구리와 주석으로 장식을 하였다. 그리고 장경각藏經閣 120칸을 짓고서 경판을 서가에 꽂아 보관하였다. 지금 1000여 년이 지났으나 각판이 새로 새긴 듯하고, 나는 새도 이 장경각을 피해서 돌아가며, 지붕 기와에 앉지도 않는다. 이야말로 정말 기이

19　불교에서 교법을 열심히 수행하여 반드시 깨달음에 이르기 위해 소원을 비는 일을 말한다.

한 일이다. 유가儒家의 경전이라면 궁중에 있는 왕실 도서관에 있다고
해도 나는 새가 지붕 위를 넘지 않을 리가 전혀 없다. 그런데 불교 경전
의 사연은 도리어 이처럼 신기하니, 이 일은 내 평범한 생각으로는 이해
할 수 없다.

해인사 서북쪽에는 가야산 상봉上峰이 솟아 있다. 사면을 날카롭게 깎
아낸 듯한 형상이라 사람이 타고 오를 수 없다. 바위 위에는 평탄한 곳
이 있는 듯하나 사람이 알아낼 방법이 없다. 정상은 항상 구름 기운으로
뒤덮여 있고, 나무하는 아이와 소 치는 사람들이 때때로 봉우리 위에서
흘러나오는 풍악 소리를 듣는다. 자욱한 안개가 끼면 산 위에서 가끔 말
발굽 소리가 들려온다고 사찰의 승려가 전해주었다.

골짜기 바깥쪽 가야천伽倻川 지역은 논이 지극히 비옥하여 볍씨를 한
말 뿌리면 120~130말의 소출을 거둔다. 아무리 적어도 80말 이하로는
내려가지 않는다. 물이 넉넉해 가뭄을 모르고, 목면木綿 수확이 좋아서
의식이 풍족한 고장이라 극찬을 받는다.

가야산 동북쪽에 만수동萬水洞이 있는데 이 또한 깊고 그윽한 긴 골짜
기로 복지라 일컬으니 은둔하여 살 만하다.

안동 청량산淸凉山은 태백산맥 한 줄기가 들판으로 뻗어 내려와 예안
의 강가에서 뭉쳐 솟구친 산으로, 멀리 밖에서 바라보면 봉우리가 두어
개 있는 흙산일 뿐이다. 하지만 강을 건너 골짜기로 들어가면 사방에 석
벽이 만길 높이로 둘러쳐 있어 엄숙하고 기이하며 험준하기가 말로 표
현할 수 없다. 산 안쪽에는 난가대爛柯臺가 있다. 고운 최치원이 바둑 두
던 장소인데, 바둑판처럼 생긴 바위가 있으며 근처에는 한 노파의 석상
이 석굴 안에 안치되어 있다. 고운이 산에 머물 때 밥을 지어주던 여종
이라 전해온다. 산에는 연대사蓮臺寺가 있고, 연대사에는 신라의 김생金生

이 손수 쓴 불경이 많다. 근래 한 선비가 절에서 글을 읽다가 불경 한 권을 훔쳤는데 집에 이르자마자 역병에 걸려 죽자 집안사람들이 두려워서 즉시 절에 돌려주었다고 한다.

이 네 개의 산[20]만이 산맥 등성이에 있는 여덟 개 산과 더불어 나라 안의 큰 명산으로 은둔자들이 깃들어 수양하는 곳이다. 옛말에 "천하의 명산은 승려가 많이 차지했다."라고 했다. 우리나라에는 불교만 있고 도교는 없어서 이 열두 개의 명산을 모두 사찰이 차지하고 있다.

이 밖에도 큰 명찰이 있어 세상에 널리 알려졌고, 기이한 자취와 특이한 풍경이 있다고 소문난 지역이 있다.

태백산과 소백산 사이에 부석사浮石寺가 있으니 신라 때의 옛 절이다. 불전 뒤에 가로 누운 거대한 바위 위에 거대한 바위 하나가 올려져 있어 마치 지붕을 덮은 듯하다. 얼핏 보면 위아래가 연결된 듯하지만 자세히 살피면 두 개의 바위 사이가 잇닿지 않고 작은 틈이 있다. 새끼줄을 지나가게 하면 나오고 들어갈 때 걸림이 없어 그제야 떠 있는 바위임을 확인하게 된다. 이 때문에 부석사라는 이름을 얻었으나 이치상 정말 이해할 수 없다.

부석사 문밖에는 흙덩어리 모양의 숨을 쉬는 모래가 있어, 옛날부터 갈라지지도 않고 깎아내면 다시 솟아나니 살아 있는 땅과 같다. 신라 때의 승려 의상이 득도하여 서역 천축으로 들어가려 할 때 기거하던 요사채의 문 앞 처마 밑에 지팡이를 꽂고서 말하기를, "내가 떠난 뒤에 이 지팡이에서 반드시 가지와 잎사귀가 날 것이다. 이 나무가 말라 죽지 않으

---

20 칠보산, 묘향산, 가야산, 청량산을 가리킨다.

면 내가 죽지 않은 줄로 알라!"라고 하였다. 의상이 떠난 후에 절의 승려들이 기거하던 곳에 의상의 소상을 빚어서 안치해두었다. 창밖에 있던 나무에서는 바로 가지와 잎이 돋아났다. 햇빛과 달빛은 비쳐도 비와 이슬에 젖지는 않았는데 잘 자라서 지붕에 닿을 정도로 키가 컸다. 키가 크기는 했어도 지붕 위로 자라지는 않을 정도이고 겨우 한 길 남짓하여 1000년 동안 변함이 없다.

광해군 시절에 정조鄭造가 경상감사가 되어 절에 이르렀다. 이 나무를 보고서 "선인이 지팡이로 짚던 것이니 나도 지팡이로 짚어야겠다."라고 하고는 바로 톱으로 잘라내게 했다. 그가 떠난 후에 즉시 두 줄기가 솟아나서 전과 같이 커졌다. 인조 계해년(1623) 반정에 휘말린 정조는 반역죄로 처형당했다. 나무는 지금까지 사시사철 늘 푸르고, 잎이 피지도 지지도 않는다. 승려들이 이 나무를 선비화수仙飛花樹[21]라 부른다. 옛날에 퇴계 이황이 이 나무를 두고 다음과 같은 시를 지었다.

옥인 양 꼿꼿하게 절문에 기대고 있는데　　　　擢玉亭亭倚寺門
지팡이가 신령한 나무로 변했다고 스님들 말하네　僧言錫杖化靈根
지팡이 끝에 본디 조계曹溪의 물이 있어서　　　　杖頭自有曹溪水
천지가 베푸는 비와 이슬을 안 받나 보다[22]　　　不借乾坤雨露恩

21　부석사 조사당에서 지금도 잘 자라고 있다.
22　조계曹溪는 중국 광동성 곡강현의 물 이름으로 당나라 때 혜능慧能이 불법을 크게 일으킨 곳이다.

부석사 뒤쪽에는 취원루聚遠樓²³가 있다. 크고 넓고 아스라하여 천지 가운데서 솟아난 듯하고, 기세와 정기가 경상도 전체를 압도하는 듯하다. 누각의 벽에는 퇴계의 시를 새긴 현판이 걸려 있다. 내가 계묘년 (1723) 가을에 승지 이인복李仁復과 함께 태백산을 유람하다가 이 절에 이르러 퇴계의 시에 차운하여 다음과 같이 지었다.

아득하게 높다란 열두 난간 누각에서는	縹緲危樓十二欄
동남쪽 천리 풍경 눈앞에서 펼쳐지네	東南千里眼前看
인간 세상 신라국은 까마득한 과거요	人間渺渺新羅國
하늘 아래 태백산은 깊숙하게 숨어 있네	天下深深太白山
나는 새 저편의 가을 산골에는 어둠이 내려앉고	秋壑冥煙飛鳥外
어지러운 구름 끝 바다에는 노을이 지는구나	海門殘照亂雲端
높은 절에 터벅터벅 올라오지 않았다면	行行不到上方寺
천추에 인생길 험난한 줄 어떻게 알았으랴	豈識千秋行路難

또 다음 시를 지었다.

망망한 태백산은 하늘과 통해 있고	茫茫太白與天通
고찰은 웅혼하게 조선 동쪽에 펼쳐 있네	舊刹雄開左海東
물과 산은 천리 밖 멀리에서 다가오고	河岳遠朝千里外
불전과 누각은 천지 위에 훌쩍 솟았구나!	殿樓飛出二儀中

---

23 부석사의 무량수전 서쪽에 있었던 누각으로 지금은 사라지고 없다.

고승이 가든 오든 나무에는 꽃이 피고 　　名僧去住花生樹

고국의 흥망에도 허공 속을 새가 나네 　　故國興亡鳥度空

누가 알랴! 주남周南에 체류하는 과객 　　誰識周南留滯客

뜬구름 지는 해에 상념만 끝없는 줄을 　　浮雲落日意無窮

　취원루 위 깊숙하고 구석진 곳에 방을 만들어 신라 때부터 뼈에서 사리가 나온 이름난 부석사 승려의 초상 10여 폭을 걸어두었다. 모두 생김새가 예스럽고 괴이하며 풍채가 맑고 깨끗하여 엄숙한 태도가 선정禪定에 든 모습인 듯하다.

　취원루 위쪽은 지세가 구불구불하며 아래쪽으로 축 늘어진 모양새다. 그곳에 작은 암자와 요사채가 있어 불경을 강론하거나 선정에 들어간 승려를 머물게 한다고 한다.

　이 절은 경상도 순흥부順興府 지역에 있다. 이 절 외에도 경상도에는 양산梁山 통도사, 대구 동화사가 있고, 전라도에는 영암 도갑사, 해남 천주사, 고산高山(완주) 대둔사, 금구 금산사, 순천 송광사, 흥양興陽(고흥) 능가사가 있으니 모두 신라 때 창건한 큰 사찰이다.

　그중에서 통도사는 당나라 초기에 자장법사慈藏法師가 천축에 들어가 석가의 머리뼈와 사리를 얻어 절 뒤에 묻고 탑을 만들어 눌러놓은 곳이다. 세월이 오래 흘러 탑이 조금 기울자 숙종 을유년(1705)에 승려 성능聖能이 중수하려고 탑을 허물었더니 탑 안에 "외도外道 승려 성능이 중수하리라."라고 적혀 있었다. 비단 보자기로 머리뼈를 싸서 은함에 담았는데 크기가 물동이만 했고, 비단은 벌써 1000여 년이 흘렀으나 썩지 않고 새것과 같았다. 또 작은 금합에 담긴 사리는 광채가 눈부셨다. 탑을 수선한 다음에 비각을 세우고, 학사 채팽윤蔡彭胤이 비문을 짓고, 나의 선친(이진휴)께서 글씨를 쓰셨다.

동화사는 신라의 승려 홍진弘眞이 공중에 던진 지팡이가 떨어진 자리에 세우고 머물렀던 절이다. 주변 지형은 휘감아 모여드는 모양새이고, 불전이 크고 우람하며, 옛날부터 이름난 승려와 수행하는 사람이 많았다.

도갑사는 신라의 승려 도선이 자취를 드러낸 곳이다. 골짜기 밖에 두 개의 돌을 세워놓고는 하나에는 황장생皇長生이란 세 글자를 새겼고, 다른 하나에는 국장생國長生이란 세 글자를 새겼으나 무슨 뜻인지는 알 수 없다.

천주사는 남해 바닷가에 자리 잡고 있다. 깊숙한 골짜기 같은 지형에 소나무, 대나무, 귤나무, 유자나무가 빽빽하게 들어서 있다. 불전이 장엄하고 화려하며 재물이 풍족하여 전라도 전체에서도 번성한 절이다.

대둔사는 뒷산이 계룡산의 소조산小祖山(주산)이다. 절 뒤에 백운암白雲庵이 있다. 임진왜란이 일어나 함열 사람 손순목孫順穆이 어릴 때 어머니를 잃었다. 그래서 이 암자에서 수륙도량을 열어서 7일 동안 기도하였다. 손순목이 엎드려 있다가 문득 꿈을 꾸었더니 나한 한 사람이 "네 어머니가 앞산에 있다."라고 일러주었다. 손순목이 놀라 일어나 두루 살펴보니 노파 한 명이 앞산의 바위 위에 있었다. 급히 가서 확인하니 바로 자신의 어머니였다. 어머니가 "왜국에 포로로 잡혀 있었는데 아침이 되어 동이를 들고 물을 길러 가던 중에 한 스님이 나타나 그의 등에 업혀 여기에 오긴 했으나 무슨 영문인지 모르겠다."라고 말했다. 대중들이 깜짝 놀라고 그 사연에 따라 암자 이름을 득모암得母庵으로 바꾸었다.

금산사 자리는 본디 용이 사는 깊은 물웅덩이로 깊이가 얼마인지 헤아리지 못했다. 모악산 남쪽에 있다. 신라 때 조사祖師가 소금 수만 섬을 예의 웅덩이에 채워 용이 옮겨가자 곧바로 터를 다져 큰 불전을 세웠다.

불전의 네 모퉁이 섬돌을 빙 둘러 작은 물도랑을 만들어놓았다. 지금도 높은 누각이 찬란히 빛난다. 골짜기는 깊고 그윽하여 호남에서 이름난 큰 사찰이며 전주부 읍치와 대단히 가깝다. 《고려사》에서 견신검甄神劍이 아버지 견훤을 금산사에 가두었다고 했는데 바로 이 절이다.

송광사는 불전과 요사채, 다리와 누각 등 건물이 많기는 해도 지극히 정교하고 치밀하며, 솜씨가 훌륭하고 경이롭다. 산수경관은 맑고 깨끗하며 그윽하고 깊다. 산봉우리도 밝고 수려하며 높고 곧다. 사방의 경계도 단정하고 오묘하며 예쁘고 곱다. 종루 앞에 수각水閣이 있고, 수각 앞에는 나무 한 그루가 있다. 옛날에 보조국사가 죽음을 목전에 두고서 "이 나무는 내가 죽은 후에 반드시 말라버릴 텐데 만약 가지와 잎이 새로 나거든 내가 다시 살아난 줄 알아라."라고 하였다. 지금 1000년이 지났으나 잎은 아직 나지 않았다. 그러나 사람이 칼로 껍질을 긁어보면 안쪽에 진액이 넘쳐 생기가 있다. 진짜 마른 나무라면 반드시 썩어 넘어졌을 텐데 지금까지 곧게 서 있으니 이야말로 괴이한 일이다.

능가사는 팔영산八靈山 밑에 있다. 옛날에 유구국 태자가 표류해 와서 이 절 관세음보살 앞에 엎드려 칠일 밤낮을 고국에 돌아가게 해달라고 기도했다. 그러자 관음대사觀音大士(관세음보살)가 모습을 드러내어 태자를 옆에 끼고 물 위를 넘어갔다. 이 광경을 사찰의 승려가 벽에 그려놓았는데 지금도 그림이 남아 있다.

도읍과 은둔

산의 생김새는 반드시 아름다운 바위로 봉우리를 이루어야 비로소 산도 수려하고 물도 맑다. 또 강과 바다가 서로 섞이고 모이는 곳에 산이 뭉쳐 있어야 큰 역량을 갖춘다. 이런 곳이 나라 안에는 네 군데 있다. 개성의 오관산, 한양의 삼각산, 진잠의 계룡산, 문화의 구월산이다.

오관산은 도선이 말한 수모목간水母木幹[24]의 산으로 산세가 아주 멀리까지 이어지다가 크게 끊긴 뒤에 솟아 송악을 이룬다. 풍수가 말하는 주천토湊天土[25]의 형상을 보이는 곳이다. 기세는 웅장하고 힘차고 넓고 크며, 이런 분위기가 주위를 감싸서 기운을 응축하며 혼연하고도 후덕하다. 동쪽에는 마전강麻田江이 있고, 서쪽에는 후서강이 있으며, 승천포는 앞쪽에 자리 잡고 있다. 교동도와 강화도 이 두 개의 큰 섬이 바다 가운데 한 일 자로 쭉 뻗어 남쪽에서는 바다를 막고 북쪽에서는 한강 하류를 가두고 있다. 개성의 앞산 밖에서 몰래 손을 맞잡고 있는 형세가 두텁고 기세가 대단하다. 동월董越이 "풍기가 평양보다도 더 단단하게 응축되어 있다."라고 말한 곳이 바로 개성이다. 오관산 좌우에는 골짜기가 많은데, 박연폭포는 서쪽에 있고 화담은 동쪽에 있어 못과 폭포가 절경을 자랑한다.

한양의 삼각산은 동남쪽의 산이며 외곽 100리 밖에서 수려하게 하늘로 솟아 있다. 산의 앞쪽 면은 평탄하고 서북쪽은 높다랗게 막혀 있다. 한양은 동남쪽이 멀리까지 시원스레 트여 있으니 천상의 수도이자 훌륭한 도읍터이다. 다만 1000리 정도 뻗은 기름진 들이 없다는 것이 결점이다.

삼각산은 도봉산과 이어져 산세를 형성하는데, 암석으로 이루어진 봉

---

24 모봉母峯은 수성水星이고 줄기가 되는 봉우리는 목성木星이라는 뜻이다.
25 산을 보는 다섯 가지 법의 하나이다. 주천토는 토성형의 산을 가리키며 모난 궤짝 같은데 산봉우리가 평지를 이루어 반듯한 모양이다.

완역
정본
택리지

230

우리가 한껏 맑고 수려하여 1만 개의 횃불이 하늘로 치솟은 것처럼 특이한 기운이 있어 그림으로도 형용하기가 힘들다. 다만 산세를 보필하는 주위의 산이 없고, 골짜기도 적다. 옛날에는 중흥사重興寺 골짜기의 산수풍경이 좋았으나 북한산성을 쌓을 때 모조리 깎아내어 평평하게 돼 버렸다.

한양성 안에 있는 백악산과 인왕산은 바위의 형세가 사람을 두렵게 만들기 때문에 살기가 없는 송악산보다는 못하다. 다만 미더운 것은 남산 한 줄기가 강을 거슬러서 형국을 만든다는 점이다. 안쪽 수구는 낮고 앞쪽은 비어 있으며 관악산이 비록 강 건너편에 있기는 하지만 너무 가깝다. 아무리 화성火星의 산(관악산)이 서울을 향하며 떠받치는 양상이라 해도 풍수가들은 한결같이 정남향이라 방위상 길하지 않다고 본다. 그러나 형국 안이 밝고 산뜻하면서도 삼엄하고 중후하며, 흙이 맑고 깨끗하며 단단하고 희어서 길에 떨어뜨린 밥알을 주워 먹어도 좋을 것 같다. 따라서 한양의 인사들은 시원시원하고 트여 있을 뿐 아니라 밝고 총명한 이가 많으나 웅혼한 기상을 가진 이가 없는 것이 유감이다.

계룡산은 웅장함으로는 오관산에 미치지 못하고 수려함으로는 삼각산에 미치지 못한다. 앞쪽으로는 흘러 들어오는 물이 적고, 다만 금강한 줄기가 용의 형상으로 산을 에두르며 돌고 있을 뿐이다. 용이 휘돌다가 머리를 돌려 처음을 돌아보는 형국[回龍顧祖]의 땅은 본디 가진 역량이 적다. 따라서 중국 금릉金陵(남경)의 경우에 언제나 한 지역에서 패자霸者 노릇 하는 고장이 되었다. 명나라 태조가 금릉에서 천하를 통일하기는 했으나 세상을 바꾸고 난 뒤에는 도읍을 북경으로 옮길 수밖에 없었다. 계룡산의 남쪽 골짜기는 한양이나 개성에 비해 기세가 훨씬 약하며, 형국 안에 평지가 적을 뿐만 아니라 동남쪽이 널찍하게 트여 있지도 않다.

그러나 계룡산은 줄기가 멀리에서 뻗어올 뿐 아니라 골짜기가 깊고 기운을 쌓아두고 있다. 형국 안 서북쪽에 매우 크고 깊은 용연龍淵이 있는데 이 물이 넘쳐 형국 안에서 큰 시내를 이룬다. 이것은 개성이나 한양에는 없다. 산 남쪽과 북쪽에는 산수경관이 좋은 곳이 많으니, 동쪽에는 봉림사鳳林寺가, 북쪽에는 갑사岬寺와 동학사東鶴寺가 기이한 경치를 자랑한다.

구월산도 용이 휘돌다가 머리를 돌려 처음 출발한 곳을 돌아보는 형국으로, 서북쪽으로는 바다를 등지고 있고, 동남쪽으로는 평양과 재령에서 오는 두 개의 강물을 역으로 받아들이고 있다. 강물에는 바닷물이 드나들어 어업과 제염으로 이익을 얻는다. 황해도 전체에서 빼어난 승지를 독차지하고 있고, 남오리南五里(재령평야)에는 100리에 기름진 들이 펼쳐져 있다. 험준한 물의 형세와 지리, 비옥한 농토는 계룡산보다 훨씬 낫고, 톱니 같은 돌산의 형세는 오관산이나 삼각산보다 못하지 않다. 산 전체를 에워싸고 사찰이 많게는 10여 개나 있고, 정상에는 산성을 쌓아서 지형을 이용한 천험天險의 요새를 만들어놓았다.

세상에는 단군의 자손이 기자를 피해 도읍을 평양에서 이곳으로 옮겼다고 하니 이른바 '장장평莊莊坪'이다. 지금도 단군을 비롯한 세 임금을 모시는 사당이 있어, 나라에서 봄가을에 향을 내려보내 제사를 지낸다. 그러나 단군은 이 지역 한편만을 차지하고 훌륭한 터를 다 차지하지 못하였으니, 이곳이 언젠가는 도회지가 될 것이다.

이 밖에 춘천의 청평산이 명산으로 꼽히고 있다. 맥국의 도읍지였던 곳이다. 다만 두 개의 강 사이에 뭉쳐 있고, 서해와 멀리 떨어져 있으며 여기까지 뻗어온 산줄기의 세력이 약하다. 금구의 모악산은 아래쪽으로 평지가 펼쳐진 골짜기가 있어서 도읍으로 삼기에 알맞다고 세상에 전해온다. 그러나 멀리서 뻗어온 산줄기의 세력이 약하다. 안동의 학가산鶴駕山은 내성천과 낙동강 두 강 사이에 있고, 산세도 오관산이나 삼각산과 흡사하나 돌로 된 산봉우리가 적은 것이 흠이다. 아래쪽에 풍산豐山 들판이 있어 도읍으로 삼을 만하다고 말하는 사람도 있다. 이 세 개의 산은 모두 위에서 말한 네 개의 산보다는 못하다.

들판에 내려앉은 산 중에서 큰 역량을 갖추지는 않았으나 기이하고 빼어나서 칭송할 만한 산들이 많다. 원주의 치악산은 토산이기는 하지만 산중에 아름다운 골짜기가 많고, 동서에는 이름난 마을이 많다. 게다가 산에는 신령한 감응感應이 있어 사냥꾼이 이곳에서는 감히 짐승을 잡지 못한다. 사자산獅子山은 치악산 동북쪽에 있고, 수석水石이 30리에 걸쳐 뻗어 있다. 주천강이 여기에서 발원한다. 남쪽에 있는 도화동桃花洞과 두릉동杜陵洞은 계곡의 경치가 아주 빼어나며, 복지라 불리니, 참으로 속세를 피해서 살 만한 땅이다.

공주의 무성산은 천안의 광덕산과 서로 이어져 있는데 둘 다 흙산이다. 두 산의 남쪽과 북쪽에는 긴 골짜기가 매우 많다. 사찰과 암자가 골짜기의 승경을 차지하고 있을 뿐 아니라 골짜기마다 여염집과 논밭이 길게 펼쳐진 숲과 시냇물 사이에 퍼져서 보일락 말락 하니 완연한 한 폭의 도원도桃源圖이다.

해미의 가야산은 동남쪽은 토산이고 서북쪽은 돌산이다. 동쪽에 있는 가야사伽倻寺 골짜기는 아주 먼 옛날 상왕象王[26]의 궁궐터이다. 서쪽에 있는

---

26 가야산에 전하는 전설의 주인공이다. 부처를 뜻하기도 한다.

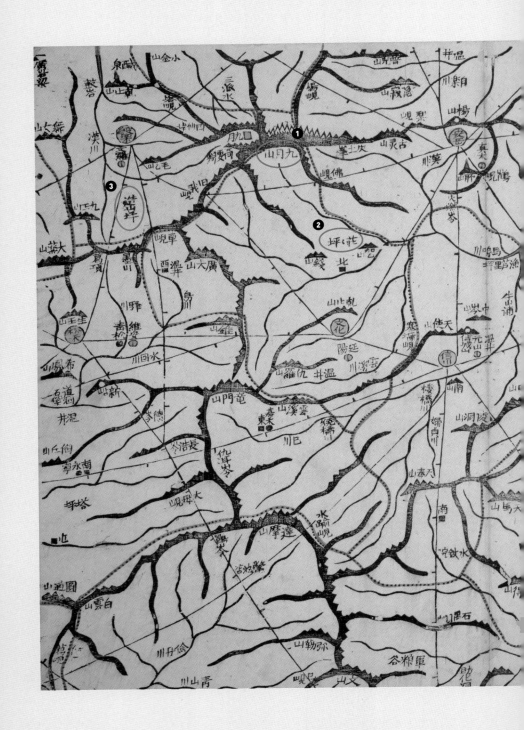

구월산 주변 지형, 《대동여지도》(부분), 1861년, 규장각한국학연구원 소장

왼쪽에 구월산①이 있고, 오른쪽에 단군 신화의 무대인 장장평②이 표시되어 있다. 구월산 왼쪽에는 비옥한 평야인 조산평③이, 오른쪽에는 지금의 재령평야인 남오리가 있는데 여기에는 남물리평④으로 표기되어 있다.

수렴동水簾洞은 바위와 폭포가 빼어나고 아름답다. 북쪽에 있는 강당동講堂洞(서산시 운현면 용현리)과 무릉동武陵洞도 수석이 아름다우며, 아울러 마을과 아주 가까워서 머물러 살 만하다. 합천 가야산보다는 못하나 바닷가의 빼어난 경치를 독차지하기에는 충분하다.

남포의 성주산은 남쪽과 북쪽 두 산이 합쳐서 큰 골을 이룬다. 산속이 평탄하고 시내와 산이 맑고 깨끗하며 물과 돌이 맑고 정갈하다. 산 밖에서는 현옥玄玉(오석烏石)이 나는데 벼루를 만들면 기이한 물건이 된다. 옛날에 매월당梅月堂 김시습金時習이 앉은 채로 죽었다는 홍산 무량사無量寺가 바로 이 산에 있다. 계곡 사이에도 살 만한 곳이 많다.

노령의 산줄기 하나가 북쪽에서 부안에 이르러 서해로 쑥 들어가니 서쪽과 남쪽, 북쪽이 모두 큰 바다이고, 내륙에는 많은 봉우리와 골짜기가 있는데, 이곳이 바로 변산이다. 높은 산봉우리나 깎아지른 듯한 산꼭대기, 평지, 비스듬한 벼랑 가릴 것 없이 어디든 낙락장송이 공중에 솟아 해를 가리고 있다. 골짜기 밖에는 소금을 굽거나 물고기를 잡는 사람의 집이 있고, 산속에는 좋은 논과 비옥한 밭이 많다. 주민들은 산에 올라서는 나물을 캐고, 산에서 내려오면 고기잡이와 소금 굽는 일을 하기에 땔나무와 숯, 물고기와 조개 따위는 굳이 값을 치르고 사지 않아도 풍족하다. 샘물에 장기가 끼어 있는 것이 흠이라면 흠이다.

위에서 말한 여러 산은 크게는 도읍이 될 만하고, 작게는 고매한 사람과 은거하려는 선비가 숨어 살 만한 땅이다.

사람이 살지는 못하나 명승이라 일컬어지는 산이 있다. 영평 백운산에는 삼부연三釜淵 폭포가 있어 웅장하다. 곡산의 고달산高達山은 아주 깊은 데다 외부와 단절되어 있고, 바위에 구멍이 뚫려 있으며, 골짜기에 동굴이 있어 기이하다. 광주 무등산은 정상부에 수십 개의 돌기둥이 있어 허공에 죽 늘어선 모습이 홀笏을 세워놓은 듯하다. 산세가 지극히 험준하여 전라도 전체를 웅장하게 압도한다.

영암 월출산은 뾰족한 돌이 날아 움직일 듯하여 도봉산이나 삼각산과 같으나 바다에 너무 바짝 붙어 있고, 골짜기가 적은 것이 흠이다.

장흥長興 천관산天冠山은 바위의 형세가 기이하고 빼어나며, 자줏빛 구름과 흰 구름이 항상 산 위에 떠 있다.

흥양 팔영산八靈山은 섬처럼 바닷속으로 들어가 있다. 남사고가 복지라 하였고, 임진왜란 때 왜적의 배가 좌우에 출몰했으나 끝내 이 산에는 들어오지 않았다.

광양 백운산은 도선이 도를 닦은 곳이고, 산수경관도 아름답다.

순천 조계산은 남쪽에 경치가 빼어난 송광사 계곡이 있다.

대구 팔공산은 바위 봉우리가 죽 뻗어 있고, 동남쪽의 계곡과 산세가 상당히 아름답다. 다만 서쪽에는 산성을 쌓아 외적을 방어하는 중요한 거점으로 삼았는데 그것만은 운치가 없다.

대구 비파산琵琶山에는 용천사湧泉寺가 있고 경내에는 아름다운 샘물과 바위가 있다.

청도淸道 운문산雲門山과 울산 원적산圓寂山(천성산)은 산봉우리가 연이어 있고, 산이 겹겹이 솟아 있으며, 골짜기가 깊고 으슥하다. 승가僧家에서는 1000명의 성인을 세상에 낼 뿐만 아니라 병란을 피할 수 있는 복지라 일컫는다.

청하淸河(포항시 북구) 내연산內延山은 바위와 폭포의 경치가 기이하고 오묘하며 아늑하고 여유로워 청량산보다 나은 듯하다.

청송 주방산周房山(주왕산)은 골짜기가 모두 바위로 이루어져 마음과 눈을 놀라게 하며 샘과 폭포도 대단히 기이하다.

이상 여러 산은 신선과 승려가 살기에나 알맞고 한때 유람하기에는 좋지만 집을 지어 오래도록 살 땅은 아니다. 이 밖에도 손꼽는 산이 많으나 골짜기가 없으면 다루지 않았고, 산수경관이 좋지 않으면 싣지 않았다.

바다 위의 산

바닷속 섬에도 기이한 산이 많다. 제주 한라산은 곧 영주산이다. 정상에는 큰 못이 있어 사람들이 시끄럽게 떠들어대면 갑자기 구름과 안개가 크게 일어난다. 제일 꼭대기에는 네모난 바위가 하나 있는데 사람이 깎아서 만들어놓은 듯하다. 바위 아래 좁은 길에는 사초莎草가 무성하고 향긋한 바람이 온 산에 가득하다. 가끔 젓대와 퉁소를 부는 소리가 들려오지만 어디에서 나는 소리인지 모른다. 전해 오는 말에는, 신선들이 항상 노니는 곳이라 한다.

한라산 북쪽에는 제주 읍치가 있다. 이 섬은 곧 옛날의 탐라국耽羅國이다. 신라에 복속하였고, 원나라 때에는 방성房星²⁷에 위치한다고 하여 암수 준마를 한라산에 풀어놓아 목장을 만들었다. 지금까지 좋은 말을 생산하여 해마다 공물로 바친다.

제주 읍치의 동쪽과 서쪽에는 정의旌義와 대정大靜, 두 개 현이 있는데 풍속은 제주와 대체로 같다. 제주목사와 두 고을의 수령이 옛날부터 육지에서 오갔으나 표류하거나 물에 빠져 죽은 일이 없고, 조정에 벼슬하

---

27 동방에 있는 28수宿의 하나로 말과 거가車駕를 맡은 별이다.

던 사람이 이곳으로 유배를 많이 왔으나 그들 또한 표류하거나 물에 빠져 죽은 일이 없다. 국왕의 홀륭한 교화가 먼 지역까지 미쳐서 온갖 신이 받들어 순종함을 알 수 있다.

남해현南海縣은 경상도 고성 바다 위에 있고, 육지와는 물길로 10리 떨어져 있다. 여기 있는 금산 골짜기는 바로 고운 최치원이 노닐던 곳이라 고운이 크게 쓴 글씨가 아직도 석벽에 남아 있다.

완도는 전라도 강진 앞바다에 있고, 육지와는 10리 떨어져 있다. 신라 때 청해진이 있었으며, 장보고가 근거지로 삼아 활동했다. 섬 안에는 산수경관이 아름다운 곳이 많고, 지금은 첨사[28]가 통솔하는 진영이 있다.

군산도群山島[29]는 전라도 만경 앞바다에 있고, 첨사가 통솔하는 고군산진古群山鎭이 설치되어 있다. 섬 전체가 바위산이고, 뭇 봉우리가 뒤를 막을 뿐 아니라 좌우에서 에워싸고 있다. 내부에 차항이 있어 배를 감추기에 좋다. 항구 앞쪽은 어량魚梁[30]이어서 매년 봄여름 고기잡이철이면 각 고을의 상선들이 구름처럼 모여들고 안개를 피우듯 북적대며 배 위에서 어물을 판매한다. 주민은 이를 통해 치부하여 앞 다투어 저택과 의식衣食을 마련하는데 호화롭고 사치스럽기가 육지 사람들보다 심하다.

덕적도는 충청도 서산 북쪽 바다에 떠 있으니, 당나라 소정방이 백제

---

28 조선 시대 각 진영에 속한 종3품의 무관으로, 첨절제사의 약칭이다.

29 전북 군산시 옥도면 선유도리에 있는 고군산군도古群山群島를 말한다. 조정은 선유도를 비롯하여 예순세 개의 섬으로 구성되어 있다.

30 얕은 바다나 하천에 대나무나 갈대 등으로 엮어놓은 발 한가운데로 물고기가 모이게 하여 잡는 방법이다.

〈만경현고군산진지도萬頃縣古群山鎭地圖〉, 1872년, 규장각한국학연구원 소장

만경현에 속한 고군산진 진영을 그린 지도로 아름다운 비경을 자랑하는 명승이자 천혜의 해상 진영임을 보여준다. 서해를 오가는 조운선은 여기에 정박하여 순풍을 기다렸다.

를 정벌할 때 군사를 주둔시켰던 곳이다. 섬 뒤쪽에 세 개의 바위 봉우리가 솟아 있고, 여러 갈래의 산기슭이 섬 전체를 둘러싸고 있다. 섬 안에는 차항이 있고, 물이 얕아서 배를 정박하기에 좋다. 폭포가 높은 곳에서 아래로 쏟아져 내리고 구불구불 흘러서 평평한 시내를 이루며, 여기 저기 놓인 층층바위와 너럭바위가 맑고 깨끗하다. 매년 봄과 여름이면 진달래와 철쭉이 온 산 가득 피어 골짜기와 골짜기 사이가 찬란하여 비단을 수놓은 것 같다. 바닷가는 모두 흰 모래밭이고, 곳곳에서 모래를 뚫고 올라온 해당화가 붉은 꽃을 피우고 있다. 바다 위의 섬이기는 하나 참으로 선경仙境이다. 주민들은 모두 물고기 잡고 조개 줍는 일을 하여 부유한 자들이 많다. 앞에서 말한 여러 섬은 샘물에 장기가 많으나 유독 덕적도와 군산도의 경우에는 장기가 없다.

울릉도는 강원도 삼척 인근 바다에 떠 있다. 날이 맑을 때 높은 곳에 올라가면 구름 덩어리처럼 보이기도 한다. 숙종 때 파견된 삼척 영장 장한상張漢相이 함경도 안변부에서 배를 띄워 동남쪽으로 향하여 해류와 바람을 타고 이틀 만에 이 섬에 도착하였다. 큰 바위산이 바다 가운데 우뚝 솟아 있고, 해안에 올라가 보니 살고 있는 주민은 없으나 옛날에 사람이 살았던 흔적은 있었다. 섬 안에는 석벽과 석간石澗이 있고 골짜기가 매우 많았다. 아주 큰 고양이와 쥐가 있었으나 사람을 보고도 피할 줄 몰랐다. 대나무는 커서 굵기가 장대만 했고, 복숭아나무와 자두나무, 뽕나무, 산뽕나무, 나물 따위가 있었다. 진기한 나무와 이상한 풀 가운데 이름을 모르는 것이 많았다. 아마도 옛날 우산국于山國일 것이다.

동해는 왜국과 우리나라 중간에 있는 바다로 옛날에는 물마루〔水宗〕가 고개처럼 가로막아서 피차 서로 통하지 못하였다. 근래에는 물의 형세가 점점 변하여 왜국의 배가 표류하여 영동으로 많이 오니 걱정스럽다.

복
거
론

이상은 모두 산을 기준으로 논하였다. 지금부터는 비록 명산 아래에 있지는 않으나 산골짜기 사이에 강과 시내가 흘러 물과 바위가 기이한 풍취를 자아내는 곳이나, 들판이나 언덕 가운데 고운 산과 큰 호수가 서로 어울려 대단히 빼어난 경치를 이룬 곳을 차례로 설명하려 한다.

영동의 산수

경치가 빼어난 산수는 당연히 강원도 영동 지역을 첫째로 꼽아야 한다.

고성 삼일포는 맑고 오묘하면서도 농후하고 고우며, 그윽하고 어여쁘면서도 트여 있고 명랑하여 정숙한 여인이 맵시 있게 단장한 모습과도 같아 사랑스러우면서도 외경스럽다.

강릉 경포대는 한나라 고조의 기상처럼 활달하면서도 웅혼하고, 요원하면서도 아늑하여 말로 표현할 수 없는 형상을 자랑한다.

흡곡 시중대는 명랑하면서도 엄숙하고, 평범하면서도 깊고 으슥하여 마치 이름난 정승이 관아에 좌정한 듯하여 가까이 다가가기는 해도 함부로 대하지는 못한다.

이 세 개의 호수가, 호수와 산이 어우러진 경관으로는 첫째가는 경치를 뽐낸다.

이에 버금가는 경치가 있으니, 간성의 화담은 맑은 샘물에 달빛이 쏟아진 것 같고, 영랑호永郎湖는 큰 못에 구슬이 잠겨 있는 듯하며, 양양의 청초호는 호사스런 화장대에 거울을 펼쳐놓은 듯하다. 이 세 개 호수의 기이한 경치는 앞에서 말한 세 개 호수에 버금간다.

우리나라 팔도에는 볼 만한 호수가 없다. 오로지 영동에 있는 여섯 개 호수만은 인간 세상에 있을 만한 것이 아닌 듯하다. 삼일포에는 호수 중심에 사선정四仙亭이 있으니, 곧 신라의 영랑永郎, 술랑述郎, 남석행南石行, 안상安詳이 노닐던 곳이다. 네 사람은 서로 친구가 되어 벼슬에 나가지 않고 산수 사이에 노닐었는데, 세상에서는 그들이 득도하여 신선이 되어 떠났다고 전한다. 호수 남쪽 석벽에 붉은 글씨가 쓰여 있는데, 네 명의 신선이 이름을 쓴 붉은 먹물이 석벽에 스며 1000년이 넘도록 비바람에도 닳지 않았다. 이 또한 기이하다.

고성 읍치의 객관 동쪽에는 해산정海山亭이 있다. 정자에서 서쪽을 돌아보면 천겹의 금강산이 있고, 동쪽을 바라보면 만리에 창해가 펼쳐지며, 남쪽을 굽어보면 한 줄기 긴 강이 드넓고 웅장하여, 크고 작은 풍광, 아늑하고 광대한 경치를 펼쳐놓고 있다.

남강 상류에는 발연사鉢淵寺가 있고, 옆에는 감호鑑湖가 있다. 옛날에 양사언이 호숫가에 정자를 짓고 손수 비래정飛來亭이라는 세 글자를 크게 써서 벽에 걸어두었다. 하루는 걸어 둔 '비飛' 자가 갑자기 바람에 휘말려서 공중으로 올라갔는데, 어디로 갔는지 알 수 없었다. 날아간 일시를 알아보니, 바로 양사언이 세상을 떠난 날이었다. 사람들은 봉래의 한평생 정신이 비 자에 담겨 있어서 봉래의 생기가 흩어지자 비 자도 함께 흩어졌다고 말한다. 이야말로 정말 기이하다.

경포 인근에는 작은 산기슭 하나가 동쪽을 바라보고 우뚝 솟아 있고, 경포대가 이 산기슭에 있다. 경포대 앞에 호수가 펼쳐져 있는데 둘레가 20리이고, 수심은 사람의 배 높이에 지나지 않으나 작은 배가 다닐 수 있다. 동편에는 강문교江門橋가 있고, 다리 너머에는 흰 모래 둑이 겹겹이 가로막고 있다. 호수에는 바닷물이 드나들고 둑 너머로는 푸른 바다가 하늘까지 이어져 있다. 옛날에 최전崔澱이 약관의 나이에 경포대 위에 올라 다음과 같은 시를 지었다.

봉래산에 한 번 든 지 삼천 년	蓬壺一入三千年
은빛 바다는 아득하고 물은 맑고 얕네	銀海茫茫水淸淺
난새 타고 생황 불며 오늘 홀로 날아오니	鸞笙今日獨飛來
벽도화 아래에는 보이는 이 하나 없네	碧桃花下無人見

이 시는 마침내 고금의 절창이 되어 뒤를 이어 경포대에서 시를 짓는 이가 없었다. 어떤 사람은 "화식火食하는 사람의 기운이 하나도 없으니 이는 신선의 말이다."라고 했고, 어떤 사람은 "완전히 비고 으슥하니 이는 귀신의 말이다."라고 하였다. 최전은 집으로 돌아가서 곧 죽었다.

세상에서 전하는 이야기로, 호수가 있는 자리에는 옛날에 어느 부자가 살던 집이 있었다. 하루는 탁발승이 쌀을 구걸했더니 부자는 쌀은커녕 똥을 퍼 주었다. 그러자 살던 집이 갑자기 푹 꺼져서 호수가 생겼고, 쌓여 있던 곡식은 모조리 작은 조개로 변했다. 해마다 흉년이 들면 조개가 많이 나고 풍년이 들면 적게 나는데 맛이 달고 향긋하여 요기하기에 적합하니, 주민들은 이를 적곡합積穀蛤(곡식이 쌓여 생긴 밥조개)이라 하였다. 봄여름이면 사방 먼 데서 남자는 등짐을 지고 여자는 머리에 이고 조개를 주우려고 길에 줄지어 섰다. 호수 밑바닥에는 아직도 기와 조각과 그릇 따위가 있어서 자맥질하는 이들이 가끔 줍는다고 한다.

경포 호수 남쪽 언덕에는 옛 판서 심언광沈彦光이 살던 곳이 있다. 심언광이 조정에서 벼슬할 때 앉은 자리 구석에 경포의 경치를 그려 붙여 놓고는 "나에게 이와 같은 호수와 산이 있으니, 자손이 분발하여 일어나지를 못해 반드시 쇠퇴하리라!"라고 하였다. 경포 남쪽으로 몇 리 떨어진 곳에 한송정寒松亭이 있고, 돌솥과 돌절구 따위가 있으니, 바로 사선四仙이 놀던 곳이다.

시중호侍中湖에는 정자가 없다. 하지만 모래 언덕이 엇갈린 채 들쭉날쭉하고, 호수의 물이 구불구불 휘돌다 고여 있으며, 맑고 깨끗한 정경이 의젓하게 펼쳐져 있어 경치가 대단히 빼어나다. 옛날에 한명회韓明澮가 감사로 재직할 때 이 호수에 와서 잔치를 벌이고 놀았는데, 때마침 정승으로 임명한다는 소식이 이르러 고을 사람들이 시중호라 불렀다.

통천의 총석정은 금강산 한 줄기가 큰 바다로 치고 들어가서 섬처럼 된 것이다. 기슭 북쪽 바다 가운데 큰 돌기둥이 기슭을 따라 한 줄로 늘어서 있다. 산의 뿌리는 바닷속으로 들어갔으나 기둥 위쪽은 산기슭과 높이가 같다. 떨어진 거리는 채 100보가 안 되고, 기둥의 높이는 100길쯤이다. 원래 봉우리는 위가 뾰족하고 밑둥치가 두툼한 법인데, 이것은 위와 아래가 똑같으니 기둥이지 봉우리가 아니다. 기둥은 몸체가 둥근데 쪼고 깎은 흔적이 있으며, 밑에서 위까지 목공이 칼로 다듬은 듯하다. 기둥 위에는 오래된 소나무가 여기저기 서 있다. 기둥 아래 바닷물 속에는 수많은 작은 돌기둥이 서 있거나 기울어진 채로 파도와 부딪혀 서로를 파먹고 있는 듯하다. 마치 사람이 만들어놓은 모양 같으니, 조물주가 사물을 만들어낸 솜씨가 지극히 기이하고도 공교롭다. 천하의 기이한 구경거리로 틀림없이 천하에 둘도 없는 것이리라.

삼척의 죽서루는 오십천五十川을 끼고 절경을 이룬다. 절벽 아래에는 보이지 않는 구멍이 있어, 강물이 이르면 낙숫물처럼 구멍으로 새어들고, 나머지 물은 죽서루 앞 석벽을 따라 읍치 마을을 가로질러 흘러간다. 옛날에 어떤 사람이 뱃놀이하다가 잘못하여 구멍 속으로 들어간 뒤로 간 곳을 모른다. 사람들은 고을 터가 공망혈空亡穴[31]에 자리를 잡아서 인재가 나지 않는다고 한다.

이외에도 양양의 낙산사, 간성의 청간정, 울진의 망양정, 평해의 월송정은 바닷가를 끼고 있는 누각으로 여기서 보는 짙푸른 바닷물은 하늘과 하나로 이어져 있으며 시야가 훤히 트여 있다. 해안은 강변이나 시냇가와 같고, 언덕에는 작은 돌과 기이한 바위가 위에 섞여 있어 푸른 물결 사이에 은은히 비친다. 해변은 어디나 반짝이는 눈빛[雪色] 모래가 깔려서, 밟으면 사각사각 소리가 나서 마치 구슬 위를 걸어가는 듯하다. 모래밭에는 해당화가 흐드러지게 피어 있고, 가끔 키가 훤칠하게 큰 소나무 숲이 하늘 높이 솟아 있다. 그 안에 들어가면 문득 사람의 마음이 바뀌어 자신이 살았던 세상이 어땠고 자신의 몸이 어땠는지 모두 잊고 황홀하게 공중에 올라 하늘을 걷는 느낌이 든다. 이 지역을 한 번 유람하면 저절로 다른 사람이 되고, 거쳐 간 사람은 10년이 지나도 얼굴과 몸가짐에 신선 세계의 산수 기운이 여전히 남아 있다.

영동의 아홉 개 고을 외에 흡곡 북쪽에는 함경도 안변부가 있다. 철령 한 줄기가 동해 바닷가로 뻗어 층층이 펼쳐진 모습은 높고 낮은 병풍이나 차일을 펼쳐놓은 듯하여 그림처럼 아스라하다. 좌우의 산줄기가 바다에 이르러 돌고 돌아 마치 사람이 깍지를 끼고 있는 형상이다. 산줄기에서 바다를 향해 열린 부분에는 작은 암벽들이 늘어서서 1만 개의 아궁이를 들판에 걸어놓은 듯하여 서로 가로막아 바다가 보이지 않는다.

그 안쪽에 학포라는 큰 호수가 있다. 둘레가 30여 리로 수심이 깊고 물속이 환히 보일 만큼 맑고 깨끗하다. 사방 어디든 흰 모래사장이 펼쳐져 있고, 해당화가 모래를 뚫고 나와 피어나서 찬란한 모습이 비단을 펼

---

31 풍수에서 터를 잡을 때 피하는 곳 중의 하나로, 터를 잡으면 인재가 나지 않고 재물이 모이지 않는다고 한다.

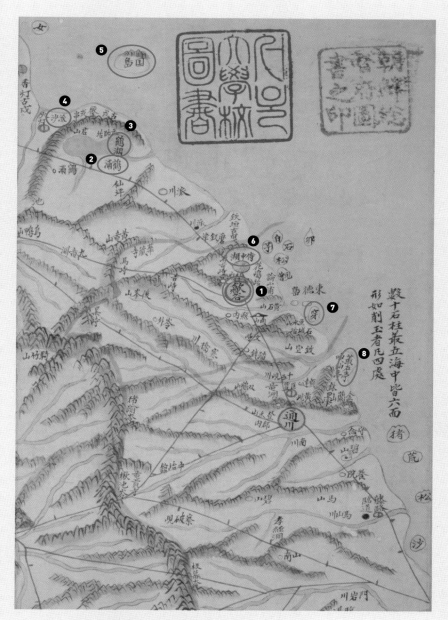

흡곡 일대, 《동여도》(부분), 19세기 중엽, 규장각한국학연구원 소장

흡곡과 통천 일대의 호수와 명승이 나타나 있다. 흡곡①의 산세와 학포②, 학호③, 유사④, 국도⑤가 표기돼 있고, 그 아래에 시중호⑥와 천도⑦, 총석정⑧이 표기되어 있다. 《택리지》에서 극찬한 산수경관이다.

쳐놓은 듯하다. 산들바람이 살랑살랑 불어올 때마다 고운 모래가 이리 저리 움직여 작게는 언덕이 되고 크게는 봉우리를 이룬다. 아침저녁으로 위치가 옮겨져 하루 사이에도 변화를 예측할 수 없다. 서해 연안의 금사사 앞 모래와 똑같으니 대단히 기이하다.

뒤로는 빼어난 봉우리와 부드러운 언덕이 있어 아늑하고 아름다워 먼 듯 가까운 듯하고, 앞으로는 맑은 파도와 잔잔한 물결이 넘실거리며 천천히 흘러 움직이는 듯 고요한 듯하다. 중국 사람이 절강성의 서호를 곱게 단장한 미인에 견주는데, 우리나라에서 서호와 아름다움을 견줄 만한 곳은 오로지 이 호수뿐이다. 영동에 있는 여섯 개의 호수가 어깨를 나란히 할 상대가 아니다.

학포 호수가 옛날에는 흡곡에 속하였으나 나중에 호수를 떼어 함경도 안변 관할로 옮겼다. 흡곡 백성과 안변 백성이 이 호수를 두고 조정에 상소하여 다투었으나 해결을 보지 못했다. 호수가 함경도로 편입되었으나 함경도는 사대부가 살 만한 곳이 아닌 까닭에 대단히 빼어난 명승이 멀리 떨어진 바다 구석에 한가롭게 버려져 단지 지나가는 길손의 구경 거리가 되고 말았다. 땅도 이렇듯 알아주는 사람을 만나고 만나지 못하는 일로 차이가 벌어지니 참으로 안타까운 일이다.

바닷가에서 10여 리 떨어진 물속에 국도國島가 있다. 뒤쪽으로 빽빽한 돌기둥이 불쑥 솟구쳐 있고, 위쪽으로는 바위가 봉우리를 이루고 있다. 사면은 모두 바위이고, 안쪽에는 잔디와 흙이 깔려 있다. 여기서 화살촉을 만드는 대나무가 나는데 품질이 대단히 좋다. 거주하는 사람은 없고, 사신들이 유람하러 찾아와서 나팔이나 피리를 불면 밑에 있는 용추에서 곧잘 우레가 치고 풍우가 일어나는 기이한 현상이 나타난다.

네 고을의 산수

영춘, 단양, 청풍, 제천 네 고을은 충청도 지역이기는 하지만 실제로는 한강 상류에 자리 잡고 있다. 협곡 사이로 흐르는 강을 따라 석벽과 너럭바위가 널려 있고, 그중에서도 단양이 단연 최고이다. 단양군은 경내가 모두 첩첩산중에 있어서 10리 정도 펼쳐진 들도 없으나 강과 시내, 바위와 골짜기로 이루어진 경치는 훌륭하다.

세상에서 이담二潭과 삼암三巖이라 일컫는 명승이 있다. 이담 중에서 도담島潭은 영춘 경내에 있고, 강물이 휘감아 돌다 고여서 깊고도 넓다. 물 가운데 우뚝 솟은 세 개의 바위 봉우리가 각각 따로 떨어져 마치 곧은 현처럼 한 줄로 서 있고, 기이하고 교묘하게 조각되고 새겨져 마치 인가에 쌓아 만든 석가산과도 같다. 다만 아쉬운 점은 바위가 작고 높이가 낮아서 우뚝하게 솟고 깎아지른 절벽 같은 경관이 없다.

귀담龜潭은 청풍 경내에 있다. 양편 언덕의 석벽이 하늘에 솟아 해를 가리고, 강물이 그 사이로 쏟아져 내려 흘러간다. 바위 협곡이 문이나 창호처럼 겹겹이 서로 막아섰고, 좌우에는 강선대降仙臺, 채운봉彩雲峯, 옥순봉玉筍峯이 있다. 강선대는 강을 내려다보는 형상이고 따로 떨어져 서 있는 높은 바위 위에 있는 너럭바위는 족히 100명은 앉을 만큼 크다. 채운봉과 옥순봉은 만길이나 되는 봉우리가 순전히 바위 한 덩어리로 되어 있다. 옥순봉은 더 높이 곧게 치솟아 마치 거인이 팔짱을 끼고 서 있는 모양이다.

무자년(1708) 여름에 내가 안동에서 서울로 올라갈 때, 단양읍 앞 나루에서 배를 타고 옥순봉을 지나다가 시 한 연을 얻었다.

지상으로 높이 솟은 모양은 단정한 선비가 서 있는 듯　地上形高端士立
강물 속에 어른거리는 그림자는 늙은 용이 꿈틀대는 듯　波心影動老龍鱗

또 다음 한 연을 얻었다.

정신을 빼어나게 표현하니 강산의 빛깔이요　　　精神秀發江山色
기세도 드높게 지탱하니 우주의 형상이로다　　　氣勢高撑宇宙形

강물 속에는 또 너럭바위가 흔하여 물이 빠지면 바위가 솟아나고, 물이 깊어지면 바위가 사라진다.

삼암은 단양군 서남쪽 골짜기 가운데에 있다. 산중에서 큰 시냇물이 바위 골짜기를 따라 흘러내리는데 시내 바닥과 양쪽 언덕이 모두 돌로 돼 있다. 언덕 위에는 기이한 바위가 있어 어떤 바위는 작은 봉우리 모양이고, 어떤 바위는 펼쳐놓은 평상 같으며, 어떤 바위는 벽돌을 깔고 쌓은 성과 같다.

위에는 늙은 소나무와 늙은 나무가 기울거나 누워 있는가 하면 군데군데 서 있다. 시냇물이 움푹 파인 길쭉한 바위에 이르면 돌구유에 물을 담아놓은 듯하고, 둥글고 오목한 바위에 닿으면 돌 가마에 물을 채운 듯하다. 물이 돌에 부딪혀 밤낮으로 시끄러운 소리를 내기에 물가에서는 사람의 말소리가 들리지 않는다.

좌우에 있는 산등성이에는 키 큰 나무가 들어찬 숲이 우거져 빽빽하고, 온갖 새가 시끄럽게 지저귀니, 참으로 인간 세상의 경계가 아니다. 이와 같은 바위가 세 개 있어, 위에서 아래로 차례로 상선암上仙巖, 중선암中仙巖, 하선암下仙巖이다.

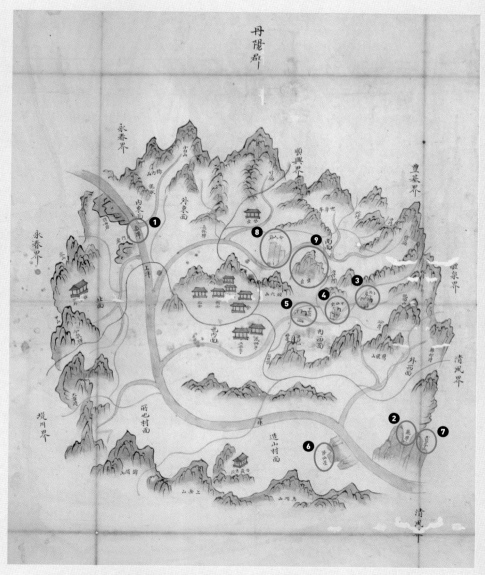

단양군의 명승, 《호서지도湖西地圖》, 18세기 중엽, 규장각한국학연구원 소장

네 고을 산수 중에서도 가장 풍경이 아름답다는 단양군의 회화식 지도이다. 수많은 시인묵객과 여
행객을 찾아오게 만든 주요 명승을 빠짐없이 표기하였다. 도담①과 귀담②의 이담, 상선암③과 중선
암④과 하선암⑤의 삼암을 그려 넣었고, 그 밖에 강선대⑥와 옥순봉⑦, 사인암⑧, 운암⑨ 등을 표기하
였다.

내가 무자년(1708)에 단양을 지날 때 군수 김중우金重禹, 도사都事 이덕운李德運과 더불어 이곳에서 노닐다 시 한 연을 얻었다.

일만 골짜기는 봄 꿈 꾸어 찾아온 듯 황홀하니　　萬峽怳疑春夢到
천년 동안 지상 선인으로 영원히 노닐고 싶구나!　　千秋長擬地仙遊

과연 훗날에 신선들과 맺은 약속을 지킬 수 있을지 모르겠다.

읍치 동남쪽에 운암雲巖이 있으니 큰 산에서 작은 산기슭 하나가 들로 내려와 우뚝하게 솟아 있다. 아래에는 석벽이 있고, 동남쪽 산골짜기의 물이 불어서 시내를 이루면 석벽 아래를 에둘러 흐른다. 그 위에는 서애 유성룡의 옛 정자 터가 있는데 시내와 산의 경치가 제법 빼어나다.

옛날에 서애가 임금이 하사한 표범 가죽으로 이 정자 터를 사서 두어 칸의 집을 지었다. 무술년(1598)에 남이공이 이경전을 도와 서애를 탄핵하면서 이 정자를 동탁의 재물창고[32]에 견주기까지 하였다. 서애가 남에게 보낸 편지글에서 "붉은 벼랑과 푸른 석벽까지 탄핵문 속에 들어갔다."라고 말한 곳이 바로 여기이다.

서애가 파직되어 낙향한 뒤에, 선조가 정승 이항복에게 조정 신하 중에서 청백리清白吏를 뽑으라고 하자 이항복은 서애를 청백리에 천거하였다. 서애가 남이공에게 무고를 당한 일을 가슴 아프게 여겼기 때문이다.

서애가 낙향하려고 도성을 나서 광나루에 이르렀을 때 다음과 같은 시를 지었다.

32　후한 말기에 동탁이 미郿 땅에 거대한 창고를 세웠는데 창고의 높이가 일곱 길이나 되어 장안성과 맞먹는 규모였다.

| 전원으로 돌아가는 길은 삼천리이고 | 田園歸路三千里 |
| 조정에서 입은 큰 은혜는 사십 년이로다 | 帷幄深恩四十年 |

나라를 돌아보며 차마 떠나지 못하는 서애의 심경을 충분히 짐작할수 있다. 서애가 세상을 떠난 뒤에 정자도 곧 허물어졌다.

영동 지역과 네 고을의 산수가 아름답기는 하지만 영동은 땅이 외지고 바다에 바짝 붙어 있으며, 단양은 험벽하고 협소하므로 두 지역 모두살 만한 땅은 아니다.

강가의 주거지

높은 산과 빠르게 흐르는 강, 험한 협곡과 거센 여울을 끼고 있다면 한때 구경하고 즐길 만하지만 사찰이나 도관道觀이 서기에나 좋을 뿐 영구히 머물고 대를 이어 살 주거지로는 적당하지 않다. 그렇다면 반드시 들녘에 있는 고을로서 시내와 산, 강과 산이 어우러져 경치가 빼어나거나, 평탄하고 넓으면서도 밝고 아름답거나, 정갈하고 깨끗하면서도 아늑하고 고아하거나, 산이 높지 않아도 수려하거나, 강이나 시내가 크지 않으면서도 맑아야 한다. 기이한 바위나 수려한 돌이 있더라도 음산하거나사나운 생김새가 전혀 없어야 한다. 이런 곳은 신령한 기운이 모이므로고을이라면 이름난 성이 되고, 마을이라면 이름난 주거지가 된다.

강가의 주거지로는 평양 외성外城을 팔도에서 첫째로 꼽는다. 평양은앞뒤로 100리나 되는 들판이 펼쳐져 훤하게 트이고 밝고 시원한 까닭에기상이 활달하고 넓다. 산 빛이 수려하고도 부드러우며, 강물은 급하게쏟아지지 않고 평지를 천천히 흘러서 도회 앞에서 물살이 살랑댄다. 산이 들과 어울리고, 들이 물과 어울려 평탄하면서도 수려하고, 호쾌하게 넘실거린다. 크고 작은 장삿배가 파도를 헤치고 들락날락하고, 수려한 돌과 층층바위가 강 언덕을 구불구불 두르고 있다. 서북쪽은 비옥한 논과 너른 밭고랑이 눈앞에 끝없이 펼쳐져서 또 하나의 별천지를 이룬다.

내성內城에는 관아 건물과 관속들의 집이 있고, 평민과 인사人士(사회적 지위가 높은 사람)들은 누구나 외성에 모여 산다. 외성은 위만과 주몽의 시대에 쌓은 토성을 가리킨다. 비록 허물어지기는 했어도 아직도 성터가 남아 있고, 이 구역 안에는 여염집이 다닥다닥 붙어 있다. 남쪽으로 큰 강에 바짝 붙어 있어 봄여름이면 빨래하는 아낙네들이 옷가지를 빠는데 10리에 걸쳐 흰옷 입은 모습이 휘황하며, 빨래 방망이를 두드리는 소리에 갈매기와 물오리가 깜짝 놀라서 날아간다. 가옥들이 즐비하고 가게가 번화하여 기자 때부터 지금까지 굴곡 없이 태평하게 살아왔다. 지리가 좋은 곳임을 여기에서도 충분히 짐작할 수 있다.

그러나 세상에 전해오는 말에, 평양의 지리는 물 위로 배가 가는 형국〔行舟形〕[33]이므로 사람들은 우물 파는 것을 꺼린다. 예전에 우물을 팠더니 고을에 화재가 많이 발생하여 마침내 우물을 메워버렸다고 한다. 공사公私를 막론하고 고을 사람 누구나 강물을 길어다 사용한다. 땔나무를 베어 오려면 길이 멀어서 땔감이 아주 귀하니 이 점이 흠이다.

다음은 춘천의 우두촌으로, 소양강 상류에 두 강물이 여민 옷깃처럼

---

33 배가 움직이는 것을 행주行舟라 하는데, 풍수에서 행주의 위치라는 말은 보통 좋은 집터를 설명한다. 행주형은 물 위로 배가 움직이는 형태이므로 절대로 우물을 파면 안 된다는 속설이 있다. 우물을 파면 땅속에 있는 물줄기를 잡아 올리기 때문에 곧 배 밑바닥을 깬다는 뜻이 된다.

합쳐지는 지점 안쪽에 자리 잡았다. 물에 바짝 다가선 곳에 바위가 있고, 바위 아래에 강이 있으며, 강 너머에는 들판이 있고, 들판 너머에는 산이 있다. 산골짜기이기는 하나 들이 멀리까지 활짝 펼쳐져서 시원스럽고 밝고 상쾌하다. 뿐만 아니라 아래쪽 강으로 배가 통하여 주민들은 생선과 소금을 팔아 부를 쌓는다. 그래서 맥국 시대부터 지금까지 인가가 줄지 않았다.

다음은 여주 읍치로, 한강 상류 남쪽 언덕에 있다. 언덕 남쪽의 들판은 40여 리에 곧장 펼쳐져 있기에 기상이 맑고 원대하다. 강물은 웅장하지도 급하지도 않게 동쪽에서 서북쪽으로 흘러가는데, 그 위쪽에 마암馬巖과 벽사甓寺[34]의 바위가 있어 물살을 약하게 해준다. 서북쪽은 평탄하여 읍치가 된 지 수천 년이다.

무릇 강마을은 농사짓는 이로움을 함께 누리는 곳이 드물다. 마을이 두 산 사이에 있다 해도 강물과 모래밭에 앞이 가로막혀서 경작할 만한 농토가 없다. 설령 농토가 있다 해도 너무 멀어서 밭을 갈아 수확하지 못하거나 지대가 낮아 툭하면 물에 잠기므로 수확하지 못한다. 그렇지 않으면 농토가 있다 해도 하나같이 척박하다. 물이 깊고 크면 관개할 수 없고, 가뭄과 큰물이 쉽게 드는 까닭에 강가에 터를 잡으면 한갓 강산의 경치만 멋있을 뿐, 입고 먹는 생계에 이로움이 적다. 위에서 말한 세 곳이 가장 좋은 이유는 들녘이 펼쳐져 있기 때문이다.

풍덕의 승천포와 개성의 후서강은 탁한 조수가 흐르는 데다 장기마저 띠고 있다. 한양의 여러 강촌 마을은 앞산이 너무 가까이에 있다. 충주

---

34 경기도 여주시 신륵사를 가리킨다. 절의 탑을 벽돌로 쌓아서 이렇게 부른다.

는 금천과 목계 이외에 나머지 강마을이 모두 쓸쓸하고 외떨어져 있다. 오직 공주는 금강가의 절벽이 경치가 대단히 빼어나긴 하지만 협소하고 궁벽한 마을이다. 상주의 낙동강은 양편 언덕이 황량한 골짜기이다. 나주의 목포, 광양의 섬진강, 진주의 영강(남강)은 한양에서 너무 멀다.

오직 부여 아래쪽은 남쪽으로는 은진까지, 서쪽으로는 임피까지 물가에 자리 잡은 마을이 많다. 마을들이 삼남의 중심인 데다 한양과 멀리 떨어져 있지 않다. 들이 가깝고 토질이 상당히 기름져서 농사를 지을 만하다. 메벼와 찰벼가 나고 주민들은 모시와 삼베, 물고기와 게를 팔아 이익을 얻는다. 남쪽과 북쪽에서 운송되는 물산을 받아서 강과 바다의 배들이 모여드는 집산지이기도 하다. 한강 유역 이외에는 오직 여기가 살 만한 땅이다.

압록강과 두만강은 논하지 않는다.

시냇가의 주거지

세상에서는 "시냇가의 주거지는 강가의 주거지보다 못하고, 강가의 주거지는 바닷가의 주거지보다 못하다."라고 말한다. 이는 재화의 유통과 해산물의 채취라는 기준으로 말한 것일 뿐이다. 실상을 살펴보면, 바닷가는 바람이 많이 불어 사람의 낯이 쉽게 검어지고, 각기병이나 수종水腫, 장기로 인한 학질 따위의 질병이 많이 생긴다. 식수가 나오는 샘이 부족하고, 땅에는 소금기가 있으며, 탁한 바닷물이 들어와 맑은 운치가 거의 없다.

우리나라의 지세는 동쪽이 높고 서쪽이 낮으며, 산골짜기에서 강물이 흘러나온다. 그래서 느릿느릿 평온하게 흐르는 느낌이 없이 항상 거꾸로 뒤집힐 듯 몰아치고, 빠르게 쏟아져 흐르는 형세를 보인다. 강에 바짝 붙여서 지은 정자나 집은 지리가 어긋나는 일이 많이 발생하여 수시로 허물었다 다시 짓는다. 오직 시냇가의 주거지는 평온한 아름다움과 정갈한 운치가 있을 뿐 아니라 물을 대고 농사짓는 즐거움을 누릴 수 있다. 따라서 나는 "바닷가의 주거지는 강가의 주거지보다 못하고, 강가의 주거지는 시냇가의 주거지보다 못하다."라고 말한다.

무릇 시냇가의 주거지는 반드시 고개에서 멀리 떨어지지 않은 곳에 있어야만 평화로운 시대든 난세든 오랫동안 살기에 좋다. 그러므로 시냇가의 주거지는 영남 예안의 도산과 안동의 하회를 첫째로 꼽는다. 도산은 두 산이 합하여 긴 골짜기를 이루는데 산이 그다지 높지 않고, 황지에서 발원한 황수가 여기에 이르러 비로소 수량이 많아지고 골짜기 어귀 밖에 이르면 큰 시내를 이룬다. 양쪽 산발치는 모두 석벽으로 물가에 위치하여 빼어난 경치를 이룬다. 물은 거룻배가 충분히 다닐 정도이고, 골짜기 안에는 고목이 매우 많아 조용하고 한가로우며 시원하고 그윽하다. 산 뒤쪽과 시내 남쪽에는 좋은 논과 너른 밭고랑이 있다. 퇴계 이황이 거처하던 암서헌巖棲軒 두 칸은 고택 그대로 남아 있고, 안에는 퇴계가 쓰던 벼룻집, 지팡이, 신발, 종이로 만든 선기옥형璇璣玉衡(혼천의)이 보관되어 있다.

하회는 평탄한 언덕에 자리 잡았으며 황수 남쪽에서 서북쪽으로 향하는 곳에 서애 유성룡의 고택이 있다. 황수는 주위를 휘감아 돌다가 마을 앞으로 넘실넘실 흘러와 깊게 고인다. 황수 북쪽의 산은 학가산에서 갈라져 와서 강가를 두르고 있는데 모두 석벽이다. 돌의 빛깔도 차분하고 수려하여 험악하고 거친 모양이 전혀 없다. 석벽 위에는 옥연정玉淵亭과 작은 암자가 바위 사이에 드문드문 자리 잡았고 소나무와 향나무가 이

안동 일대,《영남지도嶺南地圖》, 18세기 중엽, 규장각한국학연구원 소장
태백산①의 황지②에서 발원한 황수가 청량산③을 지나고 안동의 임청각④과 영호루⑤ 앞을
거쳐 하회⑥ 마을을 에돌아 흘러가고 있다. 하회 주변에는 많은 명승이 있고, 서북쪽 내성면
에는 권벌의 청암정⑦이 표기되었다.

집들을 가리고 있으니 참으로 절경이다.

도산을 지나가는 강의 하류는 분강汾江으로 인근에 농암聾巖 이현보
李賢輔의 고택이 있고, 분강 남쪽에는 좨주祭酒 우탁禹倬의 고택이 있으며
어느 곳이나 그윽하고 뛰어난 경치를 자랑한다. 하회의 위아래에는 삼
귀정三龜亭과 수동繡洞, 귀담, 가일佳逸 등이 있는데 모두 강가의 이름난
마을이다. 하류에는 여울이 많아 낙동강의 장삿배가 다니지는 못하지만
마을 앞에서는 거룻배를 이용할 수 있다. 또 농토가 먼 곳에 있지 않아
평화로운 시대에는 농사를 짓고, 소백산이 매우 가까워 난세에는 숨어
살기에 좋다. 그러므로 "시냇가의 주거지는 오직 이 두 곳이 참으로 나
라 안에서 첫째간다. 땅이 명사로 인해 귀해진 것만은 아니다."라고 하
겠다.

이 밖에도 안동 동남쪽에 있는 옛날 임하현臨河縣 지역을 들 수 있는
데, 청송읍靑松邑의 시냇물 하류가 황수와 합류하는 곳이다. 반변천半邊川
기슭에는 학봉鶴峯 김성일金誠一의 고택이 있고, 지금까지도 집안 일족이
번성하여 마을 이름을 떨치고 있다. 마을 옆에는 몽선각夢仙閣과 도연폭
포陶淵瀑布, 선찰사仙刹寺 같은 경치 좋은 곳이 있다.

고을 북쪽에 있는 내성촌奈城村에는 우찬성을 지낸 권벌權橃의 고택이
있다. 여기에는 청암정靑巖亭이 있는데 못 복판의 큰 바위 위에 마치 섬
처럼 정자가 놓여 있고 사면을 냇물이 고리처럼 돌아 흘러서 상당히 그
윽한 경치를 자랑한다. 더 북쪽에는 춘양촌春陽村이 있으니 곧 태백산 남
쪽이다. 정언을 지낸 권두경權斗經이 대대로 소유하고 있는 한수정寒水亭
이 냇물 위에서 날개를 펼친 듯하여 그윽하고 오묘한 운치가 있다.

임하천 상류에는 청송부靑松府가 있다. 두 갈래 큰 냇물이 읍치 앞에서
만나고 교외 들판이 제법 트여 있다. 흰 모래와 푸른 물이 벼논과 기장

밭고랑 사이를 띠처럼 둘러 멋지게 어우러진다. 사방의 산에는 어디나 잣나무가 울창하게 녹음을 이루어 사철 내내 푸르며, 정갈하고 아름다운 모습이 거의 속세의 풍기風氣를 벗어난다.

영천 서북쪽에 순흥부의 읍치가 있고, 죽계竹溪가 흐른다. 죽계는 소백산에서 흘러나오는데, 이곳은 들이 넓고 산이 야트막하여 물과 바위가 맑고 밝다. 상류에는 백운동서원이 있고, 여기서는 문성공文成公 안유安裕를 모신다. 명종 때 부제학을 지낸 주세붕이 풍기豊基를 다스리던 시기에 창건한 서원이다. 이것이 우리나라 서원의 시초이다. 서원 앞 시냇가에 누각이 서 있어 여기에서 밝게 빛나고 훤히 트인 고을 전체의 빼어난 풍경을 완전히 조망할 수 있다.

이 두 고을은 산천과 경치, 토지와 생리가 안동의 유명한 여러 마을과 막상막하이다. 그러므로 "소백산과 태백산 아래, 황수 유역은 참으로 사대부가 살 만한 곳이다."라고 하겠다.

이에 버금가는 곳은 적등산赤登山(월이산) 남쪽이니, 용담에는 주줄천이 있고, 금산에는 제원천濟原川이 있고, 장수에는 장계長溪가 있고, 무주에는 주계朱溪가 있다. 이 네 지역은 시내와 산의 경치가 매우 빼어나고, 토지가 아주 비옥하며, 목화와 벼를 재배하기에 알맞다. 들은 관개가 잘되어 농사의 풍흉을 걱정하지 않으며 이런 점은 태백산, 소백산과 황수 지역에 비할 바가 아니다.

네 고을의 중간에는 전도前島와 후도後島, 죽도竹島라는 세 개의 섬이 있어 이들이 빚어내는 경치가 훌륭하다. 다만 시내와 산의 빼어난 경치가 좋기는 하나 농토가 조금 먼 것이 아쉽다. 그러나 네 개의 고을은 동쪽과 서쪽에 큰 산과 깊은 골짜기가 있어서 병란을 피할 곳이 가장 많다. 이를 따라 북쪽으로 내려가면 시냇물이 동쪽으로 꺾여 옥천 땅으로 들어가서 희양산의 채하계와 이산의 구룡계九龍溪가 된다. 지역에 따라 이름을 달리하지만 실제로는 하나의 강물로 모두 적등강 상류에 있다.

시내를 따라 내려가면 겹겹의 바위와 수려한 벼랑들을 볼 수 있다. 서북쪽은 높다랗게 막혔고, 동남쪽은 시원하게 트여 맑으면서도 그윽하고 아늑하면서도 드넓다. 산은 높이 솟아 있으나 거칠거나 험한 생김새가 없고, 시내는 하류 쪽의 배가 들어오지는 못하나 때때로 물이 모여들어 맴돌고 깊이 고여서 거룻배를 이용할 수 있다. 아름다움은 도산과 하회에 충분히 견줄 만하고, 동쪽으로 황악산이나 덕유산과 가까워 병란을 피하기에도 좋다. 다만 논이 적어서 주민들은 전적으로 목화를 재배하여 생계를 꾸리지만 이로써 얻는 이익이 비옥한 논의 소출과 충분히 맞먹으므로 생리도 위에서 말한 네 개의 고을에 못지않다. 참으로 고인高人[35]과 일사逸士[36]가 살 만한 곳이다.

또 다음은 화령과 추풍령 사이이다. 여기에는 안평계安平溪와 금계錦溪와 용화계龍華溪가 있다. 세 곳의 시내는 상주와 영동, 황간이 만나는 어름에 있는데 시내와 산의 경치가 대단히 훌륭하고 관개하기가 편리하여 논이 매우 기름지고 각지에 목화밭이 많다. 호서와 영남 사이에 끼어 있어서 땅이 그다지 외지지 않고 장사꾼들이 모여들어 가진 물건을 서로 바꾸므로 부유한 사람이 많다. 따라서 여러 곳에 견주어 생리가 제일 좋다.

다만 들이 넓게 트이지 않아 맑고 밝은 기상이 황수 북쪽이나 희양산, 이산에 미치지 못한다. 하지만 북쪽으로 속리산과 잇닿아서 증항과 도

---

35 벼슬자리에 오르지 아니하고 고결하게 사는 사람을 이른다.
36 세상을 등지고 숨어 사는 선비를 말한다.

장 골짜기가 있고 남쪽으로는 황악산과 이웃하여 상궁곡上弓谷과 하궁곡
下弓谷이 있다. 어디든 난리를 피할 만한 곳이니 참으로 복지이다.

다음은 문경의 병천이다. 가은加恩과 봉생鳳笙, 청화, 용유 등지의 경치
가 훌륭하고, 북쪽으로 선유동仙遊洞 골짜기에 이어져 있는데 시내와 산,
샘과 바위가 대단히 기이하다. 논이 비옥하여 소출이 많고, 토질이 감과
밤을 가꾸기에 알맞다. 고을을 둘러싼 100리 일대는 어디든지 난리를
피할 만한 복지이니 참으로 은자가 살 만한 땅이다. 그러나 위치가 궁벽
하고 산이 살기를 벗지 못하였으므로, 세상을 피해 도를 닦기에는 좋아
도 평상시에 살 만한 곳은 아니다.

또 다음은 속리산 북쪽, 달천 상류에 있는 괴산의 괴탄槐灘이다. 괴탄
가에는 고산정孤山亭이 있으니 옛날 예조판서를 지낸 유근柳根의 별장이
다. 주지번이 조선에 사신으로 왔을 때, 화공을 보내 이곳 풍경을 그려
서 보여주자 주지번이 시를 지어 현판에 써서 걸게 하였다. 골짜기가 비
좁기는 하나 시내와 산이 밝고 깨끗하며, 논밭에서 농사를 짓는 즐거움
을 누릴 수 있다. 동쪽에는 희양산이 있어 난리를 피할 만하다. 시내를
따라 남쪽으로 내려오면 청천과 귀만, 용화동, 송면촌 등의 마을이 있다.
모두 속리산 북쪽에 있다.

남쪽으로 율치를 넘으면 문경의 병천이 나온다. 율치 북쪽은 지세가
매우 높아 여러 마을이 산을 등지고 냇물을 바라보고 있다. 들판이 푸르
고 깨끗하며, 풀과 나무가 향기로우니, 이곳 역시 별천지이다. 첩첩산중
에 있기는 하나 거칠고 험한 산봉우리가 없으니 참으로 은자가 살 만한
곳이다. 다만 밭은 많아도 논이 적고, 땅이 메말라 수확량이 적으니 이
점은 병천이나 괴탄보다 못하다.

또 다음은 원주의 주천酒泉이다. 아주 외딴 산골짜기 속에 들판이 상

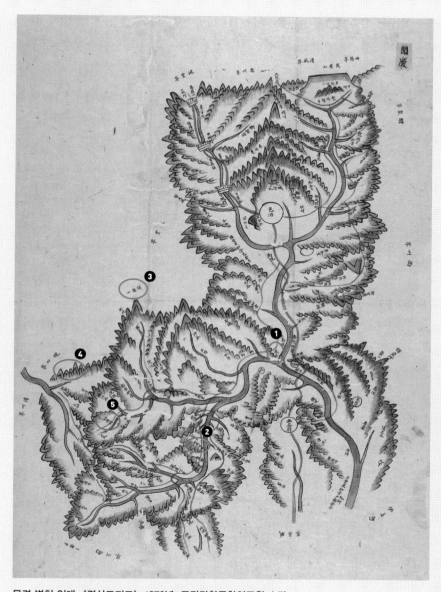

문경 병천 일대, 《경상도지도》, 1872년, 규장각한국학연구원 소장
조령 관문이 있는 문경 지도이다. 봉생①과 가은② 그리고 서북쪽의 희양산③과 청화산④ 아래 선유
동⑤을 경치가 아름다운 곳으로 꼽았다.

당히 넓게 펼쳐져 있고, 산은 그다지 높지 않고 물도 지극히 맑다. 다만 논이 없어서 주민들이 오직 기장과 조를 심고 거두어 생계를 꾸리는 점이 아쉽다. 서쪽에는 치악산이 하늘에 치솟아 인간 세상과 격리되어 병란을 피하고 세상을 피해 살기에만 알맞고 주민들은 청천이나 병천보다 훨씬 더 가난하게 산다.

고개에서 벗어나 들판에 내려앉은 시냇가 마을은 이루 다 헤아릴 수 없을 만큼 많다. 공주의 갑천, 대전의 유성을 첫째로 꼽아야 하고, 전주의 율담을 둘째로, 청주의 작천을 셋째로, 선산의 감천을 넷째로, 구례의 구만을 다섯째로 꼽아야 한다.

갑천은 들판이 지극히 넓고 사방의 산이 맑고 아름답다. 수량이 많은 냇물 세 줄기가 들의 복판에서 합류하여 다 함께 관개할 수 있다. 땅은 어디나 1묘에 1종을 수확하고, 목화를 가꾸기에도 알맞다. 강경이 멀지 않고 앞에 큰 시장이 있어 바다와 산지의 물자가 통해서 생활이 편리하므로 영원토록 대를 이어 살 만한 곳이다.

율담은 동쪽으로는 높은 산을 끼고 서쪽으로는 좋은 밭과 이웃하고 있다. 남쪽에는 큰 냇물이 흐르고, 논은 어디나 1묘에 1종을 수확한다. 낚시질하는 즐거움과 농사를 짓는 이득이 갑천 못지않고, 전주와 아주 가까워 이용利用과 후생厚生이 함께 갖추어져 있다.

작천에는 시냇가 서쪽에 장명촌長命村(천안시 수산면 장산리), 금성촌金城村, 자적촌紫的村, 정좌촌鼎坐村 등의 마을이 있다. 시내와 골짜기가 매우 많아서 어디든지 관개하기가 편리하므로 예로부터 부유한 집이 많다.

감천은 황악산에서 발원하는데, 시냇가마다 관개가 잘되는 아주 비옥한 논들이 있어서 사람들은 흉년이 드는 줄 모르고 대대로 부유한 자가 많다. 따라서 풍속이 매우 순박하고 넉넉하다.

구만은 지리산 자락이다. 지리산에는 동쪽 줄기만 있고 서쪽 줄기는 없다. 유독 한 줄기가 서쪽으로 뻗어 나오다가 이곳 구만에서 완전히 사라진다. 잔수澤水가 구부러져 감싸 안았고, 강 너머에는 오봉산五峯山이 남쪽에서 조산朝山이 된다. 경상도와 전라도 사이에 위치하여 화물을 수송하는 요지이며, 넓은 들이 어디나 매우 비옥하다. 별이 드물고 달이 밝은 밤이면 강 위에 사람이 타지 않은 작은 배가 저절로 양쪽 언덕 사이를 떠다니기도 한다. 세상에서 전해 오는 전설에, 오봉산에 신선이 있어 지리산을 왕래하느라 그렇다고 한다. 구만이라는 마을은 위에 말한 여러 시냇가 마을보다 생리가 월등히 좋으나 다만 남해와 가까워서 수질과 토양이 북쪽의 여러 마을보다는 못하다.

이 다섯 곳은 지리와 생리가 지극히 훌륭하므로 도산이나 하회보다도 훨씬 좋다. 다만 고개에서 조금 멀리 떨어져 있어서 평상시에만 대대로 살 만하고 병란을 피할 수는 없다. 그러하니 황수 북쪽의 여러 마을에 미치지 못한다. 그중에서 오직 구만은 동쪽에 지리산이 있어 치세든 난세든 언제든지 머물러 살 만하다.

이 밖에 충청도에서는 보령의 청라동靑蘿洞, 홍주의 광천, 해미의 무릉동, 남포의 화계花溪에 대대로 터 잡고 사는 부자들이 많다. 또한 이웃한 여러 고을도 뱃길이 편리하여 경성의 사대부들이 모두 여기에서 수송해 가는 물산을 바라보고 살고 있다. 깊은 산이나 큰 골짜기가 없기는 하나 바다 모퉁이의 궁벽한 지역이기 때문에 병란이 애초에 들어오지 않으므로 가장 좋은 복지로 일컬어진다.

전라도에서는 남원의 요천, 흥덕의 장연, 장성의 봉연鳳淵이 기름진 땅으로 이름난 마을이라 대대로 거주하는 토호가 많다.

경상도에서는 대구의 금호琴湖, 성주星州의 가천伽川, 김산金山의 봉계鳳溪

가 밭이 넓고 토질이 비옥하여 신라 때부터 지금까지 인가가 줄지 않는다. 지리와 생리 모두 좋아 대대로 살 만한 땅으로 삼을 만하다. 다만 병란을 피할 수 없는데 오직 가천과 봉계만은 고개와 가까워 치세든 난세든 언제든지 머물러 살 만하다.

경기도에서는 용인의 어비천魚肥川과 음죽의 청미천淸美川이 삼남 지역만큼 땅이 기름져 거주할 만하다.

강원도에서는 원주의 안창계安昌溪 일대와 횡성 읍치에 있는 시내 주변의 풍광이 빼어나고 산의 경치도 매우 훌륭하다. 다만 땅이 척박하여 삼남보다 훨씬 못하다.

황해도에서는 오직 해주의 죽천竹川과 송화의 수회촌水回村이 시내와 산의 경치가 제법 운치가 있다. 땅도 척박하지 않고 서쪽에 바닷가가 있어 생선과 소금을 팔아 이익을 누릴 수 있으니 참으로 살 만한 곳이다.

황해도와 강원도가 만나는 땅 평강에는 정자연亭子淵이 있는데 황씨黃氏가 대를 이어 사는 곳이다. 철원 북쪽에 자리 잡았고 큰 들 복판에서 평평한 묏부리가 비스듬히 감돌고, 큰 시내가 안변의 삼방치에서 서남쪽으로 흘러 내려오다가 마을 앞에서 더욱 깊고 커져 거룻배를 띄울 수 있을 정도이다. 강기슭의 석벽은 병풍과도 같고, 정자와 누대, 수목이 빚어내는 그윽한 운치가 있다.

서쪽에는 이천 고을이, 북쪽에는 광복촌廣福村이 있다. 안변의 영풍永豊에서 내려오던 물이 광복촌에서 웅덩이를 만난 것처럼 모여 깊어지고 고리처럼 휘돌아서 배를 띄울 수 있다. 땅은 모두 흰 돌과 반짝이는 모래가 깔려 있어 환하고 기이한 기운이 감돈다. 고을 전체에 걸쳐 논이 적으나 광복촌만은 물을 끌어 관개하므로 땅이 매우 기름져서 소출이 많다. 북쪽에는 깊숙한 고미탄古美灘과 험준한 검산劍山이 있어 평상시나

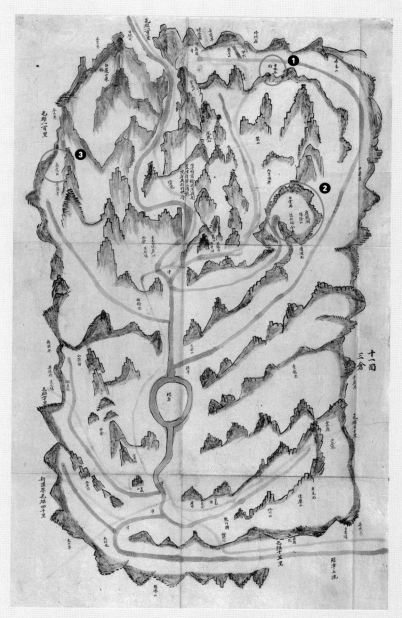

광복촌과 고미탄, 《이천지도》, 1872년, 규장각한국학연구원 소장
임진강 상류 지역인 이천의 지도로 안변의 영풍에서 발원하여 고미탄①으로 흘러내려온 강
물이 광복동②을 거쳐 읍치를 감싸 흘러가는 수세를 볼 수 있다. 양음산으로 둘러싸인 광
복동에는 지금은 은선동으로 불린다는 설명이 붙어 있다. 곡산 방향에는 고달산③이 있다.

난세나 거주할 만하다. 다만 처한 곳이 너무 궁벽하고 부유한 평민만 거주할 뿐 사대부가 없다는 점은 아쉽다.

광복촌을 거친 물은 이천 읍치 앞에 와서 더욱 커져 강이 된다. 매년 여름과 가을에 물이 불어나면 세곡을 실은 조운선을 띄워 서울까지 운송한다. 강물이 안협에 이르러 고미탄에서 흘러오는 물과 합류하고, 토산을 지나 삭녕의 징파도에 이르면 물이 맑고 산이 멀찍이 펼쳐지며 비로소 경성 사대부의 정자와 누각이 나타난다.

무릇 산수란 심신을 즐겁게 하고 감정을 발산하게 하는 것이다. 사는 곳에 그런 산수가 없으면 사람을 거칠게 만든다. 그러나 산수가 좋은 곳은 생리가 변변치 않은 곳이 많다. 사람인 이상 자라처럼 제 등껍질을 이고 살거나 지렁이처럼 흙을 파먹고 살 수는 없으니, 그냥 산수만을 취하여 삶을 영위할 수는 없다. 차라리 기름진 땅과 넓은 들이 있어 지리가 좋은 곳을 선택하여 집을 짓고 살면서, 10리 밖이나 반나절 거리에 경치가 아름다운 산과 물을 두고, 흥취가 일어날 때마다 가서 시름을 풀거나 하루 이틀 묵고 돌아오는 것이 낫다. 이야말로 훗날까지 이어갈 만한 좋은 방법이다.

옛날에 주자는 무이산武夷山의 산수를 좋아하여 냇물 굽이와 봉우리 꼭대기에 대해 일일이 글을 지어 아름답게 묘사하기는 했으나 그곳에 집을 짓고 살지는 않았다. 그는 일찍이 "봄철에 저곳에 가면 붉은 꽃과 푸른 잎이 서로 어우러져 나름대로 나쁘지 않다."라고 하였다. 산수를 좋아하는 후세 사람은 주자의 방법을 모범으로 삼아도 좋다.

경로

우리나라에 어찌 사대부가 있겠는가? 중국의 사대부는 오호五胡[1]의 후예를 제외하고는 모두 제왕이나 성현의 후손으로서 요, 순, 문왕, 무왕, 주공, 공자가 만든 법과 제도를 실천하였으니 이들이야말로 진정한 사대부이다. 반면 우리나라의 이른바 사대부란 모두 우리나라 사람의 후예일 뿐이다. 우리나라는 중국 영토 밖에 위치하여 우임금이 성姓을 내릴 때 참여하지 않았으니, 그냥 하나의 동이일 뿐이다. 다만 기자의 후예가 선우씨가 되었고, 고구려의 후손이 고씨가 되었으며, 신라 왕족들인 박씨·석씨·김씨와 가락국 임금인 김씨는 모두 제왕으로서 자기 성을 정하였다. 이들은 고귀한 종족이다.

신라 말엽에 중국과 교류하면서 비로소 성씨를 제정하였다. 그러나 벼슬아치와 사족만 겨우 성을 가졌고, 일반 백성은 아무도 성이 없었다. 고려가 삼한을 통일한 뒤에 비로소 중국의 성씨 제도를 본떠서 팔도에 성을 나눠주어 누구나 성을 갖게 되었다. 그러나 성을 나눠주기 전에는 계파가 제각기 달랐으므로 관향貫鄉이 같은 이들만을 따로 골라서 같은 성으로 간주하였다. 관향이 다른 경우에는 성이 같더라도 한 집안으로 여기지 않고, 혼인을 막지 않았으니 선조가 다르기 때문이었다. 그렇다면 고려에서 내려준 성씨를 존귀하게 여길 것이 뭐가 있으랴? 오늘날의 사대부들이 자기 성씨를 꼭 붙들고 남은 못났고 저는 잘났다고 제멋대로 싸우니 하는 짓이 어리석다.

우리 조선왕조가 국운이 트여 명분을 바탕으로 나라를 세운 이래 지금까지 사대부의 명목이 대단히 성대해졌고 많아졌다. 오로지 문벌을

---

1 후한 이후부터 남북조 시대에 이르기까지 북방에서 이주하여 열여섯 나라를 세웠던 다섯 이민족으로, 흉노匈奴·선비·갈羯·저氐·강羌이다.

결
론

따져 인재를 등용한 지 오래되었기 때문이다. 신분과 계급이 매우 많아서 종실과 사대부는 조정에서 높은 벼슬을 하는 집안이고, 그 아래 사대부는 지방 고을의 품관^{品官}으로 중정^{中正}(중국에서 인재 등용의 일을 맡아보던 벼슬)이나 공조^{功曹}(군郡에 속하여 군리의 임명과 해임 및 상벌에 관한 일을 맡아보던 구실아치)와 같은 부류이다. 그보다 아래로는 사서인^{土庶人} 및 장교, 역관, 산원^{算員}, 의관^{醫官}이나 지방의 한산인^{閑散人}(실직을 받지 못한 무과 합격자)이 있다. 이들보다 더 아래에는 서리^{胥吏}, 군호^{軍戶}, 양민 따위가 있으며 더 아래로는 신분이 비천한 공노비와 사노비가 있다. 노비로부터 서울과 지방의 서리까지가 하인^{下人}으로 하나의 계층이고, 서얼 및 잡색인이 중인으로 하나의 계층이다. 품관과 사대부는 똑같은 양반이라 말하기는 하지만 품관이 따로 하나의 계층이고, 사대부가 따로 하나의 계층이다.

사대부 중에는 또 대가^{大家}와 명가^{名家}의 등급이 있어 명목이 대단히 많은 탓에 혼인하고 교유할 때 서로 받아들이지 않는다. 이처럼 신분에 구애되어 편협하게 굴다 보니 가문이 번성하거나 쇠퇴하고, 유지되거나 망하는 변화가 일어나지 않을 수 없다. 그래서 사대부가 평민으로 전락하기도 하고, 평민이 오랜 세월 지나다 보면 신분이 상승하여 점차 사대부가 되기도 한다. 이런 까닭에 선우씨는 평안도의 품관이 되어 지금은 사대부가 나오지 않는다. 석씨와 왕씨, 고씨는 씨가 말랐고, 오로지 신라의 박씨와 김씨 및 가락국의 김씨가 왕가의 후손으로서 지금까지 귀하고 현달하여 번창하고 있다. 김씨와 박씨 두 개의 성이 우리나라의 으뜸가는 종족이다.

또한 우리나라에 자손을 남긴 중국인이 많다. 기자와 위만을 따라온 사람도 있고, 고려 왕비가 된 원나라 공주를 따라온 사람도 있다. 고려와 원나라가 한 나라로 통합되면서 백성들의 왕래를 막지 않았으므로 이주해 와서 눌러앉은 사람들도 있다. 이 경우에는 고려에서 내린 성씨가 아니고 계파가 분명치 않으며 자손 중에 현달한 이도 적다. 중원에서 이주하여 현달한 집안을 이룬 종족을 말하면, 온양 맹孟씨, 연안 이李씨, 여주 이씨, 남양 홍洪씨, 원주 원元씨, 해주 오吳씨, 의령 남南씨, 거창 신愼씨, 창원 황黃씨 등이 있어 저 부류에 들어가지 않는다. 나머지는 모두 고려에서 내린 성일 뿐이다. 따라서 지금 세상의 사대부 족보를 따져보면 집안을 일으킨 시조가 저들 가운데서 많이 나왔다.

그러나 사물이란 오래 묵으면 변하기 어려운 법이다. 고려 이래 지금까지 800여 년 동안 비천한 집안이 존귀해져서 이런 가풍을 여러 세대에 걸쳐 계승하고 덕행과 업적이 충분히 역사를 빛내고 문헌에 전해질 만하다면, 이들이 어찌 중국의 최崔씨, 노盧씨, 왕王씨, 사謝씨와 같은 큰 문벌귀족보다 못하겠는가?

우리 왕조는 고려보다 문명이 더 찬란하다. 옛날에 세종대왕께서는 성인의 자질을 타고나 군사君師의 위치에 오르셔서 온 세상 사람을 예법과 명교名教의 세계로 이끄셨다. 그러자 사대부들이 문장을 연마하고 집집마다 도덕을 닦아서 문채文彩가 찬연히 빛나 명나라 사대부와 다름이 없어졌다. 그런 까닭에 재주와 학식이 거칠고 엉성하면 촌뜨기라 부르고, 혼인을 조금만 격이 맞지 않게 하면 오랑캐로 취급하며, 행실에 작은 흠이라도 있으면 사귀는 친구로 끼워주지 않았다. 갑옷 입은 무인과 장사하는 상인은 비록 사대부 집안 출신이라도 천하게 여겼다. 따라서 사대부 되기가 자연스레 어려워져 반드시 글과 학문을 배우고 행실과 의리를 힘써 닦으며, 몸을 잘 수양하고 집안을 잘 다스리고 나서야 비로소 세상에서 사대부로 행세할 수 있었다. 그러므로 벼슬길에 나아가거나 은거하거나 이름이 없거나 현달하거나 가릴 것 없이 행동거지 하나 내뱉는 말 한마디가 모두 남들이 지적하고 눈여겨보는 대상이었다.

세종대왕으로부터 선조에 이르기까지 200년 동안 시운時運에 성쇠가 있어서 좋은 사람만 있을 수는 없었기에 편론이 크게 일어났다. 그리하여 현자라고 해도 꼭 남을 굴복시키지는 못하고, 모자란 사람은 쉽게 몸을 감추게 되었으니, 사대부가 행세하고 이름을 드러내기가 더욱 어려워졌다. 나라의 제도가 사대부를 우대하고 존중하기는 하지만 사대부를 죽이는 형벌을 가볍게 시행한 탓이다. 따라서 선량하지 않은 자가 뜻을 펼치기만 하면 매번 나라의 형벌을 빙자하여 사사로이 원수를 갚기 때문에 사대부를 죽이는 사화가 여러 차례 일어났다. 명성이 없으면 버림받고 명성을 얻으면 시기를 받으며, 시기하면 기필코 죽이고야 마니, 참으로 벼슬하기 어려운 나라이다.

나라가 쇠퇴하자 시비 다툼이 커졌고, 다툼이 커지자 복수심이 깊어졌으며, 복수심이 깊어지자 서로 원수를 죽이는 함정을 파서 몰아넣었다. 아! 사대부가 조정에서 제 자리를 얻지 못하면 산림에서 살면 된다. 이것이 고금에 통하는 처신이건만 지금은 그렇지 않다. 불행히도 무신년의 역적들은 신분이 사대부인데도 불구하고 향촌에서 역모를 주동하였다. 그래서 역적을 소탕하고 난 뒤에 조정은 항상 깊고 으슥한 산림에 큰 도적들이 날뛴다고 의심하였고, 설령 도적으로 의심하지 않더라도 속마음을 의심하고 사리에 어긋날 뿐 아니라 편벽하다고 몰아붙였다. 형편이 이러하니 조정에 나아가 벼슬하려고 하면 칼과 톱, 큰 솥으로 혹형酷刑을 가하려는 자들의 다툼이 아웅다웅 끊이지 않고, 재야로 물러나 거처하려고 하면 첩첩의 푸른 산과 겹겹의 푸른 강이 없는 것은 아니지만 끝내 떠나기 쉽지 않다. 그렇다면 사대부는 장차 어디로 가야 한단 말인가?

떠나지 못할 곳은 산림뿐만이 아니다. 말 한마디, 행동 하나에도 의심의 눈초리를 던지는 대상은 품관이나 중인, 하인이 아니고 항상 사대부이다. 높은 벼슬을 하든 이름 없이 묻혀 있든, 등용되든 버림받든, 재야에 있든 조정에 있든 몸을 둘 곳이 거의 아무 데도 없다. 이 지경에 이르러 다들 책을 읽고 학업을 닦아 사대부가 된 것을 후회하며, 도리어 농부와 장인·상인이라는 신분을 들먹이며 부러워하기까지 한다. 예전의 사대부는 태연하게 농부와 장인·상인의 위로 자긍심을 가졌는데, 오늘날에는 사실상 그들만 못한 점이 있다.

현상이 극단에 이르면 처음으로 돌아오는 것은 이치상 당연하다. 그러므로 온 천하에서 한 번 사대부라는 이름이 붙으면 갈 곳이 아무 데도 없다. 그렇다면 장차 사대부라는 이름을 버리고 농부나 장인, 상인 사이로 들어가 살면 자기 몸을 안전하게 지키며 이름을 드러낼 수 있을까? "그렇지 않다!"

오늘날 편론의 해악은 사대부에게만 미치는 것이 아니다. 품관과 중인으로부터 가장 천한 일을 하는 천민에 이르기까지 제각기 어울리고 친하게 지내는 사대부를 빌미로 남들이 이름 붙이고 손가락질하는 일을 피해가지 못한다. 농부나 장인, 상인이라 해서 유독 서로 친하게 지내는 사대부가 없겠는가? 이들이 목석이나 금수가 될 수 없는 이상 이들과 더불어 이 세상에서 함께 살아가므로, 고개를 들고 눈을 뜨면 바로 사물과 접촉하게 된다. 사물과 접촉하면 친하거나 소원한 관계를 낳고, 친하거나 소원한 관계는 좋아하고 싫어하는 마음을 낳는다. 친하고 좋아하면 존경하거나 따르거나 화합하는 관계를 맺고, 소원하고 미워하면 헤어지고 등지는 관계를 낳는다. 같은 패냐 다른 패냐 한 번 낙인찍히면 바로 경계가 구분되어 저쪽도 이쪽으로 들어오지 못하고 이쪽도 저쪽으로 들어갈 수 없다. 아무리 중간에 서서 왼쪽으로 갔다 오른쪽으로 갔다 하면서 이익을 챙기려고 해도 그렇게 할 수가 없다. 이 경계는 이들을 옴짝달싹 못하게 가두어 산과 물이 아닌데도 철벽같이 견고하고, 특정한 처소가 없는데도 정해진 위치가 확고하니, 누구도 제 힘으로는 여기서 벗어날 길이 없다. 이것이 지금 세상에서 벌어지는 편론의 실상이다.

이러한 편론이 사대부에게서 처음 생겼으나 말단의 폐단으로 인해 절대 상대를 용납하지 못하는 지경에 이르렀다. 옛말에 "불이 나무에서 생기나 불이 일어나면 반드시 나무를 태워버린다."라고 하였다. 따라서 나는 말한다. 동쪽에서도 살 수 없고, 서쪽에서도 살 수 없으며, 남쪽에서도 살 수 없고, 북쪽에서도 살 수 없다. 이와 같다면 장차 살 땅이 없어지고, 살 땅이 없어지면 동서남북이 없어지며, 동서남북이 없어지면 이는 바로 혼돈의 태극 그림 한 폭을 방불케 한다. 이렇게 되면 사대부가 없어지고, 농부와 장인·상인도 없어지며, 마찬가지로 사람이 살 만한 장소도 없어진다. 이것을 '사람이 살 수 있는 땅이 아닌 땅'이라 일컫는다. 그리하여 《사대부가거처》를 지었다.

발문

《택리지》후발

이중환

옛날에 공자께서는 도가 펼쳐지지 않자 노나라 역사책인 《춘추》를 빌려 왕도를 행한다는 명분으로 선행을 칭찬하고 악행을 꾸짖었다. 이는 실제로 일어난 사건에 빗대어 자기 생각을 표현한 것이다.

장자는 세상에는 나서지 않고 글을 여러 편 지어 굉장하고 활달하며 빼어나고 요란한 말을 뱉어내 만물을 똑같이 보고, 장수와 요절을 같은 일로 보며, 범인과 성인을 뒤섞어버렸다. 이는 허구에 빗대어 자기의 생각을 표현한 것이다. 허구와 실제라는 차이가 있으나 자기 생각을 표현한 점은 똑같다.

예전에 내가 황산 강가에 머물 때, 여름날에 할 일이 없어 팔괘정에 올라 더위를 식히면서 우연히 논의한 내용을 책으로 저술하였다. 이 책에 우리나라의 산천과 인물, 풍속과 정치, 연혁과 치란治亂, 잘잘못과 좋고 나쁨을 차근차근 기록하였다.

옛사람이 "예절이니 음악이니 하는 말이 어찌 꼭 옥과 비단, 종과 북만을 가리키는 말이랴?"라고 했다. 나는 이 책에서 살 만한 땅을 가려 살고자 해도 살 만한 땅이 없음을 한스럽게 여겨 이를 기록했을 뿐이다. 글을 살려서 읽을 줄 아는 분이라면 문장 밖에서 참뜻을 찾아보는 것이 좋으리라.

발문

아! 실제의 일은 국가의 법령과 제도이고, 허구의 일은 아주 작은 겨자씨 속에 거대한 수미산을 집어넣는 일이다. 훗날에는 틀림없이 그 차이를 분별하는 사람이 나타날 것이다.

신미년(1751) 초여름 상순에 청화산인이 쓰다.

《택리지》 발

《택리지》는 바로 청화산인이 지은 책이다. 지금 읽어보니, 조선 팔도에서 살 만한 땅을 주제로 자기 생각을 표현했는데, 청화산인의 뜻이 어찌 여기에만 있으랴?

역대 왕조의 연혁과 인재의 성쇠, 풍속의 좋고 나쁨 등 논하는 주제마다 정성을 쏟아서, 다룬 일은 간략하나 수집한 자료는 방대하고, 주장은 소략하나 모든 내용을 포괄했으니 번듯한 우리나라 역사서 한 권이다.

산천과 도로의 평탄하고 험한 지형이나 관방關防과 성지城池의 흥폐興廢를 마치 눈으로 확인하고 발로 답사한 것처럼 크든 작든 무엇 하나 빠뜨리지 않았다. 이 점에서는 축목祝穆이 지은 《방여승람方輿勝覽》[2]과 같다. 그리고 공사公私의 재물이 생산되는 경위나 산과 바다에서 산출되는 물품의 귀천을 거의 터럭을 나누고 실오라기를 가르듯이 곡진하게 조리를 갖춰 썼다. 이 점에서는 반고班固가 지은 〈식화지食貨誌〉[3]와 같다.

1　자는 돈시敦詩, 호는 기계沂溪 또는 불과헌弗過軒이며, 본관은 사천이다(1691~1772). 집안이 경기도 양주군 해등촌(서울 도봉구 방학동)에 세거하였다. 매계梅溪 목서흠睦叙欽의 후손으로, 조부는 목임일, 부친은 목천현이다. 이중환의 처조카이다.

2　송나라 학자 축목이 지은 지리서로 중국 각 지방의 역사와 풍습을 기록하고, 제영시題詠詩를 많이 수록하였다.

상하 고금의 수백 수천 년 동안 일어난 사건을 아주 미세한 일까지 모두 갖추어 써서 더 이상 남겨둔 것이 없었다. 또 풍수가의 아련하고 모호한 말이나 신선과 부처의 신령하고 기이한 행적까지 아울러 다 수록하였다. 총명하고 해박하며 글솜씨가 좋은 분이 아니라면 어떻게 이런 책을 저술할 수 있으랴?

아! 우리나라에서 대보단을 건립한 한 가지 일은 참으로 만고에 큰 의리를 밝힌 것이다. 다만 우리에게 은덕을 베푼 명나라 여러 사람에게는 배향하는 은전을 아직도 베풀지 않고 있으니 이 점만은 정말 유감이다. 지금 이 글의 지은이는 석성, 형개, 양호, 이여송 등 네 분을 사모해 마지 않았다. 정녕 지은이의 말을 옳다 여겨 따르는 사람이 세상에 나타난다면, 이는 《시경》의 〈하천下泉〉 마지막 장에서 천자를 도운 순백郇伯을 추모한 것과 취지가 같다. 나는 그 취지에 특히 감동하는 바이다.

임신년(1752) 초여름에 불과헌산인弗過軒散人이 쓰다.

---

3 후한의 역사가 반고가 지은 《한서漢書》의 10지志 가운데 하나로 경제 제도와 연혁을 기록하였다.

《택리지》발

목회경睦會敬[1]

사대부라는 말이 쓰인 지는 오래되지 않았다. 진晉나라와 송나라 이후 왕씨, 사씨, 최씨, 노씨 같은 귀족 집안에서 비로소 쓰였음이 분명하다.

옛날에 이른바 '사士'는 경전의 구두를 떼고 뜻을 분별하는 일을 했는데, 하는 일은 달라도 농인·공인·상인과 더불어 섞여서 살았다. 훗날에 이른바 '사대부'는 옛날의 세습되는 경이나 세습되는 대부를 지낸 문벌 집안 사람이다. 따라서 거주하는 곳이 농인·공인·상인과 완전히 떨어져, 서로 뒤섞여서 부대끼며 살지 않았다. 조정으로 진출하여 벼슬하게 되면 서울의 인산인해를 벗어나 아침저녁 출입을 금지하는 궁궐 밖에 거주해야 마땅하고, 초야에 물러나 살게 되면 이름난 도회나 큰 고을 중 아름다운 산과 경치 좋은 강물이 있고 벗과 친지가 모여 있는 곳에 살아야 마땅하다. 그렇다면 사는 집과 사는 마을을 가리지 않을 수 없다.

청화 이 선생은 명문가 자제로 젊은 나이에 과거에 급제하고 문장과 학식, 재주와 지모가 당대에 제일이었다. 임금의 정책을 빛내고 국론을 도와서 순탄히 높은 관직에 틀림없이 오를 것만 같았다. 불행히도 문장

---

1   자는 공집公集, 호는 동계기인東溪畸人이다(1698~1782). 매계 목서흠의 후손으로 부친은 목천두睦天斗이며, 목성관과 8촌 형제지간이다.

이 운명의 영달을 미워하고 귀신도 시기하여 먼 길 가는 수레가 번번이 지체되고 가로막혀 사방을 떠돌아다니는 신세가 되어 집을 지어 살 터전조차 없어졌다. 종국에는 농부나 나무꾼이라도 되려고 했으나 그마저도 될 수가 없었다. 《택리지》를 지은 동기가 여기에 있다. 그런데 서쪽도 마땅치 않고 북쪽도 마땅치 않으며 동쪽과 남쪽에도 마땅한 땅이 없어서 아무 데도 갈 곳이 없어 움츠러든다는 탄식을 토해냈다. 간사하고 험악한 인심과 박절하고 저급한 세상길을 여기에서 확인하게 되니 선생의 품은 뜻이 가련하다 하겠다.

그렇지만 거주지는 내 몸을 편안하게 하는 장소이므로 곧 외형이요, 마음속으로 기꺼워하는 것은 눈에 보이지 않으므로 곧 내면이다. 내면과 외형을 잘 분별하고 판단하여 몸을 빈 배와 같이 여겨 가는 곳마다 편하게 여긴다면 창끝으로 쌀을 일고 칼끝으로 불을 때는 험난한 세상이라 해도 어느 곳이든 아름다운 장소일 것이다. 장차 늙은 농부나 어부와 함께 자리를 다투면서 허물없이 지낼 터인데,[2] 살려는 땅을 굳이 가릴 필요가 어디 있으랴?

임신년(1752) 동짓달에 동계기인이 쓰다.

《팔역가거처》 발

이봉환李鳳煥[1]

공자께서 처음에는 마을을 가려서 살아야 한다는 말씀을 하고도 나중에는 구이에서 살고 싶다고 하셨다. 더구나 지금 온 천하에 오직 조선만이 깨끗한 땅이라, 공자께서 다시 태어난다면 틀림없이 중국의 동쪽 바다를 건너 조선으로 올 것이다. 그렇다면 살 만한 곳으로 조선 땅보다 나은 데가 어디에 있겠는가?

그렇건만 청화자는 도리어 조선 팔도 안에 살 만한 곳이 없다 하였으니, 어쩌면 그리도 공자의 선택과 다를까? 그러나 공자 때부터 벌써 사람들은 조선이 누추하다고 의심을 품었고, 지금은 한층 더 누추해졌으니 청화자의 이런 주장이 아무래도 이 때문에 나오지 않았겠는가?

그렇기는 하지만 공자께서 구이에 살고자 하셨어도 실제로는 살지 않으셨다. 청화자는 이 땅에 태어났으니 살고 싶지 않아도 그냥 살지 않을 도리가 없다. 다만 성인이 말한 누추한 땅에 사는 군자의 자세로 이 땅에 산다면 앞에서 말한 살 수 없는 땅도 모두 살 만한 땅으로 금세 바뀔

1 자는 의서儀瑞, 호는 용문龍門, 본관은 여주이다(1685~1754). 이중환의 셋째 작은아버지인 이연휴의 아들로 사촌형이다. 이봉환의 부친이 대사헌을 지낸 이항의 양자로 갔다.

것이다. 그렇다면 동쪽도 살 만하고, 서쪽도 살 만하며, 남쪽도 북쪽도
살 만하리라. 그래도 살 만한 땅이 없다고 말하겠는가?

계유년(1753) 늦봄에 용문산인龍門散人이 쓰다.

《택리지》발

나는 이렇게 생각한다. 갖추기 어려워도 기어코 완전히 다 갖추고 싶은 일을 옛사람은 "허리에 10만 꿰미의 돈을 차고, 학을 타고 양주로 날아 가고 싶다."라는 말로 비유하였다. 재미 삼아 해본 말이기는 하지만 이 치로 보면 사실이 그렇다.

지금 이 책의 지은이가 논한 내용을 살펴보니, 그야말로 완벽한 대결 작大結作[2]의 명당을 기필코 얻으려 하였다. 게다가 토지가 기름지고 산천 이 맑고 아름다우며, 배가 드나들어 생선과 소금을 팔아 얻는 이익이 있 으며, 전란의 재앙을 피할 수 있는 곳과 서울에서 멀리 떨어지지 않은 조건까지 모두 갖춰야 살 만하다고 말했다. 그중에서 한 가지 조건도 갖 추기 힘들건만 어떻게 서너 가지 조건을 모두 갖추겠는가? 우리나라에 는 본디 이와 같은 조건을 갖춘 땅이 없다. 이 사람은 분명히 한평생을 길 위에서 바쁘게 오가다가 숨을 크게 헐떡이며 목이 말라 죽는다 해도

---

1 영조 때의 남인계 학자로 본관은 풍산, 자는 양경亮卿, 호는 화은花隱이다(1677~1752). 원주목사, 돈녕부도정 등을 지냈다. 저서에는 《아주잡록鵝州雜錄》과 《동국시화휘성 東國詩話彙成》, 《사칠변증四七辨證》 등이 있다.
2 풍수지리에서 진룡眞龍이 크게 서려 있는 명당을 말한다.

발
문

287

끝내 반걸음도 벗어나지 못할 것이다.

또 편당의 폐해와 풍속의 각박함을 논박하여, 한 지방에서 홀로 패권을 잡고 남들과 함께 거주하려 하지 않는 자들의 행태를 비난하였다. 정작 자기가 돌아가 살려는 땅의 경우에는 결국 같은 당색이 거주하는 땅이나 아예 사대부가 없는 땅을 가려서 거주하려고 하였다. 어떻게 남들이 하는 짓은 비난하면서 자기는 그렇게 하기를 원할까? 천지 사이에 사람이 살아갈 때 고라니나 사슴과 무리를 지어 살거나 나무나 돌과 짝이 될 수 없으므로 사람은 사람과 더불어 함께 살아가야 한다. 무엇하러 구태여 지레짐작하여 갈 길을 막아버리고 광활한 세계를 스스로 좁혀놓는단 말인가?

지금 세상의 사대부들이 겪는 앙화를 두루 살펴보면, 당론에서 나온 앙화가 많고 또한 본인이 평소에 주장했던 당론으로 말미암아 앙화에 많이 걸린다. 또 사귀던 사람이나 친분이 두터운 사람으로 말미암아 앙화가 일어나기도 한다. 사정이 이렇다면 장차 어디로 가서 누구와 함께 살아야 할까?

또 지리와 생리로 말하자면 이름난 고을이나 큰 도시에도 가난하고 구걸하는 사람이 있고, 외딴 마을과 쇠잔한 마을에도 부유하고 후덕한 사람이 있다. 또 지리와 생리만을 탓할 수 있겠는가?

따라서 사대부가 세상에 나가 살든 지방에 자리 잡고 살든, 마땅히 먼저 자신이 어진가 어질지 못한가를 따져봐야 한다고 나는 생각한다. 자기만 어질다면 어디를 가든 살기 좋은 땅 아닌 곳이 없다. 그렇지 않다면 천하가 아무리 크더라도 발을 들여놓을 땅이 결코 없을 것이다. 내가 향촌에 자리 잡고 살면서 서툰 요령을 세 가지 터득하였다. 그래서 여기에 기록한다.

사대부라면 누군들 이름난 산수와 좋은 농토를 구해서 살고 싶지 않으랴? 그러나 형세상 불가능한 조건이 있으니, 첫째는 친척과 떨어지는 것이고, 둘째는 조상의 묘소와 멀어지는 것이며, 셋째는 맨땅을 일구는 것이다. 이 때문에 선영 아래에서 거주지를 구해 한평생을 마칠 땅으로 삼는 것이 제일 좋다. 내가 소유한 전답이 있는 땅에 가서 거주하는 것 또한 그에 버금가는 좋은 방법이다.

내가 거주하는 땅은 특별히 가려 고른 좋은 땅이 아니다. 그냥 횅하고 황량한 골짜기일 뿐이다. 수석이 빼어난 경치는 고사하고 토질이 척박하여 걱정이다. 하루아침에 우거진 초목을 베어내고 울퉁불퉁한 자갈밭을 깎아내고 집을 지었다. 아우의 집과 겨우 20리 떨어져 있고, 선영이 중간에 있어서 성묘하고 나서 형제가 왕래하며 곧잘 며칠씩 머무르다 돌아온다. 한 달도 쉬는 법이 없으니 인간 세상에 이와 바꿀 만한 다른 즐거움이 있는지 모르겠다. 이유는 여기에 있다.

초가집은 겨우 비바람을 막고, 음식은 겨우 굶주림과 목마름을 채우며, 옷은 겨우 추위와 더위를 막는 형편이다. 이 밖에 화려하게 꾸미는 짓을 일절 없애서 선대로부터 내려온 선비의 기풍을 실추하지 않았다. 자손들을 가르쳐 책을 읽어 올바른 도리를 알게 하고, 하인들에게 일과를 정해 농사를 지어 아침밥과 저녁밥을 올리게 했다. 집 뒤에는 뽕나무 100여 그루를 심었고, 대문 앞에는 목화를 반 이랑 넓이로 심었으며, 자식들은 젊은 부녀자와 계집종을 이끌고서 실을 뽑고 베를 짰다. 남은 빈 터에는 열댓 가지 채소를 심어서 고기 대신 제사 음식으로 충당하였다. 온 집 안에서 한 해가 다 가도록 힘쓰는 일은 오직 이 몇 가지일 뿐이다.

집을 마련하였으니 먹고 사는 모습이 빈한함과 검소함을 모면하지는 못해도 궁벽한 시골 마을에서 가난하게 살았던 안회顏回[3]나 죽을 때 이

불이 짧아 염을 못했던 검루黔婁[4]보다는 훨씬 낫다. 그런 즐거움을 누릴 만한 덕망을 갖추지 못한 점이 늘 마음에 걸렸는데, 심지어 따로 생업을 일구어 자손을 위한 계책을 마련해야 하랴? 향촌에 사는 사람 치고 이익을 불리고 이윤을 남기려 하지 않는 이가 없다. 나만은 끼니 외에는 남아도는 곡식이 없을 뿐만 아니라, 설령 남아도는 곡식이 있더라도 이익을 불리고 이윤을 남기고 싶지 않다.

대저 사람들이 길을 잘못 들어가는 원인으로는 이익을 탐하는 것이 가장 중대하다. 향촌 사람들이 누군가를 천하게 여기고 이웃끼리 원망하는 원인 또한 오로지 여기에 있다. 그리하여 항상 "어진 사람에게 재물이 많으면 그의 지혜가 축나고, 어리석은 자에게 재물이 많으면 잘못이 늘어난다."라는 소광疏廣의 말을 인용하면서 마음 깊이 경계로 삼았다. 이야말로 내가 향촌에서 살아가는 엉성한 방법이다. 완전하고 결함이 없이 풍수가 좋은 땅을 가려내고, 기름진 논밭을 장만하여 살아가는 사람들과 비교해보면 서툴기 짝이 없다고 할 만하다.

내가 향촌에 산 지 오래되었다. 이웃 마을에서 때때로 찾아오는 사람이 있는데, 그에게 당색이 같은지 다른지를 묻지 않았고, 또 친분이 두터운지 소원한지를 따지지 않았다. 한결같이 허심탄회하게 대하고 거리를 두지 않았고, 주고받은 말은 오직 동네와 집안의 이런저런 잡무뿐이

<hr>

3 《논어》의 〈옹야雍也〉에서 "한 대광주리의 밥과 한 표주박의 물을 먹으며 궁벽한 시골에서 사는 괴로움을 남들은 견디지 못하나 안회는 그 즐거움을 고치지 않았다.(一簞食 一瓢飮, 在陋巷, 人不堪其憂, 回也不改其樂.)"라 하였다.

4 춘추시대 노나라 사람으로 집안이 가난해도 출사出仕하지 않고 숨어 살았으며 죽었을 때에는 시신을 덮을 포대기 하나 없었다고 한다.(《고사전高士傳》〈검루선생黔婁先生〉)

었다. 혹시라도 대화가 조정의 잘잘못이나 고을 원님의 옳고 그름, 또는 시골 마을의 평판에 미치게 되면, 다른 이야기를 꺼내 응수하고 그 일을 두고는 말을 주고받지 않았다.

먼 곳에서 찾아와 늦게 돌아가는 사람이 있으면, 술을 받아다가 권하기도 하고 밥을 지어 대접하기도 하였으나 오는 사람이 내가 오라고 해서 온 이가 아니고 가는 사람을 꼭 붙잡을 생각도 없었다. 누가 뭔가를 빌리려고 오면 있으면 원하는 대로 주고 없으면 실정을 말해주었다. 간혹 관가에 청탁해달라고 부탁하는 사람이 있는데, 감히 그럴 수 없다는 소신을 밝히며 일절 사양했다. 관부에 소속된 사람과 마을의 빈둥대는 잡인의 경우에는 찾아와도 성명을 묻지 않았고 얼굴빛이나 말씨를 형식적으로라도 좋게 꾸미지 않고 대했다. 그래서 한두 번 찾아온 뒤로는 다시 오지 않는 자들이 많았다. 이것이 내가 사람들을 대하는 서툰 방법이다. 이 때문에 큰 명성과 칭송은 못 받을지라도 큰 원망과 비방도 받지 않았다. 당색이 다른 사람을 피해 살거나 사대부가 없는 마을을 가려서 사는 방법과 비교하면 어느 쪽이 낫고 어느 쪽이 못한지 모르겠다.

내가 집을 지은 뒤 집 둘레에 개나리와 남가새를 심어 울타리로 삼았다. 고샅길에는 버드나무 수십 그루를 심고, 문 안에는 홍벽도를 심었다. 마당가의 화단에는 홍매·백매와 미인도美人桃를 심고, 본채 앞으로 물을 끌어와서 아래위로 방지方池와 원지圓池를 하나씩 파고 못 안에는 연꽃을 심었다. 못의 정남쪽에는 산봉우리가 있어 정정亭亭하고도 빼어났다.

봄철이 되면 산꽃이 활짝 피어 복사꽃, 오얏꽃, 매화, 살구꽃이 하나하나 수면에 거꾸로 비쳐 비단 무늬를 이루었다. 그 사이를 걸어가면 향내와 빛깔에 코와 눈이 취하고, 꽃술은 옷자락에 달라붙었다. 나는 이때 "들의 연못에는 봄물이 넘실대고, 꽃 핀 언덕에는 석양이 더디 지네.〔野塘

春水漫, 花塢夕陽遲.〕"라는 시구를 읊었다.

초여름에는 원림園林에 산들바람이 불어오고 꾀꼬리가 꾀꼴꾀꼴 노래하는데 손님이 찾아와 문을 두드리지 않았다. 대숲 그늘은 서늘한 바람을 보내오고, 오동나무는 햇살을 가렸다. 문득 앞산 봉우리에 쏟아지던 비가 몰려오면 못물에서 빗방울 소리가 들려 베갯머리 어름에서 후드득 후드득 소리가 울렸다. 평상에 누워 낮잠을 자면 꿈조차도 맑고 서늘하였다. 나는 이때 "북쪽 창가 아래에서 베개 높이고 누워, 태곳적 사람임을 뽐내네.〔高臥北窓下, 自謂羲皇人.〕"라는 시구를 읊었다.

가을이 깊어 서리가 내리자 붉은 단풍잎이 온 산에 가득하고 누런 국화는 화단을 채웠다. 지팡이 들고 나막신 신고 숲길을 뚫고 절간에 올라가 멀리 바라보았다. 가야산, 도고산道姑山, 광덕산, 설아산雪莪山 등이 멀리서 가까이서 구름가에 아스라이 보여 마치 움직이는 열 폭의 그림 같았다. 나는 이때 "동쪽 울타리 아래서 국화를 따다 보니, 문득 남산이 눈에 들어오네.〔采菊東籬下, 悠然見南山.〕"라는 시구를 읊었다.

한겨울 큰 눈이 내리자 시골길에는 인적이 끊기고 사립문은 닫혀 있다. 온 집 안이 호젓하고 고요하며 해야 할 일은 모두 끝났다. 창을 열고 바라보니, 산새가 나뭇가지 끝을 스쳐 날아가자 새하얀 눈이 어지러이 떨어져 내렸으니, 이 역시 산속에 살면서 누리는 맑은 감상거리의 하나이다. 옛사람이 "마음에 맞는 곳을 찾으려고 굳이 멀리 갈 필요가 없다."라고 말한 경지가 이것이다. 구태여 왕휘지王徽之처럼 눈 속에 배를 저어가고,[5] 맹호연孟浩然처럼 매화를 찾아갈 필요가 어디 있으랴?[6] 나는 이때 "창밖에는 한창 눈보라가 칠 때, 화로 옆에서 술독을 여네.〔窓外政風雪, 擁爐開酒缸.〕"라는 시구를 읊었다.

사계절마다 내가 감상거리로 삼은 풍경은 모두 서툴고 질박하며, 참

되고 솔직한 삶에서 얻어졌다. 따라서 어렵지 않게 얻었고, 즐거움 또한 끝이 없다. 저 신선이 사는 복된 땅은 조물주가 감추어둔 곳이라 기이한 인연이나 맑은 복을 갖춘 사람이 아니면 들어갈 수 없다. 자나 깨나 그리워하면서 죽을 때까지 끝내 가지 못하는 사람과 비교해보면 누가 낫고 누가 못할까? 향촌에 살려고 하는 사대부 중에는 반드시 두 가지 삶에서 잘 선택하는 자가 있으리라.

화은옹花隱翁이 삼졸헌三拙軒에서 쓰다.

---

5 진晉나라 시절 산음山陰에 살던 왕휘지가 어느 날 밤에 큰 눈이 막 멎고 달빛이 휘영청 밝은 풍경을 보고서 갑자기 섬계剡溪에 사는 친구 대규戴逵가 떠올랐다. 바로 거룻배를 타고 밤새도록 가서 다음 날 아침에야 섬계에 도착했는데, 대규의 집 문 앞까지 가서는 흥이 다했다 하여 집에 들어가지 않고 그대로 돌아왔다.(《세설신어》〈임탄任誕〉)

6 당나라 시인 맹호연은 매화를 몹시 사랑하여 바람과 추위도 무릅쓰고 매화를 찾아서 눈발을 뚫고 갔다.

《택리지》를 보고서 아이들에게 써서 보여주다

《택리지》는 청화산인의 저술로 조선 팔도 산천의 풍기와 풍속의 좋고 나쁨, 인물의 성쇠와 정치·교화의 잘잘못, 생리의 후하고 박함을 모두 갖추어 기록하였다. 사대부가 살 만한 곳에 대해 손바닥을 가리키듯이 또렷하여 여지輿誌보다 더 자세할 뿐만 아니라 참으로 역사 서술의 체계를 갖춘지라, 진정으로 얻기 힘든 저술이다.

책의 끝부분에 남을 모략하여 해치고 서로 죽이는 이야기를 덧붙여 말하고는 "편론이 사대부에게서 처음 생겼으나 말단의 폐단으로 인해 절대 상대를 용납하지 못하는 지경에 이르렀다."라고 결론을 맺었다. 또 짧은 발문에서 "살 만한 땅을 가려 살고자 해도 살 만한 땅이 없음을 한스럽게 여겨 이를 기록했을 뿐이다."라고 하였으니, 은연중 삼태기를 멘 은자가 세상을 떠나 동류들과 관계를 끊으려는 생각을 드러냈다. 세상 돌아가는 꼴이 과연 그의 말과 같은지라, 이 대목을 읽고 나니 세상이

---

1 자는 대백大伯, 호는 활안豁岸, 본관은 부계缶溪이다(1691~1762). 경북 구미 인동仁同에서 살았다. 1727년 생원시에 합격하였고, 성균관에서 공부하였으나 문과에는 오르지 못하고 향촌에서 후학을 가르치며 지냈다. 유고로 6권 3책의 문집《활안집豁岸集》이 전한다.

쇠잔해졌음을 느끼게 된다.

봉래산, 방장산, 영주산은 해동의 삼신산으로 여지에 실린 곳이다. 산을 넘고 물을 건너면 닿는 곳이라 누구나 왕래할 수 있지만, 사람이 왕래하는 곳은 신선이 사는 세계라 할지라도 시시비비의 불씨에 더럽혀지고 물들었기 때문에 살 땅이 없음을 한스럽게 여긴다는 말을 해도 지나치지 않다. 그러니 하늘 높이 날거나 멀리 도망갈 수도 없고, 그렇다고 세파에 찌들어 함께 뒹굴고 싶지도 않다면, 지조를 지켜 살 길을 어찌 생각하지 않으랴?

붕당은 올바른 이와 사악한 이가 교유하고 편을 가르는 일에서 시작되었으나 점차 고질병으로 굳어져 지금은 득실과 영욕을 결정하는 가장 중요한 관건이 되었다. 세력이 큰 자는 함정을 설치해 범을 잡고, 세력이 작은 자는 태도를 바꾸어 벼룩처럼 빌붙으며 한 시대에 통쾌하게 분풀이하고 있다. 운수가 부침하는 상황에 따라 재앙과 복록이 그림자나 메아리보다 빠르게 즉시 찾아든다. 이 또한 음양의 소장성쇠消長盛衰와 같은 이치이다.

명철보신明哲保身은 군자에게 귀중한 자세이다. 만일 나 자신이 세상 사람을 시기하지도 않고 탐내지도 않는다면 이렇게 하는 것이 어떠냐! 산이나 들의 깊고 호젓하며 여유롭고 드넓은 곳을 골라 있는 힘껏 곡식을 심고 가꾼다. 풍년이면 창고를 채우고 흉년이면 독을 채워서 한 해 동안 쓸 비용을 마련해둔다. 작은 방에 서적을 쌓아두고 아이들을 가르치며 책상을 붙여놓고 얼굴을 마주한 채 책을 읽는다. 어쩌다가 성시城市에서 찾아오는 이가 있고, 그가 조정이나 관청 일을 말하거든 손사래를 치고 고개를 가로저으며 "내 알 바 아니니 그대는 돌아가시오!"라 말한다. 그러고는 막걸리 한 사발을 마시고 코를 골며 한바탕 낮잠을 자다가

"저녁밥 드세요!"라고 알리거든 일어난다. 안과 밖의 식구가 다 모이면 나이 순서대로 둘러앉아서 거친 밥과 소박한 찬일망정 즐거운 마음으로 서로 권한다.

산해진미를 마음껏 먹는 저 부귀한 자들은 여전히 두려움을 품고 살지만 나는 그렇지 않다. 등불 아래에서 달력을 가져다가 춘분과 곡우가 언제인지를 따져보고, 종들에게 농기구를 손질하게 하며, 집안사람에게는 세금을 준비하라 당부하고, 무엇보다 제사에는 경건함을 다하고 손님에게는 예의를 갖춰 맞이하라고 말한다.

과거시험과 벼슬살이는 좋은 일이 아니니, 시험에 합격하고 벼슬에 오르면 검소한 이가 사치스러워지고 공손한 이는 교만해진다. 미끼를 탐내는 물고기는 반드시 낚시에 걸리는 법이다. 초시에만 합격해도 문호를 보전하기에 충분하나 그렇다고 초시에 급제하려고 급급하다가 본심을 잃어서는 안 된다. 내 얼굴에 침을 뱉는 사람이 있거든 저절로 마르기를 기다렸다가 웃음으로 노여움과 욕지거리에 답해준다.

당대를 좌우하는 큰 의론은 내가 아니어도 맡아서 할 사람이 절로 나타난다. 붕당을 일삼는 이들은 말로는 큰 의론이라고 하지만 온통 사사로움[私] 한 글자가 뱃속에 가득 차 있다. 그래서 마음 씀씀이가 나날이 무너져서 불처럼 뜨겁게 달아오르거나 얼음처럼 차가워져서 생기는 화가 적지 않으니 두려워할 만하지 않은가?

사람을 가려 사귀어 경전과 학문을 논할 때에도 자기 의견을 앞세워서는 안 된다. 공정한 마음으로 남의 말이 옳거든 자기 의견을 접고 순순히 따르고, 남의 말이 옳지 않거든 거듭 깨우쳐준다. 만일 그래도 듣지 않으면, 근래 승부에 집착하는 호당湖黨 낙당洛黨[2]이 자기들끼리 칼을 잡고 싸우고, 선인과 악인이 한데 뒤섞여 있는 것도 모두 승부에 집착한

결과이니 본보기로 삼을 만하다.

이처럼 몸을 지킨다면, 전국시대나 오대五代 같은 혼란기의 곽해郭解나 범저范雎처럼 원한 갚기를 좋아하는 사람들 사이에 살더라도 틈이 벌어지지 않을 것이다. 그런 처신이라면 오랑캐 땅에서도 잘 살 수 있으리니 더구나 교화가 잘 펼쳐지는 조선 팔도 안에서야 말해 무엇하랴? 소옹邵雍은 "한평생 남의 이마를 찌푸리게 하지 않았으니, 천하에 이를 가는 이가 없으리라."라고 하였다. 그러나 이런 자세가 지나치면 모난 데가 전혀 없는 사람이 될까 염려된다.

다만 마음속에 의리를 지켜 사랑하면서도 사람의 악함을 알고, 미워하면서도 사람 장점을 알아서 마음을 함양하고 지혜를 완성할 뿐이다. 살 땅이 없다는 청화자의 말도 사사로움〔私〕한 글자에서 벗어나지 못했으니, 아마도 파도 속에 누운 세존이 물에 빠진 나한을 비웃는 꼴에 가까우리라.[3]

---

2 조선 후기에 노론 내부에서 학문적 정치적 이견으로 인해 호당과 낙당이라는 당파가 형성되었다.

3 자기도 똑같은 처지이면서 남을 비판하거나 비웃는다는 의미이다. 이 고사는 "소용돌이에 휘말린 부처가 물에 빠진 나한을 구하지 못한다."라는 말에서 나왔다.

발《택리지》

이《택리지》한 권은 고故 정자正字(승문원의 하급 관직) 이중환이 지은 책
으로, 나라 안 사대부들이 사는 농장과 별장의 좋고 나쁜 점을 논하고
있다.

　나는 주거지 선택의 이치를 이렇게 논한다. 무엇보다 마실 물과 땔감
을 먼저 살펴야 하고, 이어 오곡을, 다음은 풍속을, 그다음은 산천의 경
치를 살펴야 한다. 물과 땔감을 멀리에서 구하면 힘이 빠지고, 오곡이
잘 자라는 땅이 갖추어지지 않으면 흉년이 자주 찾아온다. 풍속이 문화
만을 숭상하면 말이 많고, 무예만을 숭상하면 싸움이 많으며, 이익만을
숭상하면 백성이 속이고 경박하며, 그저 농사만 열심히 지으면 고루하
고 성질이 사납다. 산천이 혼탁하고 험악하면 수려하고 빼어난 사람과
물산이 드물고 뜻이 맑지 못하다. 이것이 큰 줄거리이다.

　나라 안에서 농장과 별서가 좋기로는 영남이 최고이다. 따라서 그곳
사대부가 수백 년 동안 때를 만나지 못했어도 존귀함과 부유함은 쇠하

1　자는 미용美庸, 호는 사암俟菴, 본관은 나주이다(1762~1836). 당파는 남인으로 조선
　후기 실학을 집대성한 위대한 학자로 손꼽힌다. 저술에《여유당전서與猶堂全書》가
　있다.

완
역
정
본
택
리
지

지 않았다. 그들의 풍속은 가문마다 각각 한 조상을 떠받들고 한 농장을 차지하여 집성촌을 이루며 흩어지지 않아 집안을 공고하게 유지하여 뿌리가 뽑히지 않는다.

사례를 들면, 진성 이씨는 퇴계 이황을 받들어 도산을 차지하였고, 풍산 유씨는 서애 유성룡을 받들어 하회를 차지하였고, 의성 김씨는 학봉 김성일을 받들어 내앞[川前]을 차지하였고, 안동 권씨는 충재 권벌을 받들어 닭실[鷄谷]을 차지하였고, 경주 김씨는 개암開嵒 김우굉金宇宏을 받들어 범들[虎坪]을 차지하였고, 풍산 김씨는 학사鶴沙 김응조金應祖를 받들어 오미五美²를 차지하였고, 예안 김씨는 백암柏巖 김늑金玏을 받들어 학정鶴亭을 차지하였고, 재령 이씨는 존재存齋 이휘일李徽逸을 받들어 갈산葛山을 차지하였고, 한산 이씨는 대산大山 이상정李象靖을 받들어 소호蘇湖를 차지하였고, 광주 이씨는 석담石潭 이윤우李潤雨를 받들어 석전石田을 차지하였고, 여주 이씨는 회재 이언적을 받들어 옥산玉山을 차지하였고(회재의 정실 자손들은 양자골[楊子谷]을 차지하였다), 인동 장씨는 여헌 장현광을 받들어 옥산을 차지하였고, 진양 정씨는 우복 정경세를 받들어 우산愚山을 차지하였고, 전주 최씨는 인재認齋 최현崔晛을 받들어 해평海平을 차지하였다. 이런 사례는 이루 다 헤아릴 수 없다.

그에 버금가는 지역으로 호서가 뛰어나다. 그래서 회천懷川의 송씨, 이잠尼岑의 윤씨, 연산의 김씨, 서산의 김씨, 탄방炭坊의 권씨, 부여의 정씨, 면천의 이씨, 온양의 이씨 등이 모두 터를 크게 잡고 대대로 세력을 떨

---

2 《여유당전서》에는 '五帽'로 되어 있으나 정식 명칭은 '五美'가 옳다. 이 동명洞名은 인조가 김대현의 아들을 '팔련오계지미八蓮五桂之美'라고 칭찬하면서 직접 지어 내려주었다.

쳤다.

호남은 풍속에 호협豪俠의 기질이 있는 반면 질박함이 적다. 오로지 고씨(제봉 고경명의 후손), 기씨(고봉 기대승의 후손), 윤씨(고산 윤선도의 후손) 등 몇 집안 외에는 한 지역에 웅거하여 세상에 알려진 집안이 거의 없다.

한강을 따라 상류로 올라가면 오직 여주의 백애白厓와 충주의 목계가 좋은 터라고 한다. 그러나 북한강 연안에 있는 춘천의 천포泉浦(어딘지 알 수 없다)와 양근의 미원迷源(가평군 설악면 선촌리 일대)이 더욱 뛰어나다.

우리 집은 소내〔苕川〕(남양주시 조안면 능내리)에 별서를 두고 있는데, 물은 몇 백 걸음 가서 길어오고, 땔감은 10리 밖에서 해오며, 오곡은 심을 땅이 없고, 풍속은 이익만을 숭상하고 있으니, 살기 좋은 근교라고는 할 수 없고, 취할 점은 오직 빼어나게 아름다운 강산의 경치뿐이다. 그러나 사대부가 땅을 차지하여 대대로 전하는 것은 마치 상고시대 제후가 자기 나라를 차지함과 같다. 사대부가 사는 곳을 옮기고 남에게 붙어살아 크게 떨치지 못하면, 이는 나라를 잃은 자와 똑같은 처지다. 내가 미련을 두고 머뭇거리면서 소내를 떠나지 못하는 까닭이 여기에 있다.

청담 이중환의 《택리지》 해제

정인보鄭寅普[1]

《택리지》상하 1책은 청담 이중환의 저술이다. 혹은《팔역지》라고도 하고, 혹은《박종지》라고도 한다. 청담은 숙종 경오년(1690)생이요, 사망한 해는 아직 살펴보지 못했으나 글 속에서 탕평론 이후로 조정 형편과 재야 풍습이 더욱 심하게 무너지고 망가진 점을 지적하여 배척하였고, 이어서 전랑 제도의 폐지란 말을 한 것으로 보아 영조 경신년(1740) 이후 얼마 동안 생존하였음을 알 수 있다.

청담은 부친이 이진휴요 성호의 삼종손이니 일찍부터 성호의 학문을 이어받았음은 더 말할 나위 없다. 이 책은 선비들 사이에서 베껴 전해지는 것이 자못 드물지 않았고, 이제 간행처가 확실한 판본까지 있다. 그러나 대개 글 가운데 여기저기서 보이는 '살 만한 곳' 이야기가 서명의 '택리'와 서로 어울리고, 산형山形과 물의 형세를 말한 것이 풍수설을 얼마간 포함한 듯하므로 서명대로 일종의 주거에 관한 가르침으로 알고 있다.

---

1 서울에서 태어났으며 아호는 위당, 본관은 동래이다(1893~1950). 일제강점기의 대표적 한학자로 양명학 연구의 대가였으며 한민족이 주체가 되는 역사 체계 수립에 노력한 역사학자였다. 저서로《조선사연구》,《양명학연론》등이 있다.

아니다. 청담이 책을 저술한 근본 취지는 여기에 있는 것이 아니다. 중국 학자들은 사마천이 〈화식전貨殖傳〉에 서술한 지역 물산과 민속이 지금 현황과 큰 차이가 없다고 하고, 역도원酈道元이 《수경주水經注》에 함께 서술한 옛 유적이 지금 고대 중국 연구에서 거의 다시없을 보배라고 한다. 그러나 청담의 《택리지》는 〈화식전〉에 비해서는 널리 종합한 점에서 더 우수하고, 《수경주》에 비해서는 자세하고 진실함에서 더 낫다.

이제 굳이 멀리 사마천이나 역도원의 저술과 장점을 비교하지 않는다 하더라도 조선의 지리서로서 고금에 이보다 훌륭한 저술은 없음이 사실이다. 고산자古山子 김정호金正浩의 상세하고 정확한 《대동지지大東地志》와 더불어 후세에 전해질 만한데, 고산자의 '지지地志'가 수학적이라면 청담의 저술은 철학적이고, 고산자의 '지지'가 조용히 멈춰 있고 지역을 나눈 것이라면 청담의 저술은 살려서 드러냈고 융합하여 꿰뚫은 것이다. 지역과 관습에 의하여 숙성된 팔방의 풍속과, 물산을 교환하고 도로로 운송하는 대세와, 주목하고 중시해야 할 관방과 요충지, 그리고 절해고도의 빼어난 명승까지 무엇 하나 데면데면 다룬 곳이 없다. 눈빛을 깊숙이 쏘아 밝힌 결과로 지난날 성패의 진실한 자취를 적막한 바다와 산악에서 그윽이 어루만진 것도 많다. 하나를 실례로 들어본다면, 진도 벽파정의 폭포처럼 드리운 빠른 해류를 서술하다가 임진란 이여송의 평양대첩이 실상 이 충무공의 공적임을 다음과 같이 미루어 논하였다.

그때 심유경이 '왜국을 국왕으로 봉하고 조공을 허락한다'는 말로 왜군을 속여 평양에 머물게 하였다 하나, 평양에 머문 것은 뒤쫓아오는 수군을 기다려 합세하고자 한 것이므로 자못 약속을 지키는 듯이 보였으나 이는 도로 속임이다. 이여송이 두 편이 서로 속이는 틈을 타

서 이를 습격하여 격파한 것이니 해상의 대첩이 없었던들 적의 수륙
군사가 합세하였을 것이요, 합세하고 보면 '왜국을 국왕으로 봉하고
조공을 허락한다'는 구구한 말로 어찌 왜적의 군사작전을 막을 수 있
었으랴.

이것만 보아도 명저임을 알 수 있다. 이런 명저의 진가를 알아주지 못
하여 십승지를 찾고 삼재를 겁내는 한 부류 사람들의 서가에 반드시 꽂
혀 있을 책으로 굴러다니게 되었으나 이것이 어찌 한 종의 책이 매몰됨
을 안타깝게 여기고 말 일이겠는가. 그러나 청담의 근본 취지에 비추어
말하면 '택리' 그대로만 보는 것이 격화소양隔靴搔癢(가죽신을 신고 가려운
곳을 긁는다는 뜻)임은 다시 말할 것도 없거니와, 나아가 지리서로서 훌륭
한 저술이라 하는 평가도 깊은 지음知音은 아니다. 청담은 시대를 안타
깝게 여기는 마음이 가장 절실하던 분이라, 하편 '복거총론'에 지리, 생
리, 인심, 산수를 나누어 말하되 인심 한 단원은 조선 근고近古에 벌어진
당화의 시작과 끝으로 처음과 결말을 맺었다. 사대부를 위주로 하여 살
만한 곳을 고른다는 말이 상편부터 자주 보였는데 '인심' 하단에는 "사
대부가 사는 곳은 인심이 어그러지고 망가지지 않은 데가 없다."라고 하
였다. 이것을 보면 그의 은밀한 뜻이 어디 있는지 짐작할 수 있다.

대개 인심이 어그러지고 망가진 것은 당파의 습성에서 나온 것이니
이 당파의 습성을 가지고는 아무리 어여쁜 산수, 좋은 생리가 있다 해
도 마침내 편안히 몸을 보전하지 못한다는 것이다. 산수나 생리는 그림
자요 근본적인 병통에 대한 배격이 바른 취지임을 모르기 쉽다. 책 속에
반어反語와 질탕한 말이 많아서 대충 보면 올바른 취지를 모르기 쉽다.
말편 '사민총론'에는 다음 내용이 있다.

우리나라에 어찌 사대부가 있겠는가? 중국의 사대부는 오호五胡의 후예를 제외하고는 모두 제왕이나 성현의 후손으로서 요, 순, 문왕, 무왕, 주공, 공자가 만든 법과 제도를 실천하였으니 이들이야말로 진정한 사대부이다. 반면 우리나라의 이른바 사대부란 모두 우리나라 사람의 후예일 뿐이다. 우리나라는 중국의 영토 밖에 위치하여 우임금이 성姓을 내릴 때 참여하지 않았으니, 그냥 하나의 동이일 뿐이다.

위 글은 겉으로는 자기 나라를 비하하는 것 같으나 실상은 자기 민족 존중의 정신을 잃고 당치 않은 가면으로 말을 둘러대고 겉치레를 꾸미면서 서로 추대하는 가련한 꼬락서니를 냉철하게 풍자한 것이다. 그 끝에서는 다음과 같이 말했다.

동쪽에서도 살 수 없고, 서쪽에서도 살 수 없으며, 남쪽에서도 살 수 없고, 북쪽에서도 살 수 없다. 이와 같다면 장차 살 땅이 없어지고, 살 땅이 없어지면 동서남북이 없어지며, 동서남북이 없어지면 이는 바로 혼돈의 태극 그림 한 폭을 방불케 한다. 이렇게 되면 사대부가 없어지고, 농부와 장인·상인도 없어지며, 마찬가지로 사람이 살 만한 장소도 없어진다. 이것을 '사람이 살 수 있는 땅이 아닌 땅'이라 일컫는다. 그리하여 《사대부가거처》를 지었다.

이것은 다른 말이 아니라, 치우치고 사사로운 당파의 견해를 뿌리째 뽑아버린 뒤라야 비로소 자기 마음의 본바탕을 찾을 수 있으며, 자기 마음의 본바탕을 찾은 뒤라야 비로소 사람으로 설 땅이 있다는 것이다. 그런즉 '택리'의 그림자를 빌려 본바탕 환기의 실질로 돌아가려는 그의 포석이 이미 고심참담한 구상의 결과이다. 팔도의 실상을 재료 삼아 은연중 망국의 위기를 환기해 놀래키고 움직이게 하고, 돌보는 마음을 촉발하도록 두 가지 방향으로 펼쳐놓았으니 이 또한 눈치채지 못하도록 쓴 오묘한 솜씨이므로 독자가 무심하게 지나칠 수 없는 것이다.

근래 간행한 판본은 착오와 결락이 많아 신뢰할 수 없고, 오래된 사본을 보면 권말卷末에 청담이 스스로 쓴 발문이 있는데 먼저 옛사람이 우언을 쓴 실례를 거듭 쓰고 나서 다음과 같이 말했다.

예전에 내가 황산 강가에 머물 때, 여름날에 할 일이 없어 팔괘정에 올라 더위를 식히면서 우연히 논의한 내용을 책으로 저술하였다. 이 책에 우리나라의 산천과 인물, 풍속과 정치, 연혁과 치란治亂, 잘잘못과 좋고 나쁨을 차근차근 기록하였다.

옛사람이 "예절이니 음악이니 하는 말이 어찌 꼭 옥과 비단, 종과 북만을 가리키는 말이랴?"라고 했다. 나는 이 책에서 살 만한 땅을 가려 살고자 해도 살 만한 땅이 없음을 한스럽게 여겨 이를 기록했을 뿐이다. 글을 살려서 읽을 줄 아는 분이라면 문장 밖에서 참뜻을 찾아보는 것이 좋으리라.

아! 실제의 일은 국가의 법령과 제도이고, 허구의 일은 아주 작은 겨자씨 속에 거대한 수미산을 집어넣는 일이다. 훗날에는 틀림없이 그 차이를 분별하는 사람이 나타날 것이다.

이는 곧 청담이 저술한 근본 취지를 스스로 밝힌 것이다. 불우한 지사志士가 흉금을 바로 펼쳐냈을 때에 남긴 글과 흩어진 글씨에서 뒷사람이 감회를 일으킬 만하거늘, 하물며 바로 펼쳐내는 것조차 자유롭지 못

하여 구구히 저 같은 포석을 하게 됨에랴! 누가 청담의 문장을 기리려는
가? 누가 청담의 고심苦心을 느끼려는가?

병조좌랑 이중환 묘갈명

이익

우리 여주 이씨는 성姓을 받은 이래로 대사마를 지내고 경헌敬憲이란 시호를 받은 계손繼孫에 이르러, 집안에서나 나라에서나 명성과 명예가 세상에 환히 드러났다. 공의 손자며느리인 안인安人[1] 이씨는 아들 둘을 데리고 남원의 고달리古達里로 물러가 살았으니 이곳은 친정어머니 김씨의 고향이다. 얼마 뒤에 "아들을 키울 곳이 아니다."라 하고 서울로 돌아왔다. 안인의 작은아들은 사필士弼로 관직이 응교에 이르렀다. 사재감첨정을 지낸 우인友仁을 거쳐서 의정부좌찬성을 지낸 상의에 이르러 아들 일곱을 두었다. 세상에서 청선당聽蟬堂이라 부르는 지정志定은 그분의 넷째 아들로 초성草聖(초서를 잘 쓰기로 이름난 사람)으로 세상에 명성이 자자하였다. 그에 앞서 고산孤山 황기로黃耆老가 동해옹東海翁 장필張弼로부터 진결眞訣(참된 비결)을 얻어 이를 공에게 전했다. 관직은 목사에 이르렀다. 또 이조참판을 증직받은 영泳을 거쳐 진휴에 이르러서는 예조참판을 지냈다. 참판 또한 필예筆藝에 힘을 써서 청나라 사신이 우리나라에 이르렀을 때 동국에 와서 장관을 보았다고 일컬었다.

---

1 조선에서 7품 문무관의 아내에게 주던 품계의 이름이다.

참판은 아들을 하나 두었으니 이름은 중환이요, 자는 휘조이다. 애지 중지한 아들이라 공부를 독촉하지 않았으나 타고난 자질이 명석하여 큰 노력을 기울이지 않고도 문장의 세계에 들어가 어린 나이에 고아한 문장을 지었다. 드디어 두루 책을 읽어 한쪽에 치우치지 않았으나 유독 사마천의 《사기》에 깊이 빠져서 곧잘 글을 쓰면 사람들을 놀라게 하였다.

나이 24세에 문과에 급제하여 승문원정자를 거쳐 김천도찰방이라는 외직에 임명되었는데, 김천에서는 거사비去思碑(이직한 지방관의 선정善政을 기리어 고을 백성들이 세운 비)를 세웠다.

기해년(1719)에 추천을 받아 승정원주서에 임명되었다. 숙종의 국상에서 후사를 이을 국왕이 국새國璽를 받으면서 절을 하지 않았다. 군君이 승지를 불러 "의주儀注(예식 절차)에 빠진 것이 있다."라 말했으니, 예관禮官의 실수였다. 그때에는 경종께서 이미 막차幕次(의식을 거행할 때 잠깐 머무르는 장막)를 떠나 있었으나 다시 자리로 돌아와 의주에 따라 네 번 절하고는 조정 안에서 군에게 눈길을 주었다. 군은 전적으로 승진하였다가 병조좌랑으로 옮겼다.

당시에 모반 사건을 고발한 자가 있어서 벼슬아치 가운데 연루된 이가 많았다. 옥사가 성립되자 조사를 주관한 자가 되레 후환을 걱정하여 남을 옭아매어 허물을 전가하려고 모사를 꾸몄다. 증거가 없었으나 사실을 조작하고, 창끝을 들이대어 군의 이름을 끌어들였으니 이치에 어긋난 일이었다. 동료들이 깜짝 놀라 죄안(범죄 사실을 적은 기록)을 태워 없애기는 했으나 당시는 당론이 단단히 경직된 때라 오히려 조사관은 우쭐대며 군을 옭아매고 죄상을 날조하여 옥관에게 내려보냈다.

결국 해나 달이 환히 비추면 얼굴빛이 꼭 드러나듯이 임금께서 환히 꿰뚫어 보신 덕분에 무죄 방면되었다. 옥에서 나온 뒤에는 사람들이 끊임없이 헐뜯고 물어뜯어 잠깐 유배 가는 처지를 모면하지 못했다. 참으로 심하구나! 조정에서는 일찌감치 서용敍用(죄를 지어 면관되었던 사람을 다시 등용함)하라고 명을 내렸으나 담당자가 몰래 가로막았다.

계유년(1753)에 선왕先王을 가까이 모시던 신하라고 하여 비로소 통정대부의 품계에 올려주었다. 군은 병자년(1756) 봄 1월 2일에 세상을 떴다. 경오년(1690) 12월 25일에 태어났으니 향년 67세이다. 무덤이 있는 곳은 금천 설라산 경좌庚坐의 언덕이니 선영이 있는 자리이다.

아! 군의 조부는 나의 재종형이다. 군은 나보다 9세 어리지만 정의情義가 매우 도탑고 간찰과 시문을 주고받았으므로 떨어져 지냈어도 소원하지 않았다.

우리 문중은 본디 문학에 뛰어난 집안으로 일컬어졌고, 군은 그중에서도 뛰어났다. 그동안 쌓고 간직한 능력을 불쑥 발휘하여 조정의 모범이 되었으니 청운靑雲에 높이 뛰어올라 문치文治를 화려하게 꾸미려 하였다. 그 무렵 조정에 오른 여러 학사들과 시사를 결성하여 지은 작품이 훌륭하고 아름다웠으니, 마음에 맞는 시편에 이르면 신이 도운 작품에 가까웠다. 여러 학사들 가운데 아무도 맞설 자가 없었다.

험한 것은 세상이요, 기구한 것은 운명이다. 겨우 소략한 저작만이 집안의 책 상자 속에 보관되어 있으니 과연 누가 인정하리오?

부인 숙인淑人은 사천 목씨로 대사헌을 지낸 목임일의 딸이다. 정숙하고 한결같은 지조를 지녔고, 계축년(1733)에 사망하였다. 염습하고 나자 시신에서 무지갯빛 같기도 하고 달빛 같기도 한 빛이 나더니 중천으로 날아갔다. 군이 부인을 위하여 〈서광편〉을 지어 애도하였다. 연기현 소학동 자좌子坐의 언덕에 부인을 장사 지냈다. 2남 2녀를 두었으니 아들은 장보와 장익이고, 큰딸은 심종악沈鍾岳에게 시집갔고, 둘째 딸은 한복

양韓復養에게 시집갔다.

　후취 부인은 문화 유씨文化柳氏로 사인士人 유의익柳義益의 딸이다. 딸 하나를 두었는데 아직 시집가지 않았다. 명銘은 다음과 같다.

　　　　나아가다 꺾였으나　　　　　　　　　　　　　晉如摧如
　　　　홀로 행하며 여유가 있었네　　　　　　　　　獨行紆餘
　　　　재주는 하늘에서 받았고　　　　　　　　　　才從天賦
　　　　내 수명은 지닌 대로 누렸네　　　　　　　　吾壽吾有
　　　　지상에는 저술을 영원히 남겨놓고　　　　永留卷於地上
　　　　천지의 원기와 더불어 떠나갔네　　　　　與元氣而俱往
　　　　아!　　　　　　　　　　　　　　　　　　　　噫

찾아보기

ㄱ

가가도可佳島 103

가섭산迦葉山 134, 135

가야국伽倻國·가락국駕洛國 91, 271, 272

가야산伽倻山 91, 111, 112, 132, 218, 221~224, 233, 236, 292

가야천伽倻川 223

가은(창)加恩(倉) 216, 262, 263

가일佳逸 259

가천伽川 265, 266

가평加平 154, 300

가흥嘉興 134, 135

각화사覺化寺 213

간성杆城 72, 73, 176, 242, 245

갈석산碣石山 131

갈현葛峴 80

감천甘川 90, 264

감호鑑湖 243

갑곶甲串 142, 143, 145

갑사岬寺 232

갑천甲川 20, 113, 264

강경(읍)江景(邑) 15, 99, 112~114, 178, 264

강경촌江景村·강경강江景江 99, 113

강계(부)江界(府) 51, 52, 190

강당동講堂洞 236

강동현江東縣 47

강령康翎 65

강릉(부)江陵(府) 72~74, 81, 159, 176, 242

강선대降仙臺 249, 251

강선루降仙樓 50

강월헌江月軒 140

강음현江陰縣 63, 179

강진康津 105, 239

강화(도)江華(島) 112, 117, 141~150, 180, 230

개령開寧 90

개성(부)開城(府)·개경開京 63, 64, 70, 95, 142, 147~149, 155, 156, 159, 161~165, 176, 177, 179~181, 190, 204, 230~232, 255

개천현价川縣 42

거대령巨大嶺 121~125

거란契丹 45, 83

거창居昌 92, 273

건지산乾止山 97

검문령劍門嶺·검산령劒山嶺 51, 62

견탄犬灘 89, 216

결성結城 67~69, 111

경산慶山 86

경신대출척庚申大黜陟 196

경주慶州 · 계림鷄林 · 동경東京 43, 83, 86, 115, 299

경천(촌)敬天(村) 113, 114

경포대鏡浦臺 73, 242~244

계룡산鷄龍山 113, 114, 118, 228, 230~232

고달산高達山 236, 267

고령高靈 90, 91

고미탄古美灘 266~268

고부古阜 95, 101

고산(현)高山(縣) 97, 101, 227

고성高城 72, 73, 86, 96, 176, 239, 242, 243

고양(현)高陽(縣) 154, 155

곡교천曲橋川 131

곡산(부)谷山(府) 62, 63, 72, 236, 267

곡성谷城 104, 105

곤륜산崑崙山 41

공북루拱北樓 117

공세호貢稅湖 131, 132, 178

공자孔子 26, 27, 45, 174, 185, 271, 279, 285, 304

공정대왕恭定大王 · 태종太宗 77, 79, 95

공주公州 20, 110, 111, 113~117, 121, 127, 177, 178, 233, 256, 264

과천果川 111, 151

관북關北 21, 61

관서關西 27, 28, 50, 61, 155

관악산冠岳山 139, 231

광교산光教山 139

광덕산廣德山 131, 233, 292

광복촌廣福村 266~268

광양(현)光陽(縣) 93, 205, 237, 256

광주光州 94, 95, 97, 102, 105, 236

광주廣州 117, 140, 141

광천廣川 178, 265

괘릉掛陵 83

괴강槐江 · 괴탄槐灘 126, 133, 137, 262

괴산槐山 126, 133, 137, 176, 262

교동(도)喬桐(島) 146~150, 180, 230

교하交河 154

구례(현)求禮(縣) 103, 104, 106, 175, 264

구룡계九龍溪 261

구룡동九龍洞 212

구림촌鳩林村 102

구만(촌)九灣(村) 104, 106, 264, 265

구봉산九峰山 114, 139

구산동丘山洞 213

구월산九月山 63~65, 230, 232, 234~235

구이九夷 26, 42, 45, 285

구천동九泉洞 217

구품대九品臺 219

국도國島 155, 247, 248

군산도群山島 · 고군산진古群山鎭 239~241

군자사君子寺 219

군자하君子河 · 성천강成川江 58, 59

귀담龜潭 210, 249, 251, 259

귀래정歸來亭 86

귀만龜灣 123, 262

귀법사歸法寺 163

극성棘城 63, 64

금강錦江 99, 100, 110, 113~121, 126, 178, 231, 256

금강산金剛山·개골산皆骨山·봉래산蓬萊山 21, 73, 80, 203, 210~212, 215~217, 221, 222, 243~245, 295

금계錦溪 261

금구(현)金溝(縣) 95, 101, 227, 232

금벽정錦壁亭 115

금사사金沙寺 65, 248

금산錦山 118, 120, 122, 239, 260

금산사金山寺 227~229

금성金城 80

금성산錦城山 102

금성촌金城村 264

금수산金水山 147, 150

금오산金烏山 90

금천金川 62, 63

금천金遷 133~135, 137, 181, 256, 309

금호(강)琴湖(江) 87, 265

기린봉麒麟峯 97, 98

기자箕子 26, 27, 42, 45, 47, 207, 232, 254, 271, 272

기준箕準·호강虎康 27, 42, 96, 99

김포金浦 141

김해金海 82, 83, 89, 178

김화金化 80

ㄴ

나주羅州 101, 102, 105, 178, 207, 298

낙동강洛東江 82, 87, 89, 90, 121, 178, 233, 256, 259

낙민루樂民樓 58, 59

낙산사洛山寺 245

낙화암落花岩 115

난가대爛柯臺 223

남대문南大門 144, 151, 179

남문루南門樓 144, 190

남사고南師古 116, 214, 217, 219, 237

남양(부)南陽(府) 112, 150, 152, 273

남오리(강)南五里(江) 64, 232, 235

남원南原 95, 103, 104, 107, 111, 118, 127, 175, 265, 307

남인南人 7, 8, 10, 192~196, 198, 199, 287, 298

남평南平 105

남포藍浦 112, 236, 265

남한강南漢江 79, 134, 140

남한산성南漢山城 91, 141, 143, 144

남해南海 82, 102, 104, 105, 177, 205, 217, 218, 228, 265

남해현南海縣 238

낭천狼川 181

낭풍원閬風苑 216

(내·외)선유동(內·外)仙遊洞 128, 216, 262, 263

내성(촌)奈城(村) 86, 259

내성천乃城川 233

내연산內延山 237

내창촌內倉村 136

내포內浦 111, 112, 116, 126, 132, 175, 176, 178, 180

노령蘆嶺 95, 96, 99, 101, 102, 104, 205, 236

노론老論 7~10, 195, 196, 198~200, 297

노인치老人峙 62

녹문산鹿門山 30, 32

녹번현綠礬峴 154, 155

능가사楞迦寺 229

능주綾州 105

ㄷ

단군檀君 27, 42, 63, 221, 232, 235

단양(읍)丹陽(邑) 21, 137, 176, 249~253

달천達川 121, 133, 134, 136, 215, 262

담양潭陽 97, 105, 205

당색黨色·색목色目 199, 200, 201, 288, 290, 291

당진唐津 112, 150

대관령大關嶺 74~76, 81, 204, 213

대구大邱 86, 87, 227, 237, 265

대동강大同江 45~47, 64, 180

대둔사大芚寺 227, 228

대둔산大芚山 118, 120

대마도對馬島 87, 88

대문령大門嶺 121, 126

대부도大阜島 150, 152

대북(파)大北(派) 91, 192, 193

대원산(령)大院山(嶺) 89

대장촌大庄村 114

대정大靜 238

대정리大井里 159

대진大津 111, 126, 132

대청도大靑島 66

대흥(동)大興(洞) 112, 163

덕산德山 112, 178

덕원(부)德源(府) 60

덕유산德裕山 82, 90, 91, 95, 118, 119, 204, 205, 217, 221, 261

덕은촌德隱村 80

덕적도德積島 239, 241

덕적산德積山 161

덕지德池 97, 98

도갑사道岬寺 227, 228

도고산道姑山 292

도담島潭 249, 251

도봉산道峰山 151, 230, 237

도산陶山 257, 259, 261, 265, 299

도선(국사)道詵 153, 156, 162, 228, 230, 237

도장산道藏山 215

도화동桃花洞 233

독락정獨樂亭 115

돈개〔錢浦〕 156

동강東江 179

동대문東大門 144

동래東萊 82, 86, 87, 89, 207, 301

동복同福 104, 105
동인東人 187~192
동작진銅雀津 151
동진강東津江 95
동학사東鶴寺 232
동해東海 56, 72, 77, 82, 177, 203, 212, 221, 241, 246
동화사桐華寺 227, 228
두릉동杜陵洞 233
두만강豆滿江 55~57, 203, 256
두타산頭陀山 73~75
등주登州 65, 66, 143

ㅁ

마곡사麻谷寺 115, 116
마니산摩尼山 141, 142
마이산馬耳山 95, 97, 103, 113, 118, 120, 205, 211
마일령磨日嶺 121, 126
마전(현)麻田(縣) 160, 163, 166
마전강麻田江 230
마천령摩天嶺 55
마포麻浦 143, 179, 181
마하연摩訶衍 211
만경(현)萬頃(縣) 96, 101, 205, 239, 240
만경강萬頃江 95, 98, 99
만경대萬景臺 153
만마동萬馬洞 97, 98
만세교萬歲橋 58, 59

만수동萬壽洞 219, 220, 223
만수산萬壽山 163
만월대滿月臺 155, 162
만장봉萬丈峯 151
만주(족)滿洲(族) 45, 50, 52
만폭동萬瀑洞 210
말마리秣馬里 135
망양정望洋亭 73, 245
매계梅溪 219
면악綿岳 62~64, 67
면천沔川 112, 299
명천明川 221
모악산母岳山 95, 96, 101, 228, 232
모진강牟津江 76, 80
목계木溪 136, 181, 256, 300
목천木川 121, 122, 126
목포木浦 102, 256
몽골蒙古 27, 64
묘향산妙香山 42, 221, 224
무등산無等山 105, 236
무량사無量寺 236
무릉교武陵橋 221
무릉동武陵洞 233
무성산茂盛山 115, 116, 121, 233
무안務安 95, 101, 102, 205
무이산武夷山 268
무장茂長 101
무주茂州 118, 260
무풍(령)舞豊(嶺) 204, 217
무학無學 58, 153

문경聞慶 89, 126, 128, 137, 216, 262~263

문수산(성)文殊山(城) 142, 145, 146, 149

문의文義 121, 177

문판현文板峴 150, 152

문화(현)文化(縣) 63, 64, 230, 310

미원촌迷遠村 140

밀양密陽 87

ㅂ

박연폭포朴淵瀑布 163, 230

반변천半邊川 259

반월성半月城 83

반일암半日巖 120

발연사鉢淵寺 243

배천白川 67, 147

백두산白頭山 41, 47, 51, 55, 56, 62, 203, 214

백마강白馬江 113, 115, 178

백봉령白鳳嶺 74, 204

백상루百祥樓 51

백악(산)白岳(山) 153, 231

백암성白巖城 45

백애(촌)白涯(村) 140, 181, 300

백운대白雲臺 153

백운산白雲山 205, 236, 237

백운암白雲庵·득모암得母菴 228

백치白峙 163

백학산白鶴山 166

법성포法聖浦 101, 178

벽소운동碧霄雲洞 219

벽제령碧蹄嶺 155

벽지도碧只島 47

벽파정碧波亭 105

변산邊山 65, 95, 101, 236

병자호란丙子胡亂 91, 141, 154, 194

병천瓶川 215, 262~264

보덕굴普德窟 211

보련강寶輦江 70, 160

보령(현)保寧(縣) 111, 265

보문산寶文山 114

보은報恩 90, 118, 120, 129

복지福地 213, 216, 217, 219, 223, 233, 237, 262, 265

복흥산復興山 95~97, 103, 105

봉계鳳溪 265, 266

봉림사鳳林寺 232

봉산鳳山 63, 64

봉생鳳笙 262, 263

봉연鳳淵 265

부벽루浮碧樓 46, 47, 49

부석사浮石寺 21, 224~227

부아산負兒山 139

부안扶安 94, 95, 101, 205, 236

부여夫餘 43, 115, 178, 256, 299

부용산芙蓉山 134, 135

부용진芙蓉津 121

부평富平 141

북인北人 192, 196, 199

북창北倉 136

북한강北漢江 80, 140, 300
북한산(성)北漢山(城) 231
붕당朋黨 67, 188, 196, 201, 295, 296
비로봉毘盧峯 211
비로전毗盧殿 214
비류강沸流江 47
비봉碑峯 153
비인庇仁 112
비파산琵琶山 237

ㅅ
사련봉四連峯 114
사선정四仙亭 243
사송정四松亭 115
사자산獅子山 233
사제천沙梯川 115
사진포沙津浦 178
사천四川 7, 9, 208, 281, 309
사탄斜灘 98, 99, 178
사현沙峴 154, 155
산대암山臺巖 162, 163
산음山陰 92, 293
삼가三嘉 91
삼각산三角山 153, 230, 232, 233, 237
삼귀정三龜亭 259
삼방치三方峙 62, 266
삼부연三釜淵 236
삼암三巖 249~251
삼일포三日浦 73, 242

삼주원三洲院 105
삼척三陟 72. 73, 176, 241, 245
삼화부三和府 65
상궁곡上弓谷 262
상당산성上黨山城 123, 125
상동上東 74
상선암上仙巖 250, 251
상원사上院寺 213
상주尙州 82, 89, 90, 178, 256, 261
서강西江 143, 181
서대문西大門 144
서산瑞山 112, 121, 122, 147, 178, 236, 239, 299
서악사西岳寺 86
서인西人 8, 187~196, 200
서지포西枝浦 99, 100
서천舒川 100, 112
서해西海 57, 70, 99, 100, 102, 105, 111, 126, 139, 142, 157, 177, 179, 205, 232, 236, 240, 248
서흥瑞興 63, 64
석가산石假山 215, 249
석담石潭 67, 299
석맥石脈 105, 108, 141, 142, 146, 150
석성石城 114
석성산石城山 139, 141
석왕사釋王寺 58, 60
선산善山 90, 264
선석산禪石山 90
선유봉仙遊峯 143

선유산仙遊山 123, 215

선춘령先春嶺 55

설라산雪羅山·설아산雪峨山 131, 292, 309

설악산雪嶽山 73, 204, 212

설천雪川 217

섬강蟾江 78, 79

섬진강蟾津江 104, 207, 221, 256

성거산聖居山 130, 163

성곶리聲串里 147

성연聖淵 178

성주星州 90, 91, 175, 265

성주산聖住山 112, 236

성천부成川府 47, 50

성환역成歡驛 130

소동정호小洞庭湖 67~69

소론少論 7, 8, 195, 196, 198~200

소백산小白山 11, 82, 204, 213, 214, 221, 222, 224, 259, 260

소북小北 192, 193

소사(하)素沙(河) 126, 127, 130~132, 209

소속리산小俗離山 135

소양강昭陽江 76, 254

소천召川 86

소청도小靑島 66

속리산俗離山 82, 118~121, 123, 126, 129, 133~135, 204, 205, 214~217, 221, 222, 261, 262

손돌목〔孫石項〕 142, 143, 146, 149

송계松溪 126

송광사松廣寺 227, 229, 237

송면촌松面村 126, 129, 262

송악(산)松岳(山) 62, 155, 157, 162, 230, 231

송화松禾 65, 266

수구水口 64, 83, 131, 140, 142, 170, 221, 231

수동繡洞 259

수렴동水簾洞 236

수리산修李山 139, 141, 147

수안遂安 63

수양산首陽山 62, 64, 65, 67~69

수원(부)水原(府) 110, 131, 132, 147, 151

수유현水踰峴 139

수회촌水回村 266

순창淳昌 95, 103

순흥(부)順興(府) 84, 227, 260

승천포昇天浦 142, 143, 166, 230, 255

시중대侍中臺·시중호侍中湖 73, 242, 245, 247

신계新溪 62, 63

신광사神光寺 67

신륵사神勒寺 140, 255

신응사神凝寺 218, 220

신창新昌 112, 126, 131, 132

신천信川 63, 64

쌍계령雙溪嶺 74

쌍계사雙溪寺 218

쌍석봉雙石峯 95

쌍수정雙樹亭 117

ㅇ

아산(현)牙山(縣)　112, 126, 130~132,
　147, 178
악양동岳陽洞　218, 220
안동(부)安東(府)　82, 84~86, 177, 223,
　233, 249, 257~260, 299
안면도安眠島　65, 112
안변부安邊府　58, 151, 241, 246
안성安城　80, 123, 151
안시성安市城　45
안악安岳　64
안음현安陰縣　91
안주安州　51, 53, 180, 181
안흥곶安興串　180, 181
압록강鴨綠江　45, 51, 52, 144, 190, 203,
　256
압록진鴨綠津　103, 104, 106
양구楊口　80
양산陽山　227
양산사梁山寺　216
양성陽城　110, 151
양양襄陽　72, 73, 176, 242, 245
양전포良田浦　97, 98
양주楊州　151, 154, 281
양지陽智　139
양화楊花　142
어비천魚肥川　266
엄천嚴川　219
여강驪江　79, 135, 140
여량역餘粮驛　74

여산礪山　99
여주(읍)驪州(邑)　6, 79, 139~141, 181,
　255, 273, 285, 299, 300, 307
연경燕京·북경北京　41, 181, 208, 231
연곡사鷰谷寺　104, 218, 220
연광정練光亭　46, 49, 58, 127
연기(현)燕歧(縣)　121, 122, 177, 309
연대사連臺寺　223
연도沿道　111
연미정燕尾亭　146
연산連山　114, 198, 299
연수령延壽嶺　203
연안延安　67, 135, 147, 180, 273
연천漣天　166, 181
연풍延豊　137, 176
연흥도燕興島　151, 152
염주鹽州　157
영강瀯江　92, 93, 256
영고탑寧固塔　41
영공산令公山　131
영광靈光　95, 101, 178
영남嶺南　77, 83, 84, 89~91, 133, 134,
　136, 176, 191, 192, 257, 258, 261, 298
영동嶺東　21, 118, 119, 137, 176, 177,
　204, 241, 242, 246, 248, 253, 261
영랑(호)永郞(湖)　242
영명사永明寺　46, 49
영변(부)寧邊(府)　51, 221
영보정永保亭　111
영산강榮山江　102, 178

영서嶺西 176
영암(군)靈巖(郡) 95, 102, 103, 105, 205,
　227, 237
영양英陽 86
영원동靈源洞 211, 219, 220
영월(읍)寧越(邑) 74, 76, 137
영인산靈仁山 130~132
영조英祖 8, 97, 123, 146, 196, 287, 301
영종도永宗島·자연도紫燕島 143, 148~150,
　160
영천榮川 84, 260
영천靈泉 99
영춘永春 137, 249
영통동靈通洞 163
영파부寧波府 103
영평永平 154, 236
영평강永平江 163
영해부寧海府 86
영호루映湖樓 85, 86, 258
영흥永興 58
예맥濊貊 42, 76, 80
예산禮山 112, 126, 131
예안禮安 82, 84, 85, 177, 198, 223, 257,
　299
예천醴泉 84
오관산五冠山 62, 156, 163, 230~233
오국성五國城 56
오대산五臺山 73~75, 78, 79, 204, 213,
　221, 222
오백주五百洲 97, 98

오색령五色嶺 204
오서산烏棲山 112, 121, 132
오성산五城山 99
오십천五十川 245
옥계玉溪 113
옥과玉果 104, 105
옥구(현)沃溝(縣) 99~101
옥류대玉流臺 123
옥순봉玉筍峰 249, 251
옥연정玉淵亭 257
옥장산玉帳山 135
옥천沃川 118~120, 122, 177, 260
온양溫陽 126, 131, 273, 299
옹진甕津 65
완도莞島 239
왕건王建·왕태조王太祖·태조太祖 42, 80,
　83, 94, 156~158, 162
왜관倭館 87, 88
외안산外案山 147
요堯임금 30, 36, 42, 206
요동遼東 41, 42, 52, 127, 143
요천蓼川 103, 265
용담龍潭 118, 120, 260
용문산龍門山 140
용산(호)龍山(湖) 179
용수산龍首山 162
용안龍安 99
용유(동)龍遊(洞) 215, 216, 262
용유담龍游潭 219
용진龍津 80, 140, 204

용천사湧泉寺 237

용화계龍華溪 261

용화동龍華洞 126, 128~129, 262

용화산龍華山 96, 99, 101

우두(촌)牛頭(村) 76, 181, 254

우봉현牛峯縣 63

우산국于山國 241

우통수于筒水 74, 75

욱금동郁錦洞 214

운교역雲橋驛 81

운두산성雲頭山城 56

운문산雲門山 237

운봉현雲峯縣 104, 106

운제산雲梯山 118

울릉도鬱陵島 241

울산蔚山 237

울진蔚珍 72, 73, 176, 245

웅진熊津 113

원산(촌)元山(村) 15, 60

원산창元山倉 60

원암元巖 181

원적산圓寂山 237

원주原州 76~79, 136, 140, 181, 233, 262, 266, 273

원천석元天錫 77, 79

월남촌月南村 102

월성산月城山 113

월송정越松亭 245~246

월은령月隱嶺 136

월출산月出山 102, 205, 237

월탄月灘 136

위만衛滿 42, 254, 272

위봉산성威鳳山城 96, 97

위원渭原 52

위화도威化島 52, 77, 159

유궁진由宮津·유궁포由宮浦 111, 112, 130~132, 178

유령楡嶺 137

유성(촌)儒城(村) 113, 116

유성룡柳成龍·서애西厓 85, 188, 192, 198, 252, 253, 257, 299

유점촌鍮店村 219

육십치六十峙 204

율담栗潭 20, 97, 98, 264

율치栗峙 126, 129, 204, 262

은율殷栗 65, 66

은진(현)恩津(縣) 99, 114, 115, 178, 256

음성(현)陰城(縣) 134, 138

음죽陰竹 138~140, 266

읍령泣嶺 86

의령宜寧 93, 273

의림지義林池 137

의무려산醫巫閭山 41

의상(대사)義湘 224, 225

의성義城 86, 299

의주義州 42, 52, 105, 144, 190, 207

이괄李适의 난 116, 117

이담二潭 249, 251

이산尼山 114, 198, 199, 261

이순신李舜臣·충무공忠武公 105, 108,

109

이이李珥·율곡栗谷 67, 84, 188, 189, 198

이익李瀷·성호星湖 7, 11, 12, 301

이인(역)利仁(驛) 113, 115

이중환李重煥·청담淸潭·청화산인靑華
山人·휘조輝祖·청화자靑華子 5~12,
15~22, 28, 31, 32, 129, 130, 280, 281,
285, 294, 297, 298, 301~303, 305, 306,
308

이천(부)伊川(府) 80, 140, 266, 267, 268

이황李滉·퇴계退溪 84, 85, 91, 198, 214,
225, 226, 257, 299

익산(군·현)益山(郡·縣) 42, 96, 101

인왕산仁王山 231

인제麟蹄 76

인조仁祖 51, 64, 84, 91, 116, 117, 141,
143~145, 193, 194, 197, 205, 225, 299

인천仁川 141

인풍정引風亭 123

일본日本·왜국倭國 42, 87, 88, 93, 105,
108, 127, 133, 181, 205, 228, 241, 302,
303

임계역臨溪驛 74, 75

임실任實 95, 96, 103, 104

임진(강)臨津(江) 70, 149, 155, 160, 166,
183, 267

임진(왜)란壬辰(倭)亂 47, 52, 86, 87, 89,
90, 92, 104, 105, 134, 154, 207, 208,
213, 222, 228, 237, 302

임천臨川 112, 121, 176, 177, 219, 220

임피臨陂 99, 100, 256

임하(현)臨河(縣) 85, 259

ㅈ

자남산子男山 162

자비령慈悲嶺 63, 64

자온대自溫臺 115

자적촌紫的村 264

자천대自天臺 99~101

자하동紫霞洞 162

작성산鵲城山 82

작약봉芍藥峯 213

작제건作帝建 156~158

작천鵲川 121, 122, 125, 264

잔수(진)潺水(津) 103, 106, 265

장경각藏經閣 222

장계長溪 260

장단(읍)長湍(邑) 80, 122, 155, 163, 166

장독瘴毒 88, 93

장련長連 65

장명촌長命村 264

장미산薔薇山 135

장산곶長山串 65, 66, 180, 181

장성長城 94, 101, 102, 265

장수長水 118, 260

장안사長安寺 210

장연(부)長淵(府) 65, 66, 180, 265

장자莊子 279

장장평莊莊坪 232

장헌대왕莊憲大王·세종世宗·세종대왕
   47, 51, 55, 88, 139, 160, 273, 274

장흥長興 237

재령載寧 64, 232, 299

재산才山 86

적등강赤登江 118~120, 261

적등산赤登山 260

적등진赤登津 119

적상산성赤裳山城 217

적성積城 154

전도前島 260

전의(읍)全義(邑) 121, 122

전주(부)全州(府) 20, 95~99, 177, 178, 229,
   264, 299

정묘호란丁卯胡亂 143

정산定山 112, 113

정선旌善 74

정양사正陽寺 210

정유재란丁酉再亂 104

정읍井邑 95, 96

정전井田 27, 45, 85

정좌산鼎坐山 91

정좌촌鼎坐村 264

정주해貞州海 160

정평부定平府 55

정해현定海縣 103

제원천濟原川 260

제주濟州·탐라국眈羅國 105, 205, 238

제천堤川 136, 137, 249

조계산曹溪山 120, 237

조령鳥嶺 89, 133, 135, 137, 204, 263

조룡대釣龍臺 115

조산朝山 116, 170, 171, 173, 265

조산祖山 62

조산평造山坪 66, 235

조수朝水 170, 173

종산宗山 171

주계朱溪 260

주류산珠旒山 118

주몽朱蒙 43, 46, 47, 55, 254

주방산周房山 237

주산主山 135, 153, 171, 172

주자朱子 31, 109, 216, 217, 268

주줄산珠崒山 96, 97, 99, 118

주줄천珠崒泉 120, 260

주천(강)酒泉(江) 74, 233, 262

주흘산主屹山 82, 89, 204

죽계竹溪 260

죽도竹島 260

죽령竹嶺 32, 133, 204

죽산竹山 80, 121, 138, 139

죽서루竹西樓 73, 206, 245

죽천竹川 266

중국中國 41~43, 45, 53, 56, 58, 64, 65,
   70, 83, 102, 103, 109, 133, 147, 154,
   156, 158, 162, 181, 207, 212, 216, 225,
   231, 248, 271~273, 281, 285, 302, 304

중봉사重峯寺 74

중선암中仙巖 250, 251

중향성衆香城 211

중화부中和府　63

중흥사重興寺　231

증항甑項　120, 261

지례知禮　90, 217

지리산智異山·두류산頭流山·방장산方
丈山　82, 92, 93, 104, 175, 204, 205,
217~222, 265, 295

지평현砥平縣　76

직산稷山　111, 126, 127, 130

진강鎭江　99, 100, 112, 113, 178

진도(군)珍島(郡)　9, 105, 302

진보眞寶　86

진봉산進鳳山　162

진산珍山　113, 115, 130

진악산進樂山　120

진안鎭安　118, 120. 177

진위振威　110

진잠(현)鎭岑(縣)　113, 205, 230

진주晉州　92, 93, 105, 175, 178, 256

진천鎭川　121, 126, 177

ㅊ

차령車嶺　94, 110, 115, 121, 126, 131,
175, 176

창금산昌金山　62

창평昌平　105

채운산彩雲山　99

채하계彩霞溪　261

천관산天冠山　237

천안天安　110, 126, 233, 264

천주령天柱嶺　204

천주사天柱寺　227, 228

천주산天柱山　89

철령鐵嶺　55, 58, 62, 72, 80, 151, 203, 204

철원鐵原　80, 204, 266

청간정淸澗亭　73, 245

청남淸南　53, 54

청도淸道　237

청라동靑蘿洞　265

청량산淸凉山　223, 224, 237, 258

청룡리靑龍里　80

청룡사靑龍寺　136

청류벽淸流壁　46, 49

청미천淸美川　266

청북淸北　53, 54

청산靑山　118, 120

청석동靑石洞　163

청석령靑石嶺　45

청송(부·읍)靑松(府·邑)　85, 237, 259

청심루淸心樓　140

청안淸安　121, 126, 129, 131

청암정靑巖亭　258, 259

청양靑陽　112, 113

청주淸州　91, 121~126, 131, 177, 213, 264

청천靑川　123, 126, 133, 262, 264

청천강淸川江　51, 53, 180, 204

청천창靑川倉　123, 125

청초호靑草湖　73, 242

청평사淸平寺　76

청평산淸平山 76, 232

청풍(부)淸風(府) 133, 136, 137, 176,
181, 249

청풍강淸風江 133

청하淸河 237

청학동靑鶴洞 219

청화(산)靑華(山) 82, 89, 215, 216, 262,
263

초계草溪 93

총석정叢石亭 73, 245, 247

최치원崔致遠·고운孤雲 99, 103, 218,
219, 222, 223, 239

추산錐山 63, 65

추성동楸城洞 219

추월산秋月山 205

추지령湫池嶺 203

추풍령秋風嶺 90, 118, 119, 204, 217, 261

춘양(촌)春陽(村) 86, 259

춘천春川 76, 80, 176, 181, 232, 254, 300

충렬사忠烈祠 92

충주忠州 79, 80, 89, 110, 121, 131, 133,
135~137, 139, 140, 176, 181, 183, 215,
255, 300

충주강忠州江 78

취원루聚遠樓 226, 227

치악산赤岳山 77~79, 233, 264

칠곡漆谷 86

칠보산七寶山 221, 224

칠불사七佛寺 51

칠산七山 102

칠성대七星臺 216

칠성포七星浦 178

칠장산七長山 121, 130, 139

칠정七亭 121

ㅌ

탄금대彈琴臺 134, 135

탄현炭峴 99, 101

탈살脫殺 89

태백산太白山 72, 73, 77, 82~84, 86,
203, 204, 213, 214, 221, 223, 224, 226,
258~260

태안泰安 112, 121, 180

태인泰仁 101

태조太祖·이성계李成桂 52, 53, 58,
60, 61, 77, 104, 106, 107, 122, 154,
159~161

토산(현)兎山(縣) 62, 63, 72

토정土亭 179

통도사通度寺 227

통진通津 141, 142, 145, 146, 149

통천通川 72, 73, 176, 245, 247

ㅍ

파곶葩串 216

파주坡州 154

판치板峙 113, 114

팔공산八公山 86, 237

팔괘정八卦亭　12, 279, 305
팔량치八良峙　104, 107, 204
팔봉산八峯山　122, 124, 125
팔성산八聖山　135
팔영산八靈山　229, 237
평강平康　80, 266
평산平山　62~64, 143
평양平壤　27, 42, 43, 45~53, 58, 105, 108,
　　115, 127, 130, 155, 180, 181, 230, 232,
　　253, 254, 302
평창平昌　137
평택平澤　126, 132
평해平海　72, 86, 176, 190, 245
포석정鮑石亭　83
포천浦川　154
표훈사表訓寺　210
풍계촌楓溪村　120
풍덕(부)豊德(府)　142, 163, 166, 255
풍산豊山　233, 287, 299
풍천豊川　65, 66

ㅎ

하궁곡下弓谷　262
하담荷潭　136
하동河東　93
하선암下仙巖　250, 251
하양河陽　86
하회河回　257~259, 265, 299
학가산鶴駕山　233, 257

학령鶴嶺　62
학지鶴指　150
학포鶴浦　246~248
한강漢江　43, 74, 75, 78~81, 121, 133, 136,
　　139~142, 147~151, 154, 166, 175, 176,
　　179~183, 230, 249, 255, 256, 300
한계산寒溪山　204, 212, 213
한라산漢拏山 · 영주산瀛洲山　21, 205,
　　217, 238, 295
한벽루寒碧樓　136
한산韓山　112, 121, 176, 177, 299
한송정寒松亭　244
한양漢陽 · 서울 · 경성京城　10, 16, 20,
　　22, 31, 32, 43, 54, 58, 61, 67, 70, 73,
　　76~78, 80, 84, 85, 87, 93, 99, 102, 105,
　　110~112, 114, 120, 127, 131, 133~135,
　　140~144, 146, 147, 151, 153~155, 159,
　　166, 177, 179~181, 191, 192, 198, 199,
　　204, 209, 230, 231, 249, 255, 256, 265,
　　268, 272, 281, 283, 287, 301, 307
함양咸陽　91, 92, 219
함열咸悅　95, 99, 228
함창咸昌　82, 89
함평咸平　101
함흥(부)咸興(府)　55, 57, 58, 59, 203,
　　204, 207
합천陜川　91, 93, 221, 236
해남(현)海南(縣)　9, 95, 105, 205, 227
해미海美　111, 147, 233, 265
해산정海山亭　243

해인사海印寺 222, 223

해주海州 62, 65, 67~70, 266, 273

헐성루歇惺樓 210

혁거세赫居世 42

현도군玄菟郡 55

현화사玄化寺 163

호남湖南 32, 65, 70, 95, 176, 229, 300

호서湖西 32, 65, 70, 251, 261, 299

호주湖州 64, 65

혼동강混同江 41, 203

홍류동紅流洞 221

홍산鴻山 112, 236

홍제암弘濟庵 213

홍제원弘濟院 144

홍주洪州 112, 178, 265

홍천洪川 140

화개동花開洞 106, 107, 218~220

화계花溪 265

화담花潭 163, 230, 242

화량花梁 112

화량(첨사)진花梁(僉使)鎭 150, 152

화령火嶺 90, 204, 217, 261

화산花山 85

화순和順 105

화양동華陽洞 216

화엄사華嚴寺 218, 220

화장산華藏山 166

화천동花川洞 63

환적대幻寂臺 215

황간黃澗 90, 118, 176, 261

황강촌黃江村 136

황강黃江 181

황룡산黃龍山 61

황산촌黃山村 99

황산荒山 12, 99, 104, 106, 107, 279, 305

황수潢水 85, 86, 257~261, 265

황악산黃岳山 82, 90, 118, 119, 204, 261,
    262, 264

황주黃州 63, 64

황지潢池 82, 213, 258

회덕(현)懷德(縣) 113, 120, 177, 198

회령會寧 41, 56

회수淮水 70

회양淮陽 55, 74

회인현懷仁縣 120

횡성(현)橫城(縣) 78, 266

후도後島 260

후서강後西江·예성강 70, 142, 148, 149,
    179, 180, 230, 255

후선정候仙亭 137

흑산도黑山島 103

흘골산紇骨山 50

흡곡(현)歙谷(縣) 61, 72, 73, 176, 242,
    246~248

흥덕興德 101, 178, 265

흥양興陽 227, 237

흥원창興元倉 78, 79, 181

희양산曦陽山 82, 89, 261~263

완역 정본 택리지(보급판)

이중환, 조선 팔도 살 만한 땅을 찾아 누비다

1판 1쇄 발행일 2018년 10월 29일
1판 3쇄 발행일 2020년 8월 17일

지은이 이중환
옮긴이 안대회 이승용 외

발행인 김학원
발행처 (주)휴머니스트 출판그룹
출판등록 제313-2007-000007호(2007년 1월 5일)
주소 (03991) 서울시 마포구 동교로23길 76(연남동)
전화 02-335-4422 **팩스** 02-334-3427
저자·독자 서비스 humanist@humanistbooks.com
홈페이지 www.humanistbooks.com
유튜브 youtube.com/user/humanistma **포스트** post.naver.com/hmcv
페이스북 facebook.com/hmcv2001 **인스타그램** @humanist_insta

편집주간 황서현 **편집** 전두현 이효온 박기효 **디자인** 김태형
조판 홍영사 **용지** 화인페이퍼 **인쇄** 청아디앤피 **제본** 정민문화사

ⓒ 안대회, 2018

ISBN 979-11-6080-167-5 03810